U0825981

魅丽文化 花火工作室

蝴蝶骨

江小绿 著

百花洲文艺出版社
BAIHUAZHOU LITERATURE AND ART PRESS

图书在版编目（CIP）数据

蝴蝶骨 / 江小绿著．-- 南昌 ：百花洲文艺出版社，2022.1

ISBN 978-7-5500-4593-4

Ⅰ．①蝴… Ⅱ．①江… Ⅲ．①长篇小说－中国－当代 Ⅳ．① I247.5

中国版本图书馆 CIP 数据核字（2021）第 279615 号

蝴蝶骨

Hudiegu

江小绿 著

出 版 人	章华荣
出版统筹	曾英姿
责任编辑	蔡央扬
选题策划	丐小亥
特约编辑	八　柚
封面设计	殷　舍
出版发行	百花洲文艺出版社
社　　址	南昌市红谷滩区世贸路 898 号博能中心 A 座 20 楼
邮　　编	330038
经　　销	全国新华书店
印　　刷	人民今典印务有限公司
开　　本	880mm×1230mm　1/32　印张 10
版　　次	2022 年 3 月第 1 版第 1 次印刷
字　　数	348 千字
书　　号	ISBN 978-7-5500-4593-4
定　　价	45.00 元

赣版权登字　05-2021-508

网址 http：//www.bhzwy.com

图书若有印装错误，影响阅读，可向承印厂联系调换。

目录

CONTENTS

第一章

她是白鹭

白璐跟着警察冲进本市最大的娱乐场所——紫色年华时，景言正左拥右抱，好不快活。

景言跷着二郎腿，懒懒地倚在沙发上，白色衬衫最上面的两粒扣子解开，露出小片白皙的肌肤，锁骨平直精致，那张俊美的脸上带着一抹浅笑，嘴角微翘，眼角轻挑，魅惑又动人。

纵然此刻，因为警察的闯入，周围人仰马翻，好不混乱，可他依旧岿然不动，浑身的气质清贵又出尘。

过来盘查的两位警察例行查看他们这一桌人的身份证，又检查了一下他们桌上的酒水和物品，并无异样。

“警察同志，我们可都是清清白白的好市民。”景言旁边的人喊道。

警察警告了他们几句，便径直上楼去了，白璐扛着相机，连忙跟上去，其间，她和景言没有任何眼神交汇。

今天依然一无所获，白璐失望地出门，新来的实习生赵妍在一旁叽叽喳喳。

“璐姐，那几个人是什么来头啊？中间那个人真帅，嘶，长得这么帅，还来这种地方。”

她边摇头边喃喃自语，一副费解的模样。

白璐的内心毫无波动，拿出手机开始叫车。

两人打车回到电视台，赵妍还没有回过神来，一路都在念叨，白璐忍不住打断她：“好了，整理好东西就可以下班了。”

赵妍有些不好意思地吐了吐舌头，说：“好的，璐姐。”

回家后，白璐一进门，就听到浴室传来哗啦啦的水声。她将包挂在玄关处的挂钩上，弯腰换鞋，准备先去卧室换掉身上的衬衫长裤。

奔波了一天，她累得腰酸背痛，加上出师不利，情绪十分低落。

内衣勒得她有些胸闷，她低头敛眸，飞快地解开衬衫的两粒扣子，然后背过手解开背后的内衣暗扣。她翻出家居服，衬衫刚褪到腰上，就听到开门声，白璐飞快地把衣服重新拉上来，暗自懊恼——刚刚忘记反锁门了。

“你回来了？”

“嗯。”她头也不回地低低应了一声，企盼来人能自觉回避，只是，脚步声却越来越近。

她的腰被人轻轻圈住，喑哑而魅惑的男声在耳边响起：“袅袅……”

他轻声唤着，柔软湿热的唇落在她的颈间，一点点地把她方才匆忙拉上来的衬衫往下蹭。

身后那人温热的唇在白璐纤细精致的蝴蝶骨上流连。

白璐抑制住身体的颤抖，盯着眼前的空气，深深地吸了一口气，推开腰间的那双手，重新穿上衬衫。

“景言，滚出去。”

客厅里，白璐穿着一套宽松的棉质家居服，打开冰箱，拿出一瓶冰水，拧开后仰头喝了两口。

景言倚在旁边低声解释道：“那两个女的是秦子然他们叫来助兴的，我连一根手指头都没有碰，我和她们中间的空隙都可以放下一个酒杯了。”

白璐不答，神色平静，拧紧瓶盖后转身回了房间，只丢下一句：“我明天回家一趟。”

卧室门猛地合上，伴随着一道清晰的落锁声，景言抓了两把头发，蹙眉低骂了一句脏话。

老旧的居民房，砖墙灰黑，墙缝里还长着青苔，旁边是条臭水沟，街道狭隘而拥挤。白璐拎着包，小心翼翼地避开地上一团团分辨不出来是什么的乌黑印记，拐进旁边光线暗淡的楼道中。

她拿出钥匙，打开门，客厅里不出意外又是一片空荡，她直接走向右边，打开那扇房门。

白子轩正躺在床上熟睡，脸颊红扑扑的。

她露出一个放心的笑容，小心翼翼地关上门。

傍晚时分，白子轩醒了，趿拉着拖鞋、揉着眼睛走出来，白璐已经把饭菜做好端上桌了。

白子轩带着浓浓的睡意问道：“妈妈呢？”声音稚嫩单纯，完全不像是从一个十五岁男孩的嘴里发出来的。

白璐习以为常，低头盛好饭放到他面前道：“妈妈出去了，我们先吃。”

路菲女士爱好参加贵妇的活动，她虽然已经脱离贵妇行列很多年了，但依旧摆脱不了那高高在上的虚荣心，总是对此类活动乐此不疲。

白子轩木木地点点头，拿着筷子埋头吃饭。

白璐眼神一凝，开口道：“轩轩，你还没有叫姐姐。”

白子轩动作未停，仿若未闻般地继续夹着菜往嘴里送。

白璐俯身抬起他的头，四目相对，她一字一句地重复道：“轩轩，你还没有叫姐姐。”

白子轩眼神呆滞了几秒，接着迟钝地开口道：“姐姐。”

白璐点点头，方才让他继续吃饭。

吃完饭，洗完澡，路菲还没有回来。白璐的手机在半小时前收到一条微信消息，来自景言：“今晚回不回来？”

白璐飞快地回复：“不回。”

那头半天没有动静，不知道是没看到还是不想理她，白璐盯着手机屏幕发了会儿呆。

景言的微信头像是一只手绘的展翅孤立的白鹭，模样骄傲又优雅，和他这个人很不配，总让她不由自主地产生一种误会。

不过，白璐刚认识他的时候，他的头像就是这个，所以，这只是一个巧合。

他总会在夜里低声唤她袅袅，说她就像一只小白鹭，表面美丽动人，其实骨子里清高又孤傲。

白璐在家住了一个星期，白天带着白子轩出门散步，晚上给他讲故事。他依然没有多说一个字，安静地沉浸在自己的世界里。

路菲看到，会时不时冷冷地嘲讽她几句，嘴角轻勾、眼角吊起的模样十分刻薄。

“自闭症是治不好的，你还是想想怎么哄好景言吧，他才是你后半辈子的希望。”路菲说完，见白璐不理她，挑了挑新做的大红色指甲，继续冷嘲热讽道，“都跑过来住了这么多天了，也不见人家找你……有些事情该装聋作哑，别一天到晚和人家吵吵吵……”

回应她的是哐当一声响，白璐把房间门狠狠地甩上了。

突如其来的响声吓得路菲心头一跳，她立刻闭上了嘴，唯恐惹得白璐再次发火。须臾，又不甘心地小声怒骂。现在，白璐可是她的摇钱树，得罪不得。

如此大的动静，坐在地板上的白子轩却依旧恍若未闻，他低着头专心拼着面前的拼图，神色安然专注，沉浸在自己的世界里，不被人打扰。

白璐在一旁静静地看着他，脸上没有一丝表情。

周末，白璐回去的时候，房子依旧纤尘不染，一点儿都看不出有人住过的痕迹。她拿出手机翻了翻秦子然的朋友圈，然后返回，退出重新登录，切换另一个账号。

白璐在顶部搜索框里输入“XXG”三个字母，备注为“小心肝”的联系人的对话框瞬间跳了出来。

她不忍直视那三个字，直接在对话框里面飞快输入：“今晚我做饭，几点回来？”

那边几乎是秒回：“在家吗？我马上回来！”

“好。”

景言回来得飞快，几乎是菜刚入锅，外面就响起了汽车的声音，接着，门边传来声响，急促又熟悉的脚步声在她身后响起。

一双手攀上腰，把她往怀里摁，一个大脑袋自发地搁在她的颈间。

“老婆……我想死你了……”

“这几天去哪里了？”白璐没有推开他，淡淡地问，手里翻炒的动作未停，锅里传来刺啦的声音，像是古时候烙刑的声音。

不由自主地，景言的心抖了抖，忍不住瑟缩两下，道：“我在家好好的呢。”他的尾音拉长，像是在撒娇，清亮的声音顿时变得软软的，带着几分可爱。

白璐神色未变，利落地关火起锅，转身盯着他，微微勾起嘴角。

景言瞬间连大气也不敢出，他最怕的就是白璐露出这个表情，不喜不怒地盯着他，脸上在笑，眼里却没有一丝情绪。明明是极其好看的一张脸，却让他有些不敢直视。

白璐不是那种一眼看过去就很美的女人，但必定让人难忘。五官单看，都并不是特别出彩，五官组合到一起后，却极其和谐，清雅灵秀，配着那张巴掌大的瓜子脸，十分耐看。

最吸引人的是她周身的气质。白璐骨架纤细，但不单薄，身材凹凸有致，肩背线条格外优美，挺直行走时，就像一只小白鹭，美丽又优雅，还带着一丝不惹人厌的骄傲。

景言无法理解，为什么过了这么多年，白璐都能保持住这份骄傲，但偏偏，他又爱死了这份骄傲。

景言垂下眸子，小声道：“陈天昊他们新开了一家俱乐部，我过去捧了几天场。”

空气十分安静，白璐没有开口说话，但景言依旧能感受到她凉凉的目光，他放缓了呼吸，想不到是哪里出了问题。

明明他连一条朋友圈都没敢发！其他人的动态也都屏蔽了白璐！

许久，景言撑不住想要下跪认错的时候，传来一道淡淡的声音，明明满是凉意，景言却像是瞬间回到阳春三月。

“吃饭吧。”

“好好好！”他忙不迭地低头，极其“狗腿”地接过她手里的盘子，殷勤地帮白璐拉开椅子。

白璐习以为常，平静地开始吃饭。

晚上，景言照旧赖在她房里不肯走，白璐直接将他连人带枕头推了出去。他委屈巴巴地扶着门框，那个样子，白璐真想给他拍下来发到朋友圈。

结婚三个月，景言已经完全颠覆了白璐之前对他的印象。

她依旧记得两人第一次正式见面的那天。

白璐二十六岁那年，她妈妈路菲女士给她安排了一场相亲。

霖市最高档的餐厅，装潢精致，格调优雅，悦耳的钢琴声流泻一室，叮叮当当，如同山涧清泉，让人的心境瞬间平和下来。

白璐在门口环顾一圈，提步往窗边走去。

午后的阳光从巨大的落地窗外洒进来，落在那人的白色衬衫上，十分美好养眼，他端起面前的乳白色咖啡杯，轻抿一口，举手投足间分外优雅。

那人仿佛在看窗外的风景，侧着头，白璐只看得到他的小半张脸，白皙细腻的肌肤格外醒目。

她边走边思考，今天见的这个人好像还不错。

绕过前面的绿植，整幅画面完整地呈现在白璐面前，景言刚好转过头来，四目相对，白璐瞬间愣住。

那个男人的气质未免过于矜贵，五官生得极好也就罢了，那双眼睛更是漆黑漂亮，眸里像是藏着无数东西，又仿佛只是在静静地注视着她，单纯而坦率，让人难以移开视线。

他身上的白衬衫看不出品牌，但良好的剪裁和优质的面料足以证明价格不菲，白皙的手腕上戴着一块百达翡丽的手表，浑身透着一股禁欲和清贵的气息。

白璐几乎是屏息了两秒，方才恢复如初。

她抿唇，露出一抹得体的笑容，拉开椅子在他对面坐下。

“不好意思，来晚了。”白璐向他点头致歉，目光趁机落在他的脸上，飞快地打量几秒后，便极其自然地移开了。

仔细看时，那张脸更是无可挑剔，完全不输给当红的男明星们，并且他的气质完全碾压他们，简直是极品。

饶是白璐这种淡定的女人，都忍不住悄悄垂眸，咽了下口水。

“没关系，是我来早了。”他的声音很有磁性，微哑，语气带着几分漫不经心，但偏偏又让人觉得真诚。

白璐笑了，带着几分刻意的明媚，她朝对方伸出手，声音柔软清亮地说：“你好，我叫白璐，很高兴认识你。”

“景言。我也很高兴认识白小姐。”

对面伸过来的手骨节分明又纤长白皙，白璐此刻却无心欣赏，她眨了眨眼，几乎是难以置信地询问：“景言？”

“对，景言。”他微笑着点点头，仿佛看透了她的心思，语气里透出真诚和肯定。

白璐只蒙了两秒，立刻反应过来，从容地松开他的手，拿起面前的杯子轻抿了一口，再放下时，眼里已平静无波。

她扬起嘴角，姿态优雅，语气里听不出一丝异样，轻松坦然地道：“景先生怎么会来相亲呢？”

景言是什么人？霖市最大房地产集团少临唯一继承人，花边新闻和绯闻女友接连不断。这样子的人竟然会来相亲？

景言一副这个问题完全在意料之中的模样，他低笑两声，开口道：“到该结婚的年纪了。”

白璐又是一愣。

说起来，两人高中时还是校友，景言高她两届，所以应该大她两岁。二十八岁结婚？这事对旁人来说可能是很正常的，但是放在景言身上，总令人觉得难以置信。

作为本市电视台的一名记者，白璐对景言可谓十分熟悉，虽然她负责的是社会新闻这一块，但不妨碍办公室的小刘天天念叨他。

“今天头条上的又是景言，不过，这次的女主角换成了本台当家花旦南晴……比起上次的小嫩模可是上档次多了。

“昨天，景少一掷千金为红颜，拍下了那条价值千万的祖母绿宝石项链，送给苏家大小姐，只为博佳人一笑，啧啧，真是大手笔。”

诸如此类，数不胜数。

这让白璐对他的印象十分深刻，虽然读高中的时候，她就对这个追求者不断的“校草”学长印象十分深刻了。

只不过，多年未见，凭借着几张狗仔偷拍的模糊照片和十年前的“惊鸿几瞥”，白璐对他的长相已经完全模糊，更何况，他此时的模样和学生时代早已天差地别。

岁月对旁人来说，是把杀猪刀，对他来说恐怕是美容刀，他越长越帅气。

白璐露出了一抹礼貌又不失疏离的微笑，点点头，表示了然。

“那白小姐呢？”景言端起面前的杯子，语气随意轻松得像是他们是在老友相聚。

白璐侧头稍作思考，勾起一抹浅笑，道：“我也到年纪了啊。”

“以白小姐的条件，不至于要到相亲的地步吧？”

“这个问题也正是我想问景先生的。”

景言低笑两声，似是有些无奈，道：“母命难违。”

白璐轻笑，道：“彼此彼此。”

两人对视几秒后，不约而同地笑出声。

这顿饭吃得极为愉快，临走前，两人互相留了联系方式。

结束相亲之后，白璐刚上车准备回家，程语嫣就给她打来电话。

语嫣的头像在屏幕上亮起，大眼红唇瓜子脸，是和白璐截然不同的类型。

“宝贝，相亲结束了？”

“嗯。”白璐戴好蓝牙耳机，发动车子。

“今天见的这个怎么样？”

“还行，有史以来最佳的一个。”

“哟，难得啊，和姐们儿说一下。”

白璐看着眼前的路况，回忆了几秒景言的长相，几乎是脱口而出：“白，五官长得很好，唇色特别红，眼睛特别黑。”说完，她想起两人告别时，他站起来的那一瞬间，补充道，“身材也不错。”

“就这些？性格呢？”

“性格？目前看来，一切正常。”

在见过无数奇葩男之后，白璐对相亲对象已经没了高要求，她的要求就三点：高瘦，白净，性格正常。能达到这三点，她就非常满意了，更何况是景言这样的金字塔顶端的优质男。

白璐觉得她妈妈路菲女士真是神通广大，脱离霖市上流社会这么多年，还能搭上景家这条线。

当初叫她来的时候，路菲只说对方条件极好，通过几位闺中密友才辗转介绍上，现在看来，用极好这个词还真是保守了。

“这回有戏啊——不错不错，留联系方式了没有？”

“留了电话，加了微信好友。”白璐打着方向盘，拐了个弯，开口道，“先不和你说了，我开车呢。”

“好，下次等我回来细聊啊！”

“嗯，拜拜。”

临睡前，白璐收到景言发来的微信消息：“看电影吗？”

屏幕上只有短短几个字，白璐思考了两秒，回复道：“好，什么时候？”

景言：“明天下午两点？”

白璐：“可以。”

再次见面，景言依旧是人群中最闪亮的那颗星。

他穿着一件条纹衬衫，配浅色牛仔裤加白板鞋，头发好像是刚洗过不久，蓬松柔软，刘海儿散落，随意地覆在额头上，乌黑笔直的眉在其中若隐若现。

他看起来比上次年轻了好几岁，一点儿都不像二十八岁的男人。难怪大家都说男人不显老，果然是有事实依据的。

“嗨，等很久了吗？”白璐笑着走过去打招呼。

“刚来，对了，给你买了奶昔和爆米花，然后——”他抬手看了一眼腕上的手表，问，“买的是五分钟后开场的科幻片，可以吗？”

他抬头冲白璐笑，眼睛轻弯，嘴角微翘，出色的五官瞬间变得明朗起来。

白璐觉得有些惊艳。

“你……”迟疑了两秒，她还是开口道，“你笑起来很好看。”

“是吗？”景言闻言，笑意更深了，道，“谢谢。”

检票进场后，趁着电影还未开始播放，白璐忍不住小声问道：“你怎么知道我想看这部电影的？”

“提前打听了一下。”

“啊，那这个奶昔也是……”白璐晃了晃手里的草莓味奶昔。

景言又露出笑容，即使此刻，灯已经熄灭，屏幕上的光影打在他脸上，也足够惊艳。

看着眼前的这张脸，白璐的心情莫名好起来。

“是的。”

“为什么……要提前了解这么多？”白璐忍不住问，“你对每个相亲对象都这么上心吗？”

“没有。”景言收起笑意，微微摇头，盯着她，十分认真地说道，“我只相过这一次亲。提前了解这么多，只是因为我想讨好你。”

白璐没有再问下去。

一个男人想讨好一个女人，目的再明确不过。

她笑了笑，转过头，认真地看电影。

白璐是标准的美女，追求者也堪称络绎不绝，只是，她以为，像景言这样眼界开阔、见过世面的男人，不会对这些外在的东西看得那么重。

没想到，男人都不可免俗。

两人看完电影后又去吃了个饭，全程相处得都很舒服和融洽。

相亲界有个默认的规则，如果见完面之后还有第二次联系，基本是默认可以发展下去。

景言对美食很有研究，下班后，他经常会开车带她走街串巷觅食，英俊的外表，良好的教养，再加上优雅的谈吐，白璐觉得和他在一起很愉快。

成年人的爱情来得顺畅又自然，他们第一次牵手时，既没有电影或者小说里的心跳悸动，也没有面红耳赤、害羞得不敢抬头。

喧闹狭小的巷子中，刚下过雨，地面湿滑，白璐恰好刚出席完一个发布会，穿的是一双细高跟鞋。景言放缓步子，伸出手轻轻牵住她，直到走出那条巷子，他也没有松开手。

不同于女生柔软纤细的手，他的手掌宽厚，指节坚硬又有力，包裹住她的手时，带着舒服的温热。

白璐并不反感。她感受着手里的触觉，甚至有些隐秘的喜悦。

周末的时候，景言带她去了郊区的一座红酒庄园，那是他的私人地盘，整个园子里除了用人，便只剩下无数的红酒与葡萄。

正值夏末，大串大串紫红色的葡萄挂在翠绿浓密的枝叶间，明媚的阳光从缝隙中落在地面上，祥和又美好。

白璐抿了一口杯中的酒红色液体，情不自禁地点头喟叹：“好好喝。”

“真的吗？”景言侧头看她，眼里像是有细碎明亮的光。

白璐觉得，肯定是今天的阳光太灿烂了，晒得她眼睛有点儿花。

“真的，”白璐望着他笑，指了指桌上的酒瓶，满脸认真地说，“不信你试一下。”

“好，那我试一下。”

他凑过来吻住白璐。

清冽的薄荷味夹杂着红酒的香味，湿热的舌尖扫过唇齿，红酒残留的苦涩仿佛随着他的动作被带走。

愣怔间，白璐只觉得他的味道真好，带着丝丝甜，淡淡香，柔软得让人舍不得推开。

那是清浅柔软的一个吻。

离开时，景言的气息依旧萦绕在她左右，热气尽数喷洒在她耳边。

“白璐，做我的女朋友好吗？”

磁性低沉的嗓音钻进耳中，直抵大脑，白璐望着面前大片大片的葡萄和烈阳，眨了眨眼睛。

这真是一个让人难以拒绝的提议啊……

蓝天白云，微风红酒，仿佛一切都在侵蚀着她的意志。

白璐抿着唇，笑了笑，轻轻点点头，应了一声“好”。

景言是个很合格的男朋友，虽然和她在一起之后，他偶尔也会有一些花边新闻，但好在双方都很自觉。白璐自觉地当作什么都没看到，景言自觉地没有在她面前表露出有过其他女人的痕迹。永远是干干净净的味道，清清白白的姿态。

如果——他能再收敛一点儿的话，那就更好了。

白璐看着小刘刚刚传过来的照片，想了想，还是默默地点了删除。

下班后，景言来接她，白璐系好安全带，目视前方，车子缓缓启动，景言的声音从一旁传过来：“今晚去吃火锅可以吗？我知道一家味道特别好。”

进入十月，天气转凉，霖市偏北，夏季一过便开始降温。

白璐没有意见。

景言对吃的很有研究，刚交往那段时间，两人几乎走遍了全城每一个角落，吃了几个月都没见重样，重点是，吃的东西都很合白璐的胃口。

虽然白璐平日里看起来清清冷冷的，仿佛对一切都不感兴趣，但只有她自己和几个玩得好的朋友知道，其实她是个不折不扣的吃货。

上高中的时候，校外有家特别好吃的牛肉面馆，鲜香麻辣，料多，面劲道，汤底回味无穷，但高中时，她是寄宿生，不能随便出校门，如果非要出去的话，必须找老师请假。那个时候，白璐每天会和程语嫣翻墙出去，再走个十来分钟，去吃那家的牛肉面。

景言这一点极大地取悦了她。

“你穿这么少，不冷吗？”景言侧眸打量了几眼她今天的穿着，开口问道。

白璐低头扫了自己一眼——白衬衫搭A字及膝薄毛呢裙，外面套一件长款深蓝色风衣，配裸色丝袜小白鞋，保暖又显瘦，还很适合上班穿。

“不冷啊……”她疑惑地抬头看向景言，说，“刚刚好。”

“最近天气转凉，多穿点儿，别感冒了。”他握着方向盘，认真叮嘱。

白璐愣了一下，方才微微点头。

车厢内恢复了安静，景言在认真开车，白璐凝眸琢磨了一会儿，察觉出几分深意。

她的目光落在裹着丝袜的纤细的双腿上，不由得暗笑了两声。

白璐放松身子，好整以暇地倚在座位上，侧头盯着景言，似笑非笑，目光灼灼。

专注开车的某人察觉，微微侧头，将视线落在她身上。

“景少爷——”白璐依旧是那副表情，嘴角带着丝弧度，眼里却都是玩味，“您昨晚去哪儿了呢？”

景言动作一顿，有些反应不过来。

“昨晚和几个朋友聚了一下。”他蹙眉思索了几秒，回答道。

“哦，所以是玩得太开心了，顺便叫了几位美女助兴？”白璐拉长尾音，意味深长地道。

今天，小刘发给她的照片，就是本城的几位公子哥儿在霖市排行第一的高档俱乐部门口搂抱女人的画面。景言赫然在列，虽然他没有抱着女人，但旁边依然有位女性和他离得极近，也不知道漫漫长夜里，他俩有没有共度良宵。

“白璐。”景言在路边停了车，转头过来和她认真解释，“我就过去坐了会儿，喝了点儿酒，其他什么都没做。”

“我看到你旁边有个女人。”白璐索性摊开来说，睁着一双大眼睛，无辜地看着他，脸上的神情单纯又良善，让人发不出火来。

景言一愣，凑过来哄她：“她就刚好站在我旁边，我连她长什么样都没看清。”

“好吧。”白璐的目的达到了，状似勉强满意地应了一声，随后垂眸盯着指尖，长而卷翘的睫毛盖住眼睛，一副情绪非常低落的样子。

景言伸手撩起她颊边散落的碎发，指尖在她白皙细腻的侧脸上流连几秒，随后插进她乌黑浓密的发丝中，捧起她的脸。

“白璐，我对婚姻很慎重，你是我第一个以结婚为前提交往的女朋友，所以，我对你也很慎重。”

白璐抬起头，乌黑清亮的眸子静静地盯着他，饱满粉嫩的唇不自然地抿了抿，像是不知所措，又像是不敢相信，怯生生的，眼里还藏着一抹小小的委屈。

景言心下一动，忍不住低下头去亲她。

白璐惊讶得微微张开唇，景言顺势探了进去，齿舌交缠片刻，方才的不快瞬间化为乌有。

景言松开她，凝视几秒，又捏着她的下巴，在那水润嫣红的唇上亲了亲，低声道：“我以后一定尽量少出去。”

这件事情过后，景言倒是真的收敛了几分，大多数时间，他都和白璐待在一起，往日的那些花边新闻也少了不少。白璐也没有再因为这种事情和他闹过矛盾，一切平静又祥和。

十一月份，距离两人正式交往已经满三个月，白璐盯着日历上被圈出来的大红色数字暗笑，自己也算打破了景少爷的纪录了。

晚上，白璐和景言一起去吃饭，他倒是一副和往日没有不同的表情，白璐很随意地提起：“今天，我们是不是应该庆祝一下？”

景言愣住了，侧头思索了片刻，道：“今天是什么特别的日子吗？不是你的生日，也不是我的——”

“是我们在一起三个月的纪念日。”白璐仰头望着他，笑容灿烂万分，眸子亮晶晶的，只可惜，笑意却未达眼底，“对于恋爱从来没超过三个月的景少爷来说，不是非常值得庆祝吗？”

“白璐……”景言扶额，无奈地盯着她。

“今晚去你家吧。”白璐忽然收起笑意，一脸认真地道，“待会儿去超市买菜，我来做饭。”

景言顿了几秒，盯着她，眸光深深，片刻，轻轻地点了点头，应道：“好。”

景言住的是独栋别墅，那一片都是私人住宅，安保严密，环境清幽，每家每户之间相隔甚远。

据他说，他家里从来没有开过火，所幸，锅碗瓢盆都齐全。

别墅区外不远处就有家会员制的超市，仅限别墅区里的居住人员进入。

据说，别墅区里面住的都是明星、政商要人之流，外人难得进去一窥。白璐有些好奇地问景言是不是真的，他沉吟两秒，回答：“大部分是。”

“那你见到过哪些人？”白璐来了兴致，侧过身子盯着他，目光炯炯。

她不追星，平时在电视台，她也见过不少明星大腕，有时候在酒会饭局上，也能见到市里的各级领导，但这些平日里高高在上、光鲜亮丽的人私下的模样，白璐还是有些好奇的。

“嗯……之前晨跑的时候遇到过黎市长，在超市的时候撞见过几次念小小和她老公，大概很久以前，还看见过樊茵。”景言毫不在意地道，浑然不知自己嘴里吐出来的名字随便一个都足以让媒体轰动。

霖市的掌门人，歌坛小天后念小小，还有影后樊茵。

白璐瞪大了眼睛，一副难以置信的模样。

景言用余光瞟了她一眼，忍不住笑了，抬手轻拍了下她的头，道：“小土包，用得着这样吗？你以前不是也都见过——”

他的话音戛然而止。白璐眼里的惊羡褪去，景言自知失言，轻咳两声，正欲解释，白璐神色已经恢复如常，脸上笑意浅浅，道：“你也说是以前了，毕竟都过了十多年，我早就忘记了。”

她清越动听的声音里听不出一丝异样。

景言忍不住抽出一只手，握住她的掌心，轻轻捏了捏。

“好啦，专心开车。”白璐松开他的手，神色轻松地说。

景言笑了笑，抬手揉了把她的头。

抵达超市后，白璐在前面挑选食材，景言推了个车紧跟着她，时不时贡献点儿建议，比如：“这个鱼长得好看，我们买这个。”

白璐抬眸一看，那是条红鲤鱼，她耐心地解释道：“这种鱼用来观赏居多，吃起来会有心理障碍。”

景言“哦”了一声，随后安静了下来。

两人逛完生鲜区，来到了蔬菜区，景言眼睛一亮，指着一堆青绿色的秋葵道：“这个青椒长得真特别，我们买点儿回去尝尝！”

白璐：“……那是秋葵。”

景言惊愕地看着她。

白璐拉着他走近，指着上面的标牌一字一顿地道：“秋、葵。”

他立即露出一副羞愤的模样。

“不过，这个也挺好吃的，买回去给你尝尝？”白璐见状，亡羊补牢，试探地问道。

“不必！”景少爷两眼一瞪，扬起下巴，义正词严地拒绝了她的提议。

两人逛完一圈后，天色已经暗了下来，在收银台结账时，白璐率先拿出了卡。

“今天这顿，我请你。”她指间夹着卡片，晃了晃，眼角轻轻向上挑起，眸光晶亮，“吃了你这么多顿饭，也该回请你一顿了。”

景言看了她几秒，笑了笑，收起钱包。

收银员把车里的东西一样样拿出来扫码装袋。白璐眼尖，突然看到了一团绿色。她定睛一瞧，赫然是一袋秋葵。

景言也有所察觉，不自然地避开她的目光，轻声道：“可能是刚才不小心拿错了。”

“……”

纵然早有心理准备，白璐来到景言家时，依旧有些震惊，并不是他家有多华丽，她是被眼前巨广的空间震撼到了。

客厅宽大，天花板高阔，一条旋转楼梯通向二层，水晶吊灯璀璨而耀眼。整体的装修简洁别致，黑、白、浅蓝三色居多，透着一股北欧极简风。

白璐仅仅惊讶了两秒，便平复了心情。毕竟前十几年，她都是生活在这样的房子里面。

景言从旁边的柜子里拿出一双一次性拖鞋，白璐弯腰换上，把手里的袋子拎到厨房，接着穿上刚买的围裙，绾起一头黑发，卷起袖子就开始清洗食材。

景言倚在门边看着她。

白璐身材纤细匀称，上身穿着一件宽松的白色圆领毛衣，露出纤细的锁骨，肩背笔直，腰身轮廓若隐若现，盈盈不足一握，下身穿一条浅色牛仔裤，双腿包裹在里面，笔直修长，黑发随意地绾起，几缕发丝落在颈间，毛衣袖子松松挽起，白皙的手指十分养眼。

白璐围着浅蓝色围裙认真切菜的模样，真是——宜室宜家啊！

或许是他的目光太过灼热，白璐察觉到了，侧头盯着他，眉尾轻挑，道：“要不要过来帮我洗菜？”

景少爷略思索几秒，迈步走进去，道：“好。”

景言卷起袖子，白璐把一盆娃娃菜给他端过去，吩咐道：“一片片掰下来，冲干净就好了。”

他点点头，拧开水龙头。

白璐不放心地看着他接下来的动作——白皙修长的手指捏着叶片，倒是十分养眼，在水流的冲刷下更显莹润剔透，更重要的是，景言认真专注的表情像是在做着一项大事，清俊漂亮的脸在灯光下有着不一样的魅力。

白璐忍不住擦干手，拿出手机，对着他此刻的模样，按下快门。

“真好看啊……”她看着屏幕上的成品，不由自主地感慨。

确实好看，暖黄色灯光刚好从头顶流泻下来，黑发随意散落在额上，他垂眸敛目，专注着手里的动作，侧脸精致的弧度流畅完美，肌肤细腻莹润，浅蓝色毛衣更加衬托出居家温和的气质。

白璐盯着照片咽了一下口水，旁边那个人已经飞快夺过她的手机，神色得意地道：“快发给我，我要发个朋友圈，嘚瑟一下。”

气质瞬间荡然无存，白璐撇撇嘴，转过身子继续切菜。

景言端详了那张照片几秒，眉头一挑，连菜也不洗了，饶有趣味地按着手机，片刻后，只听到一片叮咚声响起，景言一边滑动着手机，一边勾起嘴角，心满意足地笑着。

“还洗不洗菜？”白璐嗔怒，拿回手机，看到了他发的那条朋友圈。

上面只有一张照片，并且十分高冷，没有配文。

她忍不住暗暗翻了个白眼。

刚认识景言的时候，她只觉得他温和矜贵，就连朋友圈都干干净净，要么是一张简单的照片，要么是寥寥几句话，一点儿都没有印象中富二代的那种纨绔浮夸、炫富张扬。熟悉了之后，她才发现，他是那种心里明明得意得快要上天了，却依旧能在朋友圈保持高冷的人。

白璐等了一会儿，只看到景言还在嘴角含笑地玩手机，她忍不住停下动作。

微信里，非好友的评论是隐藏的，白璐这儿看不到，她索性抢过他的手机，翻开一看，那张照片下面整整齐齐地码着一排的评论。

“拍照的人是谁？”

“拍照的人是谁？”

“拍照的人是谁？”

整齐的队形从屏幕前面排到末尾。

白璐在感慨他朋友圈人际关系广的同时，也为他们的默契点赞。

其中，最底下的那条回复最为显眼，白璐的目光凝住。

景言回复的是一个叫秦子然的人。

景言：“我未来的老婆。”

白璐按捺住心头的慌乱，手指上滑，找到了这位秦子然的评论。

其实不用确认，这条朋友圈下面只有一堆一模一样的评论：“拍照的人是谁？”

景言回复的时间是三秒钟前，此刻，手机提示音接连不断地响起。

白璐一边心慌意乱地看着其他人的回复，一边深呼吸。

“你逗我的吧？！”

“哥们儿，你真要踏进坟墓了啊？！”

“景少三思！您再好好想想啊——”

“有空把你女朋友带出来，给大家见一下。”

最后这条评论来自苏婉儿。

白璐知道她，本市名门望族苏家的大小姐——传说中景言拍下了价值千万的项链，为博佳人一笑的那位“佳人”。

怦怦狂跳的心瞬间有如一片平静如死水的湖面，且周围飞鸟绝迹。

白璐若无其事地把手机递给他，语气听不出喜怒：“快点儿洗菜，再玩就给我出去。”

景言意味深长地打量她一眼，接过手机，用几秒的时间看完评论，然后继续专注地洗菜。

两人的交谈变成了只言片语，仅限于厨房活动的交流。

直到白璐的菜纷纷出锅。

“天哪，这道红烧鱼也太好吃了吧！

“原来秋葵是这个味道，又脆又嫩，好吃！

“连青菜都好吃！”

景言坐在桌前拿着筷子，眼泪汪汪，盯着白璐，两眼直冒星星。

他并不是没吃过珍馐美馔，但与白璐做的菜比起来，他还是更喜欢后者，毕竟有着家的味道。

景言的爸妈是商业联姻，而且各自都声名显赫。

景大老板日理万机，自然不会下厨房；景太太向来爱护她那双纤纤玉手，对于厨房这种地方也是敬谢不敏，视如洪水猛兽般。因此，从小到大，景言吃得最多的就是家里许阿姨做的饭，奈何许阿姨的年龄渐渐大了，味觉有些失灵，做的菜总是偏咸。景言爸妈极少在家吃饭，再加上许阿姨做了这么多年，已经如同家人一般，他们也就没有动过换人的心思。

可怜景言只能每天在外面走街串巷，寻找能入口的美食。他这一身本领就是这样练出来的。

白璐笑了笑，对他的反应倒是没太惊讶。

白子轩从小就挑食，不喜欢的菜不吃，做得味道差了点儿也不吃。他每次觉得不满的时候，都没有太多情绪，只是尝一口就立即吐出来，然后回到房里玩积木拼图。

白璐害怕他营养跟不上，便细细揣摩，反反复复实验，把饭菜做得无可挑剔，让他每次都满意地吃下去。

吃完饭已经接近晚上九点，白璐收拾好后，提着包准备回去，景言欲言又止，最后还是拿了钥匙开车送她。

车子在巷子口停下，白璐正欲下车，景言突然叫住了她："你周末有空吗？"

"嗯？有什么事吗？"白璐回头问道。

景言忽地抿唇一笑，眉眼在车内昏黄的灯光下十分柔和："周末有个聚会，我想带你一起去。"

白璐拿出钥匙，打开门，屋里亮着灯，有一股子刺鼻的指甲油味道，她望过去，看到路菲正窝在沙发上捏着脚趾，把指甲涂得艳红。

白璐直接忽视了这一幕，走到白子轩的房门口。

他正在搭建着积木，临近晚上十点了，他的脸上却连一点儿睡意都没有，仿佛不知疲倦，把面前的积木搭好又推倒，周而复始地重复着动作。

白璐倚在门边，静静地看着他。

白子轩遗传了白家人出色的长相，五官精致，双眉笔直乌黑，唇色嫣红，皮肤和白璐一样，细腻白皙。

只是，他从来都很安静，一直抿着唇做着自己的事情，仿佛处在一个真空世界，别人进不去，他自己也出不来。

那双漂亮乌黑的眼睛空洞又茫然。

"有什么好看的，一天到晚不就是那样？"路菲见自己被无视，心有不甘地出声嘲讽。白璐没理她，她又自顾自地说道，"刚刚是景言送你回来的吧？都在一起三个月了，什么时候结婚啊？你可得好好抓紧，我和轩轩的下半辈子就靠你了。"

白璐实在听不下去了，轻轻合上面前的门，转身盯着她，眼里一片冷然："就算不嫁给他，我也能养活你们。"

"哼，"路菲吹了吹刚涂好的指甲，讥笑道，"你——就你每个月的那点儿死工资，靠什么养活我们？"

"这么多年，你不也照样活过来了？"

“那是我——”路菲瞪眼欲怒骂白璐，又翻了个白眼，忍住了。

“你什么？不就是把我爸暗地里留给我的嫁妆卖掉了，一栋房子能卖不少钱吧？更何况，还有不少股票。”白璐双手环胸，冷笑道，“路菲，你要是不挥霍无度，这笔钱就够你养老了，轩轩也不指望你，我以后可以养活他。至于嫁给谁这种问题，决定权在我，要是让我知道你在背后搞什么小动作，别怪我撕破脸。”

白璐说完，转身回自己的房间。

路菲坐在沙发上气得浑身发抖。她总是斗不过白璐，白璐嘴利心狠，说到做到，她在白璐手下吃了不少苦头。

她恨恨地咬了咬牙，指甲几乎掐进肉里。

这个女儿生来就是向她讨债的吧？！

霖市的天气一天比一天冷，窝在被子里不想起床，迷迷糊糊地听到手机响起时，白璐正沉浸在睡梦中，她蹙着眉头挣扎着拿到手机，接通电话，电话那头传来景言的声音。

“还在睡觉吗？”

“嗯……”

“你是不是忘了一件事？”

“嗯？”

“周末约好带你去聚会。”他声音淡淡，听不出喜怒。

白璐蓦然清醒，睁开沉重的眼皮，盯着天花板，手机还放在耳边，那头传来轻浅的呼吸声。白璐低声道：“我太困了，就睡到了现在。”

昨夜白子轩又做噩梦了，又哭又闹，白璐半宿没睡，直到天边泛白，才把他哄好。

景言轻轻地叹息一声，无奈地道：“那你收拾一下，我过来接你。”

“好。”

白璐挂掉电话，愣怔了几秒，掀开被子下床，换好衣服，刷牙洗漱，随意抓了两把头发就下了楼。

不过短短十来分钟，景言的车子已经停在楼下。

“你怎么把车开进来了？”白璐打着哈欠过去，拉开门上车。

老巷子路窄人多，车开进来有诸多不便，平时，景言都是在巷子口的马路边等她。

“天冷，怕你穿得少。”他侧头过来，看了她这一身之后笑了，“嗯，现在看来是我想多了。”

白璐今天穿得很保暖，牛仔长裤严严实实地包裹住双腿，脚上是一双系带小靴子，没有像以往一样露出纤细白嫩的脚踝，上身是一件宽松的白色针织毛衣，和上次那件有点儿像，外头套着件驼色大衣，长款及膝，厚实又好看。整个人透着一股韩剧女主角的气息，清纯又漂亮。

——别问他怎么知道韩剧女主角的气息。

秦子然最近新交了一个女朋友，就是这款，他天天在他们面前吹嘘，自己的女朋友和韩国哪个女明星的气质百分百相似，光是说还不够，非要调出两人的对比照，将照片放在他们面前，得意地炫耀：“看，是不是一模一样？”

几人凑过去一瞧，还真是有几分相像。

然而，那一瞬间，景言的脑子里却不由自主地浮现出白璐的身影。

他想，白璐可比这两个女的都好看。

车子行驶在路上，天气寒冷，外头却依旧繁华热闹，街道人来人往，马路拥挤，交错的立交桥上是密密麻麻的车辆。

白璐还有些倦，倚在座位上神色懒懒，一头乌黑柔顺的长发有些凌乱，看得出是刚从床上爬起来的，此刻，头发随意散落在脸颊两侧，为她添了几分妩媚。

景言手痒，忍不住凑过去揉她的头发。

白璐飞快地打掉他的手，睨他一眼，声音清冷地道：“开车不要分神。”

景言悻悻地收回手，专注地看着前面的路况。

抵达目的地后，白璐下车走了几步，看着眼前的这所会馆，面露思忖之色。

会馆的装修看起来别致复古，大门口有尊石狮，檐下挂着大红灯笼，边上还有两棵大榕树，石台阶从门中间蔓延而上。

白璐侧头打量着景言，似笑非笑地道：“景少爷，这可和你们之前去的地方都不一样啊！”

景言手抵住唇，轻咳两声，似有些无奈：“我们平时来得最多的就是这种地方，只是那些娱记老爱蹲那几个点而已。”

“说起来，还是我们记者的不是了？”白璐瞥了他一眼。

景言连忙认错，半搂着她往里走去。

从外面看，这座小院古色古香，没有太多出奇之处，岂料一进门就别有洞天。面前楼阁错落，回廊曲折幽深，两边挂着灯笼，幽静清雅。

顺着回廊走了几分钟，隐约可以听到喧闹声——女人的娇笑声，男人的劝酒声、嬉闹声。旁边幽暗的池塘里传来鱼儿的扑腾声，与不远处的人声混在一起，像是两个天地。

白璐捏了捏景言腰间的软肉，凑过去低声私语："你这里不会是什么拉皮条的地方吧？"

景言咝的一声吸了口气，不知是因为腰间那一掐还是因为白璐的话，他瞪着那双漂亮的眼睛回道："你把我当成什么人了？！"

白璐轻笑两声。

又走了几分钟，拐过转角，视线骤然开阔，里面人声鼎沸，好生热闹。景言放下在白璐腰间的手，拉着她走了进去。

两人刚一进门，里面便没了动静，众人齐刷刷地望了过来。

景言显然对这种场面已经习以为常，点了点头，回应着招呼声。白璐则不着痕迹地打量起四周。

宽大的屋子被分隔成几间房，有坐在红木桌子边打麻将的，有坐在真皮沙发上玩扑克的，不远处的玻璃屏风内传出了桌球的撞击声。里面还有几间屋子，不知道是什么项目。

白璐暗自冷笑，倒是个样样俱全的地方。

景言带着她在一旁落座，一个穿着高领毛衣的男人立即嬉皮笑脸地凑了过来："景少，这是嫂子吧？！"他染着奶奶灰的发色，长眉细眸，面容张扬，五官艳丽。

白璐极少会对一个男人用这个词，但面前这人给了她这种感觉。

景言闻声，踢了他一脚，道："秦子然，好好说话。"

白璐恍然——原来他就是那个秦子然。

景言说完，侧头去看白璐脸上的神情，却见她依旧盯着秦子然看。景言微恼，扳过她的头，瞪眼，不悦地道："你看他这么久干什么？"

秦子然长相偏艳，擅长花言巧语，上至大龄妇女，下至情窦初开的小妹妹，老少通吃，只要他出马，几乎没有失手的时候。

景言突然有些懊恼，不该带白璐出来见他。

秦子然察觉后，回眸对上白璐的视线，笑得越发妖艳。白璐这才发现，原来他生了一双丹凤眼。

顾名思义，这种眼型极细长，内勾外翘，眼波流转时妩媚动人。再加上秦子然肤白唇红，难怪会让人对他用上"艳丽"这个形容词。

白璐恍然大悟地点点头，夸赞道："你长得好漂亮，尤其是那双眼睛，妩媚动人。”

这句话用来夸赞男人，相当于说一个女人孔武有力。

秦子然脸上的笑容骤然消失，生无可恋地转向景言，道：“你这个女朋友不得了，好厉害的一张嘴！”

白璐无辜地瞪眼道：“我是真心这么觉得的。”

“就怕你真心！”秦子然伸出一根手指头，颤巍巍地指向她，仿佛受了天大的委屈。

景言在一旁低笑。

秦子然平日里最在意他的相貌，他老说自己是万人迷，眼睛一眨，万千少女前赴后继，却容不得人说他漂亮，尤其是夸他的眼睛妩媚，谁一说，他立刻气炸。

景言看着他破裂的表情，瞬间心情大好。

闲聊几句间，旁边打牌和玩闹的人通通散了场，一起聚了过来，围着这张大红木圆桌落座。

白璐环顾一圈。这里有十余人，刚好可以坐下，菜已经点好了，景言一发话，旁边的服务员立刻通知上菜。

借着头顶明亮的灯光，白璐看清了一张张脸庞，其中有不少是面熟的，大部分都是景言商业上的合作对象和他们各自携带的家眷女伴，几乎没有景言那些传说中的女性朋友在场。

白璐低头喝了一口茶水，掩饰住嘴角浮现的弧度。

景言倒是全程表现得十分周到，给她夹菜挑鱼刺，端茶倒水。桌上的人何时见过他这样一面，顿时纷纷感慨：这位“正宫娘娘”怕是地位稳固。

于是，他们对白璐的态度顿时热络了几分，尤其是在场的女眷们，谁不想和景家搞好关系？这未来的景太太，她们可得伺候好。

吃完饭，一群人又开始找乐子。

白璐先前在席上喝水喝得有点儿多，于是起身去了洗手间。她一走，一群斯文绅士的公子哥儿顿时原形毕露。

秦子然放松身子，倚在沙发上，盯着景言，玩味地道：“景少爷，您从哪里找来这么一只小白鸽？”

今天，白璐一进来，可谓让人大跌眼镜，清纯是清纯，漂亮也算漂亮，但和景言在一起，总感觉莫名不搭。

景言之前的女朋友不是端庄优雅的名门淑女，便是貌美如花、姿色妍丽的美人，还有像苏婉儿那样贵气的天之骄女，偶尔换换口味，便是电视台知性女主持、会所清纯小可人。

景言身边的女伴换得快，或许还没到达女朋友的地步，两人已经没有联系了。

但今天这个，确实有些让人吃惊：白璐全程话不多，几乎没怎么听到她开口，偶尔出声，也是和景言低头私语，没有太强的存在感，就像一只毫无攻击力的小白鸽，足够美丽，却无太多出彩之处，气质倒是有几分特别，但也没有到让人移不开眼的地步，总体来说，比起他之前的那些人稍好，有过人之处，但也不是无法被取代。

放在普通人家，她可能会被追着捧着，但景言对她这么无微不至，真是让人难以置信。

要知道，这位少爷什么时候主动照顾过身边的女伴？无一不是由她们在一旁自生自灭，自己玩得好生快活。心情好，想起来了，就逗一下；心情不好，想不起来，就放在一边。

饶是这样，那些女孩依旧对他死心塌地，又爱又恨。

谈话间，陈天昊已经从西装内袋里拿出一包烟，恭敬地递到景言手里。

见景言神色懒懒地拿出一支，夹在指间，陈天昊立刻掏出打火机，俯身去帮他点烟，然后左右分发，一时间，只听到打火机的摩擦声接连响起。

“她可不是小白鸽。”景言缓慢地回答，盯着面前缓缓升起的烟雾，他突然抬头叫了一声，“边上的人，把窗户开一下。”

寒冬腊月，外头冷空气肆虐。众人不知景言为何突然如此吩咐，但还是立即按照他说的把房间的窗户通通打开了。

新鲜的空气涌来，景言方才缓缓吸了一口香烟，然后轻轻弹了弹烟灰，嗓音轻慢：“只准抽一支，抽完，味道散了，再把窗户关上。”

众人面面相觑，谁不知道平日里聚会，烟酒是必不可少的，霖市并无市内禁止抽烟的条例，女眷们也都习以为常，偶有介意的，便去到其他房间找乐子。

外头的冷空气涌了进来，烟味散了几分。

景言像是想到了什么，盯着虚空的某个点，嘴角泛起一丝微笑：“她是白鹭，看起来温顺美丽，其实骨子里清冷又骄傲。”

众人一愣，随即哈哈大笑，其中秦子然笑得最为夸张，他还故意打了个寒战：“景言，你逗我呢？谁不知道她叫白璐？！你还用这种肉麻的表情来说。”他说完，还不满足地补刀，“最开始，你不是都介绍过了吗？一字一顿，白色的白，王字旁加个路——”

“滚！”景言一脚踹了过去，脸色泛红，有些恼羞成怒。他用一种看白痴的眼神看着秦子然，怒骂，“我说的是天上飞的那种鹭，没文化！”

“……”秦子然摸了摸鼻子，恨自己没有及时理解景少爷话里的意思。

谁知道那个向来直截了当的人突然就装起了文艺？真是让人反应不过来。

一支烟的时间过去，白璐从门口进来了。这里回廊曲折幽深，虽有服务员、指示牌，白璐依然找了好久，差点儿迷路。

房间里气氛依旧十分热闹，比起外头要暖和许多，白璐脱了身上的大衣，坐到景言身边。他俯身过来，问她要不要去打麻将。白璐沉吟两秒，点了点头。

麻将要四人，见景言前来，有几人立刻把位子让了出来。景言让白璐坐下，自己搬了张椅子在旁边看着。

桌上有筹码，是上个人剩下来的，白璐朝景言询问，他点点头，开口道：“直接用就好了。”

路菲最热衷的就是打麻将，白璐耳濡目染，技术也不会差到哪儿去，再加上她记忆力好，又会算牌，不一会儿，她这边的筹码就翻了一倍。

“自摸，清一色。”白璐面前的牌又被推倒，她脸上带笑，虽然弧度不大，但从弯弯的眼睛可以看出她的心情十分好。

景言在一旁跷着二郎腿，手搭在椅背上，笑得得意。

白璐似邀功般侧头，向来沉静的眸子此刻亮晶晶的，景言忍不住捏了捏她的脸当作奖励。白璐白了他一眼，没有和景言计较。

打到后面，白璐手感越来越好，兴致勃勃。

她平日里总是淡淡的，极少看到她对某件事情这么感兴趣。景言看着她，莫名觉得满足。

散场时，牌桌上是三输一赢的局面，其他三人面面相觑，脸色苦涩，原本他们是打算放水，岂料最后被打得落花流水。

白璐抱着一堆筹码，笑得眉眼弯弯，清清冷冷的面容不自觉地带了一丝妩媚。

屋内的窗户早已关上，温度颇高，空气也不太流通，那张白嫩的脸上染了一抹嫣红，唇色也红，眼睛乌黑发亮，哪里还见得到半分之前的内敛秀气？

秦子然都看得忍不住浑身一紧。

白璐抱着那堆筹码不肯撒手，虽然这些筹码并不能换钱，但景言自掏腰包给了她一张银行卡，作为赢了对手们的奖励。出门后冷风袭来，景言连忙把大衣展开，披在白璐身上，顺势揽着她的肩膀往前走。

陈天昊他们在后头看着景言占有欲十足的动作，连连咂嘴摇头。

他们哪里见过景言此般模样？以前，都是那些女人紧紧地挽着他的手，生怕这位少爷一个不爽就把她们甩掉。

看来这次，景言是真的栽进去了。

出了那扇红木大门，白璐还有些恍惚，捏着手里的银行卡，难以置信，那里面的钱差不多是她一年的工资。

白璐愣怔不过几秒，立即笑开了，月色下，她的笑容格外漂亮，景言看得直叹惊艳，还没来得及有所动作，她已经扑上来，抱着他的腰，踮起脚在他的唇上亲了一下。

景言愣住了，还没尝到味道，白璐便已经离开，神色兴奋地对着指间的银行卡重重地亲了一口，声音雀跃，抑制不住欢喜。

“发财了！”白璐拿着那张银行卡翻来覆去，爱不释手，完全忽略了一旁的景言。

景言忍不住“喂”了一声，白璐抬头，疑惑地望了过去。

景言：“我比那张卡值钱。”

白璐点点头，认真又无辜地道：“我知道啊！”

所以，你亲那张卡是什么意思？不应该多亲亲我吗？——景言内心在呐喊，脸上却依旧毫无表情。

他看着面前的人，无奈地垂下眸子，轻轻地叹了口气，转身往车的方向走去。

白璐忽然笑了起来，从身后拉住他的手腕。

景言转身，一双手便立即抱住了他的脖颈，唇被贴上了一抹柔软。景言回吻她，伸手握住白璐的腰，掐着她往上提。

亲完，景言抱着她不肯撒手，白璐将下巴搭在他的肩上喘气，整个人伏在他的怀里，暖洋洋的，舒服又奇妙，就像是回到了小时候父亲把她扛在肩上的瞬间，温暖亲密，有安全感。

过了几秒，白璐忍不住在空中轻轻动了动脚，问他：“你的手不累吗？”

“累。”景言说完，就把她放了下来，一边揉着手腕，一边嘟囔，“重死了，手好酸。”

白璐：“……”

永远煽情不过三秒。

回去的路上，白璐的兴奋劲儿过去了，倚在座位上昏昏欲睡，虽然景言的性格偶尔浮躁，开车却极稳，白璐张嘴打了个哈欠，眼泪汪汪。

“怎么这么困？”景言忍不住问道，“昨天晚上没睡觉吗？”

“嗯。”白璐困倦地点点头，轻声道，“基本没睡，我弟弟做噩梦，闹了一晚上。”

景言听完，安静了下来。

车在巷口停了下来，白璐解开安全带下车，忽而想起什么，回头冲他嫣然一笑：“今天谢谢你。”

“回去的路上小心。”白璐补充一句，下车关上了门。

景言注视着那道挺直的背影，好心情荡然无存。

真是让人讨厌的骄傲。

第二章

喜欢你

霖市最近气温骤降，随即大雪开始降落，把整座城市染成了一片纯白。

台里最近没什么事情，于是干脆把人都分配出去报道路面状况。

白璐穿着厚重的羽绒服，把自己裹得严严实实，和电视台的摄像小刘深一脚浅一脚地往雪堆里扎。

寒风凛冽，拍摄了几则小报道之后，白璐的手指都冻僵了，几乎捏不住手里的话筒，鼻涕也开始流出来。白璐拿出纸巾擦了擦，吸吸鼻子之后，她和小刘告别，打车回了家。

她平时经常出外景，没什么事的时候，几乎都是直接回家，况且今天身体不适，白璐隐约觉得自己好像要生病了。

果不其然，在车上吹了一路暖气，一回到家，她就头昏脑涨。

屋里没人，白子轩的房门紧闭。

白璐不放心地打开门看了一眼，果不其然，他又在玩拼图，安静地沉浸在自己的世界里。

白璐轻轻关上门，到客厅里翻出两包感冒冲剂冲了喝了，洗了个热水澡就裹着被子睡觉了。

醒来时，天色已经暗黑一片，路灯昏黄的光线从窗户投了进来，洒在地板上，隐约可以看清屋内的景象。

白璐眼睛睁开，又立刻沉重地闭上，翻了个身后，她继续睡去，意识沉浮间，客厅传来了笑声，很熟悉，却是许久未曾听到的。

她脑海里的某根神经立即一紧，警觉地注意着外头的动静，那道笑声继续传来，带着发自内心的欢快，还有一丝未褪的童稚。

——不是幻觉。

白璐立刻翻身起床，穿上拖鞋走到门边，打开了门。

明亮的光线倾泻而入，白璐不适地眯了眯眼睛，看清了眼前的一幕。

客厅的沙发上，景言正在陪着白子轩玩拼图，他的手指轻轻一点，白子轩就照着他的动作落下小卡片，接着端详几秒，发出欢快的笑声。

景言也望着白子轩笑，眼睛轻轻地弯起，嘴角上翘，眉头舒展开来。

灯光下，那双乌黑的眼晶莹璀璨，白皙俊俏的面容温柔得如同三月春风，轻轻拂过，让人浑身发软，舒服得让人只想永远停在这一刻。

白璐站在原地，握着门把手，不由自主地想到了记忆中很久远的事。

白子轩还小的时候，白璐也会陪着他玩拼图，每当遇见难点的时候，白璐帮他拼好了，他就会开心地大笑。

后来，随着工作越来越忙，加上年龄增长，白璐很少再陪他玩，白子轩也很久没有像今天这样开心了。

像是察觉到了她的视线，景言抬头望了过来，看清她之后，他的嘴角很快浮出一抹笑意。

白璐眨眨眼，和他对视几秒之后才反应过来，低头打量了一眼身上的粉蓝格子睡衣，飞快地关上了房门，简单地洗漱了一下，换上宽松的毛衣和休闲裤后才出去。

衣服是浅粉色的，棉质长裤是灰色的，两种颜色搭配在一起，清新干净，她穿在身上，显得松松垮垮，又多了几分不一样的气质。

白璐高挑纤瘦，是天生的衣架子，双腿匀称，笔直又修长，胸部饱满，腰身却盈盈不足一握，再加上那张好看的脸蛋，让他想把她往怀里揽。

景言看着她走过来，喉结微微动了动，他平日里见到的白璐都穿着得体的职业装，只有上次与自己一同出门时，自己才窥得一丝风情。没有想到，这副随意的模样才最为让人心动。

景言目光灼灼，白璐觉察后，低头打量了自己两眼，不自然地抓了抓头发。

景言拉着她在旁边坐下，理了理方才被她弄乱的那头黑发。

虽然是刚从床上爬起来，这一头长发却依旧柔软顺滑，从指间滑过，没有任何阻碍地来到发尾，凉凉的，柔软细腻，很舒服。

景言凑过去，在她白嫩的颈间蹭了蹭，低叹一声："好香。"

她身上有淡淡的牛奶香，让人想轻轻咬上两口。他动了动唇，还没来得及动作，就被白璐一把推开了。

路菲从厨房端着菜走了出来："璐璐啊，你醒了呀？景言听说你今天有点儿不舒服，特意过来看看，我就做了几个菜，留他吃个饭。"

路菲一改从前贵妇的模样，围着浅蓝色格子围裙，透出几分贤妻良母的气质，脸上精致的妆容也变成了不易察觉的裸妆。更难得的是，她今天竟然主动下厨。

几人围着桌子坐下，白璐看着眼前精美的菜色，眼里闪过一丝复杂的情绪。

路菲的手艺很好，以前，为了讨白璐爸爸开心，她隔三岔五便下一次厨房，自从白家破产之后，她就很少做饭了。

白璐已经忘了有多久没有吃到她做的饭菜了。

虽说路菲自私又虚荣，但应酬交际能力真是一等一好。一顿饭下来，丝毫不见冷场，她和景言聊着圈里的八卦和近来的大事，时不时发出一阵愉悦的笑声。

就在白璐以为这顿饭会在这样的气氛中走向结束时，路菲突然话头一转：“景言啊，像你这个年纪的男人，一般不会想太快定下来吧？”

景言动作一顿，看向对面脸色瞬间沉下来的白璐，微微一笑：“这要看对方是谁了，如果是璐璐的话，那我想很快就定下来。”

路菲的眼里瞬间绽出惊喜的神色，连语气都比方才要激动几分：“这样啊——那什么时候和你爸妈出来见个面，聊聊天，喝个下午茶？”

景言神色未变，脸上的笑容适宜又得体：“待会儿，我回去和他们商量一下，到时候再通知您。”

“妈，我们吃饱了。”白璐放下筷子，面无表情地站了起来，她看着景言，开口道，“我送你下楼。”说完，她走到门边。

景言连忙收拾好东西跟了上去，路菲在后头叫，白璐没理她，拿了羽绒服就出了门。

外头寒风呼啸，吐出来的气很快化成白色雾气，温度极低，冷得就像白璐此刻的心，拔凉拔凉。她在楼道口停住步伐，低着头，双手环胸，紧紧地裹住自己。

“你走吧，我穿得少，就不送你了。刚才的话，你不要当真，路菲这个人——”

“和阿姨没有关系。”景言低声道，“我本来就想和你结婚。”

“我们才交往三个多月。”

“可是已经认识很多年了。”

白璐疑惑地盯着他。

景言声音带笑，摸了摸她的头顶：“从你十六岁开始，我们就认识了，不是吗？小学妹。”

“可是……”

白璐想说他们隔了两个年级，她之所以知道景言的名字，是因为他花名在外，而像她这种不乐于交际的人，景言又怎么会认识呢？

“好了，下次带你见我爸妈，他们对你一定会很满意的。”

景言动作很快，没过几天，白璐就被告知晚上要和他爸妈一起吃饭。

当天，她特意穿了条米色毛呢连衣裙，外套一件驼色大衣，露出笔直的双腿，踩着一双杏色羊皮小靴子。

景言开车来接她的时候，目光直落在那双裹着丝袜的纤细的腿上，待她上车后，他立即摸了摸她的手——一片冰凉。

“不冷吗？”他抓起白璐的手往怀里揣，眼里满满的不赞同。

“不冷。”白璐扯了扯腿上的丝袜，解释道，“加绒的，保暖。”

“那你的手怎么这么凉？”景言不信。

以前，他身边的那些女伴为了显露出身材，在冬天也是穿丝袜和短裙，风一吹，便冻得瑟瑟发抖，撒着娇要往他怀里钻。

景言才不让，那么冰凉冰凉的一个人，往他怀里一钻，不得把他也冻着了？

后来，那些女孩子就闹着要和他分手。分就分，他才不喜欢这种死要面子活受罪的女人。

然而现在，换成白璐，他只感到心疼，还有——她怎么这么可爱？为了见他爸妈，特意穿得这么漂亮，不惜受冻挨冷。

景言越发心疼，从怀里把那双焐得差不多的手拿出来，放到唇边，忍不住亲了又亲。

“我天生手凉，就算是夏天也是这样的。”白璐解释道，她把手从他的掌心抽了出来，系好安全带，平静地开口道，“好了，开车吧，别迟到了。”

两人抵达包厢时，景言的父母已经坐在里面了。

白璐连忙把手里提的礼物递了过去，打招呼道：“叔叔阿姨好。”

“你好，来这里坐——”

“哎呀，人来就行了，还带什么礼物，这孩子真乖，阿姨喜欢。”

景言的妈妈拉着她的手，笑得十分和蔼，手心的温度通过皮肤传了过来，温暖又舒服。白璐的紧张瞬间消失得无影无踪。

一顿饭下来，气氛可以说是其乐融融，估计是景言事先打过招呼，两位老人对白璐的家庭情况只字未提，只问候了路菲几句。

饭局到了尾声，景夫人笑眯眯地问白璐的母亲什么时候有空，两家好商量一下婚事。

白璐有些错愕，她以为今天只是单纯地见一面，没有想到他们竟然提出了结婚事宜，白璐感觉有点儿快，但又说不出拒绝的话。

一切都像是被一只无形的大手推着往前走，白璐就在随波逐流中选择了唯一的方向。

“啊……我回去问一下她，然后让景言答复你们。”白璐很快就把情绪掩了下去，带着得体的微笑说。

景夫人颔首，景言在旁边望着她，满眼温柔。

整个房间暖意融融，一切都是很好的模样。

回去后，白璐忍不住再一次质疑道：“你真的要和我结婚吗？”

景言开着车，闻言，无奈地看了她一眼，郑重地回答：“真的。”

“为什么？”白璐问出了这个烦扰她的问题。话一出口，她整个人瞬间轻松了。

是了，所有的不安和慌乱，不过是因为没有得到答案。

景言抿紧了唇，没有作声，只是车子明显加了速。

白璐执着地望着他，没有发现这并不是回她家的路。

车子在一家名牌珠宝旗舰店前停下。景言下车，绕过车身过来替她开门，白璐迟疑几秒，提步下车，景言拉着她的手直接往里走。

门边穿着制服的员工立刻迎了过来，成队列在两边站好，九十度弯腰，朝他打招呼：“景总好。”

看到眼前的架势，白璐才想起来，这个品牌的珠宝也是少临旗下的产业。

两人踏着光可鉴人的地板，一路走到贵宾室，身后跟着的那位穿黑色套装像是经理级别的女人很快走到前面，拿出钥匙，俯身打开柜子，把一个小盒子恭敬地捧到景言面前：“景总，这是您预订的钻戒。”

精致小巧的盒子被打开，里面静静地躺着一枚银色钻戒，秀气的指环上是一颗被切割成无数面的钻石，在灯光下璀璨得让人不敢直视。

真漂亮啊！白璐微微睁大眼，忍不住感慨。

身旁的那人已经在她面前单膝跪下。景言望着她，漂亮的面容带着难以言喻的温柔，郑重而真挚地道：“因为我爱你。”

“你……愿意嫁给我吗？”

……

白璐坐在车里，扬起左手，左看右看，满意得不得了。

景言看着她把戒指放到唇边亲了又亲，忍不住俯身问：“喜欢吗？”

白璐用一种“你明知故问”的眼神看着他。

景言低笑，想起方才她那轻轻一声“好”，心头忍不住又痒又麻。

“那我呢？”他又问，声音放得极轻，语气带着丝丝诱哄。

白璐点点头，乖乖地道：“喜欢。”

“有多喜欢？”

白璐想了想，指着窗外天边的月亮，开口道：“就和月亮一样。”

月亮可以变得很小，颜色可以很淡，甚至隐藏到云里，看不见，也可以变得巨大，颜色很深，人站在月亮上面，一眼望不到尽头。

景言看了一眼外头圆圆的月亮，忍不住追问：“和月亮一样是什么样？”

白璐挑眉，睨了他一眼，神色得意又狡黠："你猜！"

景言蹙眉，深吸一口气，咬住她的唇。

"小坏蛋。"他轻骂。

白璐顺势抱住他的脖子咯咯笑起来，然后出其不意地伸出舌头，舔了下景言的唇。景言哪里还控制得住，压着她就是一个深吻。

良久，两人气喘吁吁地分开，白璐打了他一下，嗔怪道："快开车，待会儿回家都十一点了。"

景言闻言，又亲了她一口，方才踩油门出发。

回到家，路菲知道这件事情后，果然激动万分，恨不得马上就和景言爸妈见面。

白璐拿着杯子，倚在门边不作声，垂眸喝了一口水，深思着。再抬首时，她已经有了决策："那就一周后吧，不要显得我们太着急。"

路菲眼里的激动褪去，整个人也冷静了下来，她点点头，看着白璐，脸上是掩盖不住的自豪："还是我女儿厉害，以后，我们就靠你享福了。

白璐冷笑一声，干净利落地放下手里的杯子，回房关上门。

两家见面之后，决定让两个孩子在年底结婚。

为了白璐以后上班方便，景家在电视台附近买了新房，之后两个月，两家开始筹备婚礼。

路菲面对这种大场面时总能端得住，全程没有掉链子，得体又端庄，带着贵妇人的气质和度量。不过见了几次面，她已经能和景夫人以姐妹相称，一副感情甚笃的模样。

周末，景言陪白璐去试婚纱，天气虽冷，店里却是暖意融融。

白璐穿着洁白的纱裙出来时，明显听到景言轻轻吸了口气。

这是国际著名婚纱设计师的作品，专为白璐量身定做，上头镶满了碎钻，随着她的走动，裙摆泛着璀璨的光泽。

白璐整个人美丽得像在闪闪发光。

白璐慢慢地走到景言面前，提着裙摆转了个圈，然后对他轻轻一笑，带钻的花环缠绕在乌黑的发间，随着她的动作轻轻晃动，格外漂亮。

"好看吗？"

"好看。"景言怔怔地道，目不转睛。

婚纱是抹胸款的，背后是"V"字形设计，白色绑带交叉相错，遮挡住了大半的后背，却让那一对纤细精致的蝴蝶骨完整地露了出来。

景言几乎是在白璐转身的第一秒就被掠夺了呼吸，盯着那片雪白，移不开眼。

魂牵梦萦多年，如今，他终于得偿所愿。

还没等他看够，白璐已经越过了他，从旁边椅子上的包里翻出手机，递到他的手中。

“快，帮我拍个照。”

景言抿着嘴角不动，眼里都是不满。

白璐反应过来，轻笑踮脚，在他的唇上亲了一下：“好了，快给我拍照。”

都说，带着爱去拍的照片会比平时美三分。白璐翻着手机里新出炉的成品，第一次觉得，这种文艺又矫情的句子可能是真的有事实依据。

照片里面的她很美。人很美，笑容很美，婚纱很美，姿势和动作都很美，就连光洁的地板和头顶的水晶吊灯都很美。

白璐迫不及待地把这几张照片发到了朋友圈。

“景先生镜头里的我，比真人更要美上三分。”

照片一经发出，沉寂了许久的朋友圈瞬间沸腾起来，白璐从幼儿园到大学的同学纷纷给她留言祝福。

白璐舍不得脱掉这一身婚纱，索性就这样坐在椅子上，靠在景言怀里翻看着评论。

看着评论里一条条的“美美美”，白璐唇边的笑意越来越深，连眼睛都眯了起来。

景言揽着她，却被背后那片细腻白皙的肌肤晃得有些分神。

白璐此刻无从察觉。

手机突然振动起来，伴随着悦耳的铃声，屏幕上显示出程语嫣那张大眼红唇自拍照。

白璐猛地想起，这件事情还没有和大洋彼端的那个人说。

她手忙脚乱地接起电话，挣脱景言的怀抱，往角落里走去，刚“喂”了一声，那头立刻就炸了。

“白璐，你竟然要结婚了？！我是最后一个知道的？！你速度也太快了吧，半年前和我说要相亲，四个月正式交往，现在就结婚？”

程语嫣的语气饱含怒火，满是难以置信。

白璐深吸一口气，揉了揉眉头，解释道：“那个……我也是刚刚才和大家宣布这件事情的，之前还没有完全确定。你这段时间不是忙嘛，加上有时差，我一直找不到合适的时间给你打电话。哎呀，我错啦！”白璐深知她的秉性，嗓音轻软地道歉。

果不其然，那头的人哼了一声后，说话的音量小了一半："我过几天就回国了，到时候，你可得一五一十地告诉我！"

"啊，你怎么突然就要回来了？"

"项目忙完我就回来啦，出来都快一年了……"程语嫣感慨道，"想念霖市的雾霾，拥挤的交通，没心没肺的闺密——"

"别别别，"白璐立刻打断她，轻笑出声，"我的心和肺都好好的呢。"

两人聊了几句，便结束了通话。

白璐提着裙摆走出去，景言抬眸望了过来，问道："谁呀？笑得这么开心。"

"好朋友，之前一直在国外，过几天要回来了。"

"我好像还从来没见过你的朋友……"景言若有所思，"下次一起碰个面？"

"好呀。"白璐含笑点头，"我玩得好的朋友没几个。"她想了想，又补充道，"不像景少爷，八面玲珑，关系好的朋友一个屋子都装不下。"

景言："……"

试完婚纱，两人又顺便敲定了婚纱照的拍摄日期，看了几个地点，最后，景言大手一挥，直接决定去马尔代夫。

白璐算了算，全程拍摄完，程语嫣也差不多回国了，她没有异议地点了点头。

机票买的头等舱，睡觉特别舒服，除了时不时过来问候的美貌空姐之外，一切都很完美。

飞机抵达时是上午，一落地，白璐便感觉到温暖的空气从四面八方涌了过来，包裹住了全身，仿佛是春暖花开的季节。

白璐仰面看了一眼头顶湛蓝的天，忍不住伫立在原地，眯着眼睛笑。

"看什么？"景言捏了捏她的脸，轻声问。

"天好清透，好长时间没有看到这么漂亮的颜色了。"

霖市入冬以来一直雾霭沉沉，天阴阴的，如此湛蓝的天极其少见。

白璐的嘴角弯起一个轻浅的弧度，白皙的侧脸上散落着几缕乌黑的发丝，随着风轻轻飘动，唇色是樱桃般的红。

景言眼神温柔，双唇轻启，声音低沉醇厚，像是大提琴的琴弦被拉动时，发出的一声低鸣："不及你美。"

天很蓝，很漂亮，却不及你让人心头荡漾。

穿得美美的是一件让人很开心的事情，拍照却是个苦力活儿。

白璐忍不住抬手揉了揉笑僵的脸，却被一旁的化妆师阻止道：“哎，小心点儿，待会儿妆会花掉。”

白璐失落地放下手，鼓了鼓腮帮子活动肌肉，脸颊鼓起又扁下去，像个在胀气的河豚。

今天的她格外美，景言拿起手机抓拍了几张，恰好拍到白璐鼓着腮帮子的模样。

真可爱。

他望着手机里的人傻笑。

镜头里的她穿着洁白的婚纱，头上是一顶漂亮的花环，几缕刘海儿随意地散落在额角，她的眼睛很大很黑，绯红的唇微微嘟起，白皙粉嫩的脸颊鼓得圆圆的，纯美又无辜，像个刚下凡的小仙女。

景言越看越喜欢，忍不住把这张照片设置成了手机屏保。

婚纱照一共拍摄了三天，去了七八个景点，换了十套衣服，堪称是甜蜜的折磨。

打道回府的那天，两人同时松了一口气，却又莫名失落。

“突然感觉自己变丑了。”白璐对着镜子顾影自怜，企图能得到身后那人的安慰。

景言点点头，附和道：“确实没有之前那么艳光四射了。”

白璐：“……”

她眯着眼睛扭头，正欲教一教这位大少爷如何做人时，只见他又点头道：“不过，依然很漂亮。”

好吧。白璐眨了眨眼，心满意足地继续照镜子。

见到程语嫣已经是一周后。

她回国在家当了几天乖乖女，给她爸献完殷勤之后，才得以空出手来“收拾”白璐。

两人一碰面就开始翻旧账，而后八卦起白璐的这位未婚夫。

很难得，一直单身的人竟然要和认识半年的相亲对象结婚了。

从认识白璐以来，程语嫣就没见她身边少过追求者，但她永远是一副淡淡的模样，用同样的措辞毫不留情地拒绝掉了那些人。

读书时，白璐拒绝的理由是要专心学习；出来工作了，拒绝的理由就变成——对不起，我不喜欢你。

直截了当，把人家的一颗真心打得稀巴烂。

直到白璐迈过了二十五岁的门槛，路菲开始急了。路菲这么好面子的人，可不想让自己的女儿成为“滞销货”，趁白璐现在这个最美的年纪，路菲得让她赶紧找张长期饭票，好带着自己一起飞黄腾达。

白璐就这样奔波在了相亲路上。

此后，程语嫣生活乐趣的很大一部分来源于听白璐吐槽那些相亲对象。

作为一名资深记者，白璐对他们的描述总是准确而又犀利。比如：第一句话就问她是不是处女的精英商务男，把秋衣塞到牛仔裤后外穿的理工小哥，还有假发不小心掉下来的秃头大叔。

景言这位未婚夫可以说是白璐嘴里评价最高的一位了。

程语嫣好奇得心底如同猫爪挠，她迫不及待地想知道把白璐这只骄傲的小天鹅收回家的是何等高人：“快快快，给我看看照片！”

“没有。”白璐脸不红心不跳地说谎。

把景言的照片特意拿给别人看，她总感觉怪怪的。

“好吧。”程语嫣失望地坐了回去，接着，又猛地弹跳起来，“对了，你还一直没有和我说过他叫什么名字呢！”

“景言。”

“什么？！”程语嫣瞪大了眼睛。

白璐点点头，一脸平静：“就是你知道的那个。”

程语嫣半晌才缓过神来：“不是，他怎么会相亲？还是和你？”

“说是想结婚了，我妈叫我去的，可能不知道哪里搭上了线吧。”

“他当年和我们一所高中，你知道吧？”

白璐点点头，她可谓非常清楚，毕竟景言是班里的女生每天都会挂在嘴边议论的人。

“那你也知道他的追求者很多吧？”

“嗯。”白璐微微颔首。

“好吧。”程语嫣双手环胸，倚在沙发靠背上，翻了个白眼，“后面的事情，你应该比我更清楚了，毕竟，你可是在电视台工作。”

“不过白璐——”她突然坐直身子，一脸正色，“这样子的人，你驾驭得住吗？”

“婚姻就是各取所需，与其找个普通人，不如找个‘高富帅’。”白璐耸耸肩，一脸坦然，“况且，我也挺喜欢他的。”

程语嫣听完没作声，眯着眼睛打量了她许久，忽然嗤笑一声：“白璐，你就吹吧，当年追你的人‘高富帅’还少吗？”

“可都没他有钱，也没他好看。”白璐耸耸肩，挑着嘴角，无所谓地笑。

程语嫣翻了个白眼，瞪着她，白璐不甘示弱地回视，两人僵持片刻，程语嫣突然起身抓起后头的抱枕朝她扑过去：“死丫头，还想瞒着我，乖乖地从实招来。”

白璐措手不及，奋力抵抗，一来一往间笑闹不断，直到程语嫣发泄完，两人方才气喘吁吁，各自疲惫地倚在沙发上。

“说吧，决定性的原因是什么？据我多年的了解，你可不是这么容易和别人结婚的人。”程语嫣胸有成竹地说。

白璐浅笑着，把双手交叠在沙发靠背上，然后将下巴轻轻地搭了上去，若有所思：“嗯……大概是很累很累的时候，从黑暗中推开门，眼前蓦然照进来一片光亮……”

“说人话。”程语嫣直截了当地打断她。

“我看到他陪着白子轩玩。”白璐突然坐直身子，一脸正色，“语嫣，你知道吗？我已经很久没有见过轩轩那么开心了。”

“所以，你前半辈子围着白子轩打转还不够，后半辈子选的男人也要围着他转是吧？！”程语嫣一脸恨铁不成钢地怒骂。

“不是的，”白璐出声辩解，满脸认真，双眸乌黑发亮，“因为那一刻的他真的很温柔，很吸引人，我觉得喜欢小孩子的男人本性都不会很坏，当然——要对轩轩好也是很重要的。”

程语嫣听完哼了一声，勉强接受了她这个解释，两人又闹了会儿，方才聊起彼此的近况。

聊得差不多的时候，程语嫣打开背来的大包包，往外一样样地掏着东西。

高档护肤品、国外网红推荐的物件、各种奢侈品牌的东西，一件件地放满白璐的沙发。

程语嫣抖了抖空空的包，拍拍手，满脸傲娇：“好了，这些都是带给你的礼物，开心吗？！有没有想嫁？！”

“超开心！”白璐双眼放光地俯身抱住那一堆精致的盒子，满脸感动，“要不然，我现在去和景言退婚，嫁给你吧！”

“去去去，我可放不下我家赵祁铭。”程语嫣哼了一声，昂着头拒绝。

两人的笑容却不约而同地淡了下来。

过了一会儿，白璐才迟疑地问：“你们最近……还有联系吗？”

“有啊，那种联系咯。”程语嫣抬手撩了撩头发，不在意地答。

白璐见状，小心翼翼地问："那你在国外的时候……"

"他飞来看过我几次。"程语嫣努了努嘴，一脸无所谓地挽上了白璐的手臂，"算了，不说他了，我们去逛街吧，嘻嘻。"

"好啊。"白璐伸手摸了摸她的头，神色温柔，眼底却有些复杂的情绪。

天气越来越冷，街道上的行人不多，看起来有些冷冷清清，灯火通明的店里却是人声鼎沸。

隔日，白璐下班后，约了景言和程语嫣吃饭。

热气腾腾的火锅汤底烧开，白雾慢慢升起，气氛也随之热络起来。

程语嫣在自家公司上班，是一个部门经理，衡×实业在霖市也算数一数二，和景言聊起工作上面的事情，你来我往的，丝毫不见冷场。

白璐看着侃侃而谈的景言，莫名有些惊奇，很少见他露出如此成熟稳重的模样。

橘黄色的灯光下，他闲适地倚在沙发上，解开白衬衫上面两个扣子，黑色西装套在外面，头发梳成中分，露出光洁饱满的额头。

两人正谈到公司上市。

"衡×是家族企业，里面的关系错综复杂，我个人觉得不太适合上市。"景言淡淡叙述，眉眼俊秀，高挺的鼻梁有着完美的轮廓。

"我也是这样想的，"程语嫣嗤笑一声，面露讥讽，"自己人都斗得一团乱，还想外人掺和进来，真是越活越糊涂。"

"他年轻的时候也挺糊涂的……"景言低笑，"不然，你也不会有这么多兄弟姐妹，现在都在明争暗斗。"

程语嫣冷笑道："是呀，前段时间，他们还想方设法地把我赶出国，好在，我又一次狠狠地打了他们的脸。"

"听说这次华天的这个项目是你拿下的？"景言低头喝了一口茶水，不经意地说道。

"下了不少功夫。"程语嫣神色倒是松弛了几分。

"女中豪杰啊！"景言点头夸赞道。

程语嫣的唇边浮出丝丝笑意："哪儿比得上景少，把偌大的少临打理得井井有条。"

景言闻言轻笑，低头给白璐夹了一块烫好的肉，温声嘱咐："多吃点儿，你最近好像瘦了。"

白璐白了他一眼，景言回了一个无辜的眼神。

程语嫣见状，勾起唇，端起面前的杯子喝了一口温水。

吃完饭，街上热闹起来，路两边的人行道上挂着晶亮的小灯，周边灯火通明，白璐把手塞在景言的口袋里，两人慢慢相携而行。

“你们是高中同学？”景言侧头轻声问。

“嗯……”白璐颔首。

她读高中的时候，家里还没破产，上的是“贵族学校”，里面的人非富即贵，她和程语嫣就是在那个时候认识的。

“她父亲对她怎么样？”景言状似随意地问起。

白璐认真地打量了他片刻，方才轻声开口：“一般般吧，他们家光夫人生的就有两个儿子和一个女儿，更别提那些没进门的，语嫣能走到今天这一步，吃了不少苦头。”

景言点点头，平静的脸上看不出情绪。

白璐觉得，这一刻的他有些陌生，连同着手心传来的温度都变得不真实起来。

忙忙碌碌，时间转眼即逝。

十二月底，婚礼如期举行。

婚礼全程都是两家的长辈在操办，景言和白璐只负责出席，就连婚礼的前一天，两人都还在处理工作上的事情。

婚礼当天，白璐一大早就被拉起来化妆、穿婚纱、整理发型，折腾了半天，最后在房间静静地等待新郎的到来。

景言穿着黑色的西服如约而至。

这一刻，白璐看着他熟悉俊朗的脸，心底突然平静得没有一丝波澜，就像是灵魂飘荡在空中，面无表情地看着底下一群人的喜怒哀乐。

白璐看见自己展颜，扬起唇，朝景言露出幸福灿烂的笑容。

华丽而梦幻的婚礼几乎是每个女孩子的梦想。

走红毯，宣誓，交换戒指，亲吻，然后招待一批又一批的陌生宾客。

宾客除了双方的家属，几乎都是景家的世交和重要的合作伙伴。电视台没有一个同事来，白璐所邀请的都是关系不错的老同学，还有白家落难时，伸过援手的亲戚朋友。

她并不期望自己嫁入豪门的事情尽人皆知，不然，以后基本就没有安生的日子过了。

就连和景言在一起的这半年，白璐都从来没让他到公司楼底下去接过她，他都是在不远处的十字路口处等着她。

婚礼圆满落幕，宾客散场，男女双方分别接待着各自的重要亲属，安排住宿事宜。

景言喝了酒，不能开车，司机送两人回了东滨路电视台附近的那套房子。那里一个月前就装修竣工了，前不久，白璐和景言正式搬了过去。

今天是两人第一次在这儿过夜，未来他们将会在这里一起度过无数个日夜。

这是属于他们的房子，是两个人的家。

景言身上的酒味很重，步伐却丝毫不乱，白璐也不知道他方才在席上到底喝了多少，但从他往日的应酬和聚会来看，酒量应该是不错。

一打开门，景言就倒在沙发上，手覆住额头，闭着眼睛，满脸疲惫，无处安放的大长腿随意垂落。

白璐在玄关处换了鞋，脱掉身上的大衣。

安静的客厅里响起他的喃喃自语，低沉随意，却无比清晰："结婚可真累，幸好，一辈子只有一次。"

白璐的动作停住，心头像是被不知名的东西轻轻地撞击了一下，飘浮了一整天的灵魂归位。

白璐恍然意识到，他们是真的结婚了。

他们在现实和法律上都被绑定在了一起，成了一对夫妻，组成了一个新的家庭。未来的生命里将会多出来一个人，无论发生什么，或悲或喜，或苦难或幸福，他们都会携手一路前行，互相扶持，互相陪伴。

如果不出意外，他们将会共度余生，从黑发到白头。

夫妻，真是一个温暖又缥缈，轻易就让人能产生憧憬的词语。

白璐踩着柔软的拖鞋走过去，立在景言的脚边，弯起膝盖，轻轻踢了他一下。

"去不去洗澡？"

"不去……"景言皱着眉头低声拒绝，"你先去吧，我缓一下。"

"好。"白璐颔首，想了想，又去厨房帮他烧了壶开水。

卸妆后换衣服，折腾了半天，白璐洗完澡出来，厨房的水已经变温了，她倒了杯，从冰箱里拿出蜂蜜，倒了点儿进去搅拌好后送到客厅。

白璐将湿漉漉的头发包裹在毛巾里，屋子有暖气，她穿着中规中矩的长袖睡衣，很宽松，衣服看起来空荡荡的。

白璐喊了景言几声，他迟缓地睁开眼，眸子里情绪幽深浓郁，片刻后又恢复了往日的平静。

"喝点儿蜂蜜水，解酒。"

“好。”景言挣扎着起身，就着她的手低头喝了大半杯，须臾，又躺了回去。

他睡了几分钟，揉着眉心爬了起来：“我去洗澡。”

“嗯。”白璐盘腿坐在地毯上吹头发，微不可察地应了一声。

一头黑发吹干，大概花了十分钟，白璐用手指从发根顺到发尾，柔顺细腻，一梳到底，她满意地笑了笑，收起吹风机。

白璐上床后好一会儿，景言才穿着睡衣进来，头发已经吹干，蓬松柔软，眉眼清俊，皮肤白皙细腻，像一块上好的羊脂玉。

他掀开被子上了床。

白璐往旁边挪了挪，给他空出更大的地方，景言的动作停了一瞬，微不可察地看了她一眼。

白璐忍不住缩了缩肩膀。

此刻，房间的大灯已经关了，床头开着一盏橘色小台灯，光柔柔的，照亮了一方天地，静谧的房间里，只听得见彼此的呼吸声。

暖和的被子里，她仿佛能感受到他近在咫尺的温度。白璐的身子有些僵硬。

下一秒，旁边横过来一只大手，在她腰间轻轻一带。白璐轻呼一声，整个人被景言揽进怀里。

湿热的呼吸伴随着柔软的唇落了下来，唇舌交缠间，白璐慌乱的心渐渐平复，变得坦然而顺从。她脑海里一片白茫茫，闭着眼睛，意识像在一寸寸抽离，整个人被一种陌生的感觉包裹。

浑浑噩噩，恍惚沉沦，不知过了多久，身上的人才停住动作。

景言将头埋在她的颈间，呼吸急促又猛烈。两人依旧紧紧地靠在一起，然而，此刻的亲密比起方才，显得温和又平静。

平复片刻，白璐忍不住动了动。在她头上来回摩挲的手顿住。

“还好吗？”他低声问，声音哑得不像话。

白璐闷闷地说：“不舒服，想洗澡。”

“我去帮你放热水。”景言说完，翻身下床，片刻，他把白璐从被子里抱出来，直接放到了浴缸中。

经历过方才的事情，“坦诚相对”已经不足以让人忸怩，泡在温暖的水中，酸痛乏力仿佛一点点在消散。白璐把头搭在浴缸边缘，轻轻地合上了眼。

景言快速地在一旁的花洒下冲了个热水澡，穿好衣服后，他将手探进浴缸，水波轻动，闭着眼睛的那人瞬间睁开眼，警觉地盯着他。

“我试一下水温。”景言轻笑。

白璐瞪了他一眼又闭上眼。那一眼似娇嗔似佯怒，水雾弥漫的眸子里，眼波流转，乌黑清亮，无比撩人。

景言身子一僵，极快地移开视线，不自然地说：“待会儿水凉了就赶紧起来。”

话音刚落，他立刻拔腿出了门，避开这一室的活色生香。

白璐泡完热水澡，极为满足，方才缓解了几分不适，门边放着干净的衣物，估计是景言拿过来的。

白璐穿好衣服出去时，景言闭着眼睛躺在被子里，满脸安然，那盏橘色小灯散发出温柔的光，照在他的脸上，显得十分温暖。

白璐绕到床的另外一头，爬了上去，然后小心翼翼地盖好被子，她正一边动作，一边暗自用余光打量着景言，只听吧嗒一声，整个房间一片黑暗。

白璐被拉到一个熟悉的怀里。景言从后头抱住她，头在她的颈间蹭了两下，接着没有了动静。

白璐僵直的身子慢慢放松，然后闭上眼睛，安心睡去。

新婚之夜，名副其实。

婚假一共有三天，黏腻劲儿过去之后，两人各自又忙了起来。

景言的应酬很多，但每次都会提前和白璐说，一周大概有三天在家吃饭。每每到景言在家吃饭的日子，白璐都会准时下班回去做饭。

路菲也遵守了她的承诺，减少聚会交友，用更多时间在家照顾白子轩。这是白璐婚前和她提的条件。

白璐觉得自己的生活好像没有多大变化，却又好像慢慢变得好了起来。

没过多久就是春节，白璐在景家过年。夜里，烟花在黑幕中炸开，五彩斑斓。一起吃过年夜饭，景父景母坐在沙发上看春晚，白璐和景言在一旁陪着。

主持人字正腔圆的声音响在耳边，身旁那人的手机也在响个不停。

景言的嘴角挑着一抹笑，倚在沙发背上，懒洋洋地按着手机。

白璐瞥了他一眼，没有作声。

片刻后，景言凑了过来，在她耳边轻声道：“秦子然他们组了个局，要出去玩一下吗？”

“你想去？”白璐偏头睨他。

景言挑眉笑了，觉得她明知故问。

“好吧。”白璐点点头，没有多大的表情变化。

景言随即出声和二老报备：“爸、妈，秦子然叫我出去玩，我带白璐一起过去啊！”

两人明显习以为常，景父的眼睛都没从电视上移开，点了点头，景母看过来嘱咐几句：“早点儿回来，路上注意安全。”

景言点点头，拿上白璐的大衣和包，拥着她出了门。

这次去的是“流年”，外面警卫森严，门边停了一排名车，景言把手里的钥匙丢给迎上来的门童，拉着白璐畅通无阻地走进去。

门内仿佛是另一个世界。

大厅内堪称金碧辉煌，红毯一路延展向前，脚踩在上面，一点儿声音都没有，大堂有各色人出入，热闹非凡。

这里的除夕夜依旧人声鼎沸。

景言拉着白璐一路直行，穿过大堂，直接上了旋转扶梯，底下的事物慢慢缩小，富丽堂皇的景色变成了小幅画面。

白璐被景言拥着进了尽头的包厢，服务员弯腰拧开门时，白璐抬眸看了眼上面的数字。

八个八——倒是吉利。

里面的空间很大，但因为人多，依旧显得有些拥挤。

看见景言的身影，正在聚众寻乐的人群中顿时传出来几声热情的招呼。

“景少，这边这边！”秦子然率先站起来。看到旁边的白璐时，他的笑容越发灿烂：“嫂子也来了啊！”

白璐冲他点点头，假装没有感受到从四面八方投过来的各种视线。

景言带着她到沙发边坐下，前面是个茶几，上头放着不少高档名酒，还有几副扑克牌和几个麦克风。

不远处，墙上挂着液晶屏幕，正滚动着歌词，柔曼的女声从音响里缓缓传出来。

白璐不着痕迹地环顾了周围一圈，有些人在婚宴上打过照面，还有不少陌生面孔。

她对人脸几乎是过目不忘，因为工作性质，她经常要和陌生人打交道，这是逐渐训练出来的。

“景言，过来了？”两人刚坐下不久，一名女子就端着酒杯走了过来，灯光下，她的容貌极其艳丽，笑容得体又漂亮。

她极其自然地站在景言面前。

另一侧的陈天昊立即起身让座，态度殷勤又热络：“苏大小姐，来来来，您坐。”

苏韵的目光和白璐的目光在空中交汇几秒，随后苏韵微微一笑，一脸理所当然地坐在景言旁边。

景言侧头望了过去，唇边挂着一抹浅笑，颔首道：“刚到。”

“几天不见，好像又帅了一点儿。”苏韵的声音带着笑意，语气熟稔，如同好友一般随意闲聊。

景言和她寒暄起来。

白璐端起茶几上的杯子，轻抿了一口红酒，舌尖传来丝丝苦涩。

苏韵，苏氏集团唯一继承人，和少临共同撑起霖市经济，前些年，苏氏略微弱势一点儿，但近几年，苏氏越做越大，有和少临并驾齐驱的势头。因此，苏董最操心的就是苏小姐的婚姻大事，放话说一定要挑选出霖市最优秀的青年才俊，才能接稳他打下来的江山。

其实，外界传闻中，苏董最中意的就是景言，但由于一些不为人知的原因，两家最后没能结成亲家。

外人倒是惋惜，景少爷和苏小姐青梅竹马，从小一起长大，感情肯定比常人深厚。

白璐看着一旁微笑聊天的两人，心里也不由得有些惋惜：他俩倒是般配得很。

她有些百无聊赖地低头玩着手机，刚刷了几下朋友圈，掌心的手机就被人抽走了，白璐抬头，景言正似笑非笑地看着她。

“中乾的那只股票……”苏韵的声音也随之顿住。

白璐用眼神询问他，景言手指轻轻一摁，屏幕黑掉：“不准玩手机。”

白璐：“……”

“对了，苏韵，还没和你介绍，这是我妻子，白璐，之前婚礼的时候你没来，应该还没见过吧？”景言松松地揽着白璐的肩膀，一脸微笑地向苏韵介绍。

苏韵的眼神瞬间复杂了几分，脸上的笑意却未变：“你好……”

说着，苏韵微微点头，白璐回以微笑。

“对了……”打完招呼，苏韵又转头和景言聊起天。

两人一谈到股票，一旁的陈天昊和秦子然也纷纷插了进来。

几人聊得十分热闹，白璐的手机被没收了，只得耐着性子去听他们聊天。

“中乾的股票昨天不是涨停板了吗？”秦子然兴致勃勃，“那个赵祁铭倒是有点儿手段，比他们家老头子厉害多了。”

“可不是，最近这几个项目做下来，年利润起码翻了一倍。”陈天昊附和道。

“听说，他好像还准备和李家联姻？到时候可真是强强结合。”苏韵摇了摇杯里的酒，目光里藏着一抹深意，望向白璐的方向，“找个合适的妻子，可谓如虎添翼呢。”

话音落地，几人不约而同地安静下来，眼神飘忽。

谁不知道白璐的家庭背景？

苏韵这个话，让人听了忍不住多想。

秦子然轻咳一声，面色尴尬，正欲转移话题，一旁的景言已经淡淡地开口。

“话虽如此，可其实，真正的强者根本不需要牺牲自己的婚姻。”

景言低头看向白璐，嘴角带笑，声音温柔：“像我和璐璐结婚，就是因为爱情。”

此话一出，一干人顿时无言。

秦子然抬头望天，陈天昊低头看地，不远处还传来了几声轻咳。

白璐有些尴尬地笑了笑，正好对上苏韵暗沉的眸子。

他们这个圈子里的人结婚，有几个是因为爱情？这真是一句听起来荒唐又虚假的话。

秦子然暗自嗤笑，和陈天昊的目光对上，却都在对方眼里看到了羡慕。

奇怪的气氛中，只有景言自在如初，垂眸捏着白璐的手指把玩，弯着唇轻轻笑。

“要不要唱歌？”他目光瞥向茶几上的话筒，问白璐。

“不要。”白璐果断拒绝。

“那你想听什么，我唱给你听？”景言俯身拿起话筒，嘴角的笑意醉人。

“嗯……”白璐沉吟片刻，最终保守地开口，“唱你拿手的就好。”

景言的眼神充满深意，盯着她看了两秒，然后慢悠悠地从沙发上站起来，走到点歌机那边，他的手指在屏幕上轻戳几下，眼前的画面切换，音乐前奏响起。

白璐微愣，眨了眨眼睛，是庾澄庆的《情非得已》，很多年前风靡全国的电视剧《流星花园》的主题曲。

悦耳的男声传了出来，简单动听的旋律，一下子把人拉回那段时光。

轻快，熟悉，歌词曲调却带着点儿青涩，让人立刻体会到了那种对心爱的女孩难以克制仰慕，与自卑又胆怯的心情。

令人怦然心动的一首歌。

难得景言能唱出这种感觉，而且歌声出奇地好听。

白璐的目光落在那个拿着话筒的人身上，心情突然愉悦了几分。

一首歌结束，房间里响起热烈的叫好声，其中，陈天昊最为大声：“难得景少愿意唱歌，在座的各位今天可算是有耳福了！”

“怕是托了某人的福。”秦子然朝白璐挤眉弄眼。

景言低头笑了，拿着话筒走过来，在白璐身旁坐下，伸手揽住她的腰，闲适地倚在沙发靠背上，无处安放的大长腿随意弯起。

下一首歌切了进来。

是一首粤语歌，Beyond 的《喜欢你》。

白璐望向身旁那人，景言正看着她，眼睛亮晶晶的，里面满是笑意。

“细雨带风湿透黄昏的街道，抹去雨水双眼无故地仰望。”

歌声缓缓响起，音调几乎和原唱一模一样，咬字也很标准，他的粤语发音极好听，与平日里说普通话时相比，更有种特别的魅力。

他渐渐唱到高潮部分。

“喜欢你，那双眼动人，笑声更迷人……”景言侧头，含笑望着白璐，歌词缓缓吐出，一字一句，不容拒绝地侵入她的脑海。

白璐和他对视几秒，几乎是惊慌失措地移开视线。她悄悄地深吸几口气，缓缓平复着有些慌乱的心跳。

景言唱了五六首歌，房间的气氛已经达到最高点，其他人接二连三都去点歌了，那头的麻将桌空了出来。白璐极其自然地用余光瞟了一眼，过了一会儿，又偷偷地看了一眼。

见状，景言暗笑，凑过去低声问：“要去打麻将吗？”

“好吧。”白璐状似勉强地点头。

两人走过去刚坐下，另外一名女眷就跟着坐了下来，伸出双手开始洗牌。她白嫩细长的手指按在翠绿色的麻将上，被涂抹成大红色的指甲格外显眼。

“哎呀，我也好久都没打牌了，过来凑个角，没问题吧，景少？”她轻飘飘地望向景言，嘴唇艳红无比。

这张脸很陌生，白璐确信自己没有见过她。

“当然可以，正愁没人呢。”

景言礼貌地微笑，然后低头在白璐耳边轻声道：“这是长源的大公子谢陆的女朋友。”

女朋友？白璐脑海里立刻闪过前不久谢陆结婚的新闻，瞬间了然。

她没有表露出一丝异样，弯起唇，朝对面那个女人点头打招呼。

景言环顾周围一圈，朝正在兴致勃勃地唱歌的秦子然招手。

“秦子然，过来，凑个数。”

“我这儿刚进入状态呢！”秦子然抗议道。

“别，你进入状态了才可怕。赶紧过来，不要毒害大家的耳朵了。”景言笑着道。

秦子然骂了两句，拉着一旁正欲接手他话筒的陈天昊一起过来了。

“走走走，有福同享，有难同当。”

四人凑成一桌，景言照旧在一旁观战。

第一局，秦子然自摸，得意得不得了。接着，陈天昊也和了一把。玩了两局后，白璐的手感来了，接下来一路自摸和杠上开花。

秦子然掏钱掏得哇哇大叫。

“早说了不来不来，谁能打赢白璐啊！”上次那件事，他记忆犹新，最后筹码都输光了。

秦子然忍不住哀怨地瞪了景言一眼。

后来又打了几轮，依旧是白璐手气最旺，对面那个女人把牌一推，脸色阴沉。

“不来了。”

“从上桌到现在都没有和过一次，今天的运气差到极点了。”她的嘴角依旧挂着娇媚的笑，只是此刻却有些僵硬。

不远处玩着纸牌的谢陆听到动静，望了过来，见状高呼：“宝贝儿尽管来，没关系。”

“哎呀，打牌不就是图个乐，这一直输有什么意思？”她望向白璐，眼神意味不明。

有心人都能听出来，她是在暗讽白璐较真。

一时间无人说话，只有白璐依旧一脸从容地洗牌。

“是这样的，要像我这样一直赢才好玩呢。”

几人顿时无话。

一道声音蓦然插进来。

“三缺一啊，那我来凑个数好了。”苏韵挂着盈盈笑意，慢悠悠地走过来。

对面的那个女人立即起身让座，撩了把头发，捏着嗓子说了句“哎呀，我还是去看我家谢陆打牌好了”，就扭着腰走了。

苏韵镇定自若地坐下，似笑非笑地环顾一圈，目光最后在白璐身上停顿几秒，而后开始洗牌。

“不是吧……”秦子然苦笑着道，“今天怕是连底裤都要输掉了……”

“现在走还来得及吗？”陈天昊哭丧着一张脸。

白璐侧眸询问般地望向景言，他俯身过来小声解释：“她学过心算，能记牌。”

“哦。”白璐点点头。

景言又解释：“所以，我们打牌打麻将的时候都是不准她参与的。”

“那现在可以拒绝吗？”白璐打量一眼对面已经开始码麻将牌的人，问。

正如其他人所说，之后，白璐的优势荡然无存，苏韵上桌后，白璐不停地输牌，桌角上的那堆筹码很快见底。

对面那人又推倒了牌。

白璐拿起最后几个筹码给了出去，低笑起身。

“我确实不如苏小姐，要不，景言你来？”

景言立即摇头拒绝，轻笑着道：“这怕是不行。”随后，他抬手看了一眼腕表，拿起白璐挂在椅背上的大衣和包包，起身告别，“时间不早了，我们先回去了，你们好好玩。”他对着几人微微颔首，揽着白璐往门口走去。

一出门，景言就小心翼翼地打量起白璐的脸色，只是，怀里那人的情绪依旧平静无波。

白璐突然发问：“对了，那个赵祁铭要和李家联姻的事情，是不是真的？”

景言捏着方向盘的手指骤然一紧，侧过头，小心翼翼地问道：“你怎么突然问起这个？”

“心虚了？”白璐挑眉，看着打算组织措辞的景言，想起苏韵方才的话，又平静地解释，“她说的原本就是事实，我倒是不介意什么，只是赵祁铭和语嫣……”

白璐组织了一下措辞，接着道：“有着你情我愿的关系。”

她说完又补充道：“语嫣对他的感情很深。”

“你这个朋友真是……”景言打着方向盘轻笑了一声，神色意味不明。

前方是个十字路口，亮着红灯，车子停住后，他侧头看向白璐，眸光幽深。

“赵祁铭能把她吃得连骨头都不剩。

“至于联姻——十有八九是真的。”

白璐的一颗心瞬间跌到谷底。

程语嫣和赵祁铭是在一次商业酒会上认识的。

赵祁铭完全是程语嫣的理想型，一张脸像是刀刻出来一样棱角分明，还能把一身西装穿得禁欲感十足。

程语嫣当天就扑上去了，难以想象的是，赵祁铭竟然没有拒绝。

直到后来，程语嫣才知道，那天，赵祁铭谈了八年的初恋女友跟了一位富商，踹了他。

那个时候，赵祁铭还是赵家的私生子，他在中乾的一个边缘部门做小主管，手里没有任何实权，也没多少钱。那姑娘等了八年，最终还是为了面包，舍弃了爱情。

而程语嫣和赵祁铭也就一直维持着这种关系，直到现在。

算一算，差不多有两年了。

赵祁铭能走到如今这一步，程语嫣没少在背后帮忙。

白璐在心里直骂他是“渣男”，连带着对景言都没有了好脸色。

她疲惫地揉了揉眉头，心中烦乱不已。

第 三 章

你就是袅袅

车子很快开到景家别墅外，接近凌晨，里面依旧灯火通明，白璐立刻恢复如常，挽着景言的手走进去。

景父景母果然还没睡，家里的许阿姨做了夜宵，二老正坐在餐桌前准备开动，见两人进来，立即热情地招呼：“来，刚做好的酒酿汤圆，快尝尝。”

景言正欲拒绝，白璐已经微笑着答应了，拉着他走过去。

一起吃完夜宵，两人上楼后，白璐的心情明显有些低落。洗完澡，她就直接上床睡觉了，没有和景言交流半句，就连景言伸手去抱她时，都被她一把拨开了。

“我想一个人睡。”

景言默默地收回手，望着她的背影，翻了个身，用力地闭上眼睛。

翌日醒来，白璐依旧被他抱在怀里。

看着那张熟睡的脸，白璐轻手轻脚地从床上爬起来，洗漱完走到阳台上，拿起手机拨通程语嫣的电话。

程语嫣睡得正香，语气里带着浓浓的不耐烦和睡意。

白璐直截了当地开口问她：“赵祁铭和李家要联姻的事情，你知不知道？”

静默两秒后，那头的声音顿时变得清醒起来。

“知道。”

“那你打算怎么办？”

“还能怎么办，这不是还没结婚嘛。”程语嫣无所谓地笑着说。

白璐深吸了一口气，一只手拿着电话，另一只手环在腰间，语气沉重。

“语嫣——”

“好了，”程语嫣打断她，“道理我都懂，你不用再说了。”

她说完，语气又软下来，轻声道：“白璐，并不是谁都像你这样幸运的。”

白璐挂了电话，望着阳台外厚厚的白雪发呆。

远处，山林地面都被纯白笼罩，纯粹得没有一丝污渍。昨天后半夜下雪了，她睡得熟，毫无知觉。

她的身后突然响起细碎的脚步声，一具温热的身躯贴上来，她的腰被一双手环住。

景言把头搭在她的颈间，声音低哑：“怎么站在外面，不冷吗？”

白璐摇摇头，转身抱住他，把冰凉的手塞到他的衣服里。

景言瑟缩一下，把她从地上拉起来，抱到床上，拉过旁边还带着余温的被子，把两人紧紧裹住。

“冷死了冷死了！”

他一边叫着，一边动手扒白璐的衣服，湿热的唇也随即落了下来，不在自己小家时，白璐不让他放肆，景言饥渴了好几天，终于逮到机会。

白璐放松身子，双手揽着景言，任由他攻城略地。

两人折腾完后下楼，许阿姨刚好做完早餐，将盘子一一往餐桌上放，白璐连忙上去帮她，景父景母恰好下了楼。

“今天气色不错。”景母许媛看了白璐一眼，含着笑道。

她看白璐是越看越喜欢，模样长得周正不说，沉稳懂事又识大体，和她那个两面派的儿子完全不一样。

许媛想起前几个月，景言在她膝下软磨硬泡地说要和白璐结婚时，自己心里还有些犹豫，但抵不过儿子的个人意愿，还是答应了。

然而现在，看着对面唇红齿白、十分登对的两人，许媛只剩下满意和称心。

大年初二，他们吃过早饭后，便陆陆续续有人上门拜年，白璐被许媛带着认人，叔叔伯伯地叫了一大通。陪着聊两句，倒上几杯茶，长辈们便开始往白璐手里塞红包。

白璐刚开始还有些不自在地推辞，许媛在一旁含笑点头，让她收下，白璐捏着薄薄的红包，也就没有再拒绝。

夜里，众人散去，白璐坐在床上拆红包，看着里面的一张张支票，顿时傻眼了，待看清上面的金额，她彻底呆住。

难得看见白璐露出这样的表情，景言走过来，轻轻捏了捏她的鼻尖，含着笑道：“怎么，高兴得说不出话来了？”

“不是，这……这也太多了吧？”白璐睁大眼睛，难以置信地道。

“他们只是借着你的手来讨好我罢了，赶明儿，我列个单子给我助理，往后找到机会，便回礼过去。”景言低笑着，又捏了捏她的脸，凑过来在她的唇上亲了亲。

“好了，这些事情，你以后慢慢就知道了，良宵苦短……”他捏着白璐的肩膀，将她轻轻往后一推，两人倒在床上。

“不行。”白璐立马推开他爬起来，抱着那一堆红包咽了下口水，“我得先看看这里面一共有多少钱。”

“发财了发财了……”她一边专心低头拆着红包，一边喃喃自语。

景言在一旁重重地叹了口气，无奈地仰头，望向天花板。

正月初三，景言跟着白璐回家。

路菲极其热情地招待了他们，吃过饭，两人带着白子轩出了门。

平日里，除了路菲照顾白子轩之外，白璐还请了一个钟点工阿姨。阿姨每天会带着白子轩出去散步，她已经在家里做了好多年，白璐对她很放心。但白子轩每天的活动范围依旧只有附近的公园和街道，那边人少，而且环境不错，重点是，他已经对那里比较熟悉了。

白子轩只要一去人多或者陌生的地方就会紧张，有时候他可以控制，有时候则会表现出与以往乖巧的性格相反的状态，会大喊大叫，或者发抖冒冷汗。

这次，白璐带他去的是附近的一个大型商场，里面的人不算多，每隔一段时间，白璐便会带他过来，挑选他喜欢的拼图或者积木。

白子轩喜欢这类益智玩具，尤其是适合一个人玩的。

景言开着车，一路上白璐都在和白子轩说话，只是白子轩依旧安安静静的，看着前面，脸上一丝表情都没有，听起来就像白璐在自言自语。

景言忍不住通过后视镜打量了他俩一眼。

白璐神色坦然，低头轻声细语的模样耐心又温柔，一副对此早已习以为常的样子。

不知为何，他突然觉得心里有些疼，酸涩无比，像是被一双无形的大手捏住了心脏一样。

车子停下后，两人一左一右牵着白子轩往商场内走去，三人的组合颇为惹眼，三人都顶着一张好看的脸，况且，中间的那个男孩看起来和普通人实在不一样。

不说别的，怎么会有十几岁的男孩子还要两个大人牵着走？

一路上，景言被旁人若有似无的目光弄得有些不自在，他微蹙眉头，视线落在另一边的白璐身上。

她的神色依旧和方才一模一样。

景言再次感到酸涩。

商场一楼的人比较多，白子轩明显有些异样，紧紧地攥住两人的手，往白璐那边靠了靠，看得出来，他对她很依赖。

这也是白璐每次一定要亲自带他到这边来的原因，她就是怕旁人给不了他这种安全感。

到了四楼，人少了不少，看起来清静很多，白子轩这才放松下来，拉着两人，加快步伐，自发地找到那家熟悉的店面。

导购立刻迎上来，笑着和白璐打招呼：“白小姐。”

“你好。”白璐点点头，然后被白子轩拉着往里走。

“上期的新品都在这边，您这次来得晚，剩下的不多了。”导购在一旁微笑着道。

白璐有些不好意思地说：“前段时间太忙了。”

白子轩认真地在那里挑选。

白璐在一旁和景言低声解释：“轩轩每次来的都是这一家，他们大概一个月上一次新品，这段时间我一直在忙，到现在才有机会带他过来。”

景言点点头，看着她柔声道：“没关系，下次我会记得带你们过来。”

白璐微愣，许久，方才笑了笑，没有再开口。

买完出去的时候，他们遇上了熟人。

白璐看着前面被一群人簇拥着的苏韵，方才想起，这家商场是苏家的产业。

“嗨，好巧。”苏韵瞥见三人的身影，率先出声打招呼，迎了上来。

白璐只得微笑颔首，景言同她打着招呼：“好巧。”

“过来买东西？”苏韵的目光充满探究。

白璐微不可察地上前一步，用身体挡住白子轩。

“是啊。”景言同她寒暄，看了她身后那群人一眼，微笑着道，“你忙，我们先回去了。”

三人的背影渐渐消失在电梯口，苏韵却依旧站在原地，迟迟未动，脑海中不由自主地闪过方才那张呆滞的脸庞，一脸沉思。

“苏总？”身旁穿着西装的人忍不住上前提醒。

苏韵眯了眯眸子，弯起唇，轻声吩咐：“去，帮我查查刚才那个人。”

白子轩买到了喜欢的玩具，回去的时候心情不错，白璐一路上都在逗着他说话，软着声音哄他叫“姐姐”。

白子轩像是对这个词有所感应，微抬起头，睁着那双水润乌黑的眸子，声音又细又小地叫她：“姐姐。”

这是景言第一次听见白子轩开口说话，声音一入耳，他攥着方向盘的手指便忍不住收紧，有些难以置信地回头，便看到白璐那张满是幸福的脸。

“轩轩真乖。”

景言从来没有见过白璐这副模样，她总是清淡的，没有太多情绪，就连对着他笑的时候，都是浅浅地弯起眉眼。

唯有在床上时，她会露出几分媚态，眼角红红的模样格外让人兴奋。

景言特别喜欢白璐与往常不同的样子。

因为只有这个时候，她才会露出几分真实感。

就像现在。

车子在楼下停稳，两人上去的时候，路菲没在家，估计是去菜市场买菜了。

景言来的时候，她总是格外殷勤。

白子轩抱着那堆新买的东西一头扎进卧室，白璐想过去帮他，却被赶了出来。他护着面前的东西，谁都不让碰。

这副护食的模样格外生动，白璐忍不住笑出声，然后弯腰帮他带上了门。

一转身，她就撞进了熟悉的怀抱，景言无声无息地站在她身后。

白璐吓了一跳，正欲抬手挣脱，景言已经搂着她的身子，把她推到隔壁的房里，吧嗒一声落了锁，把白璐压在门后，唇落了下来，双手从宽松的毛衣下摆往上钻。

“别闹，大白天的……”白璐伸手去推他。

景言俯身吻住她的唇，她抗议的话语被堵在唇齿之间：“袅袅……”

“袅袅。”他一边亲一边叫她，声音低沉沙哑，带着显而易见的求欢请求。

白璐意识渐渐迷离，最终难以抵挡，半合着眼，一点点地软下身子。

直到结束，景言依旧在亲她，一下一下的，抱着她不肯撒手。

白璐缓过劲儿来，怔怔地盯着眼前的空气，感受着肌肤上的触感，微微启唇，声音轻软又充满柔媚：“你为什么总是喜欢亲那里？”

“漂亮。”他边亲边嘟囔。

“以后不准那样叫我。”白璐闭了闭眼睛，又道。

“哪样？”景言问完，低笑出声，“‘袅袅’吗？”

“袅袅……”他一边轻唤，一边在她的颈间轻蹭，声音低沉又撩人。

“不准再这样叫我。”白璐的耳根有些发热。

方才他就是这样叫着，一声一声在耳边低语，温柔缱绻，动作却是强硬无比，白璐忍不住忆起那个瞬间，有些燥意。

“白鹭本来就是鸟。”景言抱紧了她，轻蹭着耍赖，“不管，你就是袅袅。”

“袅袅、袅袅、袅袅。”

“闭嘴！再叫就把你踹下去！”

景言轻笑，把下巴搭在她的头顶，没有再作声，两人静静相拥片刻，客厅传来响动。

“起床，我妈回来了。”白璐踢了他一脚。

景言又缠着她亲了亲，方才起身，去捡床下散了一地的衣服。

两人穿戴整齐出去时，路菲正在厨房忙碌，白璐上前给她帮忙，却被路菲推开：“你去陪陪景言就行了，我一个人可以。”

“他又不是小孩子，有什么好陪的。”

白璐直接拒绝。路菲向来管不了她，唠叨几句，也随她去了。

帮忙把配菜洗好切好，白璐擦干手出来，景言正盘腿坐在地毯上，和白子轩两人头抵着头对图，他穿着浅蓝色的牛仔裤，长腿匀称，宽松的毛衣套在身上，头发还没收拾，有些凌乱地散在额头上，白皙干净的脸上神色十分专注，时不时还叽咕两声，像个大孩子。

白璐忍不住弯起嘴角，走过去探头道：“你们在干什么？”

景言闻言侧头轻笑，抬手掐了掐她的脸。

白子轩睁着眼睛，呆愣地看着两人的动作，白璐察觉后，有些羞恼地推了景言一把。

她蹙眉正欲轻骂，旁边蓦然伸过来一只白净细长的手，轻轻地捏了捏她的脸颊。

两人俱是一愣，白子轩已经收回了手，又埋头继续他的研究了。

白璐睁大眼睛，唇微张，一副恍惚的模样，她忍不住抬手摸了摸方才被白子轩掐过的脸颊，须臾，她忍不住笑了。

“轩轩真乖。”白璐揉了揉白子轩的头，声音温柔得仿佛能掐出水来，一听便能感觉出语气里的雀跃和惊喜。

笑意盈盈，眼波诱人。

景言抬手捂住白子轩的眼睛，俯身过来，在她唇上亲了一口。

在家住了一天，两人便出发去了日本北海道。

趁着春节假期，两人把蜜月旅行补上了。

正值严冬，在飞机上放眼望去，底下是一片皑皑白雪，银装素裹，小小的房子和绵延的山林被纯净的白色覆盖着，美丽又壮观，让人难以移开视线。

比起霖市，雪已经开始融化的城市更加寒冷。

下了飞机，白璐穿着厚厚的长棉袄，戴着宽大的围巾，把自己裹成了一个球，旁边的景言则穿着剪裁合身的大衣和牛仔裤，一路吸引了不少惊艳的目光，把白璐衬得越发失色。

在不知道第几个迎面而来的年轻女子望着他，久久未曾移开视线时，白璐取下自己脖子上的围巾，踮着脚，一圈圈地围到景言的脖子上，直到那张出色的脸被遮住大半，她方才心满意足地点头。

景言无奈地轻笑，牵起她的手正欲继续往前走时，白璐挣脱了他，然后拽过他的手，放到自己的肩头，牢牢环住。

“这样可以让我更加显眼一点儿。”白璐仰头，一本正经地阐述道，“证明你是有家室的人。”

景言在围巾下面发出闷闷的笑声。

到了下榻的住所，他方才卸下“一身武装”。

这是一座传统的日式住宅，外面是漂亮的庭院，房间设有舒服的榻榻米和别致的推拉门，地板和家具是原木的，墙上挂着字画，桌上的花瓶里插着鲜花，各个角落散落着别致的小装饰品。拉开客厅的木质推拉门，后头是一汪热气腾腾的温泉，散发着丝丝白雾，周围铺着鹅卵石，一张木桌上放着瓷杯清酒。

不远处白雪皑皑，翠绿的松树枝丫被厚厚的白雪压弯了腰，红梅争相开放，有风吹来，幽幽清香沁人肺腑。

“资本主义的享受……”白璐望着眼前这一幕，忍不住摇头感慨。

景言从后头抱住她的腰，头抵在白璐耳边轻语：“喜欢吗？”

白璐点点头：“非常喜欢。”

后面的院子有围挡，只能从房间的那道门进入，丝毫不必担心有人会误闯。

白璐简单收拾了行李，就忍不住围着浴巾去泡温泉。

温暖的泉水包裹住全身，边上是厚厚的白雪，却感觉不到寒冷。清酒入口，舌尖传来丝丝甜味，还有一点儿酸。出乎意料地好喝，白璐忍不住喝了好几杯。

景言围着浴巾过来时，白璐的双颊已经染上嫣红，眼睛里水雾朦胧，双唇饱满又红润，上头布满水光，那片削肩雪肌在水中若隐若现。

景言踩着池底光洁的石头慢慢朝她靠近，水波荡漾中，白璐觉察到，回过头，整个人已经被揽入他温暖的怀抱。

比起这满池泉水，他的怀抱更加灼热几分。

白璐轻轻推开景言，慵懒地伏在池边光滑的石头上，双眼放空，呆呆地看着前方，被一片白雪晃花了眼。

她伸出手，从旁边抓了一团软绵冰凉的雪握在手里把玩，景言瞥见了，立刻出声：“那个凉，不要玩，丢掉。”

白璐扭头，把手里的雪团朝他脸上砸去，景言措手不及，被砸了个正着，雪团打在他的眉心，雪沫子散开，融在温热的泉水中。

“嗞，”景言轻呼一声，眯着眼睛瞪她，“谋杀亲夫？”

白璐又飞快地捏了团雪球砸过去，两人隔得近，景言躲避不开，硬生生地承受下来，然后在水中跨了两步，俯身捉住白璐的一双手腕，往温热的水里塞。

“解气了没有？”他咬着白璐圆润的耳垂轻问。

“没有。”白璐任由他抱着，半合着眼，懒洋洋地说。

像是自知理亏，景言讨好地蹭了蹭她的脸，然后在她的腰间不轻不重地揉捏着。

他的手法倒是让人舒服，白璐没作声，任由他按着。

白璐放松身体，倚靠在景言身上，睡意渐渐涌来。

为了赶飞机，白璐早上起得早，再加上方才折腾了一通，她的眼皮子慢慢变得沉重。迷迷糊糊间，她感觉自己被抱了起来，有人轻柔地把她身上的水珠擦干，然后，她被裹到了一个温暖的被窝中，熟悉的身躯贴了上来，把她抱在怀里。

白璐是被饿醒的。

房间里一片昏暗，从面前的窗户隐约能看到一团模糊的光亮，身后传来均匀起伏的呼吸声，丝丝缕缕的气息喷洒在她颈间。

景言还在熟睡。

白璐轻轻地转过身子，伸手环住他的脖颈，景言觉察后，自发收紧手臂，把她往怀里拢了拢。

两人的脸颊靠在一起，白璐忍不住偏头蹭了蹭，不经意间碰到了他的唇，柔软得不可思议，她凑过去亲了亲。

景言迷迷糊糊地有所感应，张嘴含住她的唇瓣，两人抱在一起，在黑暗中细细接吻。

不知亲了多久，在景言把她压在身下，解开她的浴巾后，白璐按住了他的手，翻身滚到另一边。

景言瞬间清醒，睁开了眼。定定地看了她几秒后，他伸出手去抱她。

白璐裹着浴巾飞快地下了床。

“我饿了。”她立在床头看着他，一字一顿地叙述。

“过来，喂饱你。”景言朝她伸出手，黑暗中，白璐看不清他脸上的表情，只听得到那道声音，低哑阴沉得有些吓人。

“我想吃寿司、刺身、拉面、牛肉、味噌汤。”白璐几乎不停歇地一口气说完。

空气静默了几秒，景言轻叹一口气，认命地起身。

刚掀开被子，他又仿佛心有不甘，动作停住，伸手指向还站在床边的白璐，恨恨地道：“下次再敢撩我，我饶不了你。”

两人穿着厚厚的羽绒服出门，景言开着车，一路都没有表情，乌黑的眼里阴沉幽深，像是起床气还未散，又像是欲求不满。

白璐觉得后者的可能性更高。

车子最后在一家餐厅外停下，景言看起来像是熟客，拿着菜单点了一堆，不一会儿，菜就全部上桌了，琳琅满目，十分精致，用各式各样的盘子装着。

白璐迫不及待地拿起筷子。

“嗯……好吃。”她边吃边点头，一脸满足地感叹。

景言在一旁看着她，慢悠悠地端起杯子喝了一口：“好吃你就多吃点儿。”

结束用餐，白璐好奇地追问：“你对这边好像很熟？”

整个行程都是景言安排的，包括那座独栋小房子，一切都超乎她的预料。

白璐本以为这会是一场无趣的旅行，却没想到是一次美妙的度假。

白璐探究地盯着他，只见景言轻咳一声，不自然地摸了摸鼻子，道：“跟着秦子然来过几次。”

“哦。”白璐点点头，若有所思。

景言刚松了一口气，白璐再次开口：“你们两个大男人，单独来日本旅游？”

“当然不是！”景言奓毛，“肯定不止我们啊，还有其他——”

“其他？”白璐盯着他，嘴角挂着一丝若有似无的笑，“其他什么？”

“其他……”景言咽了下口水，抬眸偷偷打量着她，声音极低地道，“其他的朋友啊……”

“哦，女性朋友吧。”白璐淡淡地说。

景言不敢再作声了。

两人睡了将近一个下午，吃完饭才晚上八点。

此刻的夜景很美，两人牵着手，慢慢地走在街道上。

建筑和文字是陌生的，来往的行人各异，有穿着牛角扣大衣百褶裙的女学生、可爱圆润的小男孩、裹着棉袄的大叔……

是和国内截然不同的景致。

两人搭乘电车去函馆看夜景，纵然是寒冷的冬夜，车里依旧坐满了人。

景言伸手拉着车顶的环扣，把白璐半拥在怀里。

过道上有些挤，窗外的街道灯光却十分好看，景言的手从她的身后绕过，扶在面前的横杆上。

白璐的鼻尖环绕着清爽的气息，背后是温热熟悉的胸膛。这种被保护的感觉莫名让人心情愉悦。

车子到站，两人下了车，忽然脱离了温暖的空气，冷风吹来，白璐忍不住打了个寒战。

从交通站亭到登山缆车处还要走十分钟左右，白璐扯了扯景言的袖子，小声道："我冷。"

话音落地，景言立即伸手把她搂到怀中，胸膛温热，带着丝丝热气，他高大的身躯遮挡了不少冷风。白璐紧紧地缩在景言怀里一路往前走，直到上了缆车。

小小的封闭的空间没有冷空气袭来，寒冷顿时缓解几分，随着缆车越升越高，白璐被窗外的景色吸引住视线。

她扒在玻璃上看着底下，一座座房子变成了万家灯火，橙色、黄色、白色、绿色，点点光亮在黑暗中密密麻麻，像是一片巨大广袤的星空。

"白璐。"安静的缆车内，景言突然出声唤她，声线清冷平缓，没有一丝起伏。

白璐回头，景言坐在那里，朝她轻轻招了招手。

"过来，我冷。"

"……"

白璐不想理这个人，扭过头继续看向窗外，景言皱了皱眉头，须臾，轻轻"咝"了一声，肩膀剧烈地抖了两下，他的声音低低的，像个小可怜："好冷啊……我快冷死了。"

白璐盯了他几秒，然后默默地坐下，钻到他的怀里，伸手紧紧抱住他。

"还冷不冷？"她说。

"冷，你再抱紧一点儿。"景言的下巴在她的头顶蹭了蹭，低声道。

白璐又加重了几分力道，整个人贴在他怀里，景言方才心满意足地抱着她一起欣赏窗外的夜景。

缆车到了顶上，两人买了票进去，上面的视野更为开阔，能将整个城市尽收眼底。

灯海汇聚一团，远处隐约可见山川轮廓，与墨黑色的天空相接，震撼到让人不由感慨造物主的神奇。

虽然景色动人，但上面的风实在太大，白璐拍了几张照片，和景言在里面逛了逛，便打道回府。

到住所时已经晚上十一点，洗完澡，两人又一起看了部电影，方才缓缓入眠。

在北海道玩了三天，第四天时，他们转机去了其他地方。

彼时，白璐正在富士山脚下叫景言给她拍照，身后是云雾环绕的山峰，旁边游人来往行走，橙色的夕阳余晖映在山顶的白雪上，美不胜收。

手机铃声在此刻响起，白璐停下动作，从包里掏出手机接了电话。

不过一秒，她脸上的笑容消失不见。

“轩轩失踪了。”

白璐和景言赶回去的时候，警方已经找了一个晚上，没有发现白子轩的踪迹。

钟点工李姨在旁边急得直落泪，红肿着眼睛，看起来像哭了很久。

“有个人找我问路，我就转身指了那么一下，轩轩就不见了。”李姨眼睛红红的，握着白璐的手，声音里都是悔痛。

白璐此刻焦急不已，只是拍了拍她的肩膀宽慰，嘴里却说不出一句话来。

白子轩失踪的地点是附近那个公园，从前，白璐只想着这个地方清幽，环境不错，现在出了事，她才发现连一个目击证人都找不到，路边的监控也被有预谋地毁掉了。

当时只有李姨在场，据她说，她带着白子轩准备回去时，走到马路边上，刚好有个女人找她问路，才讲了两句话，后头的车子从她身旁呼啸而过，刚刚还站在她身后的白子轩便没了身影。

现在警方怀疑，人就是被车子带走的，他们全力追查那辆车的踪迹，然而，路口的监控里怎么也找不到那辆白色的面包车。

白子轩失踪的时间是昨天下午四点，距离现在，已经有十几个小时，白璐一想到他此刻的处境，心就像被一双无形的手抓住了般，痛得喘不过气来。

他不肯说话，又怕生，要是走丢了，一定在哪个角落挨冷挨饿，如果是被别人绑架，或者……白璐不敢再想下去。

她一夜没睡，眼睁睁地看着外头的天色由黑转灰，再变得一片大亮。

路菲和李姨坐在沙发另一头抹泪，她们年纪大了，凌晨的时候回房浅眠了几个小时，而后又立刻起来等待消息。

李姨昨晚不肯回家，白璐劝了好几次，她却执意要留下。

“轩轩是在我手里丢的，我没看到他，怎么能安心回去？！”

白璐收回还欲劝说的话，眼眶有些发酸。

景言一直在旁边陪着她，掌心传来的温度令白璐安定不少。

八点，白璐紧紧捏在掌心的手机终于响了起来。

来电显示是“警局李队”，她迫不及待地接起。

“白小姐，找到你弟弟了！”

此刻的白璐再也忍不住，泪水模糊了双眼，她蓦然站起，跌跌撞撞地往门口走去。

景言连忙搀扶住她："别急，我开车带你们过去。"

白子轩是在公园的一座废弃的屋子里被发现的，那儿之前是一个景点的收费处，景点荒废后就再也没有人过来。这地方在这座公园的最深处，平日里，他们散步都不会往里走。

警方当时被那辆白色车子吸引了注意力，在公园里搜过一圈，没有看见人，之后就全力追查起监控，直到后来觉得那辆车子消失得太诡异，他们才又排查了一遍这个公园，最后在里面发现了一条破旧的小路，同时也找到了被关在屋子里的白子轩。

景言将车子开得飞快，几人抵达时，警察正围着那里，对角落里的白子轩束手无策。

白子轩像是极为惊恐，睁着那双大眼睛，木然地看着四周，整个人蜷成了一团，窝在角落里，白皙的手背和脖颈上都是红痕。

白子轩不允许任何人靠近，只要有人靠近，他就会发出崩溃的尖叫声，漆黑的眼里光芒俱灭。

白璐捂着嘴，哭倒在了景言怀里。

这是她的弟弟，从小可爱乖巧，跟在她身后时总是安安静静的，眼睛又大又亮。

记忆中，白璐最不愿意回想的一幕仿佛和眼前的这一幕重合了。

那个下午，她被警察从教室里叫出来，回到家，看到的就是这样一幕。

年仅三岁的白子轩瑟瑟发抖地蜷缩在角落里，脸上和衣服上溅着点点鲜血，眼里是惊惧和茫然，乌黑的瞳孔里没有一丝光亮。

也是那个下午，白家破产，她父亲自杀，从顶楼跳下，恰好落在白子轩面前。

一眨眼，生活天翻地覆。

从那之后，白子轩就如同变了个人，再也不会开口说话，敏感畏惧，极其缺乏安全感，常常做噩梦，大喊大叫。

后来，到医院诊断后，他们才知道他患有自闭症。

那段时间，白璐几乎寸步不离地陪在他身边，看着他的状态慢慢变好。

然而，此刻——

白璐伸手用力地抹去脸上的泪水，小心翼翼地朝角落里的那个人靠近，声音放得极轻极柔："轩轩，我是姐姐，别怕，姐姐会一直保护你的。"

白璐朝他缓缓地伸出手，白子轩垂着眸子，茫然地看着地面，像是没有听到一样，四肢蜷缩在一起，身子还在微微颤抖。

白璐慢慢地把手放在他的头上，像以往那样轻轻摸了摸："轩轩，姐姐带你回家。"

白子轩的眸子微微动了一下，仿佛对"家"这个字有点儿敏感。白璐瞬间崩溃大哭，跪在地上紧紧抱住他："回家，姐姐带你回家了，别怕。"

白子轩一动不动地任由她抱着，眼神没有焦点，却也没有挣扎。

白璐带着他回了家。冲了个热水澡之后，白子轩睡着了，白璐一直在旁边陪他躺着，双手紧紧地隔着被子抱住他。

白子轩安静地睡着，眼底是一圈明显的青色，双唇有些干，她突然想起，回来到现在，他连一口水都没有喝过。

白璐松开他，小心翼翼地下床，从厨房倒了杯温水，在床头俯身用棉签轻轻打湿他的双唇。

白子轩经常忘记喝水，一开始，白璐没有发现，直到他的嘴唇总是干燥起皮，她才注意到这个现象，所以她总是会给他备着一杯水，在他忘记或者不愿意喝的时候，用棉签一圈圈给他沾湿唇部。

景言倚在门边，看着白璐的动作，此刻的她十分温柔，眼里的宠溺和疼爱满得快要溢出来。

那是他梦寐以求的模样。

白璐轻掩上门的时候，整个人已经换了一种气质，眼神冷冽又严厉。

她无法想象这是一场意外，所有的迹象都证明这是有预谋的，是针对她的有意为之。

"你已经一整天没吃东西了。"景言端了碗面，放到她面前。

白璐倚在沙发上，疲惫地摇摇头："不想吃。"

"吃两口，不然胃会难受。"景言拿起筷子，把碗里的汤料搅拌均匀，然后挑起一小筷子面，送到她的唇边。

白璐凝视着眼前的面条没有动，许久，方才轻轻地说："景言，我觉得这件事情是冲我来的。"

景言只把手里的面往她唇边送了送："张嘴。"

白璐和他对峙几秒，而后低头把那一小口面条吃了下去。

景言很快又挑了第二筷子面喂过来，同时平静地开口："这件事情我会查清楚，你别担心。"

警局那边再次传来消息，是在三天后。白璐正和白子轩一起看电影，两人倚在沙发上，裹着毛毯，桌上放着水果和零食。

空气安静又温馨。

李队浑厚的声音打破了这一室平和。

“白璐，我们抓到那几个人了。”

白璐赶到警局的时候，景言已经在了，他脸色十分不好，眼底阴沉，嘴唇抿成一条直线。

白璐很少看到他这样，心情立刻沉重了几分。

“这些人说这只是一个恶作剧，他们经常看到他呆呆傻傻地在那里散步，就忍不住捉弄了他一下。”李队坐在那里，平静地陈述。

白璐气得立刻咬紧了牙：“恶作剧？捉弄？那些人是神经病吗？！”

她仰头深吸一口气，压下眼底的酸涩，盯着对面的人冷静地道：“我不相信。”

“对不起，最后的调查结果就是这样。”

出了警局，外头寒风凛冽，天灰蒙蒙的，干枯的树枝矗立在风中，让人只觉得遍体生寒。

景言打开车门，示意她上车。

白璐系上安全带，此刻，天上忽然下起小雨，挡风玻璃上的黑色雨刷一下一下地滑动起来。

景言的声音在耳旁响起：“今晚回家吗？”

白璐这几天一直住在路菲这边，景言因为上班太远，前天就回去了。

“不回。”白璐轻轻地摇摇头，没有再开口。

见她这副不想说话的模样，景言也没有再作声。

车内无比安静，雨刷的声音一下下响起，伴随着细小雨珠打在玻璃上的敲击声。白璐缓缓合上眼，脸上疲惫又平静。

翌日去上班，白璐把手里的包放到抽屉里，弯腰启动电脑主机。

前几天，她接到人举报，说本市最大的娱乐场所紫色年华涉黄，白璐打算先去暗中调查一下。

下班后，她吃过饭，带着小型摄像机和录音笔去了紫色年华。

夜色正浓，堪称金碧辉煌的大门流光溢彩，门口停着一排豪车，白璐出示了身份证，进去后，她被里面大气奢华的装修晃花了眼。

大厅音乐声震耳欲聋，人声鼎沸，气氛十分高涨，白璐面不改色地穿过人群，平静地走上侧边的楼梯。

上面一层全部是包间，笔直的走廊空无一人，地毯柔软，踩上去没有一丝声音。墙角摆着盆栽，拐个弯，她就看到了前面站着的侍应。

白璐转身，往另外一边走去。

整个楼层很安静，房间隔音效果很好，只有靠近的时候，才能隐约听见一点儿人声。

白璐大致巡视了一圈，正欲采取一些非常规手段时，前面的房间门突然被打开，三位妆容精致的美女走了出来。

白璐飞快地转身，贴在侧面拐角处的墙边。

那几位女子往前面走去，白璐垂下眸子，悄悄跟了上去。

走廊尽头是洗手间，白璐在她们进去之后，也飞快地闪身进去，打开其中一间空的隔间，锁上门。

不出几分钟，冲水的声音响起，那几位女子开始聊天。

白璐弯腰从门缝偷偷望出去，她们正在对着镜子补妆。

“唉，又是一群老男人，手都快摸到我的腿根了……”

“没办法啊，我们……”另一个女人压低了声音，语气复杂，“总比楼上的那些好啊……”

“也是。”最开始抱怨的那个女人神色平静下来，收起手里的口红，对着镜子端详了两眼涂得厚厚的大红唇，“真是同人不同命，你看看那个陈婉婉，啧啧。”

“对呀，每个月照拿钱，还不用像我们这样陪酒。”

“人家不知道从哪里讨了景少爷的欢心，咱们是学不来的，还是专心伺候好今天的老色鬼吧！”

三人笑闹着走远，白璐捏着手里的录音笔，眼神阴郁，面无表情，站在门后一动不动，许久，方才轻轻地拉开面前那扇门。

走出紫色年华，夜风吹来，清新的空气有些冷冽，比起方才里面清新剂的浓郁香味，却要好闻得多。

白璐深吸了一口气，巡视着外面嘈杂的街道，行人匆匆，商铺林立，和里面仿佛是两个世界。

手机铃声在此刻响起，是景言打来的。

她接通后，将手机放在耳边，面色平静又冷漠。

“今晚回家吗？”

“你认识陈婉婉吗？”白璐不答反问。

空气静默了一瞬。

“我认识。”景言说完，又立刻道，“这件事说来话长，你回来后我慢慢和你解释好不好？”

“给你时间组织措辞吗？”白璐轻笑着道，“不用了，简洁概括就好。”

“我有一次去紫色年华的时候，看到她被人猥亵，觉得她挺可怜的，就顺手帮了她一把，仅此而已。”景言果然简洁，一句话便把整件事情概括清楚了。

白璐抬手揉了揉眉心，许久，方才开口：“好，我知道了。”

她正欲挂电话，耳边又响起景言略带焦急的询问。

“那你什么时候回家？我……想你了。”

“等轩轩的情绪再稳定一点儿吧。”白璐平静地说道，然后直接结束了通话。

回到家大概是半个小时后，白璐推开门，看到躺在自己床上的景言。

“……”

“你想干吗？”她一边脱掉外套，一边拿了衣服准备去浴室。

“你在生气，我想哄你。”景言拥着被子坐起，睁大双眼，无辜地看着她。

“我不生气。”白璐面无表情地道，“只是感慨自己亲眼见到了小说里面的剧情——被迫卖身的青楼小姐被权势滔天的王爷挽救，或是迫于生计沦落风尘的‘小白花’受到霸道总裁的保护，只是那个庇护别的女子的男人，恰好是我的丈夫。”

白璐说完，拉开门进了浴室。

白璐洗完澡上床后，景言立刻靠了过来，他的唇落在她的颈间时，她一把推开了他。

“没心情。”她冷淡地说。

景言动作顿住，随后失力般趴在她身上。

“好重，快下去。”白璐伸手去推他。

景言捉住她的手，随后含在嘴里一根根亲着。

白璐抽回手，坐起身来瞪他：“再闹就给我回去。”

景言咬着唇，十分委屈地看着她，白璐不理他，转了个身，拥紧身前的被子。

床头灯被关掉，房间变得一片黑暗，淡淡的月光从窗外洒了进来，落在木质地板上，有种奇异的静谧。

白璐背对着景言，闭上了眼，然而，身后那人的怨念仿佛通过空气传了过来，丝丝缕缕，侵入她的毛孔。白璐心绪难平，久久都无法入眠，脑海里开始循环播放今天发生的事情，那个纸醉金迷的会所，狭小的洗手间，女人们娇柔的声音。

黑暗把思绪拉得更远，白璐的脑海中不由自主地浮现出白子轩被发现时蜷缩在角落里的模样，畏惧的神情，空洞的眼睛。她又想起家里还没出事的时候，路菲温柔贤惠，父亲虽然忙于工作，却对他们姐弟很好。

那个时候，白子轩还没有被诊断为自闭症。白璐特别喜欢她这个弟弟，他长得十分漂亮又乖巧，安安静静，从来不会哭闹，经常跟在她后头，睁着一双乌黑透亮的眼睛看着她。

然而，高三那年，家里破产之后，路菲变了个人，白子轩没有自理能力，白璐差不多就成了这个家里的顶梁柱，一夜之间学会成长。

漫长岁月，终于把她变成了现在这副模样。

爱情对她来说真是个奢侈的东西。遇不见，碰不得，也不敢要。

不知过了多久，久到白璐都以为景言睡着了的时候，身后突然伸出一只手，小心翼翼地环在她的腰间，然后，她的背部贴上了温热的胸膛。

冬天的房间里有暖气，晚上睡觉的时候，白璐依然穿着单薄的睡衣，她的睡衣只有裙子，吊带的，纯棉款，穿在身上很舒服。

景言柔软湿热的唇落在她的颈间。

睡裙的吊带滑落，白璐没有拒绝，他的动作有些急促，仿佛带着一丝患得患失。

这可能是她的错觉。白璐睁眼，茫然地望着地板上清冷的月光，这么想着。

第二天起来，白璐在包里看到一把车钥匙，她从窗户往下看，楼底停着一辆白色奔驰。

白璐转身回房，把被子里的人叫起来。

景言迷迷糊糊地睁开眼，白璐把指尖的钥匙在他面前晃了晃。

“这是什么意思？”

景言随意地看了一眼，扒拉两下被子，又睡了过去，嘴里嘟囔道：“送你的，哄老婆。”

白璐没说什么，直接开着车去上班了。

一大早，白璐就把昨天那段录音交给了小组长李庆，他听完立即组织大家开会。

小小的办公室里，五个人随意地坐在会议桌两旁，一道女声从中间的录音笔里传出来，在安静的空间里格外清晰。几句抱怨过后，一句语气幽幽的复杂的话闯进众人的耳膜。

“总比楼上的那些好啊……”

“也是。”另一道女声释然地附和道。

“暂停。”李庆开口，白璐按了暂停键。

会议室又恢复了安静。

“你们有什么想法？”他的视线在两边人的身上掠过。

前几天刚来的实习生赵妍按捺不住，率先说道：“我觉得肯定有问题，比楼上那些好？营利性陪侍本就违法，比陪酒还要差的事情，难道不就只有……”她欲言又止，最后没有说出来，但众人纷纷露出了了然的神色。

“是的。”组里的老人刘姐也忍不住点头，“我也怀疑举报的事情可能是真的。”

“紫色年华在霖市算是知名场所，要是这件事情曝光，一定是个大新闻。”和白璐同期来的周显神色略为激动，有些摩拳擦掌的意味。

组长李庆点点头，目光直直地射向白璐。

“那这件事情就交给白璐来跟，赵妍，你负责协助。”

“好的。”白璐平静地点点头。

晚上回去的时候，景言依旧在，他在这边住了三天后，白璐终于决定搬回去了，她忍受不了路菲每日殷勤的伺候和对她横眉冷眼的神情。

而且，吃人嘴软，拿人手短。

白子轩已经恢复了往日的样子，安静沉默，眼神木然无光，像是不曾受到过伤害。

经过这件事，路菲也上心不少，每次带白子轩出门的时候都和李姨在一起，两个人一同照看着他。

白璐勉强放下心来，和景言的关系又恢复成了以往那样。

结婚将近三个月，两人已经过成了老夫老妻的状态：说是相敬如宾，又偶尔含情脉脉；说是你侬我侬，却总感觉隔着什么。

但是这种距离对白璐来说刚刚好，可以享受婚姻，又不用泥足深陷，遇到危险，能随时抽身而出。

她的预感总是准的，搬回来住的第五天，白璐就收到了一件匿名快递。

上面没有写寄件人的信息，隔着快递袋，她能摸到里面厚厚的文件，白璐轻轻勾起嘴角，慢条斯理地拆开它。

里面是一个黄褐色的档案袋，白璐慢慢解开封口处的细绳。她的手轻轻一抖，袋子里的东西瞬间掉落在桌面上。

都是照片。

白璐伸出手指，慢慢铺开，里面是景言和不同女子的同框照。

各式各样的脸，无一例外，都那么美丽动人。

各种各样的动作，无一例外，都是亲密的。

白璐一张张细细地看过，有在阳光下挽着他的手臂的，有在昏暗的包厢里俯身给他点烟的，还有麻将桌旁他伸手去摸牌时，窝在他的怀里娇笑的。

白璐的手指一一拂过这些照片，动作忽然顿住。

她指尖下是一张光线十分昏暗的照片，看不清楚背景，里面的两个人却很清晰。景言合着眼，头靠在沙发上，一名女子倾身，唇覆在他的唇上。

这是一张极其亲密的亲吻照。

白璐眯起眼睛，拿起那张照片置于眼前细细打量。

——货真价实。

她的眼里闪过一丝讥讽，想勾起嘴角冷笑，却发现怎么也笑不出来，对面的玻璃上映出她的脸，僵硬而木然，没有一丝表情，那双眼里是化不开的浓黑，阴沉可怕得像是暴雨将至，乌云压境。

白璐把这些照片通通塞回去，然后打包，完好无损地全部寄给景言。

里面只多放了一张字条——早上收到的匿名快递，给你，我的男主角。

同城快递的速度非常快，下午，白璐就接到了景言的电话。电话那头，他焦急地解释道："这些都是遇见你之前的事情，璐璐，我没有出过轨，你别因为这个和我生气——"

"景言。"白璐出声打断他，语气平静。

"里面有一张接吻照，你的手上还戴着戒指。"她停顿了几秒，补充道，"婚戒。"

客厅里，两人相对而坐，夜凉如水，头顶吊灯明亮。

"可以说是很生气了。"白璐平静地阐述。

"我已经解释过了，当时我被客户灌酒，喝多了，也不知道她怎么就亲了上来——"景言蹙眉解释，声音慌乱又恳切。

"你不用再说了，"白璐出声打断他，"事情都已经发生了。不管是有意还是无意，现实都摆在了那里。我不会因为这件事情和你离婚，所以，最终还是会原谅你。”白璐平静坦然得像是在说别人的事情。

景言已经平静了下来，眸子幽深，就像是一潭静谧的湖水。

“所以呢？”他开口，轻轻地问。

“这件事情，我就当作没有发生过，但是——下不为例。”白璐注视着他，眼神平静得没有一丝波动。

景言和她对视几秒，轻轻笑了一声，牵起嘴角。

“好。”他说。

同床异梦，大概就是说的他们。

白璐平静地闭着眼睛。

景言看着天花板，许久，翻身而起：“我出去一下，你先睡。”

“嗯。”白璐轻不可闻地应了一声，揽紧被子，眼睛始终没有睁开。

景言换了衣服，拿着车钥匙出门，将车飞速开到紫色年华门口。

大堂经理闻声，立刻迎上来。景言步伐未停，神色肃然，冷声道：“把陈婉婉给我叫出来。”

不出几分钟，一名穿着白色连衣裙的女子被带到他面前。

景言打量了她两眼，直接把手里的照片朝她扔过去。

薄薄的一张照片砸在陈婉婉脸上，她吓得一惊，肩膀瑟缩两下，弯腰从地上捡起那张照片，定睛看清上面的内容之后，她立即惊恐地望向景言，语无伦次地解释：“我……那天……那天喝多了，我不是故意的……”

她越说越小声，不敢和景言对视，低着头盯着地面，嗫嚅着道歉。

“对不起……”

景言神色复杂地打量着她。

女孩低着头，露出一截白皙纤细的脖颈，背脊线条流畅优美，棉质的布料下，那双蝴蝶骨轮廓清晰可见。

当初在昏暗的房间里，她被人扯开衣服时，就是这么一片诱人的背闯进了他的眼底。

那一刻和记忆中的画面几乎重叠起来，景言停住脚步。

后来，因为这一次的随手解救，紫色年华的经理以为景言对她有意思，每次过来都安排陈婉婉陪着。她话不多，看起来乖巧听话，和那些喜欢往他身上贴的女孩子不一样，景言刚好落个清净，也就没有澄清什么。

没想到，这次竟然在阴沟里翻了船。

“以后，我们不要再见面了。”

景言丢下这么一句话就打开门往外走去，陈婉婉难以置信地瞪大了眼睛，望着他决绝的背影，不自觉地走了两步，最后如同失力般跌坐在地上。

经理很快推门进来，对她破口大骂，不明白她哪里得罪了那个景少爷，陈婉婉木然地垂着眸子，明白他对自己的庇护已经结束了。

后悔吗？

追悔莫及。

然而，那一刻的诱惑实在是太大了，容貌昳丽的男人安静地倚在那里，与嘈杂的房间格格不入。陈婉婉的视线掠过他饱满的额头，纤长浓密的睫毛，挺直的鼻梁，最后落在那绯红的唇上。

周遭，男人女人的调情声、暧昧的嬉笑声，无一例外地都在冲击着她的理智。

她心中的那根弦终于崩断，倾身印上那片形状漂亮的唇。

即使只有短短几秒，也像是拥有了整个世界。

秦子然看着借酒消愁的人，摇头长长叹了口气，正欲出声安慰，景言已经趴在桌上嚷嚷开了：“你说，这个女人是不是属白眼狼的，怎么养都养不熟？”

秦子然：“……”

“换成是我，自己的老公和别的女人的吻照都摆到面前了，肯定会火冒三丈，没离婚已经很不错了！可是——”景言重重地放下杯子，眼里莫名带着一丝脆弱。

“她好像一点儿都不愤怒，就像，只是对丈夫婚内做出不轨的行为感到不满，而不是，为了我伤心难过。”

秦子然再次觉得无语，目瞪口呆地看着他。

“你伤害了人家，还嫌别人不够伤心？！”

简直是“渣男”，比他还要渣。

景言瞪着他，翻了个白眼，一副不想和他继续讲话的样子。

秦子然倒是来了劲，拉着他喋喋不休。

“是不是感觉特别失望，觉得自己的男性魅力受到了侮辱？

“所以在这里借酒消愁，唉……”他摇摇头，感慨道。

“真是风水轮流转啊——”

“滚。”

景言拎起椅背上的衣服，起身离开，临走前还不忘踹秦子然一脚。

“蠢货。”

秦子然：“……”

第 四 章

小心肝和小宝贝

景言回到家里时已经凌晨一点，整个屋子静悄悄的，他去浴室洗澡刷牙，确定身上没有酒味了之后，才小心翼翼地上楼回房。

被子里隆起来小小一团，房间光线很暗，他蹑手蹑脚地走过去，掀开被子轻轻上了床。

鼻尖传来丝丝熟悉的清香，淡淡的，很好闻。

是她身上独特的味道。

景言闭上眼，脑袋的钝痛和昏沉就在这一刻得到了缓解。

他轻轻地挪动着身子，朝那团香软的温热靠近，直至鼻尖蹭到了她的后颈。

他伸出手，把白璐揽到怀里。

肌肤隔着薄薄的布料贴到一起时，他浑身的毛孔都在叫嚣着舒畅。

景言本能地低头，在她光滑柔嫩的颈间落下一个轻吻。

睡意缓缓涌来，他睡了过去。

闹钟响起时，白璐困难地睁开眼，腰间横着一只大手，不出意外，她又被景言从身后紧紧地揽在了怀里。

这个人很奇怪。

不管是吵架后还是冷战后，只要白璐不赶他，两人睡在同一张床上，次日，她总是会在他的怀里醒来，他抱得很紧，两具身躯亲密地贴在一起，温暖的热度在四周流淌。

就好像……彼此深爱着。

白璐困倦地闭上眼睛，缓和几秒，然后轻轻移开腰间那只手，翻身下床。

到电视台的时候还早，桌上的座机却在疯狂叫嚣，白璐加快步伐小跑过去接起，气息有些不稳地道："喂？"

"请问是电视台吗？"

"对。"

"我要举报——"

白璐挂了电话，立即带着相机赶往紫色年华，其间还报了警。

赵妍正在上班的路上，听到消息之后直接掉头和她会合。

此时是清晨，夜里纸醉金迷、热闹非凡的地方一片安静，紫色大门紧闭，外面稀稀拉拉地站着几位行人，清洁工在马路上唰唰地扫着地。

两拨人于门口会合，白璐和为首的警察对视一眼。

他目光冷冽，抬腿踹开门。

"怎么回事？"一声巨响后，里面冲出来几个光着膀子的男人，那盘桓在他们手臂上的青色巨龙格外醒目。

赵妍吓得往白璐身后缩了缩。

“我们早上接到报警，说这里涉黄。”那名警察出示了证件之后，对身后的几位警察使了个眼色，一队人往三楼冲了上去。

白璐立即拔腿跟上，拿着微型摄像机的手紧张得有些发抖。

越过熟悉的二层，白璐脚步稍作停顿，随后往之前未曾去过的三楼走去。

楼梯口那里被一条铁链锁上，带队的警察使了个眼色，后面那人立刻拿出工具打开，一阵响动过后，整个楼层的面貌出现在众人眼前。

昏暗，幽闭，长而笔直的走廊仿佛看不到尽头，两边都是房间，一扇扇紧闭的房门像是藏匿在黑暗中的怪兽，随时准备露出爪牙。

一群人冲了进去，地板被踩得哐当作响，左手边第一间房的门率先被踹开，众人立刻愣住。

里面只有一张床，床铺凌乱，上面却空无一人。

白璐眼神微变，带队的警察立刻查看第二间房、第三间房……房门一一被踹开，然而，出人意料的是，里面一个人都没有，只有一张张床铺，能看出人生活的痕迹。

“我说警察叔叔，我们可都是遵纪守法的好公民——”

一道吊儿郎当的声音在后面响起，白璐转身，楼梯口有个人被簇拥上来。他穿着一件单薄的白衬衫，身材瘦而颀长，方才在楼下的那几个花臂男人乖顺地站在他身后。

“你看，清清白白。”他嘴角挂笑，双手一摊，朝两边示意。

才过两秒，他的眼神却突然一变，声音蓦地拔高，凶狠骇人地道：“所以这到底是谁在造谣呢？！”

“好好说话！”那位带队的警察训斥道，眼神锐利地往两旁一扫。随后他冲身后几位警察示意，“把整栋楼全部给我搜查一遍。”

他们把紫色年华上上下下搜了一遍，结果依然一无所获。

白璐拿着相机垂头丧气地出门，耳边还回放着不久前听见的那道惊恐又充满期盼的声音。

一整天，白璐都心神不宁。回去时，景言没在家，手机也没有一条信息进来，她自己随便煮了碗面，吃完便早早上床休息了。

一直到睡着，景言都没有回来。

早晨，一觉醒来，旁边那个位置依旧空荡荡，白璐迷迷糊糊间伸手一摸，被子下面一片冰凉，她蹙了蹙眉头。

这是结婚以来，景言第一次夜不归宿。

洗漱完出门，白璐打开手机翻了一遍他的朋友圈，干干净净，她凝眸想了想，用另一个账号搜索了他的微信名，点开——是一条横线。

呵，白璐嘲笑一声，他倒是注重隐私。

她的手指顿了顿，在屏幕上面轻点了两下，找到秦子然的微信，点开，上面展示着最近十天的朋友圈内容。最顶上果不其然有一条新发的状态，九宫格图片，迷离的灯光下，是美酒和美人。

白璐点开，放大照片细细查看，在其中一张的角落中看到那抹熟悉的身影。

景言一整天都没有和她联系。白璐晚上回家的时候，倒是看到那个躺在沙发上的人。他解开了衬衫的两颗扣子，西装随意搁在地上，长腿弯曲垂落，手臂盖住眼睛。

看来是昨晚熬夜累着了。

白璐放下手里的包，换好鞋子，从冰箱里拿出食材开始做饭。

直到饭菜都上桌，景言才迷迷糊糊地起来，抹了把脸，坐在她对面。

隔着一张不大不小的餐桌，她能清晰地看见他眼底的那两个黑眼圈。

“昨晚去哪里了？”白璐挑起一筷子米饭往嘴里送，不冷不热地问道。

景言正在夹菜，拨冗斜睨了她一眼，若无其事地道：“出去玩了一下。”

“一下？”白璐笑了笑，停下动作看着他，认真地叙述，“不是一下，你昨晚夜不归宿了。”

“你生气了？”景言试探地打量着她。

白璐眼里闪过一丝微愣，随后又露出淡淡的笑容，点点头，语气平静。

“有点儿，所以，今晚你睡沙发好了，反正你也不在乎能不能和我一起，不是吗？”

这下景言愣住了，他完全没有想到最后的结局会变成这样，条件反射似的反驳道：“没有！我……”他的眼神闪烁了两下，不自然地道，“我在乎。”

“嗯？”白璐侧头轻声询问，“在乎的话，你会夜不归宿吗？”

景言欲哭无泪。

这真是搬起石头砸自己的脚，天知道他有多想抱着白璐睡觉。

他昨天想了整整一个晚上，本以为今天可以如愿以偿，岂料——

“老婆，我错了……”他放软了声音撒娇，却没有料到，往日屡试不爽的方法今天失效了。

白璐点头微笑："知道错了就好，睡三天沙发吧。"

景少爷什么时候受过这样的待遇？

沙发虽大，却不够宽敞，虽软，却没有白璐身上那股女人香。他抓心挠肺地在上面滚来滚去，把被子揪成一团，掐在手心蹂躏。

整个房间安安静静的，没有一丝声音，景言折腾了好一会儿，终于死了心，瘫在那里。

翌日，白璐打开房门的时候，客厅已经空荡荡，沙发上被子团成团儿，放在角落，枕头随意地扔在上面。

清脆的金属敲击声在手边响起，白璐垂眸看去，银白色的门把手上面挂着一串钥匙，上面还有张心形的字条："袅袅，请你原谅我——没有你的夜晚，孤枕难眠。"

这句话的后面还画了一个在床上抱着被子哭泣的小人儿。

白璐嘴角微勾，眯了眯眸子，把字条翻过来，果不其然，背后还有一行小字。

是一个地址——霖市中心区的一所高档住宅。

啧，吵个架的好处还真多。

她晃着指尖的钥匙，瞬间原谅了景言。

今晚电视台临时聚餐，白璐给景言发了消息让他自己吃饭。晚上，白璐回来时已经接近十一点，房子没有开灯，黑漆漆一片。

她走进房间，景言已经十分自觉地躺在床上，床头开着一盏橘色小灯。

白璐不轻不重地走过去，俯身细瞧，那对漆黑浓密的睫毛在微微颤抖。凑近了看，眼前这张脸格外白皙干净，眉眼漂亮，整个五官生得十分标致，几乎挑不出任何瑕疵。

白璐忍不住在心里暗自感慨，上帝还真是格外优待他。

她端详了几秒，直起身子离开，床上的人悄悄地松了一口气。

浴室水声响起，不一会儿，一股熟悉的香味袭来，旁边的位置陷下去一小块，景言迫不及待地把她抱入怀中。

"好香……"他在白璐身上蹭了蹭，小声感慨。

"你不是睡着了吗？"白璐的动作未变，任由他抱着。

"装的。"景言坦诚地回答，"你不回来，我睡不着。"

白璐勾了勾嘴角，没有作声。

景言搂紧了几分，又道："今天送你的礼物喜欢吗？"

“嗯。”

“那你还生我的气吗？”

“消了一点点吧。”

“才一点点——”景言难以置信地嘟囔道。

白璐没有理他，景言又唠叨了几句便没了声音，把头埋在她颈间，缓缓地睡去。

景言仿佛陷入了一个怪圈，他想做点儿什么吸引白璐的注意力，却又怕弄巧成拙，再落得个睡沙发的下场。

他不爽又焦躁，这种莫名的情绪折磨了他一个星期之后，秦子然向他抛出了橄榄枝：“哥儿几个明晚在紫色年华组了个局，来玩玩吗？”

“不想去。”景言眉头一皱，不耐烦地拒绝。

他这段时间都乖乖地回家和白璐一起吃饭，她的手艺好像又进步了不少，做的菜比外面那些菜要好吃一百倍。

两人好不容易变得和谐融洽，景言岂敢再去撒野？

不能吃老婆做的饭、不能和老婆一起睡觉的日子简直度日如年。

秦子然在那边“啧啧”两声，压低了声音，故作神秘地道：“别怪兄弟没告诉你，这次，赵祁铭也会来，你不是刚好有个项目想找他合作吗？”

“什么？”景言立刻直起身子，“他不是向来看不上你们这群人吗？”

赵祁铭是实打实从底层爬起来的，对这圈里的公子哥儿是一点儿都不感兴趣，几乎从来都不和他们打交道。而恰好这次，他拿下的那块地皮是少临的项目急需的，景言一直找不到机会和他搭上线。

“怎么说话的呢？！”秦子然一听，就哇哇大叫起来，“哎——我说，我们这群人怎么了？你不也在我们这群人里面吗？！”

“好了好了。”景言把手机从耳边移开，揉了揉眉心，“别嚷嚷，几点，我马上过去。”

挂了电话之后，景言立即收拾东西出发，顺手给白璐发了条消息，说今晚有事。

她没有回复。

景言一路驱车到紫色年华，夜色正浓，赵祁铭还没来，秦子然他们正大大咧咧地坐在离门口不远的沙发上，一人抱着一位姑娘。

“怎么在这里？”景言环顾了一眼周围略有些乌烟瘴气的环境，蹙眉问道。

“今天我爸刚好在这里，他把我们专门预留的房间占了——”秦子然无所谓地解释道，顺手掐了把怀里姑娘的腰。

“他说还有十来分钟就好，刚好，赵祁铭过来要半小时，我们就在这儿等一会儿。来，坐坐坐——”秦子然拍了拍身旁的座位，把手边的一个姑娘赶了过去。

景言闻言，顿了两秒，提步走过去。

秦子然立刻凑过来和他说话。

被秦子然赶过来的那个女人看起来柔弱乖巧，景言就没有管她，和秦子然聊了起来。

两人正在说话时，有一名女子端着酒杯走了过来，面容艳丽，穿着大红色裙子，展现着姣好的身材。

她和秦子然曾经有过一段，现在还有些不清不楚的，此刻，秦子然正抱着一位姑娘，亲密无间。

她像是没有看到一样，缓缓地走到两人面前站定，熟稔地和秦子然打着招呼，接着，身子一歪，就坐到秦子然的另一侧怀抱中。

浓郁的香水味扑鼻而来，景言瞪了秦子然一眼，挪了挪身子，为她让出更大的空间。

男男女女坐在一起，气氛肯定不会差到哪儿去，而在座的又都是人精，虽然景言心情有些不悦，嘴角也挂上了一丝笑意。

放松地倚在沙发上时，景言便看到眼前的大门哐当一声被推开，一群警察冲了进来，后面是扛着相机的白璐。

景言和白璐再次冷战了。

也或许是他单方面生气，白璐只是收拾东西回家了。

空荡荡的房子里没有任何人气，偌大的床一片冰凉，往日充满饭香的厨房也是冷冷清清的。

景言每次打开门看到漆黑的客厅时，都觉得寂寞难耐。

以前他一个人住的时候，完全不会有这么强烈的感觉。

果然是由俭入奢易，由奢入俭难。

他没有开灯，就这样躺在床上，手机随意地扔在旁边，须臾，他又忍不住拎起来放在面前，敲着屏幕打字：“今晚回不回来？”

发送后，景言凝视着手机。

上面的备注是“小宝贝”，头像是白璐自己手写的名字，白底黑字，字体清瘦有力，一撇一捺，刚劲潇洒。

读书的时候，她就写得一手好字，字里透出的气质坚硬强劲，棱角分明，十分好看。

备注是他逼着她改的。

某天，两人躺在床上的时候，景言突然玩起她的手机，发现自己的备注是中规中矩的“景言”，不太开心，于是就把两人的备注都改了。

一个是小心肝，一个是小宝贝。

白璐窝在他的怀里，瞪了他一眼，没有作声，红唇紧抿，眸子水汪汪的，格外诱人。

一想到那个画面，景言就越发心烦意乱，对面那人迟迟没有回复，他索性一把扔掉手机，翻身下床，拿了睡衣去浴室洗澡。

出来时，他首先打开手机，白璐已经回复了，简简单单的两个字：“不回。”

他气得立刻把手机扔到床上。

秦子然打电话来的时候是白璐回去的第三天。

上次，因为警察突然闯入，最后，景言没有和赵祁铭见到面。这次，陈天昊新开了一家俱乐部，邀请了圈内一群人去捧场，听说赵祁铭也会去。

景言环顾了一眼冷冷清清的屋子，收拾东西开车去了。

他抵达的时候，赵祁铭已经到了，两人笑着寒暄片刻，引入正题。

“城郊的那块地……”

“那块地，我留在手上正好没什么用。”赵祁铭低笑着打断了他，抬眸盯着景言，面带深意，“少临想要的话，我可以转手。”

景言诧异两秒，挑眉：“条件呢？”

没什么用还会大费周章地从少临手里把这块地抢走？景言笑了。

“条件很简单，”赵祁铭弹了下烟灰后，直截了当地道，“之后的一段时间，中乾可能会有大动作，希望少临到时候能保持中立。当然了，绝对不会伤害到你们的利益。”

景言举起面前的酒杯，和赵祁铭的杯子轻轻地碰了一下，微笑颔首：“合作愉快。”

陈天昊的俱乐部里面设施一应俱全，后面还有一片房屋，建成了度假村的形式。

一群人难得聚在一起，再加上陈天昊会玩，项目一个比一个有意思，这次，就连赵祁铭都没走，在这边住了两个晚上。

景言收到白璐的消息时正在玩射击，按下扳机的那一刻，后坐力震得他的肩膀有些发麻。

手机叮咚一声脆响，短短的一行字却让他很紧张：“今晚做饭，几点回来？”

景言飞快地回复：“在家吗？我马上回来！”

收到白璐肯定的回复之后，他立刻取下耳罩，拿起车钥匙往外走，丢下一句话身影就消失在门边：“老婆叫我回家吃饭，我先走了。”

几个单身男人看着他消失的方向，纷纷骂了句脏话。

景言到家的时候，厨房已经传出饭香，白璐系着浅蓝色围裙，两条带子显得她的腰身很细，整个人在橘黄色的灯光下显得格外温柔。

景言心头蓦然一酸，本能地上前抱住她。

“老婆……我想死你了。”他把头搁在白璐的颈间，深深地吸了一口气，浑身涌起一股暖洋洋的感觉，舒服熨帖，仿佛躁动的灵魂找到了归属。

“这几天去哪里了？”耳边传来平静的声音，带着一丝冷然。

浑身暖意瞬间消失得无影无踪，景言吓得有些僵，他挣扎几秒，联想到了那晚睡沙发的惨状，最终还是软着声音说：“我在家好好的呢。”

话音落地，白璐转身，对上那双清冷的眼，景言立即后悔了，最后还是乖乖地和盘托出。

出乎他意料的是，白璐这次竟然没有追究。

景言吃着饭，有些忐忑，又感觉有些不真实，心底觉得庆幸的同时涌起了一阵失落。

直到晚上，他被她赶出房间。

景言躺在不舒服的沙发上，整个人却比之前要轻松不少，他认真地盯着天花板，忍不住怀疑自己有受虐倾向。

白璐再次接到线索，是上次那个带队警察通知她的：“我们这边刚刚查到，紫色年华其实还有个地下室，之前一直没有发现。”

“所以，那些人很有可能被藏在里面？！”白璐的声音有些激动。

她始终对这件事情难以忘怀，她一共接到过三个电话，都是同一个女孩子打过来的，那个女孩的声音怯弱又犹豫，摇摆不定，又带着一丝期盼。

白璐问过她为什么不直接报警，她没有回答，只是默默地挂断了电话。

很奇怪的一个人，却让白璐对真相更加好奇。

警察再次出动是在一周后，可能是想打个措手不及，毕竟谁也不会想到，在两次搜查无果之后，警察还会顶着压力前来。

他们是在夜色正浓的时候动手的，紫色年华里面繁华热闹，纸醉金迷，一派奢靡的景象，随着警察的闯入，场面变得混乱起来。

上次的几个花臂男人很快围了过来，带队的警察已经领着人找到地下室的入口。

门一打开，里面的景象就映入众人眼中：衣不蔽体的女人，光裸着身子的男人，还有凌乱的床铺，充盈在空气中的情欲的味道。

几位警察面不改色，直接上去抓人，男男女女一个不漏，全部被带了回去。

紫色年华随后便被查封，白璐拿到的独家新闻，上了头条。

当晚回家，白璐的心情明显很好，做了几道拿手菜，这个时候，景言已经睡了三天沙发。难得见白璐露出笑容，景言的话语谄媚感十足。

白璐似笑非笑地睨了他一眼，假装什么都不知道，洗完澡出来时，却看到床上躺了一个人。

白璐走过去踢他两脚："出去睡。"

景言拉高被子蒙住头，顺便遮住耳朵。

"我数三下，三、二……"

她"一"字还未出口，就见景言猛地坐起，拥着被子，怒气冲冲地盯着她。

"你怎么这么狠心？"他瞪着眼睛质问。

白璐瞬间被气笑了，侧头反问："我狠心？是谁——"

白璐正欲发难，便见景言立刻跪坐在床上，挪了过来，一步一步地到她面前，仰头，伸手抱住她。

"我错了。"景言把头搁在她的腰间不停地蹭着，嘴里还在求饶，"我真的错了——下次再也不敢了。"

"好了好了，给我松开。"白璐受不了他，打掉腰上那只手，掀开被子上床。

景言状似可怜地低垂着头，嘴角却忍不住翘了起来。

床头灯一关，景言的手就摸了过来，白璐翻个身，冷冷地道："再动就去睡沙发。"

后面那人立刻安分下来，直到她睡着，才敢偷偷摸摸地挪过来，把她抱在怀里。

好长一段时间里，景言都不敢出去，除了必要的应酬，他几乎都乖乖地待在家里。

白璐却没有对他温和起来。

景言后知后觉地发现，她这次生气的时间好像有点儿长。

在他不知道第几次拒绝了秦子然的邀约之后，秦子然终于忍不住破口大骂。

“你怎么回事？！啊，兄弟没得做了是吧！”

“你发什么疯呢——”景言倚在沙发上把玩着手里的打火机，一脸不爽。

“我发什么疯？问你呢！半个月都没见人影，你说说，叫你多少次了？！”

“你们的场子里，女人太多。”景言点了支烟，隔着白色的烟雾看向厨房里白璐忙碌的背影，淡声道，“我老婆会生气。”

秦子然：“……”

“你完了，景言。”秦子然丢下一句话就挂了电话。

景言敛眸，低头嗤笑一声。

——很早以前就完了。

“怎么，他还是不肯出来？”

见秦子然挂了电话，陈天昊转头望过来。秦子然把手机往茶几上一扔，点点头。

“哎，你说，他当时的那句话不会是真的吧？！”陈天昊见状，不由得放开怀里的那个女人，凑过来，皱眉问道。

“哪句？”秦子然一愣，随后反应过来，“半年前那次吗？”

“对啊！”

两人对视一眼，脑海里不由得浮现出了当时的场景。

那还是半年前的事情，景言那时候玩得开，女朋友一个接一个地换，完全不重样。

可就那天，三人喝得有点儿多，景言半躺在沙发上，盯着天花板，眼神缥缈，里面透出一种他们两人都看不懂的东西，他低声道：“我想结婚了。”

“什么？！”秦子然和陈天昊当时没听清，抑或怀疑自己幻听了，异口同声地追问。

景言没看他们，带着茫然又奇异的眼神，无比清晰地重复了一遍。

“我想结婚了。”

陈天昊和秦子然听完，顿时拍膝，哈哈大笑，一边笑，一边指着他嘲讽：“开什么玩笑，你景少爷会这么早就结婚？喝多了吧你！”

景言当时没理他们，只是笑了笑，低低说了一句。

“和喜欢的人过一辈子，不是一件很幸福的事情吗？”

停止回忆，两人纷纷从对方眼里看到了难以置信。

陈天昊率先出声。

“可是……”他有些不相信地质疑道，“景言结婚后不是和以前差不多吗？好像没有什么变化啊——”

“你瞎啊！”秦子然拍了他一下，骂道，“他明显都不接近女人了啊！他以前虽然也不算热衷，但至少不排斥。你看结婚后，他哪次不是避得远远的？别的女人不小心碰他一下，他就皱着眉头走开了。”

“被你这样一说，好像真是。”陈天昊若有所思地点点头，又“咝”了一声，叫道，“都这样避着了，还怕他老婆生什么气？！”

“常在河边走，哪有不湿鞋。”秦子然想起上次的陈婉婉事件，忍不住感慨。

“罢了罢了，以后咱们还是少叫他——”秦子然摇摇头，话音落地，又不满地踢了脚桌子，“结婚真麻烦，我以后可不结，结了我也不怕，各玩各的！”

“对对对，说得好！”陈天昊高呼，举起酒杯和他碰杯。

“来，兄弟干！”

“干！”

和白璐僵持了半个月之后，景言开始采取措施，每天送花、送礼物，隔一个小时就给她发消息，美其名曰送温暖。

白璐正琢磨着他怎么这么闲的时候，忽然瞥见他在门外的身影。

他穿着一身剪裁合体的黑色西装，被几位台领导簇拥着，走在前面，气质卓越，双眸黑亮，嘴角挂着一丝浅笑，给那张脸平添了几分风情。

白璐愣怔间，景言已经含笑走了过来，方向似乎是朝她这边，白璐坐直身子，看着他，如临大敌，一阵风带起她颊边的发丝，景言已经越过她的座位，朝里面的办公室走去。

白璐眯了眯眸子，扭头看着那个背影，莫名嗅出一丝得意。

与此同时，手机突然响了一声，短信来自景言：“快到中午了，宝贝今天吃啥呢？”

“宝贝”两个字前还带着可爱的颜文字。

最近，他画风突变，总爱发一些颜文字卖萌，白璐见惯了他耍赖撒娇的样子，便没有放在心上，只是——

她再次眯了眯眸子，打量着不远处的那人，如果她没看错的话，景言现在正一只手插在兜里，另一只手随着谈话做出相应的动作。

盲打字？这可是智能机时代，没有手机按键！

白璐好像发现了什么不得了的事情，本来因为他这段时间的表现明显软下去的心倏地又硬了起来。

这天晚上，景言没有察觉出任何异样，抱着白璐睡得迷迷糊糊时，只听见耳边突然响起一道女声："你有删短信的习惯吗？"

"没有啊，怎么了？"半梦半醒间，景言应了一声，眼睛都没睁开，在她的颈间蹭了蹭。

"那这段时间，你给我发了这么多短信，我怎么一条都没看见呢？"

景言大脑空白两秒，开始缓慢思考，好一会儿才反应过来，猛地惊醒。

他的眼前是一片微弱的荧光，定睛一瞧，正是他的手机屏幕发出来的，景言的目光落在短信的页面，浑身立刻僵住。

"袅袅……不，璐璐，老婆，你听我解释！"景言翻身坐起。

白璐随即拥被起身看着他，目光凉如水。

景言张嘴又合上，来回几次，眸光闪烁，终于和盘托出："是我秘书发的。"

他认命地说完，立刻握着白璐的手哀声道："那是因为我每天太忙，真的，这段时间在加班和出差，你也看到了，我经常连饭都没空好好吃……"

白璐一脸冷漠。

"那些花和礼物呢？"

"大部分都是我亲自挑的，我发誓！"景言立刻举起手放到脸侧，表情无比郑重。

白璐静静地打量了他几秒，开口道："你的助理是男的还是女的？"

其实，这个问题，她心里已经有答案了——这么体贴可爱又懂女人心的文字，怎么可能是一个男人发出来的？

"女的。"果不其然，景言垂头丧气地承认了。

"倒是很熟练的样子。"白璐轻笑一声，冷淡地道，"你忙，我不怪你，可是你不能骗我。一回生两回熟，之前的那件事情，我念在你初犯，没计较，没想到你还会犯同样的错误。好了，我现在不想看见你，出去。"

白璐冷冷地下了判决，景言这次大气都不敢出一声，默默地下床穿鞋，熟门熟路地从衣柜里抱出一床棉被，走之前还不忘帮她关好门。

白璐轻轻地叹了一口气，倒在床上。

被子里很暖和，还带着他身上的温度，热热的，很舒服。

白璐挟着被子往另外一边挪了挪，远离了那一团温暖。

三月开春，电视台给每个部门分配了任务，要求在一个月内拉到一定金额的赞助。

组长李庆看着报表上的数字长吁短叹，把手里的东西一扔，翻出通讯录开始打电话。不出几个小时，就敲定了四五场饭局。

白璐作为他们部门的门面担当，义不容辞。

下班后，白璐直接前往吃饭的地点，她给景言发了条信息，只说自己今晚不做饭，他回了句“好”，又嘱咐她早点儿回家，注意安全，最后还加了个爱心的表情符号。

白璐面无表情地收起手机，没有回复。

到达包厢的时候，席间已经坐着几位赞助商了，李庆上前一一打过招呼，顺便给白璐他们介绍。

有几位是去年合作的赞助商，今天主要是和他们商量续约的问题。还有几位是初次打交道的潜在客户。李庆给下属们的任务就是拿下这几人的赞助合同。

房间不大，桌子旁差不多坐满了，只是首位那里却空着，像是还有人没来。

白璐悄悄问身旁的李庆，他也面露疑惑，猜想着可能是赞助商的客户之类的，毕竟今天是赞助商他们的私下商业聚会，电视台的这群人只是临时插一脚。

因为是乙方，他们不由得主动了几分，李庆笑着和席间的众人扯话题，白璐在一旁帮衬，赵妍和李显也极力调和着气氛。

白璐此刻全然不复平日里的冷清，神情温软动人，嘴角的弧度恰到好处，任谁见了都要夸上一句漂亮。

她平常也是美的，只是气质太过冷然，夹杂着一丝清冷的傲意，看起来有些难以接近，。

但现在，那丝骄傲被刻意摒弃，她笑起来，眼角眉梢都是风情，加上今天特意打扮了一下，一袭水红色连衣裙衬出细腰，露出锁骨，长腿笔直，肤白胜雪，唇上点了一抹嫣红，相得益彰，可谓极美。

这是来之前李庆特意吩咐的，女孩子打扮得漂亮一点儿，男孩子打扮得精神一点儿，让人看着舒服，谈起生意也顺利得多。

漂亮有了，精神有了，生意却并不顺利。

“来，白小姐，咱们再喝一杯，今天大家能在这里相聚，那就是缘分啊——”席间那位客户又朝白璐举起杯子。

这已经是今晚的第三杯了，虽然杯子不大，里面却是实打实的白酒，一般的女孩子连一杯都承受不住，而白璐之前已经喝下两杯了。

这下，连李庆脸上的笑意都快维持不住了。

席中有人看不过去想劝，劝酒那人却摆手拒绝。

“哎——大家伙儿今天可都不要劝我，我今天见到白小姐高兴，一定得多喝几杯。”

那人脸上带笑，眼里却一丝笑意都没有，举着酒杯朝白璐示意，带着不容拒绝的语气，沉声道：“来吧，白小姐。”

这下，其他人都看出不对，明显是有内情，顿时都不作声了。

白璐端坐在那里，脸上的笑容已经消失不见，神色平静，看不出情绪来。

饭局才刚刚开始，李庆有些骑虎难下，现在告辞肯定不行，直接拒绝这几单，赞助黄了不说，还会得罪一群人。

白璐看着对面的那个男人，他看起来四五十岁的模样，两鬓已经发白，清瘦，手臂肌肉却很结实，那双三角眼里是满满的恶意。

她确定自己没有见过他。

白璐的酒量最多三杯白酒，再喝下去肯定难以全身而退，她正敛目思忖时，包厢门被推开了，对面的男人望过去，眼里的恶意顿时换成了谄媚。

“哟，景少来了，今儿个给咱们赏脸了。”

景言推开门，也是一愣，看着房间里的架势，顿了两秒，随后面不改色地在空出来的那个首位坐下，环顾众人一圈，状似疑惑地问：“这是……”

那人笑着，抬手向他介绍：“这是电视台的工作人员，今天他们过来是想商量一下赞助的事情。我和这位白小姐也算是一见如故，所以，单独和她喝了几杯。”

景言打量着白璐，她坐在那里，雪白清透的脸颊染上几丝嫣红，唇上泛着水光，眼里水雾蒙蒙，令人看不清楚情绪，她的背脊挺得笔直，肩线平稳，脖颈修长。

景言来了后，那人依旧不放过她，和他寒暄完，便又转头看向白璐，嘴角挂笑地朝她开口：“白小姐，那这杯可一定得赏脸啊——”

白璐忽然扯唇一笑，娇声道：“孙总，白酒我最多只能喝两杯，这杯要是再喝下去，恐怕是要进医院了呢。”

“哎呀，哪儿有这么夸张——”那位姓孙的闻言，嘴角的弧度更深了，眼里的恶意却更浓，酒杯依旧不容拒绝地递到她唇边。

“孙总，既然人家女孩子不愿意，就不要勉强了。”果不其然，他话还没说完，坐在那里的景言已经开口了。

白璐垂下眸子，脸上的笑意颇深。

“这……”那人似有些不甘心，迟疑两秒，最终在景言越来越沉的眸光中坐下。

白璐脸上的笑意渐渐收起，脑袋有些昏沉，方才喝下白酒的后劲儿涌了上来。

景言进来之后，服务员开始上正菜，他们谈起商业上的事情，李庆偶尔能插上两句话，却一直没有机会提赞助的事情。

白璐此刻无暇顾及赞助的事，一直端坐在那里，垂眸沉默，看起来只是不想说话的模样，可要是程语嫣在场她就知道，白璐这是喝醉了。

白璐没有发酒疯的习惯，喝醉的时候只会变得极其安静，眼里墨色极为浓郁，看起来十分唬人，一点儿都不会流露出醉态。

谈话间，景言一直用余光关注着她，见她这副和往日无异的模样，心里却总觉得有些奇怪。

这个时候，李庆终于找到机会，提到了赞助的事情。

景言闻言，视线光明正大地落在白璐身上。

他还没来得及开口，那位孙总便再次出声了。

"赞助没有问题，只要白小姐能陪我再喝几杯。"他的脸上挂着嘲弄的笑容，那双眼里射出恶毒的目光，像是眼镜蛇一样让人遍体生寒。

这下是赤裸裸地提要求了，在场的人都抱着看戏的心态，观望着白璐的态度。

这位孙总算是霖市大头，虽然他的公司比不上少临，但和席间其他人相比，是需要其他人主动去搞好关系的身份，因此，谁也不会主动去触这个霉头。

白璐顿了几秒，抬起头，看着他露齿一笑，笑容格外灿烂。

"孙总，您好像看我很不顺眼，是我在哪里不小心得罪您了吗？如果是，我给您赔罪道歉。"她扶着桌子慢慢站起来，端起面前的酒杯朝他示意。

几句话说得十分在理，不卑不亢，对面那人却连表情都没有变一下，依旧是充满嘲弄和恶意。他好整以暇地坐在那里，看戏似的等待着白璐将酒喝下去。

白璐垂眸，正准备把手里的杯子往唇边送，一道熟悉的声音蓦然响起："少临今年刚好有几个广告需要投放，关于赞助费这一块，可以和我的秘书谈。"

景言朝身侧的人颔首示意，那位秘书立刻把名片递过来。

李庆连忙起身双手接过。

"至于这杯酒就不用喝了，女孩子还是喝饮料比较好，服务员——

"这里要一杯牛奶，麻烦热一下，谢谢。"

一席话下来，桌上没有一个人敢作声，众人面面相觑。那位孙总的脸上有些挂不住，嘴唇张合两下，最终悻悻地闭上。

白璐始终没有抬眸看向景言，李庆笑着连连附和，见白璐这副无动于衷的模样，忍不住在底下踢了她好几脚。

白璐蹙眉轻呼一声，侧头瞪他，却刚好对上不远处景言意味深长的目光。

额角忽然隐隐作痛，白璐低声同李庆说了声去洗手间，便起身离开。

景言看着她的背影消失在门口，顿了几秒，同众人示意后，也起身走了出去。

两人一离开房间，气氛顿时轻松下来，孙总似笑非笑地靠在椅子上，朝景言身旁的那个秘书挑眉，意味不明地问："林秘书，景少和那个姓白的是什么关系啊？"

被点名的男人低眉顺眼，淡笑着道："我也是第一次见到白小姐。"

此话一出，意思明确。

孙总笑了两声，把目光投向李庆，道："你们电视台真是藏龙卧虎啊。前段时间才把紫色年华弄垮，今天就勾搭上了景言，这位白小姐的手段可真是高啊！"

李庆勉强地对他笑了笑，没有作声。

白璐的脑袋有点儿重，凉水冲刷过掌心，寒意从指尖蹿了上来，整个人清醒几分。

她看着镜子里的那张脸，眼底木然，没有一丝表情。

白璐缓缓出了门，对面的墙上却倚着一道熟悉的身影。

她假装没看见般从他的身边走过去，擦肩而过的瞬间，景言握住她的手腕，随后手下滑，扣住她的手指，轻轻摩挲。

"回家了，好不好？"景言轻声道，"这里的菜没你做的菜好吃，又吵，还很闹腾。"

"好啊！"白璐抽出手，缓缓往前走去，步履平稳。

景言跨了两步上前，伸手环住她的腰。这次，白璐没有推开他，反而倾身靠在他身上。

景言看着她脸颊处的丝丝嫣红，忍不住出声："喝醉了吗？"

白璐没有回答，安静而专注地往前走。

到了包厢门口，景言松开她，推门率先进去。

白璐在外面等了两分钟，方才进去。到位子上坐下后，她便看到面前放着杯牛奶，摸上去还有丝丝热度。白璐两手捧着杯子，小口小口地喝着。

待她喝完那杯牛奶，景言恰好出声告辞，走到门口时，像是突然想起什么，又出声道：“白小姐好像喝得有点儿多，我叫秘书送你回家吧。”

众人顿时诧异地望过来，白璐则默默地拎包走人。

一出门，景言就揽着她往外走，那位林秘书目不斜视地跟在后面，景言把车钥匙丢给他，吩咐道：“你自己开车回去吧。”

“好的。”林秘书什么都没问，拿了钥匙便和两人分开。

“你的车钥匙呢？”景言随即低头问怀里的人。

白璐在包里翻了两下，找出钥匙递给他。

一路上，白璐都闭着眼睛，景言则安静地开车。

不多时，车子停下，白璐揉着眼睛坐起来。

“到了？”她迷迷糊糊地问。

“到了。”景言俯身过来帮她解开安全带，温声回答。

白璐慢吞吞地下车，默默地上了电梯，又默默地进门，十分清醒地拿了衣服去浴室洗澡。

景言在后面看着她的一系列动作，有点儿不明所以，揉了揉头发。

确定白璐喝醉，是在她上床主动钻到他怀里的那一刻，景言被突如其来的温香软玉冲击得有些愣怔，直到白璐收紧抱在他腰间的手臂。温热软绵的触感无比清晰地传来，时隔多日没有体会过这种感觉的景言，一时幸福得说不出话来。

他深吸一口气，平复着慌乱的心跳，随后控制不住地低头去吻她，在她的额头、脸颊、耳垂、脖颈处落下一连串的亲吻，辗转流连片刻，最后含住那柔软的唇。

白璐晚上刷过牙，唇齿间都是湿热的薄荷味，还夹杂着淡淡的酒香，吮吸间，他的舌尖仿佛尝到一点点甜。

景言舍不得放开她，全身血液慢慢地躁动起来，呼吸逐渐急促。

白璐今天出乎意料地温顺，一直乖巧地抱着他，任由他亲着，被亲得迷糊的时候，她会不自觉地回吻他，就连景言的手开始毫无章法、失去控制时，她都只是蹙着眉头小小地叫了两声，便没了动作。

真乖。

景言的心都快化了。

一直到最后，白璐都没有抗拒，中途低低地喊了声疼，景言放缓了动作，又亲了她一小会儿，白璐紧皱的眉头才渐渐舒展开，哼唧起来。

景言见状，松了一口气，这个过程太过刺激，在这三月的寒冷气温里，他的额头已经冒出细密的汗珠，他太久没有尝过她的味道，到后面几乎失控，脑海里一片空白，头皮发麻。

躁动渐渐平复，景言侧头吻住白璐的唇，动作细致温柔，小心翼翼中带着一丝虔诚。

白璐累得筋疲力尽，未退的醉意全部化为睡意，眼皮像有千斤重，几乎是才结束，她就陷入沉睡。

半梦半醒间，好像有什么软软的东西在舔她的唇，她似乎听到有人在低声呢喃："袅袅……我爱你。"

醒来的时候，白璐觉得浑身酸痛，像是被车轮碾过一样，她蹙起眉头，不自觉地低吟一声，昨夜的记忆回转，那些让人脸红心跳的画面在脑海中闪过。

白璐懊恼着，脑中却突然闪过一句轻语。

她愣住，仔细地回忆几秒，好像是幻觉，又像是真的在耳边响起过。

思索间，身旁那人已经醒来，抱着她往怀里压："袅袅……"

记忆中的声音与此刻身旁人的声音重合，白璐侧头凝视着景言。

他的手紧紧地横亘在她的腰间，头搭在她的肩头，闭着眼睛，睡颜干净得像个小孩儿。

他的怀抱很舒服，宽敞温暖，让人情不自禁地沉溺。

白璐合眼缓了两秒，推开他，起身下床。

洗漱后，白璐正吃着早餐，景言出来了，他一脸春风荡漾的笑意，白璐没怎么搭理他，依旧咬着手里的三明治。

出门时，他声称自己的车被秘书开走了，要搭白璐的车一起去上班，白璐没有揭穿他车库里还有一排豪车的真相，丢了钥匙给他，就打开门上了车。

景言坐到驾驶座上，系上安全带出发，车子驶出地下车库，眼前一片开阔，白璐方才问道："昨天，那个孙总怎么回事？"

"我还想问你呢！"景言闻言，愤愤地侧眸，"你穿得那么漂亮陪他们喝酒，有没有想过我的感受？！"

"你什么感受？"白璐感到有些莫名其妙。

"我会吃醋啊！你很久没有这样对我笑过了，却对他们笑得那么开心。"景言十分委屈地说道。白璐见他的模样全然不像作假，瞬间有些愣怔。

"那是……"她思索几秒，正欲反驳，又想起上次在紫色年华时听到的话，仔细回忆了一下，景言好像真的没有做什么过分的事情。

是她太计较了。

白璐觉得有些莫名其妙：她这次怎么会生这么久的气？

景言让秘书给她发信息是为了哄她，出去和朋友一起聚会玩闹也无可厚非，婚前和别的女孩子交往也很正常，至于上次那张吻照……

白璐跟着警察去紫色年华抓人时，见到了陈婉婉。

当时场面混乱，一群陪酒小姐被控制起来，聚在一个房间。

白璐在里面见到了那次在洗手间里的几个女人，她们的衣衫还算整齐，只是妆容十分艳丽，昂首挺胸，气势丝毫不减。

嘈杂的房间里，她们正围在一起嘲笑着不远处那个穿着红裙子的女人，熟悉的声音响起："哟，这不是陈婉婉吗？您怎么也被带进来了？"

"陪酒了呗，毕竟现在可没人护着她了。"另一人回答道，还发出一串嘲弄的笑声。

两人明显是在一唱一和地讥讽着那个叫陈婉婉的女子，她却只是窝在角落，双手环住膝盖，安静地待着，一句话都没说。

白璐的视线落在她背后露出来的雪白肌肤上，那片肌肤上的蝴蝶骨清晰可见，线条优美，赏心悦目。

白璐的目光从上面掠过，忍不住微微眯起眼睛。

那几个人还在继续讥讽陈婉婉。

"怎么，景少玩腻了，也没给你留点儿分手费什么的？还待在这里陪酒，啧啧，是想找机会再次上位吗？"

"牺牲真是够大的——"说话那人的目光肆意地在陈婉婉的身上来回扫，里面是赤裸裸的鄙夷。

"装清纯小白莲没有用了，现在开始扮性感美艳？"话音落地，其他几人纷纷发出笑声。

那个叫陈婉婉的终于出声了："够了！我和景言什么都没有，他那次只不过是见我可怜，顺手帮了一把，你们用不着这么嫉恨我。我没有和他上过床，也没有所谓的分手费，从头到尾，我都是和你们一样的人，现在只不过是回到以前的生活了！"

她咬紧牙，语气克制而隐忍，不知是在和她们说，还是在暗示自己，但泛红的眼角和颤抖的肩膀泄露了她内心的不平静。

白璐站在门口，身后走过来的一名警察朝里面呵斥一句："都安静！"

房间立刻变得鸦雀无声。几秒后，叽叽喳喳的声音再次响起，只是这次，她们换了一个话题。

“警察叔叔，我们都是无辜的啊！”

“对呀对呀，什么时候能放我们走？”

“再等一会儿，都安静一点儿！”那名警察大声说道，随后他转身对白璐说，“白小姐，我们准备回警局了，你待会儿要不要坐我们的车过去？”

“好啊，谢谢。”白璐温声朝他道谢，目光再次从那几个人的身上掠过，最后停在角落里的那名女子身上。

她穿着红色的裙子，低垂着头，身材线条优美动人，有着楚楚可怜之姿，柔弱生怯之态，像是陷在淤泥里的一株娇美而脆弱的花，让人情不自禁地生出怜惜。

白璐眨了眨眼睛，提步离开这里。

第 五 章

我只喜欢你

景言还在等着她回答，前面刚好是个十字路口，车子停下来等绿灯，他侧过头来，一动不动地盯着白璐。

“是什么？我这段时间都乖乖地待在家里啊，之前的事情，我不是都和你解释清楚了吗？还没有消气啊？”他把脸凑过来，漆黑的眸子紧紧地盯着白璐，白皙的俊脸上满满的认真。

白璐伸手将他的头推回去：“绿灯了，开车。”

到了电视台，赵妍他们立刻围了上来，叽叽喳喳的，一脸兴奋。

“姐，你和那个景言到底是什么关系啊？昨晚回去有没有发生什么——”赵妍朝白璐挤眉弄眼，满眼八卦。

白璐心想：确实是什么都发生了，但是不能告诉你。

她推开面前的几人，朝自己的位子走去。

“他只是看不过去，所以顺手帮了我一把，景少爷花名在外，处处留情很奇怪吗？”

话音落地，那几人顿时没了声音。

李庆倒是有些愧疚地看着她，犹豫地道：“不好意思啊，白璐，当时那种场合，我也不好直接走人。”

“没关系。”白璐神色淡淡，整理着桌面上的东西。

“对了，璐姐，我查出来了，那个孙总其实是紫色年华幕后的大老板，上次那个穿白衬衫的人只不过是他手下的小弟。”赵妍凑过来，一脸气愤地说道，“他肯定是在电视上看到你了，所以怀恨在心。昨天的饭局他可能就是冲着你来的。”

说着，她直拍胸口：“好险好险，如果没有景言，指不定后头会出什么事。”

“你瞎说什么！”周显拍了她一下，“这不是还有我和李哥吗？！能出什么事？！”

赵妍闻言翻了个白眼，哼了一声：“你们俩当时连句话都不敢说，现在马后炮……”

“嘿！”周显瞪大眼睛，正欲反驳，李庆抬手打断了他们俩。

“好了好了，这件事情是我考虑不周。白璐，你这段时间下班回家时，注意安全。”

“反正赞助也拉到了……”赵妍在一旁嘟囔。

白璐好笑地拍了她一下，乖顺地回答：“好的，谢谢老大。”

上班没多久，白璐就收到了景言的信息，他也查到了孙总的背景，特意叮嘱她这段时间多注意，晚上，他过来接她回家。

白璐回了句“好”。

下班的时候，景言给她打电话过来，那个时候，赵妍正趴在位子上和她讲话，桌上的手机振动起来，上面显示的名字是“Y 先生”。

赵妍一见这个名字就开始挤眉弄眼地怪笑，那段时间，景言疯狂的短信轰炸让赵妍对这个名字印象深刻。

白璐告诉她这人是个神经病，但以她的神态和语气，赵妍立刻判断出两人的关系不简单。加上那一堆堆的花和礼物，全办公室都知道了白璐有个疯狂的追求者。

“哟哟哟，Y 先生的电话又来了。”赵妍八卦地叫道。

白璐睨了她一眼，挂断电话。

“好了，今天就到这里，我先下班了。”白璐极快地收拾好东西，拎包走人。

赵妍在后头不甘心地喊道：“哎！去约会啊——”

“明天见。”白璐头也不回地冲她摆了摆手。

出了电视台大楼，白璐往前走了一段，才看到自己的那辆车，走过去拉开门上车，刚准备系安全带，就听到景言委屈的抱怨。

“怎么挂我电话？现在你不但老板着张脸，连接我的电话都不耐烦了。”

白璐动作一顿，望向他，微不可察地叹了口气，温声解释道：“刚刚和同事说话不太方便，我这不是立刻下来了嘛。”

“是吗？”他满脸怀疑。白璐正欲点头时，他又把脸凑过来，说，“那你亲我一下，我就原谅你。”

白璐：“……”

她凝视着那张白皙的俊脸，思考片刻，凑过去，在他的脸颊上轻轻碰了碰。

“好了，开车。”

“不行，这边也要。”景言见状，得寸进尺，嬉皮笑脸地把另外一边脸也凑了过来，两人僵持几秒，最终，白璐还是妥协了。

她俯身过去，刚准备碰那抹白皙的肌肤，嘴唇就贴上了一片柔软，湿湿热热，还会动。

景言直接撬开她的唇，将舌尖探进去，白璐的下巴被他掌控在手里，只得仰起头配合。

亲完，两人分开些许，景言盯着她绯红水润的唇，又忍不住覆上去轻咬两口，白璐瞪了他一眼：“你是属狗的吗？”

“对呀。”景言十分坦然地承认，“晚上回去咬你。”

白璐瞬间闭眼扶额，手轻轻往前挥了两下：“开车开车。”

景言开怀大笑，清朗的笑声飘荡在整个车内，漂亮的眸子微微眯起，露出一口皓齿。

夕阳的余晖透过前面的挡风玻璃落了下来，把他的半张脸染成金黄色，细细的绒毛清晰可见，眉眼熠熠生辉。

白璐看着他，莫名就想起了那句“唇红齿白少年郎”。她的眼里浮现出笑意，不过几秒，又垂眸掩下，神色一片平静。

很快，两人便到了家，难得景言今晚没有额外的工作，主动到厨房帮着白璐做饭。两人在厨房忙忙碌碌，灯光昏黄，饭菜香弥漫在这个小小的空间里。

景言把所有的菜切好，擦干手后在一旁看着白璐，没过一会儿，他又蹭上来搂着她的腰，把头搁在她的颈间不说话。

白璐对他这副样子已经习以为常，神色自若地翻炒着菜，好了便盛出锅。

白璐转身时，景言松开她，极其默契地伸手接过她手里的盘子，端出去放到外面的餐桌上，然后又立刻跑进来抱住她。

白璐的动作一顿。

最后一个菜出锅时，白璐转身，在景言伸手接盘子时忍不住开口道：“景言，你是不是缺爱？”

“还……还行啊！”景言一头雾水。

“那你为什么总是喜欢在我炒菜的时候抱着我？是不是因为我给了你一种妈妈的温暖？”

景言：“嗯？”

“许阿姨不是说你妈从来不会下厨房吗？所以，你就有了执念。恰巧，我给了你这种求而不得的爱……”白璐试探着道。

景言听完笑了。

“你确实曾是我求而不得的人，但好在，我现在已经得到了。”他说完，接过白璐手里的盘子走了出去，留白璐在后面一头雾水。

须臾，她忍不住追上去。

“我什么时候让你求而不得了？”白璐盯着景言，满眼好奇地追问。

明明他们两个的关系是水到渠成的。

她的眼睛睁得很大，乌黑明亮，眸中倒映出他的样子，极好看。

景言笑了笑，开口道：“我逗你的。”

两人吃完饭，景言洗了碗。

白璐洗完澡出来，景言在书房忙。

她到厨房倒了杯牛奶，喝完上床准备睡觉。

景言忙完进来的时候，白璐刚刚浏览完今天推送的新闻。景言已经洗完澡，额前的头发微湿，掀开被子上床时，有一股子沐浴液的清香，和白璐身上的味道一模一样。

白璐朝里挪了挪，景言伸手把她抱到怀里。依旧是熟悉的姿势。

他的双手搂在她的腰间，双腿夹着她的两只脚，脑袋搁在她的颈间，温热又宽敞的胸膛紧紧地贴着她的后背。

白璐已经从最开始的挣扎变成麻木顺从。

可能是因为今天心底开了个口子，故意密闭起来的东西也开始慢慢复苏，白璐忍不住一边看着手机一边和他闲聊："干吗抱我抱得这么紧？"

"舒服……"景言满足地在她身上蹭了蹭。

"那为什么老是从后面抱着我？"白璐又问，眼睛不曾离开手机屏幕，像是随口闲谈。

"因为从前面抱，你会不舒服。"景言的声音十分平静。

白璐的手指一顿。

她确实不喜欢被别人抱着睡觉，或者说她根本不喜欢和别人睡一张床。

小时候，路菲为了展现她的母爱，要和白璐一起睡觉时，都会被白璐赶出去，理由是，两个人一起，自己会睡不着。其实白璐只是不喜欢和别人这么亲密，哪怕是自己最亲的家人。

结婚之后，一起睡觉当然是不可避免的，而每日被景言这样抱着入睡，渐渐地她也习惯了，有时候甚至会觉得舒服。

但白璐也很清楚，如果景言是面对面地把她紧紧搂在怀里，她一定是难以忍受的。

因为这样过于亲密和坦诚，而她习惯了掩饰自己。

至少，景言从后头抱着她的时候，她还有一半的独立空间。

她突然有种无所遁形的慌乱感。白璐收起手机，淡声道："关灯，睡觉。"

景言听话地伸手关灯，吧嗒一声，灯光熄灭，整个房间暗了下来，他在她的脸侧落下一个吻，随后低声呢喃："晚安。"

为了防止孙总报复，景言最近每天都接送白璐上下班，她理所当然地接受了他的好意。

作为回报，景言要求她每天下车前亲他一下。

虽然这要求有点儿无理，但他生得俊俏，每日清晨笑意盈盈地望着她，唇红齿白的模样有几分勾人，白璐会勉强倾身，在他的脸上敷衍地一碰。

这种模式持续了半个月，直到白璐某次去采访，偶然撞见了孙总。

高档的写字楼里，地板光可鉴人，落地窗巨大而明亮，摆满绿植的走廊里，他穿着一身铁灰色的西装，迎面而来。

白璐从容的神态蓦然有些僵硬。

两人越来越近，相隔不足一米远时，孙总露出一抹微笑，朝白璐颔首，道："白小姐，过来采访吗？"

白璐格外惶恐，点头道："是的。"

孙总笑意更深，点点头，说道："替我向景少问好，上次那块地，多亏少临出手相助。"

他说完便提步离开，留白璐在原地一头雾水。

直到走出大楼，白璐方才想明白其中的关系，无外乎是景言拿生意上的好处弥补了这位孙总的损失。

虽然心里很不舒服，但白璐也知道，这其实是最好的解决方法。

宁可得罪君子，不能得罪小人。

傍晚的时候，景言依旧过来接她，面色如常，丝毫看不出异样。

系好安全带后，白璐望着他开口："你上班不忙吗？"

"忙啊！"景言打着方向盘，随口回答。

"那你现在每天准时下班过来接我，会不会耽误你的工作？"

白璐记得，自两人结婚以来，景言一直很忙，每周总有几天晚归，除了应酬和吃饭就是加班。有时候他到家后，连鞋子都没脱，直接就躺在沙发上了，脸上满是疲惫。

景言闻声，扬唇笑了一下，抬眸睨她，意味不明地道："工作再忙也没有你重要。"

"啧，"白璐抖了抖肩膀，说道，"好冷。"

"小白眼狼。"景言白了她一眼，道。

白璐起了一身鸡皮疙瘩的同时，竟莫名有些愧疚，她摇摇头，甩去这奇怪的感觉。

为了证明自己不狼心狗肺，晚上，白璐对景言格外温情，可以说是极尽体贴，十分顺从，让景言特别满足。

结束后，景言抱着她，眼角眉梢都是满足。

“袅袅——”

“嗯。”白璐趴在他身上，懒懒地应了一声。

景言顺着她的背，喃喃道：“你好软。”

“……”

霖市雨水充沛，雨断断续续地下了一个月，市里有不少的路段都被水淹了，台里吩咐记者出去报道几条相关新闻。

白璐和赵妍一起出去，后面还有个摄像大哥。

风雨中，伞飘摇着，白璐小心翼翼地握着伞柄，往积水中间蹚去，直到雨水快要没到她的膝盖。

摄像机已经对着她摆好，白璐握着话筒开始报道：“近来，雨势未停，市内的不少道路都被积水淹没，我站的这个位置就是西河东路，大家可以看到，雨水已经到了膝盖这里……”

“好了。”念了几段词之后，摄像大哥喊了停。

白璐瑟缩着往回走，双腿已经一片冰凉。

回家后，白璐立刻拿了衣服去浴室，原本洗个热水澡就能解决，她却发现，此时此刻，“大姨妈”突然造访。

白璐暗叫大事不妙。

果不其然，洗完澡没多久，她的小腹就开始痛。

白璐一受凉就会痛经，平日里还好，着凉之后轻则闷痛，重则剧痛。

她躺在床上没一会儿，额头就开始冒冷汗。白璐捂着肚子，一脸绝望，看来今天是剧痛了。

接下来，疼痛感越来越强烈，像是海浪般一阵接着一阵。

她直挺挺地看着天花板，等着小腹中那一阵阵疼痛感过去，牙龈咬得有些发酸，连呼吸都变得轻缓而无力。

白璐是个很能忍的人，就算此刻如同有人拿着锤子在往她肚子上砸，她也可以咬着牙挺过去。

父亲还在世时，白璐是个很喜欢撒娇的女孩子，娇娇柔柔，和所有的小姑娘一样，有个小病小痛就扑到父亲怀里哭诉，然后等待着他满脸怜爱、温柔疼惜地安抚着自己。

但经历过发烧三十九摄氏度依旧要打工维持生计的生活之后，白璐已经失去了撒娇这项技能，只有偶尔被景言折腾狠了时，她才会哭着闹他，然后享受着他的轻哄求饶。

因为这个时候，两人亲密如一体，白璐有恃无恐。

放到往常，她必定会覆上满身铠甲。

因为她并不相信这个世界上有无条件的爱情，付出爱的人必定会索取，接受了别人的给予就必定要付出。

她不喜欢欠人情，包括爱情。

脑海里的思绪仿佛都被身体的剧痛折磨得离家出走，白璐昏昏沉沉，大脑一片空白，整个人像在空中飘荡。在难以抑制地即将溢出呻吟时，白璐紧紧咬住唇，有泪水从眼角滑落，滚烫，她吸了吸鼻子，把身子蜷缩成一团，借此来减轻痛苦。

不知何时，门边传来一声响，脚步声逼近，恍惚间，白璐听见了景言的声音。

“你没事吧，要不要去医院？”

白璐的脸被人捧起，放在掌心，接着，上面的泪水被一点点擦干净。白璐摇摇头，从他手里挣脱，将头埋在被子里。

她不说话，也没有其他动作，整个人蜷缩在被子里默默哭泣。

景言的心都揪成一团，呼吸间都带着丝丝抽痛。

他在床边束手无策，急得团团转，最终从白璐捂着肚子的动作中看出端倪。

“肚子痛？”景言趴在床边轻声问。

白璐微不可察地点了点头。

“是来‘那个’了吗……”景言再次迟疑地询问。

白璐把脸埋在被子里，轻轻“嗯”了一声。

婚后这几个月，白璐的例假一直很正常，会有轻微疼痛，但从来没有像今天这样过。

景言在网上有看过关于女人痛经的帖子，但这是他第一次亲眼见到，原来这种疼痛真的会把人折磨成这样。

他思考几秒，拿着手机走出去，再次进来时，他的手里端着一杯红糖水。

白璐摇头拒绝，她上床之前已经喝过了，毫无用处。

景言端着杯子站在床边，叹了一口气，不一会儿，又走开了。

纵然对他没抱希望，但在肚子上被塞过来一团热乎乎的东西时，白璐还是小小地感动了一下。

她摸了摸，好像是一个热水袋。

“哪儿来的？”她气若游丝地问。

景言低声道：“刚刚叫秘书买的。”

白璐听完，没有再出声，她已经没有力气开口了。

她闭上眼睛，疼痛感好像缓解了几分，昏昏沉沉间，她的耳边传来窸窸窣窣的声音。

她再次睁开眼时，景言已经脱得只剩一条内裤。

“……”

幸好，他拿起旁边的T恤和长裤穿上了，不然白璐可能会被吓到跳起来。

果不其然，景言掀开被子钻进来，把她紧紧地抱在怀里。

温热的胸膛贴在她的后背，肌肉紧致，坚硬中带着一丝弹性，男人的温度无孔不入地袭来。一双手按着她的小腹，顺时针按摩，动作轻缓。

过了一会儿，白璐的肚子不合时宜地“咕咕”叫了两声。

景言没有说什么，翻身下床。白璐顿了会儿，拿起床边的手机，刷新闻。

大概过了一个小时，景言再次进来，手里端着碗，一股皮蛋瘦肉粥的香味传过来。

白璐坐起身子。

“你做的？”她搅拌着碗里的粥，挑眉问道。

“还是你的秘书熬好送过来的？”白璐忍不住打趣道。

景言翻了个白眼：“熬粥是一件很简单的事情，好吗？”

“上天了。”白璐淡淡地说了一句，捏着勺子往嘴里送了一口。须臾，她眨了眨眼，“还挺好吃的，真是厉害得上天了。”

白璐似笑非笑地盯着景言。

这人自结婚以来就没有做过饭，原本她以为他是厨房“小白”，没想到他还有深藏不露的一面。

“好吃你就多吃点儿。”景言捏了捏她的脸，轻笑着道。

这件事情过后，白璐对景言改观了几分，本以为他是个没心没肺的大少爷，没想到他还挺会照顾人。

其实仔细想想，景言身上的优点有很多，一看就是那种家教良好的家庭教出来的小孩，品性正直，拥有许多美好的品质。

他善良。在外头看到有人乞讨时，他总会给那些不知真假的乞讨者几张钱；看到女孩子受欺负，他也会施以援手。

他脾气温和，不会随便发火。白璐和他认识这么久，两人几乎没有红过脸，除了她单方面的生气和冷战，景言没有和她吵过一次架。

他性格开朗，有一群吃喝玩乐的朋友。

他细心体贴，总是在背后默默地帮她解决所有的麻烦。

他还有一颗赤子之心。他会耐心地陪伴白子轩，会在她生气时放下身段撒娇求饶，在那张带笑的脸上基本找不出一丝的负面情绪。

这一点，白璐自愧不如。

只是，或许真是应了那句“人无完人”，她想起他那一堆糟心的前女友，方才罗列出来的一堆优点瞬间不值一提。

白璐实在是忍不住好奇：“你之前为什么要这么频繁地换女朋友？”

她这几日身体不便，景言却依旧每晚抱着她睡觉，此刻，白璐一转身，两人就面对面贴在了一起，两张脸靠得极近。

景言在她如炬的目光下，有些心虚，视线不自然地躲闪开。

“就……不喜欢了啊！”

“你的喜欢，保质期只有三个月吗？”白璐的脸色立刻沉了下来。

景言自知说错话，连忙补救：“不是的、不是的，那是因为我不是真的喜欢她们。”

“但我是真的喜欢你。”他小声说。

白璐哭笑不得，此刻，被他这样小心翼翼地抱在怀里，她又不好发作，只能硬着头皮问下去：“那你不是真的喜欢，为什么要和别人交往？”

“我没有——”他竟然十分委屈，“我真正交往过的女朋友不多，很多都是媒体胡编乱造的。我只要和女生一起吃个饭或者挽一下手，第二天就会被称为这人的男友。”

“那在学校呢？”白璐彻底翻起旧账来。

景言的那句“玩玩而已”到了唇边，又被他咽了下去。要是真说出来，他可能会被白璐打死。

“璐璐，要是我知道最后会和你结婚，我死都不会和别人谈恋爱的。”景言发自肺腑地道。

白璐用怀疑的目光审视着他，双眸乌黑幽深。

景言有些难以承受，伸手关掉了灯。

房间变得一片黑暗，稀薄的月光透过落地窗洒了进来，微弱的光线中，景言捧着白璐的脸亲了下去。

她正欲脱口而出的话被柔软的唇堵住，景言一边亲一边嘟囔：“那都是过去的事了，我现在只有你，我只喜欢你。”

霖市漫长的雨季终于过去，秦子然对于景言将近三个月没有出门的行为感到十分绝望，因此，他诚挚地邀请白璐来参加他的生日宴会。

白璐对着电话里的人轻笑。

“你要景言去，干吗不自己和他讲？跑来和我说不是本末倒置了吗？”

“我们现在已经叫不动他了，只有你开尊口才能让他出来！”秦子然激动地道。

“没这么夸张吧？”白璐讶异地道，“我又没有管他。”

“你是没管他，可耐不住人家自觉啊，是吧？”秦子然调笑道，方才激动的语气瞬间变得不正经起来。

白璐扶额道：“好，我知道了，我会和他讲的。”

下班的时候，白璐和景言说了这件事情，他也无语至极，被秦子然这个活宝逗笑了，倒是白璐似笑非笑地追问他：“他真的叫了你好多次，你都没出门？”

“对呀！”景言瞪着眼睛看她，“你看我多乖。”

“真乖。”白璐伸手摸了摸他的头。

秦子然的生日在周五，景言开车过来接她，两人过去时，房间里已经坐了一些人。

秦子然重重地给了景言一拳：“重色轻友的浑蛋！”

“嗷——”景言立刻弯腰捂胸，朝旁边的白璐控诉，“老婆，他打我！”

秦子然的白眼快翻上天了。

白璐笑着把手里的礼物递出去：“生日快乐啊，这是景言特意给你挑的。”

“这是什么？”秦子然迫不及待地动手拆开。

随着层层包装被拆开，一张薄薄的纸掉了出来，秦子然拿起来，定睛一看，是一张支票，上面写着六个八。

他瞪向景言，忍不住说了句粗话，又道：“我就值这点儿钱？！”

“爸爸赏你的，拿去花。”景言揽着白璐，笑得格外嚣张，温和了多日的眉眼染上轻佻之色，隐约可窥见两人初识时的面貌。

不知为何，白璐总觉得这样的他才是真正的他，鲜活又极具侵略性。

秦子然抬腿踹了过来，景言飞快地躲开。

两人还要再闹，就被白璐拉住了，她对秦子然说：“他逗你的。”

白璐朝景言使了个眼色，他方才意犹未尽地从口袋里掏出一把钥匙丢给秦子然。

秦子然立即双手接住，看清上面的标志之后，脸上乐开了花，难以置信地道："这是我最近看上的那款新车吗？！"

"嗯哼。"景言十分傲娇地从鼻子里哼了一声，眼底都是得意和兴奋。

"哇，我托了好多人都没有搞到，你怎么弄来的？！"秦子然把钥匙放在掌心翻来覆去，爱不释手。

"还有我办不了的事吗？"景言睥睨着秦子然，得意之色溢于言表，。

白璐屈起手肘，在景言的腰间顶了一下："够了啊，见好就收。"

"是是是。"秦子然此时完全化身狗腿子，连连点头，"景少厉害，来来来，上座。"

上桌开饭之后，白璐发现来的男人依旧是那些熟面孔，只是他们带的女眷全部换了人，包括苏韵几个人都没来。

白璐凑到景言的耳边低语："苏韵和你们不是一个圈子的吗？怎么这次她没来？"

"我怎么知道？"景言翻了个白眼。

"你不知道——"白璐质疑道，"那我去问秦子然好了。"

"哎，别别别，她出国了。"景言连忙拉住她，解释道。

"为什么会突然出国？"白璐惊异地睁大眼睛。

"我怎么知道？！"景言理直气壮地道。

"那我去问秦子然。"白璐身形一动，又被他拉住了。

景言无奈地开口道："上次的照片就是她搞的鬼。"

"女人真是可怕。"他一脸后怕，"难以想象我竟然毫无觉察地被监视了这么多年。"

白璐似笑非笑地看着他："所以呢？"

"所以我很生气，搜集了证据，准备去告她！"

"然后呢？"

"然后被她爸阻止了。"景言失望地叹了一口气，"他给了我一点儿好处，就把苏韵送出国了。"

"你好像很失望？"白璐总结道。

"有点儿，毕竟我是想把她送进去关几个月的，让她这个大小姐长长记性。"景言转身，握着她的手，一脸深情地道，"像这种挑拨我们夫妻之间感情的人，一个都不能姑息！"

"有句话叫'苍蝇不叮无缝的蛋'。"白璐微笑着抽回自己的手。

景言暗自在心里叹了一口气。

完了，他就知道，一提到这件事情，白璐就会对他甩脸色，这下又得一番好哄。

想到这里，他忍不住在桌子底下恨恨地踹了秦子然一脚：好好的，过什么生日！

一顿饭吃得索然无味，吃完，秦子然还在兴奋地嚷嚷着，说在楼上订了套间，各种娱乐设施一应俱全，招呼着大家上去。

景言第一个告别："我和璐璐要先回家了。"

"这么早回家干吗？！"还未等秦子然开口，陈天昊就率先叫道。

"造人。"景言咬牙切齿地道。

白璐："……"

"别听他瞎说，我们今天没什么事，特意来给你过生日的。"白璐拉着景言，跟上大部队的脚步。

"你不是不爱玩这些吗？"景言和她低语。

"可是你喜欢啊！"白璐笑眯眯地道，"难得聚在一块儿，你舍得这么早回去吗？"

"老婆，你真体贴——"景言满脸感动地抱住她，只差泪汪汪。

"呦，辣眼睛。"旁边的秦子然和陈天昊纷纷举起手，挡住视线。

秦子然订的是楼顶的套房，打开客厅的落地窗，房间外头是一个巨大的阳台，可以看到远处翠绿的山峦。阳台边缘有着一个碧蓝色的露天泳池，旁边是沙发躺椅，透明玻璃围栏。

五月的霖市已经热了起来，晚风里夹杂着一丝凉意。

白璐穿着一条长裙，双手撑在栏杆上眺望远处，轻纱裙摆被风吹得飘起，露出洁白纤细的小腿，衬着肩头飞扬的长发，侧脸弧度柔媚又动人。

景言坐在那里，看得有些愣怔。

"干什么呢？！天天在家还没看够呢？！"旁边的秦子然撞了他一下，满眼嫌弃。

"就算是个天仙，早晚对着，也会审美疲劳吧？更何况还不是呢！"陈天昊翻了个白眼，道。

对景言这种怕老婆的行为，几人本来就有微词，现在见他这副模样，更是气不打一处来。

肆意妄为的景少什么时候被一个女人拿捏在手里过？现在这样真是没出息。

景言没理他们，脱了衣服跳进水里，只听扑通一声，淡蓝色的水中穿梭着一具洁白又矫健的身躯，修长匀称，肌肉线条流畅漂亮，在水下游动时身姿像一尾鱼，优美得让人移不开眼。

不远处，女眷的目光全部被吸引了过来，她们纷纷惊艳地盯着景言的身影。

陈天昊和秦子然对视了一眼，纷纷在心里骂景言。

两人十分迅速地起身脱衣，然后扎进水里，三人在泳池中肆意地游了两圈，哗啦一声，不约而同地从水面冒出了头。

景言一只手扶着池子边缘，另一只手插入还在滴水的发中，往后头一抹，露出饱满而光洁的额头，鼻梁挺直，嘴唇被凉水浸泡，由嫣红变成了淡粉，乌黑的眸子越发清润晶亮。

他朝白璐招了招手。

天色已经暗了下来，夕阳隐在云层中几乎不可见。

两人隔得不算远，但在不甚明亮的光线下，白璐几乎看不清他脸上的神情。

她还是乖乖地走了过去。

景言依旧泡在池水中，没有爬上来，白璐蹲在池边朝他靠近，软声问了一句：“你找我有什么事？”

这里的环境很对她的胃口，没有乌烟瘴气的烟雾和牌桌，青山绿水，夕阳微风，让她的心情不自觉地好了起来，连着同他说话的态度都温柔了几分。

“你站在那里太远了，看不见我。”景言不满地开口，指了指旁边的藤椅，道，“就坐在那里，看着我游泳。”

“……为什么要看着你游泳？”白璐满脸不解。

“我游泳好看。”景言说，“你也要偶尔看一下我闪亮的一面，不然以后，我越来越喜欢你，你却不喜欢我了，怎么办？”

白璐：“……好，那你游吧，我看着。”

她起身走到离泳池很近的竹藤躺椅旁，脱掉脚上的凉鞋，抱膝而坐，一脸认真欣赏的表情。

如此干脆坦荡的态度，反而让景言有点儿不好意思了，如她所言，白璐一直看着他，眼睛乌黑而平静。在这样的目光下，景言越发拘谨，抓了抓头发，耳根有些发烫。

他一个转身就扎到水里，身子摆动奋力地游了起来，姿势一如方才那样优美，身材好到让人移不开眼。

目睹了全程的秦子然和陈天昊默默地对视一眼，脸上的表情如出一辙，心里犹如有万头神兽奔腾而过。

不一会儿，景言又游完一圈，回到白璐跟前，从水里露出脑袋，湿漉漉的脸上满是期待的神情："好看吗？"

他抹了把头发，眼睛晶亮，水珠从湿润的发中滑落，流到他的眼睛里，景言不自然地眨了眨，白璐从包里翻出纸巾给他擦着。

"好看。"她点点头，轻声回答。

闻言，景言笑得越发荡漾，眉眼弯弯，淡粉色的唇扬起一抹勾人的弧度。

"有多好看？"

"好看到我都想亲你了。"白璐跪在地上，捧着他的脸亲了下。

"哇哦——"耳边是此起彼伏的起哄声，其中，以秦子然和陈天昊的声音最为热烈。

白璐专心地咬着他濡湿温热的唇舌，对旁边的一切浑然不在意。

此时，景言的身子如同冰火两重天，上半身炙热滚烫，下半身泡在水里，冰冰凉凉，胸腔里的那颗心剧烈跳动，整个人意乱情迷，手脚发软。

有生之年，他第一次被一个女人亲得身体都软了。

白璐松开他。

景言眼睛睁得老大，愣怔又茫然，唇微张，水润嫣红，十分诱人，像一只被轻薄了的小白兔。

白璐忍不住笑了。

"'虐狗'啊——"秦子然见状大叫，双手在水里划动，一副看好戏的表情。

陈天昊随即扬了把水花，尽数浇在景言脸上。

"嘿，兄弟，回神了！不就一个吻嘛——瞧瞧你这副没出息的样儿！"

景言反应过来，不自然地看了眼面前的白璐，被她脸上的盈盈笑意弄得越发窘迫。

他转身对着两人骂了句"滚"，一头扎进水里。

景言再次上岸时，白璐还在一旁坐着，埋头刷着手机。他裹着条浴巾，不满地走过来，把手机从她的掌心一把抽走。

"啧，你烦不烦？"白璐眯着眼睛不满地道。

景言没说话，看清屏幕上面的内容之后，又把手机还给了她。

"我去换衣服。"他懒洋洋地走了进去。

白璐看着手机屏幕上的新闻页面，有些无语地眨了眨眼睛。

不知道他们这里怎么会有备用衣服，景言再次出来时，已经换上了宽松的白T恤和休闲长裤。

房间里有台球桌，他拿着杆子，把白璐叫了进来。

“会不会打？不会打我教你。”景言冲她挑起嘴角，在灯光下笑得格外好看。

他的皮肤被水泡得越发白皙，乌黑的头发微湿，简单的衣服裤子穿在他身上，松松垮垮，隐约可以窥见好身材，气质干净清爽到极致。

白璐点点头，朝他应道：“好啊！”

两张球桌，秦子然他们占了一张，白璐和景言单独用一张。那边已经开局，这头，景言还在给她示范着姿势。

白璐依言做了一遍，非常标准。

景言：“……”

他不甘心地开始发球，一杆过去，白球撞击着摆成三角形的那堆球，各个颜色的球四处滚动。

景言压低身子，把杆放置于食指拇指之间，双眼紧盯目标，轻轻撞了下白球，只见彩球滚动，晃晃悠悠地落入洞中。

“你再来一遍。”他挑眉，有些得意地冲旁边的白璐说道。

白璐学着他的动作，俯身盯着球，眯了眯眼睛，轻轻一撞，在白球的推动下，那只黄球精准地掉到洞里。

景言：“……”

“你真的是第一次打吗？”他有些挫败地问。

他想象中的那种将人贴背环住、手把手教学的动作完全没有机会施展。

以前他就老看秦子然用这一招撩得女孩子面红耳赤，怎么一到他就不行了？！

正想着，旁边就传来几声闷笑，景言侧头，果不其然看到桌前那几位好友憋笑的脸。

秦子然心里乐开了花，却碍于景言的面子，不敢笑出声来，嘴角绷得紧紧的，肌肉隐约发酸。

他一侧眸，旁边那几位不出意外地都是这副表情。

“我真的是第一次打，不过，我从小到大学东西都很快，尤其是需要运用肢体的……”白璐说到后头，话音渐渐变小，从他此刻的模样和众人的反应中窥出几分异样。

她没有说谎，读书时，不管是广播体操还是体育活动，她一直是人群里面的佼佼者，每次课间操都是她站在前面领操，示范给全校师生看。

当然，体育课上打羽毛球之类的活动，她都会被剔除名单。

因为没有人想和她打球。

只是，此刻，她的脑海里突然划过一道亮光，盯着景言不满又委屈的俊脸，她试探着开口：“其实我动作还有些不太熟，要不，你带我一下？”

景言的脸色顿时复杂万分，他纠结了几秒，还是踟蹰着上前，看着她，十分勉强地道：“那好吧。”景言如愿以偿地把白璐圈在怀里，握着她的手调整着动作。

瓷白优美的侧脸近在咫尺，她的肩膀骨架纤细瘦弱，仿佛一只手就可以把她完完全全拥住。

景言定了定心神，认真地给她讲解。

缕缕湿热的呼吸喷洒在脸侧，低醇清朗的声音在耳边响起，浑身被熟悉的气息包裹，白璐轻轻笑了起来。

这种感觉好像也还不错。

两人单独玩了一局，白璐已经能和景言打成平手，这让景言十分有挫败感，他不甘心地又开了一局。

这局白璐赢了。

景言不信邪，开了第三局，结果白璐完全碾压他。

秦子然和陈天昊已经不玩了，拿着杆子在一旁看热闹，在白璐把最后一个球送进洞之后，一群人拍桌哈哈大笑起来。

“景少快乐吗？！”

“被一个新手打压成这样，还是自己的老婆，你什么感受？哈哈哈。”

景言在阵阵嘲笑中，脸青一阵白一阵，双肩耷拉下来，垂头丧气的模样像是一只被斗败的公鸡，看起来怪可怜的。

白璐嘴角挑起一丝笑，目光懒洋洋地扫过那一群人，开口道：“你们中谁比较厉害，要不要来和我比一局？”

话音落地，一群人面面相觑，推三阻四好一阵儿，最后还是陈天昊撸起袖子站了出来。

“我来！”

“好！”众人立刻鼓掌。

陈天昊是他们这群人里面技术最好的一个，有机会可以打压一下不可一世的景言，众人都兴奋得摩拳擦掌，迫不及待地想要看热闹。

白璐闲适地握着杆子，往上面擦枪粉。

景言担忧地望了她一眼，白璐勾起唇冲他笑了笑。

开局，陈天昊发挥男性的绅士风度，让白璐先发球，她微微翘起嘴角，俯身干净利落地出杆，第一个球入洞。

第二个、第三个、第四个……白璐差不多清了半个桌的球时，方才失误，轮到了陈天昊。

众人握紧了拳头，为他捏了一把汗。

桌面上剩下来的球不是位置角度刁钻，就是极其难打，果不其然，陈天昊勉强清了一大半，就被最后残留的几个球卡住了。

此时，他的进球数离白璐的还差了好远。

两人你一轮我一轮，极快地把上面的球清完了。结束时，白璐的进球量比陈天昊多了三分之一。

整个房间已经没了声音。在白璐清完半桌球的时候，还有些人不死心地在一旁为陈天昊加油；到后面，陈天昊的败势一点点显露，众人也慢慢噤了声。

怪异的氛围中，只有景言嚣张地一把揽过白璐，扬了扬下巴，叫道："怎么样，我老婆厉害吧？还有谁不服，来来来——"

凝滞的气氛瞬间炸开，秦子然率先骂道："你自己还不是比不过人家，牛个屁啊！"

"那能一样嘛——这是我老婆，又不是你们的。"景言十分得意地转头，在白璐的脸上亲了一口。

众人："……"

秦子然默默地低头捂住脸，没眼再看。

"这一局，多亏陈总相让，我才勉强赢了一把，不然，我肯定是比不过他的，景言，做人不能这么嚣张。"白璐面带微笑，温柔地开口道。

不知为何，景言蓦然感觉背脊一凉。

他连忙点头附和："对对对，我家璐璐说得是，做人不能太嚣张。"

白璐侧头，奖励似的看了他一眼，景言回看她，笑得像个地主家的傻儿子。

房间再次安静下来，须臾，陈天昊握拳，轻咳一声，干巴巴地道："没有没有，那我们继续玩吧，玩吧……"

他推搡着身边的几个男人，往另外一张台球桌走去，一边走一边说："你们俩好好玩，我们就不打扰了。"

再看下去，他恐怕也忍不住想找个老婆了。又想骗他结婚！

景言不想再和白璐打球，索性带着她走到隔壁房间，里面空荡荡的，只有墙上的液晶屏幕上有画面，不知道其他人都去哪里了。

“我给你唱歌，好不好？”景言拉着白璐在沙发上坐下，兴致勃勃地道。

“好啊！”白璐乐意至极。

景言蹦蹦跳跳地跑去点歌了，回来时，手里已经多了两个话筒，房间光线昏暗，点点彩色灯光闪烁着，平添了几分旖旎。

两人窝在沙发里，白璐靠在景言怀中，听着他一首接着一首唱歌，或深情低吟，或清朗高亢，或温柔轻唱。

他不知道点了多少首歌，一首接着一首唱个不停，白璐听得无比享受，懒洋洋地窝在他的怀里半眯着眼。

忽然，眼前的画面一闪，熟悉的曲调流泻出来。

屏幕上面显示出歌名：《因为爱情》。

白璐的手里被塞了个话筒，景言嘴角含笑：“我们合唱一首。”

白璐唱歌其实不难听，她的声线柔媚，偏偏语调总是清冷，掩饰了那抹酥软，只有放柔声音的时候，才能听出来那一丝娇意。

只是，她很少唱歌，因为——

她总拿捏不准调，有时上一刻还在天堂，下一秒就掉到了地狱。

好在，这首歌曲的调她掌握得还算熟练。

景言率先开嗓，低醇动听，轻缓道来。

“给你一张过去的CD，听听那时我们的爱情……”他面向屏幕，眼神却总是若有若无地侧过来，停在白璐的身上。

男声的部分唱完，白璐捏着话筒轻轻开口。

“再唱不出那样的歌曲，听到都会红着脸躲避。虽然会经常忘了，我依然爱着你……”

刻意放轻的声音从音响里传出来，格外轻软柔媚，带着浅浅的气音，和这首歌的曲调十分契合。

词句里面的缠绵缱绻饱满得快要溢出来，景言的心像是被什么东西轻轻地撞击了一下，接着，不知名的情绪泛滥汹涌，铺天盖地侵入他的五脏六腑。

白璐一直盯着屏幕，认真地跟着调子走，直到两人合唱的部分，她不经意侧头，对上了景言的视线。

那是什么样的一双眼睛？

漆黑，明亮，深沉又幽静，里面藏着复杂的、浓烈的、她看不懂的情感。

一对上眼，白璐就难以移开视线了，就这样愣怔地盯着他，几乎是因为惯性跟着音乐开口，直到耳边归于平静。

白璐依旧和景言对视着，她张嘴正欲说些什么，眼前已经落下了一片阴影。

景言亲了下来。

腰间的手臂收紧，景言把她往怀里压。白璐伸出手，抱住他的脖子。

两人温柔而热烈地接吻，呼吸渐渐急促，无从宣泄的情感在唇齿交缠间越发浓厚，景言翻身，把她压在沙发上。

不知亲了多久，气喘吁吁地分开时，白璐的长裙已经一片凌乱，她推了推身上的人，景言轻轻吐了一口气，抬手帮她扣好内衣。

“我们回家吧。”他贴在白璐耳边小声道，语气里都是克制和隐忍。

“好。”白璐轻声地回答。

来时半个小时的车程，回去只花了二十分钟。一进门，白璐就被他压在墙上，身上的那条裙子立刻被剥落下来。

气氛一点即燃。

白璐闷哼一声，对他急促的动作表示抗议，景言在她的耳边喘着气，无暇顾及。

第二天，白璐照旧在床上躺到中午才勉强爬起来，身体好像已经不是自己的了，酸软疼痛得可怕。

景言已经精神抖擞地在客厅办公了，他穿着灰色长袖家居服，鼻梁上架着一副眼镜，白皙英俊的脸庞在阳光下平静又祥和。

白璐倚在门边，突然有种岁月静好的错觉。

她看了一会儿，慢慢地挪动着脚步去了厨房。

细微的响动让景言有所觉察，他扭头过来看着白璐，笑着道：“睡醒了？”

“嗯。”她倒了杯温水，仰头喝下，随口应了一声。

“微波炉里有早餐，应该还是热的。”他说。

白璐闻言，弯腰俯身打开旁边的微波炉，里面放着一个乳白色的盘子，上面是煎蛋培根三明治，旁边还有一杯热牛奶。

“你做的？”她微微诧异地挑眉。

“嗯。”景言的嘴角浮起一丝笑意，颔首道。

“看起来还不错。”白璐把盘子从微波炉里拿出来，用手捏起三明治送入嘴里。

“嗯……好吃。”她点头夸赞，端起玻璃杯喝了一口牛奶。

闻言，景言笑得更加灿烂。

吃完早餐，洗好盘子，白璐边擦手边走到客厅，窝在沙发另外一头玩平板电脑，两人安静地待在一起，空气中浮动着属于假日的悠闲感和安宁感。

不知过了多久，景言像是忙完了，合上面前的笔记本电脑，把鼻梁上的眼镜取下，抬手轻轻揉了揉眉心。

他望向白璐，那具纤细的身子蜷成一小团，陷在沙发中，手在面前的屏幕上点来点去，一头乌黑的长发随意地散在胸前。

她穿着一件白色睡裙，泡泡袖，蕾丝花边，裙子及膝，露出莹白的小腿。裙子质地良好，布料柔软宽松，她看起来干净又纯美，就像个象牙塔里的小公主。

景言伸手摸过去，捏住她的小腿轻轻地揉着："腿酸吗？"

白璐懒洋洋地点点头，抬起眸来，看了他一眼，漆黑剔透的眸子里蒙了一层慵懒的色彩，格外勾人。

景言的手顺着小腿往上，探进她的裙子里。

白璐伸腿踢了他一脚，抬眸轻瞪。

景言轻笑出声，眉目舒展开来，整张脸明朗又清俊。

"我就帮你揉揉。"他说。

不轻不重的力道从他的手下传来，白璐舒服得眯了眯眼睛，没有再阻止他的动作。

景言端坐在那里，认真地帮她揉按着四肢，白璐时不时地发出两声满足的哼哼，昨日的酸痛仿佛一点点缓解了。

景言把她抱到怀里时，白璐还没有警觉，直到那双手来到她的胸前。

"你干吗？"白璐睁开眼，把那双手从衣服里拿出来。

"这里也揉揉。"景言贴着她撒娇。

"不需要。"白璐面无表情地拒绝，要是再折腾一次，她估计都要散架了。

"真的不要？"景言对着她的耳朵吹气。

白璐的身子瞬间没出息地软了下去。

"不要。"她保持着最后一丝理智。

"那好吧。"景言听着像是很失望，随后把手放在她的腰间紧了紧，便没了声音。

过了好久，白璐才回头看他，午后清朗的微风中，他闭着眼睛，睡颜恬静。

白璐顿了两秒，慢慢地凑过去，轻轻地贴住他淡粉色的唇。

第 六 章

她们都不是你

许久没见到程语嫣，白璐接到她的电话时，刚好看见办公室的小刘在拟赵祁铭和李烟订婚的新闻通稿。

程语嫣的声音听起来很平静："璐璐，他订婚了。"

"我刚刚知道这件事情。"白璐尽量把语气放得和平常一样和缓。

那头的人自嘲般一笑，许久，疲惫地道："出来陪我一下吧。"

自上次发生过几句口角之后，两人的联系已经少了很多，白璐担心自己的婚姻会刺激到她，程语嫣也没有再经常约她出去。

算一算，这几个月来，两人见面的次数屈指可数。

程语嫣原本工作就忙，在公司的地位比较尴尬，唯有不停地做出业绩才能站稳脚跟，封住那群人的嘴。

白璐经常会和她失联一段时间，可是好朋友之所以和其他人不同，就在于即使几个月没联系和见面，再见时依然可以像未曾分开过一样。

程语嫣把她抱到怀里，轻笑着道："最近又美了，看来婚后的生活不错。"

"哪儿有你有贵族风范。"白璐拍拍她的背，上下打量一番，调侃道，"最近又去巴黎买买买了吧？这件风衣不错。"

"喜欢吗？送你。"

程语嫣作势要脱下身上的这件衣服，白璐立刻制止："哎，打住，君子不夺人所好。"

"也是，你现在有老公可以给你买衣服了。"程语嫣单手托腮，叫来服务员点餐。

"听说他给你送了一套房子？还有一辆车？"点完餐，她饶有兴致地看着白璐。

"嗯。"白璐点点头，没有太多情绪，"我们冷战的时候他送的。"

"男人都是这样。"程语嫣嘲讽地勾起嘴角，把手边高脚杯里的红酒一饮而尽。

白璐静静地坐在那里等待她说话。

程语嫣眼神迷蒙地再次启唇："赵祁铭彻底和我断了。"

"他把临湖的那套别墅送给我，还有一张卡。"程语嫣嘴角带笑，眼里却空洞无物，如同死灰，"我们好了这么多年，就这样结束了。"她朝白璐露出一个比哭还难看的笑容，漂亮的眸子里水光弥漫。

白璐倾身过去，紧紧地抱住她："没关系，总有一天，你会遇到一个真正爱你的人。"

程语嫣伏在她的肩头小声啜泣，而后慢慢变成号啕大哭，湿热的泪水浸入布料，透到肌肤上时，已经变得无比冰凉。

白璐轻轻地拍着她的背，眼角微红。

程语嫣哭完，情绪稳定了下来。两人吃完东西，她还要回去加班，白璐正欲说些什么，程语嫣已经开了口："现在工作是我唯一的支柱了，只有这样，我才没有时间去想他。"

她笑了笑，开车离开了。

白璐站在原地，觉得有些喘不过气来，心脏传来隐隐的疼痛。

她到家的时候，景言已经回来了，他正在厨房猫着腰翻冰箱，西装丢在沙发上，衬衫袖子卷起，衣领处的扣子解开，西装裤宽松笔直地修饰出他的身形，腰间没有一丝赘肉，就连那张脸都是俊朗的。

他闻声，直起身子望了过来，看见白璐之后，他的脸上立刻浮起微笑，还未开口，就见她扔下手里的包，直直地撞进他的怀里。

白璐抱紧他的腰，把脸贴在他温热坚硬的胸膛上，闭着眼，汲取着上面的温暖。

"怎么了？"景言有些不知所措地把手搭在她的肩头，小声问道。

白璐没有回答，过了片刻，方才松开他，问："你还没吃饭吗？"

"嗯，没有特别想吃的，就回来了。"景言依旧环着她，眸里都是关切。

"那我帮你煮个面吧。"白璐越过他，打开冰箱门，翻了几秒，拿出一个西红柿，问道，"西红柿鸡蛋面怎么样？"

"好，只要是你做的，我都喜欢。"景言温声道，笑得格外明亮灿烂。

白璐眨了眨眼，没有说话。

她绑起头发，穿上围裙，开了火，打开抽油烟机，切菜声响起，不一会儿，香味传来。

景言吃得无比满足，白璐坐在他对面，单手托腮，静静地看着他。

"你……要不要吃一点儿？"景言见状，迟疑地问道。

"不要。"白璐摇摇头，视线依旧没有移开。

景言便随她去，只是动作收敛了几分，变得缓慢而优雅。

等到他吃得差不多的时候，白璐方才慢慢开口："你觉得赵祁铭这个人怎么样？"

景言立刻露出一副了然的表情，放下手里的筷子，好整以暇地道："刚才和程语嫣见面了吧？"

“嗯。”白璐点点头。

景言敛眸，思考了两秒，认真地道：“我觉得这个人很狠，对自己狠，对别人也狠。”

“我打个比方吧，就算他是真的爱程语嫣，他也会放弃她，和李氏联姻的，因为这样才能使他的利益最大化，在他眼里，这才是最重要的，儿女情长并不会阻挡他的野心。”景言说完，摇了摇头，低声感慨，“成功且优秀的商人啊！”

“那你呢？”白璐听完，若有所思，片刻，忽然启唇问道。

景言闻声，目光顿住，视线停在她的身上，有些意味不明。

白璐坦然地和他对视，神色很平静。

“我？”他轻笑了一下，摇摇头，笑着凝视着白璐，“我自然是江山和美人都有了。”

“那如果两者冲突了呢？只能二选一。”白璐自然不会这么简单放过他。

有时候，人明知真相可能会很残酷，却依旧会执迷不悟地想要寻找真正的答案。

“那我选你。”景言毫不犹豫地答道。

白璐轻浅地笑了笑，内心没有太大波澜，心情却好了几分。

女人是感性动物，明知有些话是假的，却依然会被取悦。

“你是不是不信我？”景言见状，试探着问道，乌黑的眸子里一片认真。

“我只是觉得有些不真实。”白璐单手托腮，目光像是落在景言的脸上，又像是落在一旁的空气中，语气轻飘飘的，像在回忆。

“你看啊，在我们才见过几面的时候，你就主动提出和我交往；在一起半年，你就向我求了婚。难道我真的如此合你心意？”

她面带困惑，压抑在心底许久的话终于在今天问了出来。

“袅袅，你相不相信这个世界上有一见钟情？”景言说。

“不相信。”白璐回答，“一见钟情只是被外貌所惊艳，那并不是爱。”

“可是有些东西，一眼就刻在了骨子里，血液里，灵魂里，用尽所有的办法，也不能将它抹去。我觉得，这就是爱。你可能不会相信，我对你就是一见钟情。”

直到入睡前，白璐都无法消化完这番话，她心慌意乱，思绪如麻，却不敢辗转反侧。

景言就睡在她旁边，依旧从身后紧紧地把她抱在怀里。

白璐不敢动，却又睡不着，脑海里不停地回放着两人自相识到现在经历的所有事，直到这个时候，她才发现往事历历在目。

他是一个优质的相亲对象，是一个优秀的男朋友，也是一位合格的丈夫。

她承认自己对他有好感，甚至是喜欢他的，可那种强烈得让人胆战心惊的爱，她是抗拒且害怕的。

她原本以为景言和自己一样，都是因为这一点儿的喜欢和需要，才选择结婚，大家彼此平等，互不相欠。如今她却突然发现，他可能是因为爱情才选择婚姻。

白璐莫名地不知所措。

胡思乱想了大半个晚上，睡意终于铺天盖地地席卷而来，白璐沉沉地睡去，身后的那人却睁开眼，动作轻柔地把她转过来，抱着她，两具身子相贴，亲密无间。

第二天早上起来，白璐把这件事情忘到了脑后。

景言这人的婚前绯闻太多，谁知道他哪句话是真，哪句话是假？她下意识地把他的话理解为哄女孩的招数。

周一到了电视台，李庆一大早便把下属们集合起来，开了个小会，原因是台里要做一期乡村支教老师的特辑节目，地点在西南地区的山村里。

坐飞机到那边的省会城市大概要半天时间，还要再转几趟汽车，从市到县再到镇，最后才是村。

村里有几十户人家，学校里只有一位老师，一到六年级的学生都在一个教室。

即使是这样，有些学生过来上课还要步行两个小时，因为那里群山环绕，大大小小的村落散在其中，附近只有那一所学校。其他村里的孩子想要上学，就必须翻过几座山过来。

这期节目大概会采访六所学校，那就意味着，将近一周的时间，他们都需要在条件艰苦的山里辗转拍摄。

工作辛苦不说，很可能连洗澡、上厕所都不方便。

李庆说完，整个会议室安静无声，大家都低头做鸵鸟状，没人敢率先发表意见。

他的眼里闪过一丝了然，目光如炬地在众人的身上环顾一圈，缓缓开口。

“这次采访需要两个人，一男一女，再加上一名摄影师，一共是三人。摄像大哥已经确定好了，就是台里的综艺节目《交换人生》里的跟拍，他的山区拍摄经验十分丰富，到时候可以照看一下你们，至于我们这边的人选——有谁毛遂自荐吗？”

会议桌前的一群人把头埋得更低了，尤其是周显，不过，他仅仅挣扎了几秒，便弱弱地举起了手：“老大……我……我去吧……”

他们组一共就他和李庆两个男的，他不去，难道还能让组长去吗？！

周显面带微笑，内心却在疯狂咆哮。

闻言，李庆满意地点点头，再次环顾了底下的众人一圈，等了片刻，没见人自告奋勇，他便说：“李娟有小孩儿，出差不是特别方便。赵妍才来没多久，各方面不太熟练。白璐，这次你就辛苦一下，和周显一起把这个采访做了，刚好你俩是同期进来的，合作起来比较默契。”

白璐平静地点头答应：“好。”

“那行，今天的会就开到这里，散会。”李庆收拾了面前的本子，第一个离开，李姐随后拉开椅子起身，拍了拍白璐的肩膀，以示宽慰，赵妍给了白璐一个关爱的眼神。

周显默默地看着白璐，满脸都是同病相怜的悲恸。

白璐扫了他一眼，收拾东西离开了。

出差时间就在明天，早上八点的飞机，把要采访的学校敲定之后，白璐提前一个小时下了班，回去整理东西。

生活用品上，白璐一切从简，但也满满当当塞了一整个箱子，收拾好后，她将箱子放在门边，去做饭。

景言回来时，菜刚好上桌。

他最近总喜欢把工作带到家里来，每天按时下班，和白璐一起吃饭，两人有一搭没一搭地说着白天发生的事情，不知不觉就有了几分夫妻的样子。

“我明天要出差。”刚盛好饭，白璐就开口说道。

“去几天？”景言夹着菜，没太大反应。

“一周。”

“什么？”他的动作立刻顿住，抬眸看着她，蹙起眉头，“怎么去这么久？去哪里出差？出差干吗？”

他一连问了好几个问题，白璐一一解释：“去西南地区的农村，台里要做一期有关乡村支教老师的采访，因为有六个地点，所以需要一周才能采访完。”

“没有其他人能去了吗？”景言紧皱的眉头依旧没有舒展。

“嗯。”白璐低低应道，夹了一筷子菜放到碗里，边吃边说，“一个刚过试用期没多久，一个有小孩儿，不太方便出远门。”

“那你也不方便啊……”景言听完，低着头嘟囔道。

“嗯？”白璐没听清楚，询问了一声。

“那我怎么办啊？”景言索性抬起头，大大方方地望着她，开口问道。

“你？你都这么大个人了，还能饿死啊？”白璐有些无语。

“我吃不惯外面的饭菜。”景言理直气壮地道。

“那正好减肥。”白璐云淡风轻地回。

“我哪里肥了？！”景言一听就奓毛了，“你竟然嫌弃我肥！我可是有六块腹肌的男人——”

“最近的手感不太明显了。”白璐轻飘飘地打断他。

“怎么能这么说我……啊，真的吗？”景言的话语立即顿住，马上伸手掀开衣服，低头看向自己的腰间，摸了摸，有些不自信地抬头望向白璐，期期艾艾地说。

“真的……不太明显了吗？”

“真的。”白璐认真地点头。

“这周趁我不在，好好锻炼，等我回来检查。”

景言没了声音，默默地吃饭，过了会儿，又嘟囔道：“那你这么久不在家，我想你了怎么办？”

白璐深吸了一口气，微笑着道：“以前我们吵架的时候，不也经常一个星期不见面吗？”

所以，他现在在这里矫情什么？！

闻言，景言瞪大了眼睛，不满地嚷嚷：“那能一样吗？！以前是以前，现在是现在！”

“好好好，我错了，吃饭吃饭。”白璐选择投降，埋头认真吃饭。

景言见状，也偃旗息鼓。

收拾完回房，看到门边那个箱子，景言心头又是一堵。

白璐第二天要赶飞机，他不能折腾，于是，他独自辗转反侧了大半个晚上，刚一睡着，就被闹钟吵醒了。白璐爬起来洗漱，他缓了几秒，挣扎着起身，抹了把脸。

水声停住，白璐出来看到他，有些惊讶：“吵醒你了吗？”

“我送你去机场。”他下床穿鞋，脸上都是睡意。

白璐连忙拒绝：“没关系，你再睡会儿，我打车过去就好。”

景言没有开口，直接进了浴室洗漱。

待白璐换好衣服，他已经精神抖擞了。两人出了门，外头还是一片灰蓝，淡黄色的月牙隐在天边的云层中。六点半的清晨，路边绿叶上沾着露珠，空气清新微凉。

景言握着方向盘认真开车，白璐拿着手机联系周显。

车子平缓行驶，刚起床的两人都不想开口说话，车里气氛很安静，只有发动机发出轻微的轰隆声。

到了机场，景言下车帮她提行李，白璐伸手欲接过，他已经一只手拖着箱子一只手拉过她往里走。

“你回去吧，我自己可以的。”白璐跟在后头说道。

“没关系。”景言简短地回答，侧脸轮廓硬朗。

“你待会儿上班要来不及了。”白璐抬手看了眼腕表。

从这边去他公司大概要一个小时，现在已经七点多了。

“我是老板。”景言侧头淡淡地扫了白璐一眼，她顿时没了声音。

景言一直牵着她往前走，掌心温热，手指有力，步伐不紧不慢，身姿却十分挺拔。

白璐跟在后头，轻轻地捏紧了他的手。

换好登机牌，托运了行李，白璐开始排队检票，景言一直在旁边陪着她，快到白璐的时候，白璐朝他挥手：“好了，你回去吧。”

“路上小心，到了给我打电话。”景言按住她的头，俯身在她唇上亲了亲，嘱咐道。

“好。”白璐不自然地抿了抿唇，偷瞄了几眼四周。

景言微微颔首，大步走开了，白璐独自一人过完安检登机。

上了飞机后，白璐找到自己的座位，周显和摄像师陈岩已经坐在旁边了，三人选的是一排座位，他们贴心地给白璐留了靠窗的那个位子。

落座后，周显立刻凑了过来，小声在她耳边说道：“我刚刚看到了。”

白璐侧头道：“嗯？”

“景少和你。”周显满脸神秘，意味深长。

白璐一时愣住，不知该如何接话。

“放心，我会为你们保守秘密的。”他露出一副“你知我知”的神色，拍了拍胸口。

白璐眨了眨眼睛，微笑点头：“好，那就谢谢你了。”

飞机落地已是中午，三人到路边的餐馆吃过中饭就上了大巴，一路颠簸，下午三点时，三人到了县城。

老旧的建筑，略显萧条的马路，行人明显比市里面少了大半。

这是一座极其偏僻的小城市，到镇上需要一个多小时的车程。三人搭乘的交通工具从洁净的大巴变成了公交车，公交车外表破旧不堪，里面的座椅已经看不出原来的颜色。

车里的人很多，有上了年纪的老人，有抱着孩子的妇女，还有皮肤黑黄的中年男人。

三人是在起点站上的车，因此各自都有位子，白璐坐在窗边，周显靠着过道，他身旁已经挤满了人。

车子摇摇晃晃地前行，慢得像是蜗牛，六月，天已经热了起来，车厢各种气味混杂，闷热不堪，让人头昏脑涨。

白璐费力地打开窗户，被外面飘进来的漫天灰尘一呛，又立即关上。

她不敢玩手机，这种情况下盯着屏幕，只会让人更加头晕目眩。窗外是一成不变的黄土荒野，白璐听着耳机里的音乐，已经分不清里面唱的是什么。

“酷刑”终于结束，车子停在他们要下的那站，前面和过道上的人陆陆续续下车。

白璐站起身，顺了顺身上发皱的衣服。

三人拖着行李箱下车，踩到厚实水泥路的瞬间，有种恍若隔世的错觉。

天边已经一片橘红，飞鸟从头上飞过。不远处青山环绕，树木茂盛的枝冠苍翠欲滴，晚风夹杂着丝丝凉意，让人瞬间神清气爽。

三人拉着箱子没走多远，就在街头租到一辆半旧的面包车，出发往村子里赶。

一路上，司机操着半生不熟的普通话和他们勉强交谈，弄清了几人的目的之后，他的语气兴奋了不少，看向他们的眼神也比之前热忱了几分。

这条山路比起之前的那些路更为难走，白璐被两人照顾着坐在了副驾驶位上。即使系着安全带，人也时不时会因颠簸弹起，后排就剩撞击声了，伴随着周显的痛呼。

白璐转头，只见两人捂着脑袋，一脸菜色。

她忍不住笑了，窗外吹来的晚风掀起她的头发，头发散落在脸颊两侧。

夕阳未落，山里的空气要清新不少，路两旁的风景十分优美。

田野一望无垠，边缘散落着村庄，远处是雄伟壮丽、连绵起伏的青山。

耳旁没有了音乐，心情却仿佛在跳舞。

太阳即将下山之际，一处村落闯进几人眼中，黑色屋瓦，白色墙壁，弯弯曲曲的石板小路，村口两条大黄狗在对着他们狂吠，车子从它们面前呼啸而过，拐进一条黄泥路。

车子在一栋平房前面停下，是座灰白色老旧的建筑。

旁边的水龙头前围着一群系着红领巾的孩子，中间一位高个子青年在招呼着他们洗手，听到汽车的声音，一群人纷纷望了过来。

白璐率先拉开门下车，朝那位青年挥了挥手。

“齐老师，您好，我们是电视台记者，之前和您联系过的。”

“啊，欢迎欢迎。”齐杨甩了甩手上的水珠，朝几人走了过来。

借着夕阳的余晖，孩子们都在场，白璐索性先进行采访，摄影师陈岩寻找角度搭机器，白璐站在那里和齐杨聊天。

“他们都还没回家吗？”她环顾那群睁着漆黑的眸子打量着几人的小孩儿。

“他们都是住在村里的学生，一般会在这边写好作业再回家，其他住得较远的学生已经回家了。”齐杨笑着道，“因为大部分人家里条件简陋，只能蹲在地上写作业，而且，通常一回家就要开始干活，在这边，我还可以辅导一下他们。”

白璐闻言点点头，神色没有太大变化。

做记者这么多年，人生百态，她已经见过太多。

这是社会的常态，一部分人高高在上、光鲜亮丽，一部分人衣衫褴褛地艰苦生活。

总有些角落是阳光照不到的。

她能做的，只是尽己所能，把这些现象展示、传播出去，让大都市里那些过着锦衣玉食生活的人知道，在这个世界上，还有着和他们截然不同的人，他们默默无闻，却高尚善良。

齐杨坐在一张简陋的木椅上，身后如血的夕阳染红了一大片天。

这是寻找了多时定下来的角度，采光极好，年轻教师的脸端正而清秀。

白璐按照早已准备好的采访稿，向他提问。

两人大概交谈了半个小时，采访接近尾声，白璐收起手里的稿子，朝他抛出一个之前未曾对过稿的问题：“据我所知，你支教的时间是一年，原本上个月就可以离开这里，回到自己的城市，是什么原因让你决定留下来？”

齐铭愣了一会儿，视线落在不远处那群孩子身上，脸上渐渐露出一抹笑容。

该怎么形容这抹笑？

大概是黎明时刺破黑暗的第一缕阳光，严寒冬日乍然放晴时洒在身上的暖阳，三月春花齐放的烂漫和绚丽。

“我舍不得他们啊……”齐杨轻轻说道，“有一部分学生今年就要毕业了，我想亲手把他们送到更广阔的世界。我虽然力量很小，但也希望可以尽己所能，让这些孩子的未来变得更美好。对我来说仅仅是一两年的时间，对他们来说却可能是一辈子。”

镜头里的青年目光坚定，脸上的笑意迟迟未散，像是凝聚了这个世界所有的美好。

采访结束，白璐起身和他握手，约好明天一大早过来拍摄学生们上课的情景。

三人收拾东西往村主任家走去。

齐杨叫了其中几个小孩儿给他们带路，学校建在马路边上，村民们则都住在后面，路径狭小曲折，提着行李箱走起来很费劲。

那两个小孩儿立即把白璐手里的箱子抢过来，一人抬着一边，脚步飞快地往前走去。

白璐瞬间出声：“哎，不用了，我自己来。”

“没关系。”两人异口同声地道，他们脸颊微红，眼神躲闪不敢看她，无比淳朴。

白璐轻轻地笑了，心头柔软得不可思议。

穿过长长的曲折小路，几人终于抵达村主任家，因为提前打过招呼，几人顺利住下。

一如之前的预测，村里的条件十分简陋，白璐是用木盆洗的澡。房间里没有地板，是被踩得光滑而紧实的黑褐色泥土。她蹲在木盆旁边，用毛巾一点点擦着身子。

周显和陈岩是在外面的水龙头下面冲的凉水澡。

晚上，白璐独自睡一间房，他们两人睡一起。

房间的墙壁都是木头材质的，表面有一层类似油的东西，光滑泛黑，窗户开得很高，隐约有一丝光亮透进来。

白璐扯了扯门边的拉绳，房间中央的那盏小灯亮了起来，昏黄暗淡，更衬得房间幽暗。

她掀开被子钻了进去，一股尘封已久的霉味钻进鼻孔。

奔波了一整天的身体疲乏劳累，山里的手机信号很差，图片加载了一分钟都没出来，白璐没了脾气，收起手机关灯睡觉。

第二天一大早，白璐还在睡梦中，就听到男人和女人的说话声，她昏昏沉沉地睁开眼，房间里一片黑暗，从高高的窗户望去，天边泛白发蓝。

她揉了揉眼睛，起身推开门，远处连绵的青山映入眼中，云雾缭绕，金色朝阳露出小半张脸，空气夹杂着露水的清新。

村主任的妻子已经在准备早饭了，周显和陈岩早已起床，坐在屋前面的草地上和村主任聊天。

白璐朝几人打了个招呼，拿着杯子牙刷去洗漱。

早餐是馒头、小菜、稀粥，善良的妇人还给他们煎了鸡蛋。

对面坐着两个小孩儿，是昨天送他们回来的那两个，这是村主任家的孩子。

白璐看着那两双渴望的眼睛，夹起自己碗里黄澄澄的煎蛋放到一个孩子面前，然后把旁边周显的那个也夹了过去。

小孩儿不敢吃，偷偷打量自己的父母亲，见他们没有反对之后，立刻迫不及待地拿起筷子。

吃得差不多的时候，门外开始吵闹起来，三五个小孩儿围在门口的空地上，嘴里叫着这两个小孩儿的名字。

白璐看到对面的两个孩子瞬间加快了动作，不一会儿就把碗筷一收，提起书包欢快地道："爸、妈，我们上学去了。"

白璐三人随即跟着他们动身。

太阳已经露出全貌，今天的天气分外晴朗，陈岩扛着摄像机一路拍摄，白璐走在孩子中间和他们聊着天。他们的眼神单纯而天真，声音稚嫩，带着山里小孩特有的淳朴和善良。

最初的生疏羞涩过后，他们对白璐有问必答，黑亮的眸子无比清澈。

跟着他们走到学校，陈岩开始采集镜头，从破旧的教学楼到操场、走廊楼梯，最后定格在小而简陋的教室，里面一个个坐得笔直的学生和讲台上认真授课的老师。

墙壁斑驳，黑板已经花得不像样子，粉笔的灰尘在阳光下飞舞，板书流畅而漂亮，一如写板书者的风骨，挺拔俊秀，棱角分明。

趁着拍摄上课的镜头时，白璐开始联系下一所学校，查好路线，给昨天那个面包车司机打了个电话，和他约好一会儿出发进村，接几人出去。

齐杨布置完作业，走到屋外柱子下，拿起锤子，敲了敲挂在上面的环形铁块，清脆的声音响起，他朗声道："下课。"

教室里的一群学生瞬间如同出笼的小鸟，欢呼雀跃地拥了出来。

白璐倚在墙边和他闲聊："你觉得在这里支教快乐吗？"

齐杨愣了一会儿，方才缓缓地露出一抹笑容，挠了挠头，有些不好意思地说："是快乐的，但又和传统意义上的快乐不一样。支教其实很苦，生活条件也艰难，一个人经常会感觉孤单。可是每天看到孩子们单纯美好的笑脸，充满信任和喜欢的眼神——"

齐杨伸出双手比画了一下，组织了几秒措辞，满足地开口："那一瞬间，我觉得整个世界都亮了。"

白璐坐在颠簸的车上时，脑海里还在回想着齐杨的那句话，青年略显羞涩的面容和坚定又明亮的眼神令她动容。

见过无数不为人知的黑暗之后，她觉得，这种纯粹的善良和坚持真是弥足珍贵，让人情不自禁地感慨。

车子驶向下一个村落。

这里明显更加荒芜，马路由水泥地变成了黄土地，村子傍山而建，远远望去，小小的一团拥挤在一起，更显萧瑟。

学校破旧得可怕，采访完已经是下午，天空突然暗了下来，阴云密布，不一会儿，竟淅淅沥沥地下起了小雨。

幸好学校的镜头已经采集完，白璐的采访也做好了，几人连忙上车，赶往下一个地点。

下一个采访点离这边大概有三个小时车程。原本他们计划到那边之后住一晚上，第二天直接到学校取景，只是在路上时，雨势大了起来，山路泥泞，越发难走，司机建议先回镇上住一晚，等明天放晴了，再去下一个村子。

三人看着丝毫不见停歇的雨势，采纳司机的建议，果断地改变了计划。

过了这段山路之后，情况好了不少，平坦的水泥马路给人带来浓浓的安全感。

白璐的手机在今天一整天的采访中耗尽电量，她索性靠着车门补起觉来。

摇摇晃晃大半个小时，车子终于停下，白璐望了眼窗外破旧巷子口的红色小招牌，深吸了一口气后下车。

这个镇子小得很，整个镇上只有一家招待所，房间十分简陋，除了一张床和一个衣柜之外，什么都没有。墙壁像是新刷过的，雪白雪白，更显得萧索凋敝。

白璐推开卫生间的门，发现瓷砖缝隙中都已经布满黄色污渍。

外头的雨越来越大，打在玻璃上，哗啦作响，白璐把手机放在床头充电，拿了衣服进去洗澡。

不知道是这个招待所太偏僻还是受下雨的影响，手机一直没有信号，白璐试着拨了几次电话，都打不出去。

她起身敲了敲隔壁的门。

门很快就被打开，周显头发微湿，也是刚洗完澡的模样。

白璐直接问道：“你们的手机有信号吗？”

“没有。”周显皱着眉头抱怨道，“这个鬼地方，不知道怎么回事，连电话都拨不出去。”

“可能是因为下雨吧，信号不好。”陈岩也走了出来，把他的手机展示给两人看，“有时候有一格信号，有时候一格都没有。”

白璐和周显对视一眼，不约而同地叹了一口气。

回到房里，白璐打开电视看了几段新闻，被插播的广告搅得毫无兴致，她把灯一关，蒙着被子开始睡觉。

闹钟是早上七点半响的，白璐迷迷糊糊地抬眸看了一眼，外面还在下雨，估计今天也走不成，她翻了个身，又继续睡去。

一直到快中午，她才被敲门声吵醒，其中有好几道熟悉的声音，白璐以为是周显他们叫她起床，于是掀开被子，睡眼蒙眬地去开门。

还未看清来人，白璐就被外面的凉意刺激得打了个寒战。

初夏，她穿着运动套装，下了一天的雨，温度骤降，风从走廊窗户灌了进来，凉气逼人，和前一秒温暖的被窝相比，堪称寒冷。

更何况，面前还有个湿淋淋的人。

白璐打量着景言，掩饰不住自己的惊讶。

他全身湿透，头发和裤脚还在滴水，白皙的脸颊沾着不少泥巴，嘴唇惨白泛青，正死死地盯着她，眼睛里已经起了血丝。

“你……怎么了？”白璐试探着问道，看着他，有些不知所措。

景言没有回答，依旧站在那里死死地盯着她，垂在身侧的双手握紧，白皙的手背泛起青筋。

像是过了一个世纪之久，他才放松了下来，双肩自然垂落，声音干涩地道：“没事。”

“那你怎么会突然出现在这里？”白璐又疑惑地问道。

“新闻报道说你们昨天入住的村子发生了泥石流，房屋都被冲垮了，我也联系不上你们，我很担心，就过来了。”

景言轻描淡写地用一句话概括，衬着他此刻的一身狼狈，十分没有说服力。

面前的人的裤脚还在往下滴着浑浊的泥水，脚上的鞋子看不出本来的颜色，脸上不知道是雨水还是汗水，眼睛红肿，里面还有血丝，与之形成鲜明对比的是毫无血色的唇，被冻得有些青紫。

白璐的脑中瞬间浮现出他在一片废墟中寻找自己的模样，茫然的神色和悲伤而无望的眼睛浮入她的脑海，她的鼻尖蓦然发酸。

“冷不冷？先洗个热水澡吧。”白璐拉起他垂在身侧的手，一触及，丝丝凉意蔓延上来。

景言没有什么表情，任由她拉着自己进房间，关上门，将自己推到浴室里。

趁着他洗澡的时候，白璐去隔壁找周显他们，两人已经知道了这件事情。他们醒来得早，手机没有信号，只能打开电视，恰好新闻里正播报着泥石流事件。

三人的行程都是会向台里报备的，早上陈岩第一个反应过来，拿起手机走到窗边，伸长手摇晃几下，勉强有了一格信号，给李庆打了个报平安的电话。

结果，不出一个小时，景言就过来了，他那副样子吓得他们以为认错了人。

“你是不知道啊，当时，他红着眼睛逼问我你的消息，那个表情，我差点儿以为我欠他几百个亿。”周显心有余悸。

“果然是患难见真情。”他拍了拍白璐的肩膀，语重心长地道。

“好好对人家吧，这对你明显是真爱啊……”

白璐从周显那里拿了身衣服，白T恤，棉质长裤，都是洗过的，带着淡淡的皂角香。

临走之际，周显又给她塞了一条男士内裤，白璐张嘴正欲开口，他立刻摆手解释：“这是一次性的，我出差都会带几条。”

白璐的神色这才恢复如常。

她推门进去时，里面的水声还在继续，透过门上的玻璃，隐约可以看见晃动的人影。

她抬手敲了敲门，道：“我去周显那里给你拿了一套衣服，你接一下。”

水声停住，门被打开了一条缝，一只沾满水珠的手从里面探了出来，接过衣服。

门合上，白璐站在那里未动，安静几秒后，她出声解释：“那条内裤是新的，没穿过。”

须臾，里面传来一声平静的“嗯”。

白璐坐在房间里唯一的那张大床上，被子依然是她方才起来时的模样，凌乱地搅成一团。她起身，弯腰捏着被角抖平，端详几秒，又把枕头摆正。

几分钟后，只听嘎吱一声，浴室门被打开，湿润的热气伴随着香味涌了出来，白璐转身望了过去。

周显的身材和景言的差不多，衣服和裤子的尺寸刚好。

只是……

白璐打量着他，那张脸上的神色淡漠得有些异样。

“你有没有哪里受伤？”白璐走过去拉着他的手，小心翼翼地问道，满眼都是关怀。

景言的脸色似乎缓和了几分，从她的掌心抽出手，摇摇头，声音听不出喜怒：“没事。”

他提步往床边走去，像是想起什么，脚步顿住，半侧过头开口：“我和你们台领导说了，这次采访就让周显一个人跟，等雨停了，你就和我回去。”

“啊，可是……”白璐立刻出声反驳。

景言打断她，道：“过来陪我睡会儿，我昨天一晚上没睡，现在有点儿头晕。”他掀开被子，转头，用漆黑的眸子静静地注视着她，无声地等待着。

白璐把到嘴边的话又咽了下去，默默地走过去。

景言这次是从正面抱着她的，一只手紧搂住她的腰，另一只手按着她的肩背，把她死死地压在胸前。

两人的身体几乎没有缝隙地贴在一起。

白璐不自然地动了动被他夹着的双腿，却被抱得更紧。

“别动。”景言在她身上蹭了蹭，威胁道。

白璐顿时屏住呼吸，不敢再有任何动作，就这样别扭地任由他抱着。

房间开着空调，呼呼作响，她的脸贴在他白嫩的颈间，淡淡的沐浴露香味涌来，她被熏得有些迷糊。

熟悉的温度包裹住她的全身，和着被子，密不透风，有些热，又有些闷，白璐感觉自己的身上已经渗出细密的汗珠，头顶却传来平稳均匀的呼吸声。

白璐越发不敢动，脑海里不由自主地浮现出他方才憔悴无比的脸，苍白的唇，泛红的眼。

此刻，堪称煎熬的拥抱仿佛也变得有意义起来，白璐伸出手轻轻地环住他的腰，然后在他的颈间蹭了蹭，放软了身子。

醒来时，耳边的雨声依旧吵闹，淅淅沥沥，打在窗户上，噼里啪啦的，时不时传来大风刮动海报的呼啦声。

房间微暗，窗外一片阴沉，大约到了傍晚。

白璐的睡意渐渐消失，周身暖意融融，景言已经松开她，只是依旧将手横在她的腰上，把头搁在她的颈间。

他还在熟睡，呼吸沉稳，胸膛起伏均匀，白璐稍微低下头，垂眸便看到这张近在咫尺的脸。

大约是得到了充足的休息，此刻那张脸恢复了平日里的清俊模样，皮肤饱满莹润，睫毛浓密纤长，唇色是淡淡的红，睡颜恬静乖巧，看起来毫无攻击力。

不知为何，白璐的心跳突然加速。她扭开脸，轻轻地拿掉腰间的那只手，小心翼翼地下床。

白璐进了浴室，简单洗漱完，景言还没有醒来的迹象。

她看了眼手机，屏幕显示的时间是下午五点。

外面的雨势好像小了几分，白璐担忧地望了一眼，悄悄打开门去了隔壁。

这次是陈岩来开的门，白璐进去后，看到周显正毫无形象地躺在床上。

电视里播报着新闻，救援队连夜出动，大部分人员已经被解救，只是仍有不少伤亡。

下了一整天的雨，给之后的救援造成极大的困难，白璐想起昨天才见过的那一张张面孔，心里无比沉重。

“明天，雨势应该就会缓下来。景总和你说了吧，下面的采访我们两个跟。”周显倚靠着床头睨了她一眼，神色如常。

白璐轻轻点了点头：“对不起，我……”

“没事没事。”周显出声打断她，无所谓地摆摆手，看向陈岩，“其实这个采访，我们两个也可以做，你一个女孩子在，我们还要分心照顾。也不知道老大为什么非要三个人来。”

“对吧，陈岩？”周显朝他扬了扬下巴。

“没错。”陈岩从门边走过来坐到床边，点点头。

白璐神色稍缓。

“还剩下四所学校，我把地址和联系电话发到群里，到时候就辛苦你们了。”

“你就安心回去吧！”周显摇摇头，满脸感慨。

“我怎么就没有一个担心我安危、大老远赶过来的对象呢，不然现在，回去的就是我了！‘单身狗’真是随时随地都会受到伤害。”他撞了撞旁边的陈岩，寻求着共鸣，“对吧——”

“不对。”陈岩朝他晃了晃掌心的手机，道，“我女朋友昨晚就给我打了电话，本来都准备买票了，听到我没事，才放心了，没有过来。”

周显："……"

白璐忍不住勾起嘴角，起身告别："那我先回去了，他还在睡觉。"

"走吧走吧。"周显一脸不想看到她的模样，像赶苍蝇一样朝她挥手。

白璐看了陈岩一眼，感激地朝他点头笑了笑。

回到房间时，床上那人已经坐了起来，正在抬手揉着眉心。

不甚明亮的光线中，她看不清他脸上的神情。

听到声响，景言侧头望了过来，目光和白璐的对上，她微微一愣。

那双眼里没有一丝情绪，漆黑阴郁，无比暗沉。

白璐赶紧合上门走过去。

"你醒啦？"她放缓声音，语气温柔地说。

"嗯……"景言低低地应了一声。

白璐走近，才发现他脸色不太好。

"你刚才去哪儿了？"

"去和周显他们交代接下来的采访，你睡醒多久了？"白璐依旧细声细气地说，脚步顿住，坐到床边。

景言没有回答，低头揉了揉额角，像是还没缓过神来，须臾，他掀开被子下床。

洗手间的门哐当一声被关上。

白璐有些莫名其妙地坐在那里，看着他的背影，无奈中带着一点儿委屈。她只是来出个差而已啊……

不一会儿，景言出来，额前的头发微湿，脸上的皮肤越发白皙清透，他拿着手机点了几下，对她说："收拾东西，我们现在回去。"

白璐"哦"了一声，默默起身整理行李。

去隔壁和周显他们正式告别之后，两人下楼退了房。

外面还在下着小雨，好在雨势不大，景言在门口撑着伞，手里拿着钥匙，按了两下，不远处，一辆黑色轿车闪起光来。

他揽着白璐走过去，上车系好安全带，白璐方才问道："你哪儿来的车？"

"市里有分公司。"他握着方向盘，专注地看着前面的路况，语气有些淡漠。

白璐也望向了前方。

小雨还在飘着，面前的挡风玻璃上很快便布满细密的水珠，黑色雨刷轻轻滑动，密密麻麻的水滴又顷刻消失。

"在那里手机没信号，我不是故意让你担心的，你……别再生气了好不好？”白璐侧头小心翼翼地看着他，语气轻柔无比，景言却毫无反应。

车内无比安静，雨声都仿佛隐去了，白璐眨了眨眼睛，依旧执着地盯着他。

景言的表情没有任何变化，就连转动方向盘的姿势都无比自然流畅。

白璐失落地垂下眸子，正以为他不会回答时，耳边却突然响起了熟悉的声音。

“我没有生你的气。”景言平静地说，语气听不出喜怒。

“我只是后怕，万一你们当时真的待在那个村子里没有出来，万一你遇到了什么不测，万一我再也见不到你——”

景言扭头看了她一眼之后，很快收回视线，乌黑的眸里像是藏着无数不知名的情绪，平静的语调难掩心中的波动：“这种假设真是让人绝望。”

“对不起，我……”白璐心头发酸，一股莫名的情感填满胸腔，她张嘴还未说完，车子突然停在路边，眼前落下一片阴影。

景言松开安全带，俯身朝她亲了下来。

这个吻来势汹汹，白璐的唇被咬得有些刺痛，她轻轻吸着气，顺从地搂住景言的脖颈，回应着他的吻。白璐把手指插入他的发间，温柔地来回抚摸。

景言的动作缓了下来，含着她的唇轻舔着，呼吸慢慢变得均匀。

他又亲了好久，在白璐快要因为缺氧而窒息时，景言终于松开了她。

新鲜空气涌了进来，白璐大口大口地吸着气。两人的脸依旧离得极近，景言抵住她的额头，注视了她两秒，又低头亲了下来。如同不知餍足般，他含着她的唇，时而轻柔地舐咬吮吸，时而辗转轻舔，最后探进来钩着她的舌，缠绕厮磨。

白璐被他这种亲法弄得浑身发软，脑海里一片混沌，迷迷糊糊中无意识地回应着他，双手似无骨般攀附着他的身体。

湿热的气息从皮肤毛孔钻进来，令她越发头昏脑涨，景言松开她时，白璐如蒙大赦。

景言一下下揉着她的头发，力度温柔至极，白璐合着眼睛，把头无力地倚在他颈间。

平复许久，白璐的眼里方才恢复清明，她抬手碰了一下唇，忍不住轻轻“咝”了一声：“好痛。”

“痛吗？”景言立即把她的头抬起，盯着她嫣红微肿的唇瓣，轻轻蹙起眉头，“对不起，我刚才失控了。”

他认真又细致地巡视着她每一寸肌肤。

白璐有些不自在地低下头，推了他一把："快点儿开车。"

两边的景色再次飞快变化起来，只是气氛却与之前截然不同，景言专注地看着前面的路况，余光时不时落在她身上，像是惯性一样情难自禁。

唇上隐隐作痛，白璐从包里拿出润唇膏，把车内后视镜翻下来，对着镜子小心翼翼地涂着。

车子驶过乡间马路，到县城之后直接上了高速，天黑之际，两人抵达机场。

两人拖着行李刚下车，入口处就迎面走来几位穿着正式的人，他们把手里的机票恭敬地递给景言："景总，二十分钟后登机。"

"好，辛苦了。"景言微微一颔首，把车钥匙交给他们，拉着白璐走了进去。

夜里飞行，机舱内十分安静，灯光照亮了小小的一方天地，大家都在睡觉或者看书，各不打扰。

景言盖着毯子，依偎在白璐身上。

窗外一片漆黑，偶尔能看见光点闪过，往下眺望，五彩斑斓的万家灯火构成的星河极美。

白璐目不转睛地看着，随着飞机渐渐升高，底下的画面慢慢缩小，最后变成了一团黑暗。

她失望地移开眸子，正对上景言望着她的眼，依旧是漆黑无比，却十分干净纯粹，比起白天时的模样，让人舒服得多。

白璐忍不住轻笑，垂眸问他："你干吗这样看着我？"

"好看。"景言身子未动，依旧保持着这个姿势盯着她。

白璐忍不住咬咬唇，抬手捂住他的眼睛："不准看。"

景言一动未动，任由她捂着眼，须臾，白璐的手心传来丝丝痒意，是他的睫毛划过她掌心的触觉。

白璐飞快地拿开手。

景言微微一抬头，唇落在她的颊边，柔软得似棉花糖，带着丝丝温热，白璐抬手摸了摸被他亲过的位置，拉高毛毯，盖住景言那张得逞的笑脸。

"嗯，谋杀亲夫。"

"为民除害。"

景言低笑两声，扯开毯子，露出脸，手指牢牢扣住白璐的肩，轻轻捏了捏，垂下眸子轻声道："昨天真是吓死我了。"

"那么害怕？"白璐似笑非笑地问。

"你说呢？！"景言抬眸瞪着她，满脸委屈，"你要是出了点儿什么事情，我怎么办？！”

“以你景少的条件，什么样的女人没有？”白璐的嘴角挂着一抹笑意，神色意味不明。

景言眼里闪过一丝失落，盯着她，一字一顿地道：“不是你。”

“她们都不是你，也都比不上你。”

白璐见过这双眼里各种各样的神色，玩世不恭，戏谑揶揄，明朗清亮，深不见底，唯独没有见过此时的认真。

面前这双漆黑的眸子里面都是庄严郑重，让她再也不能若无其事地笑出来。

白璐就这样发呆似的和他对视，直到景言抬起头来，对着她的下巴狠狠咬了一口。

隐忍的骂声在耳边响起：“狼心狗肺的小东西。”

白璐方才回神，揉了揉被他咬出红印的下巴，连忙低头讨好地在他的唇上亲了亲，娇声道：“我错了，错了，我知道最爱我的人就是你了。”

白璐在心里哀叹，要不赶快哄好，以这个大少爷的脾气，估计他又要甩几天脸了。

果不其然，景言被她安抚得神色稍缓，又侧头在她的脖颈间亲了亲，方才平复了那一腔愤懑。

“知道就好。”他嘟囔道，接着自顾自地絮叨，“你那个妈眼里只有钱，弟弟又不懂事，你看看，我要是不疼你，你就成小可怜了。”

白璐顿时被他气笑了，扭头看向他，满脸无奈。

“我觉得自己挺好的，怎么在你眼里就——”

“我心疼你嘛。”景言自知失言，连忙拉着她的手哄道，“要是早点儿娶你就好了。”

“嘴巴越来越甜了，最近没少练吧？”白璐睨他。

“练什么，发自肺腑的！”

夜色越来越浓，机舱里，细细碎碎的声音也渐渐消失，不少乘客已经入眠，头顶的灯光陆陆续续地被熄灭。

昏暗的光线中，两人紧紧地偎依在一起，时而轻笑，时而嗔怒，最后都化成了情意绵绵的细语。

睡了一天的人格外精神，后来说累了，两人就在黑暗中无声接吻。

亲几分钟后分开，对视两秒，又忍不住立刻贴上去。

有时亲着亲着，前面的过道传来细碎的脚步声，景言就拉起毯子盖住两人的头，一直亲得里面的氧气所剩无几，方才气喘吁吁地分开。

几个小时的飞行转眼结束，轰隆声中，机舱变得灯火通明。

明亮的光线里，白璐看到景言水润红艳的唇，和他瞳孔中同样颜色的自己的唇。

两人像是做了坏事一样相视一笑，然后纷纷移开视线，假装什么都没有发生过。

一直到下飞机，景言揽着她往外走之前，白璐都本能地抱着他的腰，好像分开一刻都觉得煎熬。

下飞机的瞬间，她立刻警觉。

"怎么了？"发现她松开了手，景言低头问道。

"没事。"白璐勉强地笑了笑，任由他揽着继续往前走，只是双手却紧紧地攥着包，没有再回抱住他。

打车回到家时已经接近凌晨，第二天恰好是周末，两人都不用上班，洗过澡，景言的精神依旧十分好，丝毫不见疲态。

久别重逢，又经历了一番惊心动魄，景言自然是不会放过她。

尽管白璐已经有些累了，却依旧拒绝不了他的索求。

和下午在车里的那个吻一样，他的动作比以往要激烈几分，撞得白璐有些支撑不住，像是下一秒就要散架了一样。

大概是白天休息得太好了，景言的体力仿佛用不完，折腾了许久都不见结束，白璐几乎化成了一摊水，靠着最后一丝力气在强撑。

最后，景言抱着洗完澡的她出来时，白璐已经处于半迷糊的状态，一挨到床，就裹着被子立刻陷入睡眠，后头的人把她翻了个身抱到怀里，她也毫无反应。

景言贴着她柔软的身子，满足得连在梦中都弯起嘴角。

在家休息两天后去上班，白璐明显感觉李庆对她的态度不一样了，殷勤了不少也就算了，分配给她的也都是些麻烦少好处多的活儿。

要知道，以前这些可都是属于李姐和他自己的。

白璐猜测这和景言有关，但她依旧装作什么都不知道的样子，每天神色自若地打卡上下班。

组里的老员工李姐是个人精，从白璐这次突然从山区回来，她就察觉出了异样，明里暗里套过白璐几次话，都被白璐不轻不重地挡了回去。

没过多久，周显他们采访完回来。当天，白璐请两人吃了顿饭，听周显抱怨吐槽了大半个小时之后，她才和他们说了自己请吃饭的意图。

“我和景言其实已经结婚了，我想，你们这次应该也猜到了一点儿。”白璐坦白道。

她话音刚落，就听到周显惊呼了一声：“哇——”

“同事了这么久，才知道你闷声嫁入了豪门。哎，快说说，你们是怎么相识、相恋、相爱，最后踏进婚姻殿堂的？”

“你先让人家说完。”陈岩见状，蹙着眉头，伸出胳膊撞了他一下。

白璐朝他感激地笑了笑，方才再次开口：“是这样的，我希望你们帮我保守一下秘密，毕竟台里人多口杂，为减少一些麻烦，还是越少人知道越好。”

“对。”陈岩赞同地点头，正色道，“放心吧，我们一定不会说出去的。”

“我也是，我也是。”周显连忙附和，随后朝她挤眉弄眼，“帮了你这么大个忙，有什么好处呢——”

“好处？”白璐略微思索一番，拍了下桌子，笑着道，“给你介绍个女朋友，肤白貌美大长腿。”

“成交！”周显乐开了花。

没过几天，周显收到一个快递，东西是直接寄到他家里的。

快递小哥打电话过来的时候，他正在公司，因此，周显叫他放到小区门口的保安室。

下班回去拿快递，保安打量了他一眼，表情有些异样，周显有些莫名其妙，直到看到角落里的那个包裹。

不，那应该说是一个“人”。

用纸皮胶带裹得严严实实，有着人体形状的一个快递。

周显指着那团东西，连说话的声音都变得吞吞吐吐：“那……那……是我的吗？”

“对呀，周显。”保安过去确认了一眼，极其肯定地道，随后打量着他，目光中掺杂着丝丝鄙夷。

周显的太阳穴顿时一跳，飞快地扛起那个“人”往家里走。

一路上，他收获了百分百的回头率。

周显心惊胆战，脚下大步流星，疾步走到楼下。

正值下班高峰期，电梯里人塞得满满当当，周显抱着这个人形快递，缩着脖子，假装自己是一团透明物。

随着电梯一声响，酷刑终于结束，周显连忙挤出人群出了电梯，门合上的瞬间，身后传来阵阵闷笑声。

他一脸生无可恋地拿出钥匙打开门，咬牙切齿地拆快递，纵使已经做好了心理准备，在看到里面那个无比逼真的娃娃时，他还是忍不住骂了句脏话。

一张醒目的字条粘在娃娃身上，仿佛是白璐那张笑眯眯的脸。

“肤白貌美大长腿，祝您‘性’福。”

周显立刻拿出手机拨通了那个号码。

景言看着对面的白璐，她笑得格外愉快，将手机放到离耳边有一段距离的地方，她神色自若地听着里面传来的阵阵咆哮。

吼了半天，那头终于噤了声，白璐方才慢悠悠地开了口：“我这不也是为你好……你看，肤白，貌美，大长腿，不是都占齐了？”

“可这是假的！假的！我要的是活生生的、有温度的女朋友！”

“哎呀——这个怕是有点儿困难，肤白貌美大长腿的，我身边——”白璐目光一顿，声音停住，“我身边还真有一个。”

白璐挂了电话，景言正好奇地盯着她，连碗里的饭都顾不得吃了，立即问道：“谁啊，要你介绍女朋友？”

“周显要我给他介绍。”白璐夹了一筷子菜，随意地道。

“那他怎么这么生气呢？上次见面，我觉得他的性格还可以啊！”景言觉得莫名其妙。

“哦。”白璐应了一声，说，“我在网上给他买了个娃娃。”

景言呆愣住，过了几秒后，试探着问道：“是……那种吗？”

白璐闻言，似笑非笑地睨了他一眼，意味深长地道：“你懂得还真多。”

景言一脸无语，神色古怪地打量着她。

白璐望过去时，他又飞快地收回视线，一来一往，白璐突然正色道：“不是，是SD娃娃（某品牌球关节可动玩偶），买给他家小表妹的。”

“真的吗？”景言一脸的怀疑，“那他怎么会生气？”

“嫌丑，小表妹现在哭闹不止。”白璐脸不红心不跳地说。

景言还是一脸怀疑，见他还是不相信，白璐又认真地解释道：“所以，我才会答应给他介绍女朋友赔罪。”

景言勉强信了几分，随后想起什么，又忍不住出声：“你身边能有什么条件好的女生，除了那个程语嫣——”

他的声音顿住，满眼震惊地看着她，不敢相信地问：“你不会打算——”

“对呀，就是她。”白璐平静地道，“肤白，貌美，大长腿。齐了。”

说句良心话，周显的条件真不错，长相周正，细皮嫩肉，是当下最受欢迎的长相，开着路虎来上班，听说是个小开，重要的是脾气好，人又实在，工作稳定，重点大学毕业。

白璐这样一想，越发觉得他俩合适，程语嫣早就应该和那个赵祁铭断了。

思来想去，她一刻都坐不住了，吃完饭，对景言丢下一句“洗碗”，就立刻拿出手机给程语嫣打电话。

那头的人是拒绝的，在白璐直截了当地说自己已经收到了赵祁铭和李烟的结婚喜帖之后，那头顿时没了声音。

白璐乘胜追击。

“只是先加个好友，见不见面随便你们，都这个年纪了，总不能在一棵歪脖子树上吊死吧？语嫣，与其一个人在那里严防死守，不如试着打开心扉，或许能有几分意外的收获呢？”

那头的人许久没有说话，在白璐快要失去耐心时，手机里传来一声无奈的极轻的“好”。

第 七 章

你更喜欢我了吗

采访回来没过几天，视频素材就开始进行后期的剪辑制作，到时候，节目会以纪录片的形式播出。

花了一周时间采集视频素材，到最后，剪辑出来的成片只有短短的六十分钟。

每个学校分配的时间大概是十分钟，镜头从学校的全貌开始拉近，接着是各处破败的景物，一群满脸天真笑容的孩子，最后定格在支教老师的脸庞上。

镜头的背景或是夕阳似血，或是阳光明媚，或是阴云密布。

但那一张张脸上都是满足纯粹的笑容。

记者采访的片段，下方会打上字幕，整个纪录片从开始到结束都配上了旁白，除了简单介绍内容和背景外，还有一句让人反省深思的话语。

“国之根本，不可荒废，他们默默无闻，却伟大又善良。”

醇厚低沉的男声在片尾响起，结束时，余韵经久不散，在耳边一遍遍环绕。

纪录片分成六段，每天在电视剧里插播，相当于一则公益广告，却又比广告更加正式和真实。

从早上到夜里，每隔两个小时播放一段，每段小纪录片中，都会清晰地出现这所学校的地点、名称，以及公益机构的联系方式。

纪录片一经投放，立即取得了不小的反响，在网上引发众人热议，大家不约而同地把乡村支教老师这个话题刷上了热搜，很多网友讲述了身边有关支教的事迹。

纪录片里的短短几段采访也被剪辑成各种小视频和动图，在网上快速传播，不少营销号纷纷转载，各大新闻媒体也发出通稿。

其中，国内最具权威的几家新闻机构为此特意发表了一篇特别报道，一时间，事情快速发酵。

台里完全没有想到这个纪录片会突然走红，为此，在开例会时，台里特地点名夸奖了此次参与采访制作的人员，声称年终奖多给百分之二十。

为此，李庆心情大好，整天都眉开眼笑，嘴里还哼着小曲，看起来红光满面。

白璐的心情也非常好。

前不久，她刚接到齐杨的电话，随着纪录片的播出，学校收到了不少公益赞助，因为有了资金，摇摇欲坠的学校终于被翻修了一遍，坏了好久的桌椅窗户都换成了新的，还给孩子们修了一个新的篮球场。

社会上不少爱心人士和机构都往学校送了物资，学生们终于穿上了新校服，用上了崭新的书包，还有不少贫困家庭的孩子终于有了人生中的第一双运动鞋。

喜悦和希望弥漫在学校里，可以想象，那些稚嫩熟悉的脸上肯定都是灿烂欣喜的笑容。

白璐看着电脑页面，目光停留在一条转发评论数万的视频上。

美丽如火的夕阳下，年轻的面容白皙清秀，橘红色的光落在他的身上，仿佛为他镀上了一层金边。

他的声音温柔平静，他的眼神善良慈悲，他的心灵干净又美好。

“我舍不得他们啊……这里有一部分学生今年就要毕业了，我想亲手把他们送到外面更广阔的世界。对我来说仅仅是一两年的时间，对他们来说却可能是一辈子。”

短短的几句话，却让无数人纷纷泪目。

多少年轻人因为一句舍不得，把一辈子奉献给了大山。

又有多少人，愿意为了别人的一辈子而无私付出。

如此美好，如此善良。

人性从淤泥中抽枝发芽，开出一朵娇艳的花。

“我好像，又喜欢了这个世界一点儿。”

夜里临睡之前，白璐躺在景言怀里，于黑暗中轻轻开口说。

“因为那个纪录片吗？”

最近，那个纪录片在网上很火，身边也有不少人在议论，景言当然知道那个片子就是白璐之前跟的那个，可即使拍得很好，他也不愿意去看。

就是因为这个，他差点儿失去她。

“嗯。”白璐轻轻应道，目光茫然地落在空中，眼前是一片黑暗，只有阳台外面的路灯亮着，从紧闭的窗帘中透出一团模糊的光。

景言翻了个身，把头枕在她的肩上，然后微微仰头，亲了亲白璐的嘴角。

“那你更喜欢我了吗？”

“喜欢。”白璐轻声回答。

“有多喜欢？”景言揉着她的头追问。白璐没有回答，只是侧过脸，毫不费力地贴上他近在咫尺的唇，蹭了蹭，低声呢喃：“睡觉了，晚安。”

七月盛夏，流金铄石。

赵祁铭的婚礼就定在这个时候。

请帖上新人的照片里男帅女美，他们脸上的笑容如出一辙，宛如佳偶天成的一对。

白璐只看了一眼就扔得远远的。

反胃。

景言弯腰把请帖从地上捡起，嘴角挂着笑，把她拥到怀里，低声道："这是他们两个的事，我们就别掺和了。"

"对呀，你们蛇鼠一窝。"白璐没好气地瞪了他一眼。

景言悻悻地摸了摸鼻子，立刻转移话题："老婆，我们今晚吃什么？"

"不吃！气饱了。"白璐一把拿掉他的手，跑上楼。

景言茫然无措地坐在沙发上，望着她消失在楼道口的背影，满眼委屈。

赵祁铭结婚的那天，白璐没有出席。

她正在陪程语嫣度过这非同凡响的一天。

上午，她们先去做了头发和美容，逛街后买了一堆有用或没用的奢侈品，下午程语嫣突发奇想要去蹦极。

白璐能怎么办，也只能陪着她。

等两人惊魂未定地从高空落地时，只看到彼此新做的头发变成了一团鸡窝。

一早上的造型白做了。

一直闹到晚上，程语嫣终于消停了下来，趴在吧台上一杯杯灌着酒，醉眼蒙眬，眼泪却不停地往下流，擦了又很快布满整个脸颊，来回几遍，她索性掩面大哭起来，在酒吧嘈杂的音乐中，未掀起一丝波澜。

白璐就这样静静地看着她由最初的幸福欣喜变得麻木不快乐，到后来的得过且过和现在的支离破碎。

即使未曾亲身经历过，白璐也能感受到她此刻的痛彻心扉。

爱情这种东西，真是不能碰。

她万分庆幸，自己还是如此清醒。

两人不知道在这个酒吧待了多久，耳边的音乐一直未曾停歇，年轻的男男女女在舞池里肆意扭动着身体，程语嫣的面前已经堆了一堆空酒瓶子。

白璐小心翼翼地看着她，等待着她调整好情绪。

酒吧的气氛在接近凌晨时达到了最高点，程语嫣如同回光返照般起身，闹着要去跳舞，白璐连忙跟着她往人群中走，手机却在此刻响了起来。

白璐勉强伸出手，从包里拿出手机，来电显示是景言，她一边接通电话，放在耳边，一边紧紧地拉着程语嫣。

"喂，嫂子啊！景少他喝醉了，你快点儿来接他回家。"那头传来的是秦子然咋咋呼呼的声音，浑厚高亢，震得她的耳朵有些痛。

“你帮忙送一下他，我现在没空。”白璐几乎是对着话筒在吼。

那头却疑惑地嘀咕两声：“你那头好吵啊，我听不见。这样，地址我发短信给你，我待会儿还有事，你赶快过来啊！”说完，秦子然不由分说地挂了电话。

白璐看着手机上被挂断的通话，顿时头大，立即重拨过去，却又被挂断了。

一旁，程语嫣已经挣脱了她，跟随着人群狂魔乱舞，白璐立刻跟了上去。

过了几分钟，白璐手机上收到一条短信，上面是详细的地址和房间号，伴随着秦子然的解释：“嫂子！我们还要赶下个场子，麻烦你来接一下景少啦！”

白璐扶额，这是一群什么样的狐朋狗友？他简直是交友不慎。

白璐看着程语嫣，正束手无策时，周显突然给她来了电话。

“白璐！我看到你了！”他的声音格外激动，暗藏着得意和欣喜。

“哈？”白璐一头雾水。

“你回头。”

白璐闻言照做后，在半米远处看到了周显那张扬扬得意的脸。

如果目光可以化为实物的话，白璐想，自己的双眼里肯定瞬间冒出了星星。

“周显！帮我一个忙！”

“啊？”

白璐连拉带拽地把程语嫣丢到他身边，气喘吁吁地道：“景言喝醉了，我要去接一下他，这里还有个醉鬼，麻烦你帮我看着她一下，我很快就回来！”

白璐可不放心让周显送程语嫣回家，孤男寡女，失恋的女人又是最容易让人乘虚而入的。

她把这个烫手山芋送出去之后，就立刻拿出手机往外走。

周显在后头大喊：“喂，她是谁啊！”

“肤白貌美大长腿！”白璐头也不回地答。

白璐一路开车往秦子然发给她的地址赶，到了地方之后，她发现酒店外面还放着赵祁铭和李烟的结婚照，她面无表情地从照片前走过，裙摆被脚步带起的风荡了起来。

赵祁铭竟然还没走。

大堂内空空荡荡，他坐在角落里，垂着头，一动不动。

鞋子在地面上发出清脆的响声。

他蓦地抬头望了过来，眼里的光在看清白璐的面容后瞬间熄灭。

“怎么？以为是程语嫣那个蠢货呢？”白璐讥讽地一笑，嘲弄地开口，脚步一转，控制不住地往他那个方向走过去。

桌上已经被收拾干净，从整整齐齐摆满大堂的桌椅中，隐约可以窥见白日的热闹。

他的面前摆着一个玻璃杯，里面装着水。

白璐直接拿起，往面前人的脸上泼去，动作干净利落。

赵祁铭的眼神射了过来，眸里泛着冷意，衬着那张面无表情又棱角分明的脸，更加让人发怵。

白璐表情却未变，神色更加凌厉，想起程语嫣今天的模样，她心中的怒火烧得越发旺盛。

“她恐怕不会过来了，春宵苦短，赵总还是好好享受吧。”白璐冷笑着说完，把手里的杯子重重放下，玻璃磕在桌上，发出清脆的响声。

白璐大步流星地往电梯走去。

“她……”后头响起短短的一个字，他的嗓音充满苦涩，未出口的话仿佛被噎在喉间，静默许久。

白璐的脚步停顿一瞬，随后毫不犹豫地继续往前走。

赵祁铭没有再发出任何声音。

电梯很快就下来了，里面空无一人，光洁的镜面映出白璐的脸，那双眼里的冷厉仿佛满得快要溢出来。她微微愣住，眨了眨眼睛，不过几秒，面色便柔和下来，变得无比平静。

一路找到景言的房间，白璐抬手敲门，过了好一会儿，才听到里面传来响动。

门被打开，露出景言那张充满醉意的脸，雪白的皮肤带着丝丝嫣红，双眼蒙胧，脸上睡意未散，在看到白璐的那一瞬间，他的嘴角浮出笑意，立刻软了骨头似的倾身抱住她。

“老婆……”景言的头在白璐的颈间轻轻蹭着，高挺的鼻梁和柔软的唇时不时地滑过她的肌肤，带起丝丝酥麻。

白璐把他的头扳正，凝视着他的双眼，蹙眉问道：“你喝醉了吗？还能不能走？”

“我没醉！”景言立即抗议，随后又抱着她蹭。

白璐把人从身上拉起，无奈地道：“站直，带你回家。”

“那你亲我一下。”景言笑了起来，一脸狡黠地说。

白璐翻了个白眼，凑过去，在他的唇上碰了一下：“好了，快走。”

他直起身子，白璐便立刻拉着他往电梯口走去，只是他的步伐凌乱，呈“S”形前行。

白璐打量着他，边走边问："没落下什么东西吧？"

他侧眸思索了一下，然后用力点头。

"什么？"白璐目光微凝。

景言又傻笑起来，接着，生怕别人听不到似的大声说道："我的心落下了，落在你身上了。"

白璐加快脚步，赶紧去按电梯，生怕被其他人看见。

"快走吧，别在这里丢人现眼了。"

电梯门开，白璐拉他往里走，景言被她说了便不作声了，像个乖宝宝一样被她牵着，低着头，十分安静。

到大堂的时候，白璐往角落里看了一眼，赵祁铭依旧坐在那里，脸上的水珠已经擦干，头发依旧湿淋淋的。

听到脚步声，他抬头望了过来，目光落在两人相牵的手上，神色愕怔，眼里闪过一丝复杂的情绪。

一瞬间，白璐便收回视线，带着景言毫不留恋地走出酒店。

开车时，白璐拨通周显的电话，他那边依旧很吵，白璐调高蓝牙耳机的音量。

"她还在跳舞呢！我完全管不住啊！"周显在那头大叫。

白璐平静地回复："没事，你不用管，看着她不要出事就好了。"

她话音落地后，周显还欲说什么。

车子驶入主干道，车流量大了起来，白璐立刻道："好了，我在开车呢，你再坚持一个小时，我很快就过去。"

白璐刚挂掉电话，装死很久的人突然出声："这么晚了，你还要去哪儿？"

"语嫣喝醉了，我要送她回家。"

"我也喝醉了！"景言不满地叫道。

白璐仿佛听到了打脸声，她没理那人，专心致志地开车，从而错过了景言眼里滑过的一丝恼意和复杂的情绪。

下车后，前不久还能自己走路的人突然软若无骨，必须倚仗白璐搀扶才能走路。

白璐把景言的胳膊搭在肩上，几乎是依偎在他怀里，沉沉的重量压在她的身上，白璐勉强支撑着往前走。待开门到卧室时，白璐已经累得没有一丝力气。

大床近在咫尺，她松了一口气，把身上那人放上去之后，手腕却被拽住，白璐一个不稳，摔在他的身上。接着，形势急剧变化，两人换了个姿势，白璐被景言牢牢地压在身下，还未说出口的话淹没在唇舌中。

淡淡的酒味充斥在鼻息间，白璐感觉自己好像也喝醉了。

酒精仿佛随着唇齿交缠侵入她的大脑，白璐保持着最后一丝理智想推开他。

景言的吻很快从唇上落到了颈间耳后，湿热的气息喷洒在肌肤上，柔软的耳垂被他坚硬的牙齿轻轻一咬，白璐立刻头皮发麻。

她马上伸手，把埋在颈间的脑袋往外推。

“别闹，语嫣一个女孩子喝醉了，我不放心。”

“不是还有周显吗？”景言的唇又立刻追上来，边亲边嘟囔。

“就是有他在才更不放心，孤男寡女的。”白璐移开脸躲闪，用力去推景言，身上的那人却如大山般压着她，岿然不动。

这一刻，白璐深刻意识到男女之间力量的悬殊。

“你不是想撮合他们两个？这不是刚刚好……”景言亲着她，含糊地道。

“这当然不一样，万一出点儿什么事……”白璐蹙眉，说话间，却蓦然发现自己身上的衣服已经被脱得一干二净。

她今天穿了条连衣长裙，后背的拉链早就被景言摸索着拉开，而他不知何时也解开了衬衫纽扣，景言拉起被子一裹，抱着她滚到床上，炙热的温度和难以抵挡的攻势袭来。

半推半就，白璐还是让他得了逞。

色令智昏。

事后，白璐望着天花板反省，身旁的那人已经抱着她睡得无比满足。

墙上的钟指向十二点半，她裹着被单挣扎起身，从沙发上的包中拿出手机，拨打周显的电话。

关机。

她又立刻拨打程语嫣的号码。

没人接听。

白璐不死心地继续拨，打了不知道多少遍，那头终于接了。

“喂？”

“周显？语嫣呢？！你们现在在哪儿？”

“白璐！”手机里传来周显咬牙切齿的声音，“你说等你过来，结果呢？！我快被你这个闺密整死了！”

“怎么了？”白璐揉了揉额角，提起来的心终于落下去一半。

“她吐了我一身！我洗了半个小时才洗干净，她倒好，睡得跟死猪似的……”

“在你家吗？”

“对呀！不然呢！我又不知道她家的地址，打你的电话一直没人接，我要把她扔在街上吗？！”周显怒气冲冲。

白璐连忙安抚：“对不起对不起，景言他突然出了点儿事，今天太谢谢你了，麻烦帮我再看着她一晚上，明天请你吃大餐。”

挂了电话，白璐勉强松了一口气，拖着酸痛的身子回到床上，看了眼旁边睡得无比安稳的人，气不打一处来，抬腿一脚踹过去。

景言从睡梦中惊醒，眯着眼睛，看清是她之后，他嘟囔几声，又黏黏糊糊地伸手来抱她。

白璐挣扎了两下无果，最后不甘不愿地被他抱着睡去。

一觉醒来时，金色的阳光已经从窗户洒进房间，外头传来清脆的鸟鸣声。

白璐伸手摸向床头的手机，已经早上九点。

她估摸着程语嫣也快醒了，于是拨打她的号码，那头的人声音很清醒，让白璐不用来接她了，她自己打车回去。

白璐又问了昨晚的情况，程语嫣毫不在意地用几句话概括，完全没有昨夜那个痛哭不止的女人的影子。

“好了，我没事了，你继续睡吧。”程语嫣说完，挂了电话。

白璐看着手机，有些疑惑，想了想，还是作罢。

结束通话，程语嫣拿着手机往餐桌旁走去，清晨淡薄的阳光下，女人穿着一件男式白衬衫，长腿笔直修长，莹润白皙得让人不敢直视。

周显只看了一眼便飞快地收回视线，本能地咽了下口水。

程语嫣在餐桌前坐下，周显刚好能看到那张不施粉黛却依旧无比明艳的脸，底下是纤长白皙的脖颈和锁骨，她身上的衬衫扣子松了两颗，露出一小片白皙的肌肤，和昨晚那个烂醉如泥、毫无形象的女人天差地别。

“待会儿吃完，我送你回去吧。”周显轻咳一声，说道。

程语嫣抬眸淡淡瞧过来，眼波流转，眼角轻挑，唇边明明没有弧度，周显却仿佛感觉她轻笑了一下。

他立即解释：“你穿成这样，不太方便。”

昨晚，程语嫣不仅吐了他一身，她自己身上的味道也极其难闻，周显没有管她。今天早上一觉醒来，她自己被熏得受不了，问他拿了件衣服就去了浴室。

“好，那就谢谢你了。”程语嫣点头应道，红唇真真切切地勾起一抹弧度，朝他笑得风情万种。

鼻腔仿佛传来丝丝热流，周显深吸了两口气，连忙仰头，不敢看她：“不用谢。”

白璐又睡了个回笼觉，直到身旁的那团温热消失，隐约听到水声，她才翻了个身，睁开眼睛。

白璐索性爬起来，把床单被子全部换了一遍，收拾完进去洗漱。

早餐是景言做的，煎蛋培根吐司，旁边还摆着白璐喜欢的胡萝卜橙汁和早上必备的一杯温水。

清晨的时光非常美好，尤其是在充满金色朝阳的客厅里，有个英俊的男人穿着白衬衫，守着一桌做好的早餐，面带微笑，等待着你的到来。

如果没有发生昨天那件事情的话。

白璐面无表情地拿起杯子，喝了一口温水，接着一声不响地开始吃早餐。

“老婆，早安！”景言热情地朝她打着招呼，脸上的笑容明朗又灿烂。

白璐抿了口胡萝卜汁，抬眸睨了他一眼，放下手里的杯子，好整以暇地看他。

“我不是你老婆，我是你的奴隶。”

“深更半夜的，要去接人不说，还得伺候睡觉，明明接下来我还有其他重要的事情要做。”白璐摇头叹了一口气，惆怅地感叹，“没有一丝人权，真是塑料花一般的爱情。”

“……我错了，你别这样，我害怕。”景言赶紧拉着白璐的手撒娇，却被轻轻甩开。

“您可是少爷，怎么会错？错的只能是我们这些伺候您的人。”白璐拿起叉子，把一块煎蛋送到嘴里，神色平静得像在谈论着今天的天气。

景言的脑袋却嗡的一声响，浑身骤然发冷。

他恨不得给她跪下来：“老婆……”

白璐没理他。

吃过早餐，景言殷勤地把换下来的床单和被套用洗衣机洗了，又开始拖地和收拾东西。整理完后，他十分贴心地坐到白璐身旁，给她捏腿揉肩，一边揉捏着，一边还在不停解释。

“昨天我不是故意喝多的，秦子然他们几个一起灌我……把我灌醉之后还把我丢在房间里，自己去其他地方找乐子，我开不了车，才让他叫你过去的。”

“我这次没有控制好自己，下次一定不会了！”他在白璐耳边连连保证。

白璐心中的不满稍缓，脸上却没有表露出一丝情绪，不动声色地翻着手里的书。

景言见状，凑过来亲她，轻柔的吻落在她的唇上、脸颊上、嘴角处，他一边亲一边轻哄：“别生气了好不好……我真的知道错了，下次不会了。”

他的声音极其温柔，嗓音放得格外软，像是在撒娇，更多的是哀求，嘴唇带着淡淡的橙子香味，酸酸的，无比清新。

白璐没有推开他，景言见状，开始放肆，顺势含住她的唇，探了进去。

两人在客厅的沙发上接吻，微风中带着阳光的气息，白璐的舌尖尝到了橙子的味道，酸酸甜甜，清香柔软，湿热躁动。

“你刚刚是不是喝了橙汁？”

“嘴里还有味道吗？”

“嗯。”

“那我给你再尝尝。”景言说完，不由分说地又亲了下来。

白璐仰头承受着他的吻，被他的气息蛊惑得手脚发软。

好像生不起气来了。

白璐坐在景言腿上，双手攀附着他的脖子，心想。

色令智昏。

周显望着程语嫣离开的背影摇头，脑海里闪过这个词语。

然而，人已经消失在门后，那道身影依旧他脑海里，挥之不去。

双腿笔直修长，肌肤白得没有一丝瑕疵，那张脸明艳动人。

仿佛昨晚抱着他毫无形象地大哭不止的女人只是一个假象。

周显心烦意乱，摇下车窗，点了一支烟，鼻息间充斥着让人放松的尼古丁的味道。他倚在座椅上，思绪稍缓，目光有些缥缈地穿过面前的挡风玻璃，落在不远处的景物上。

其实，他昨晚对白璐说了谎。

程语嫣后来是烂醉如泥，吐了他一身，之前却十分精神，微微眯着眼打量他的模样根本不像一个喝醉的人，反而像一只狐狸精。

嫣红水润的唇蛊惑诱人，在舞池中摇曳的身体妖娆恣意，迷离的眼神似笑非笑。

周显把她半拉半扶地抱在怀里，带回家时，被女人特有的柔软吓得手脚发酸。

柔若无骨，他那一刻是真真切切地体会到了这个词的含义。

把她放到床上之后，周显没有再管她，洗了个澡出来，那人却叫喊着渴，本着人道主义精神，周显去给她倒了杯水，喝完，她却迷迷糊糊地睁开眼睛。

四目相对，不知是谁先动的手，最后就亲到了一块儿。

可能是夜色太深，酒色太撩人，那双唇太红太艳，荷尔蒙在空气中迅速发酵。

周显被她推开的那一刻，正是尝到滋味、欲罢不能时，他正想贴上去，耳边却传来了阵阵呕吐声——程语嫣弯着身子在吐。

男人的尊严瞬间碎了一地。

“周显？周显？！”

“啊——”周显蓦然回神。

面前的白璐正疑惑地盯着他：“叫你几声都没答应，在想什么呢？”

“没什么。”他不自然地应了一声。

他才不会说自己情不自禁地想到了那天晚上。

白璐见状，怀疑地打量了他几秒，开口道：“老大喊你去他办公室一趟。”

“哦，好，我马上去。”

中午，白璐要和程语嫣一起吃饭。

这是两人那天过后的第一次见面，时隔近一周，程语嫣好像没有任何变化。

聊了几句近况，白璐状似无意地问起：“对了，上次你见到周显，感觉怎么样？”

自那通电话之后，两人后来联系过几次，可一聊到这个，程语嫣就转移话题，本来白璐都没放在心上，可方才周显的表现让她觉得有些异样。

程语嫣闻言，动作顿了一瞬，随后若无其事地开口：“感觉就那样。”白璐还欲再追问，只听到她又道，“对了，你最近和景言怎么样？好像很久都没有听到过他的花边新闻了。”

“还行，最近感觉他像变了个人一样。”聊到这个话题，白璐忍不住笑了起来，唇畔的笑容莫名带着一丝浅浅的幸福。

“每天按时回家，也不和那群狐朋狗友一起鬼混了，还有……”说着，白璐情不自禁地蹙起眉头，眼里有些困惑，“他总是会给我一种……他好像很爱我的错觉。”

“错觉吗？”程语嫣轻笑一声，侧头，俏皮地说。

“或许是真的呢？我们家璐璐这么美，这么优秀，我要是个男人，也会动心的。”

白璐轻瞟她一眼，思索几秒，开口道：“我还是觉得有点儿不真实。”

他的爱来得太过迅速和强烈，让她有种踩在云间的恍惚和不真实感。

“啧。”程语嫣睨了她一眼，摇摇头，“你啊，别身在福中不知福。人家何必对你假装一腔深情？图钱，图色，还是图你在床上多配合？”

白璐瞪了她一眼，又认真想了想，迟疑地道：“或许是图家庭和睦、夫妻生活和谐？”

程语嫣冷笑两声：“呵呵。”

一顿饭下来，八卦没有问出个所以然，反而把自己搭了进去。

白璐回来的路上一直在思索，想到头隐隐作痛时，才幡然醒悟。

明明自己是去刺探她和周显的事情，怎么到头来，变成自己纠结了？

白璐摇摇脑袋，把这个问题抛在脑后。

管他真情假意，都不重要。

晚上，景言依旧按时下班，回来吃饭，白璐做了三菜一汤——红烧鸡翅、肉末茄子、清炒白菜和菌子肉丸汤。

景言动作迅猛，风卷残云般吃了两大碗饭，把桌上的几个菜一扫而光。

白璐在一旁慢慢地喝着汤，一边看着他一边摇头。

当初那个吃鱼要慢悠悠地剔骨、吃鸡要一点点地剥皮的景少已经不复存在，面前这个是婚后的景言——每次吃饭都生怕别人和他抢的饿死鬼。

“你中午没吃吗？”白璐瞥见他的动作，忍不住开口。

“吃了，外头的菜味精太重，吃了两口就饱了。”景言还在埋头喝汤，时不时发出满足的喟叹，“我每天就全靠晚上的这顿饭活了。”他满眼感动地抬头，盯着白璐，一脸深情。

“老婆，多亏有你啊！”

白璐突然有种错觉：景言的甜言蜜语、海誓山盟，可能都是为了这顿饭。

程语嫣说，白璐的财色不至于让他假装一腔深情，那要是为了满足味蕾呢？

白璐越想越觉得对，不自觉眼神凝重地点起头来。

“你想什么呢？”

白璐回过神，看到对面的景言已经放下碗筷，一脸奇怪地打量着她。

白璐想起那个猜测，顿时没了好脸色。

“在想，今天是你洗碗呢，还是你洗碗呢，还是你洗碗呢？”

景言：“……我洗我洗，老婆做饭辛苦了，去休息休息。”

他敏锐地察觉出白璐的情绪不对，连忙起身，卷起袖子开始收拾碗筷，对她笑得像一朵太阳花。

“哼！”白璐冷哼一声，上楼收拾东西准备洗澡。

被热水一冲，洗完头发吹干的时候，脑海中多余的水分仿佛也被蒸发掉了。

白璐关掉吹风机，望着镜子里的自己，心想：我怎么会突然计较起这些事来？真是莫名其妙。

她摇摇头，收拾完下楼。

景言也已经洗过澡。楼下也有一间浴室，两人时间撞上的时候可以分开同时洗。

在这个快节奏的社会，任何一丝没有意义的等待都仿佛在浪费生命。

客厅正中间的大屏幕亮着，上面显示的是游戏界面，一条花花绿绿的赛道上，一辆红色赛车在急速奔驰，景言双手握着手柄，身体随着车子转弯直行而左右摆动着。

他今天难得悠闲，没有对着电脑处理公务，破天荒地打起了游戏。

白璐见过他在景宅的房间，里面有他从小生活的痕迹。

墙上贴着各种篮球明星的海报、动漫的海报，书柜上放着大大小小的模型，角落则丢着许多游戏机，各式各样的型号规格，新的旧的，能用的不能用的，放在一起，颇为壮观。

他妈妈当时站在那里，面色惆怅地和她说，景言从小到大都喜欢玩游戏，而且，无论什么游戏都能玩得好，只是接手公司之后好长一段时间，他都没空打游戏，久而久之，这些东西放在那里都起灰了。

白璐和他结婚以来，看到他玩游戏的次数也屈指可数。

“好不好玩？”她迈步走过去，在景言身旁坐下。

“还行。”景言盯着液晶屏幕，全神贯注，手里的动作未停。

十几秒后，屏幕中间显示出大大的红字：“You are the first!（你获得了第一名！）”

他神色轻松地放下手里的游戏手柄，望着她，眉眼带笑，眼里春意融融：“你怎么下来了？”

“看你是不是掉到洗碗池里去了。”白璐一板一眼地认真叙述。

景言扑哧一声笑出来，眉眼舒展，伸手轻轻捏了捏她的脸。

“怎么这么可爱？”

白璐瞪了他一眼，还未开口，景言就把手里的那个游戏手柄递给她。

“要不要一起玩两局？”

“好啊。”

景言重新调到主菜单，挑了半天，终于找到一个白璐会玩的游戏——《魂斗罗》。

一蓝一红两个人并肩前行。景言带着她一路过关斩将，翻山越岭，下水跳坑，躲过枪林弹雨，越过重重险阻，直捣大怪的老巢，取得最后胜利。

白璐激动得快要从沙发上摔下去。

“景言你太棒了！我小时候玩这个从来没有闯关成功过，每次还没看到大怪就死掉了。”她兴奋地扔掉手里的游戏手柄，扑到景言身上，对着他的脸颊重重地亲了一口。

“那是你的队友太垃圾了。”景言笑得格外张扬，隐约可见年少轻狂时的恣意。

那样的他太过吸引人，帅气的容颜在明晃晃的灯光下更加出类拔萃，如同一个大男孩，在自己得意的领域中露出狂妄的自信，整个人就像个小太阳，闪闪发亮。

“那我们再玩两局，让我享受一下抱大腿的感觉。”白璐翘起嘴角，心情十分愉悦。

“叫老公。”景言眯起眼睛坏笑，身上的光环瞬间荡然无存。

但白璐觉得，这一刻的他依旧是那么美好诱人。

“老公……”她的手缠上景言的脖颈，放软声音，在他的耳边轻声开口。

景言的身体瞬间僵住，过了两秒，他猛地把白璐压在身下。

“再叫一遍。”他眸光加深，眼睛漆黑晶亮，盯着白璐一眨不眨。

“不要。”白璐的心跳有些异样，她移开眼，拒绝道。

“叫不叫？”景言伸手在她的身上一掐。

白璐瞬间软了骨头，扭着腰躲避：“别闹、别闹，痒啊……哈哈哈。”

“快点儿叫。”

“老公，老公老公。”

“嗯。”景言低低应了一声，堵住她的唇，“那给老公睡一下。”

待两人闹完，先前的澡也白洗了。

景言抱着她到楼下的浴室又洗了一遍，出来看到满地狼藉的客厅，没心情再打游戏。

白璐的双腿还有些发软，伸手推了景言两把，他立即自觉地道：“你上去休息，我来收拾。”

做这种事情格外累人，即使时间还早，疲惫感依旧涌了上来，白璐陷在柔软的床上，昏昏沉沉，睡意浓重，然而意识始终保持着一丝清醒，直到脚步声传来，旁边躺了一个人。

白璐立刻转身，自发地挪过去，迷迷糊糊地钻进景言怀里，抱着他蹭了蹭，方才放心睡去。

次日晚上，白璐刚洗完澡，就看到景言坐在沙发上朝她招手，笑得像只满肚子坏水的狐狸："老婆，打游戏吗？带你干掉大怪哦。"

白璐挑眉，信步走过去。

两人坐在沙发上玩了好几局，白璐童年时期的遗憾终于在今天彻底得到了弥补。看着显示通关的屏幕，她抱着游戏手柄笑得前俯后仰。

灯火通明的客厅里，那个向来沉稳清冷的人仰着头，白皙秀气的脸上是孩子般雀跃快乐的笑容。

景言心头蓦然发软，某处陷下去一团。

"开心吗？"他轻声问。

白璐侧头，只看到景言满脸宠溺地看着她，眼里带着无限温柔。

"嗯！"她重重点头。

景言笑得越发开怀，嘴角弯起，抬手轻抚过她的脸颊，挽起她颊边的发丝置于耳后，声音轻柔缓慢："你开心就好。"

白璐愣住，眼睛一眨不眨地盯着他。

景言见状凑近，意味深长地道："让你更开心好不好？"

"嗯？"白璐疑惑地道。

景言在她唇上用力地亲了一口："开心吗？！"

"……一般般的开心吧。"

白璐一脸平静地推开他，上楼准备睡觉。

两人的生活日趋平静，不知不觉，结婚已有半年。在这不长不短的几个月里，白璐习惯了每天回家做饭，习惯了和景言一同在昏黄的灯光下共进晚餐，习惯了晚上跟他相拥入眠，也习惯了生活中多出来一个人。

她偶尔会和他拌嘴，空暇时会在一起打游戏、看电影，也可以肆无忌惮地接吻。

白璐是一个冷感的人，可这不代表她没有心。

日积月累的相处中，景言仿佛已经无孔不入地侵入她的世界。

对于别人对她的好，她并不是没有感觉，她只是比起其他人更加慢热。

接受了旁人的好处，白璐会想方设法从别的地方报答回去，心却并没打开。

然而，景言在每天的陪伴中以润物细无声的姿态渐渐攻下了她的心防。白璐觉察了，却无从防备，只能一边沦陷，一边警醒自己，捍卫着内心深处最柔软的那块净土。

八月中旬，到了景母生日那天。

五十多岁的女人保养得很好，雍容华贵中带着平易近人，从白璐一进门，景母就拉着她的手，极其亲热地嘘寒问暖。

白璐笑着把手里的礼物袋子递上去，果不其然，景母打开之后，面露惊喜，态度越发亲近随和。

那是她最喜欢的一个珠宝牌子出的新款，只发布了宣传照片，还没正式上市。

白璐一眼就相中了，因为这款项链的样式和材质都是景母喜欢的风格。

白璐他们电视台刚好有这家珠宝的赞助，通过内部关系，她提前拿到了货，用来孝敬景母。

两人坐在客厅沙发上聊着家常，景言长腿跷着，毫无形象地靠在一旁，含笑听着婆媳俩说话。

白璐在他妈妈面前和在他面前是全然不同的两个人，此刻她笑容得体，嘴角弧度上扬得刚刚好，乖巧温顺，又不失美丽大方，说话的时候轻声细语，眼角眉梢都是温婉。

这样的她很新鲜，但是景言很喜欢。

他的目光一直停留在她身上，嘴角挂着笑意，眼底光华流转，似饶有趣味，又像是好奇琢磨，更多的却是愉悦和喜爱。

景母拉着白璐的手，一边瞪着这个没出息的儿子，一边又为两人的感情好而感到欣慰。

这次生日，景家并没有大肆操办，只是关系比较近的亲戚朋友聚在一起吃了顿饭。

虽说没有大办，宴席加起来也有十来桌，里里外外的亲戚都要顾上，白璐和景言坐在正中间的席上，身边都是景言的直系亲属。

除了景家二老之外，还有景言的外公外婆、爷爷奶奶，四位老人在首位，景父景母紧临而坐，接着，旁边就是叔舅两家。

长辈聊天，白璐也插不上嘴，只能埋头苦吃，面前的桌子是可以旋转的，但几乎没人动，白璐也就只夹着面前的两盘菜。

突然，她的碗里被放进来一块排骨，白璐抬头，只看到景言若无其事地转着桌子，去夹那盘汁香四溢的鲍鱼。他修长白皙的手指捏着筷子，黄褐色的木质筷子间是一只饱满的小鲍鱼。

白璐眼睁睁地看着这只小鲍鱼被放到自己面前的碗里，耳边响起熟悉的声音："多吃点儿，想吃我再帮你夹。"

他的声音不大，至少在热闹的席间并不明显，周围却瞬间安静了下来，方才还有说有笑的众人齐刷刷地看着他们。

白璐顿时不敢动筷，不动声色地打量着眼前的状况。

安静几秒，不知是谁先开了口。

“景言很疼老婆啊，哈哈。”

“真看不出来，向来没心没肺的小子结婚以后，还知道疼人了。”

“小两口的感情很好啊！”

白璐仔细辨认了几秒，最先开口的是景言的舅舅，而后是他的叔叔和舅妈。

她对着席间众人笑了笑，随即低头做娇羞状，却又听到一道声音响起，浑厚苍老，藏着一抹深意：“那你们俩打算什么时候要孩子啊？我还等着抱重孙子呢！”

这句话宛如一道平地惊雷，白璐不知所措，眨了眨眼，缓缓抬头看向景言。

他面色平静，看不出太多情绪，对上白璐的视线之后，他勾起唇笑了笑，语气轻松地道：“爷爷，我们还小呢。”

“哪里小？！都三十岁的人了！放在我们那个时候，孩子都小学毕业了！”正中间的那位老人眼睛一瞪，满脸不赞同地呵斥道。

“爷爷——这都什么年代了，你看秦子然他们，连婚都还没结呢。”景言语气软和，带着撒娇的意味，神色毫不在意，眸光扫过白璐，又很快移开。

“他们是他们！你是你！别好的不学学坏的。”老人家不依不饶，把手边的拐杖敲得啪啪作响。

席间的众人面面相觑，随即纷纷开口打着圆场。

“老爷子别激动，年轻人的想法和我们以前不一样了，你看我们家豪豪，不也三十好几的人了，连个正经的女朋友都没有。唉，我都愁死了。”

“就是，景言和璐璐两人感情好，孩子还不是迟早的事？”

“不过你爷爷说得也对，都老大不小了，也该考虑考虑孩子的事情了。”

大家你一言我一语，视线纷纷落在两人身上。

白璐垂眸盯着眼前光滑的红木桌面，一声不吭，脸上却始终挂着淡淡的笑容，看不出太多情绪来。

景言一边点头应和着，一边用余光打量着旁边的白璐，骨节分明的手指放在桌上，有节奏地轻敲着桌面。

“孩子的事情，我们会考虑的。对了爷爷，我上次给您找的那个瓶子怎么样？是不是明代的青花瓷？”

“说起这个，你小子确实有些门路，我找你王伯伯鉴定过了，他说八成是真的。”老人的语气顿时缓和下来，严肃古板的脸上竟露出几分笑意，眼里不掩欣喜，像是得到了心爱玩具的小孩儿。

“您喜欢就好，我上次还看到一款特别漂亮的茶具，是宋朝的汝瓷……”

“真的？”老爷子立刻瞪大眼睛，注意力完全被吸引过来，就连旁边的景父都忍不住竖起耳朵倾听。

“当然是真的，我哪儿敢骗您啊，就在那个……”

席间讨论起了藏品和陶瓷，白璐拿起筷子，夹起碗里的那只小鲍鱼送到嘴里，滋味鲜美，可惜有点儿凉了。她继续安静地吃着饭，就好像刚才什么也没有发生过。

一群人热热闹闹地在门口告别，跟一群亲戚寒暄完之后，景言揽着白璐往车子的方向走去。

夜很深了，风里却带着丝丝燥热，走了几分钟，空气就变得安静起来，只有一盏路灯孤零零地亮着。

两人的步伐不紧不慢，踩过地上的沙石发出细碎声响，月亮隐在云间，星辰若隐若现。

一直到上车，景言都没有开口说过一句话。

等绿灯的间隙，白璐把目光落在他的身上。

男人穿着白衬衫，袖子松松挽到手肘，露出劲瘦有力的手腕。

白璐注意到，他的手指和方才一样，有节奏地轻敲着方向盘——这是他在思考的表现。

白璐的视线再次停留在他的脸上。

那张白皙清俊的脸没有太多表情，专注地盯着前面的交通信号灯，眼底一片沉静。

到家后，两人像往常一样换鞋进去，景言丢下一句“我去洗澡”，拿了衣服进了浴室。

白璐在原地停留两秒，也去拿了睡衣。

洗澡的时候是思绪最清明时，热水冲刷过身体，毛孔慢慢打开，白璐情不自禁地想起了两人的第一次。

那一夜仿佛水到渠成。

她极其自然地在他的亲吻下放松身体，然后与他亲密无间地融为一体。

那天，他没有做安全措施，事后，她去买了药，当着景言的面吃下去，之后的几天，他都很自觉地做了措施。

这个话题，两人十分默契地一直闭口不提，以为可以一直这样风平浪静，没想到在今天被摆到了明面上。

吹干头发出来，景言已经睡在了床上，房间的灯被关掉，床头开着一盏小橘灯，散发着浅浅的光，一室柔和暖意。

白璐走过去，轻轻掀开被子，和景言肩并肩躺下。

过了几秒，她抬手把床头灯关上。

黑暗瞬间降临，阳台洒进来一层淡薄的光，不知是月色还是楼下路灯的光，耳边很安静，连他的呼吸声都轻不可闻。

等了几分钟，景言依旧没有伸手把她抱到怀里，白璐侧过身子，拉开他的手钻过去。

温暖的气息一股脑涌来，她把头枕在景言胸前，双手环住他的腰，然后轻轻蹭了蹭。

"你不抱着我睡，我睡不着。"

怀里的身子又软又热，熟悉的香味一股脑地涌过来，那双柔弱无骨的手就这样攀附在他腰间，扰得他心头发痒。

景言索性翻了个身，把她整个人往怀里一摁。

"嗯。"白璐猝不及防地低吟，不自然地动了动，"我喘不过气来了。"

"不是要我抱着你才能睡着吗？"景言平静地说。

"你抱得太紧了。"白璐费力地从他的怀里挣扎着抬起头，仰面看着他，抱怨道。

房间很黑，景言睁开眼也只能看到一团模糊的影子，她的面容隐在黑暗中，露出大致的轮廓，那双眼睛却格外亮。

景言没有作声，只是依旧把她紧紧地抱在怀里，两具身躯几乎毫无间隙地贴在一起。

白璐从他的动作中分辨出情绪，暗叹了一口气，动了动，调整了一个相对舒服的姿势，在他怀里闭着眼睛，酝酿睡意。

过了一会儿，景言垂眸，白璐把头搁在他肩头，呼吸均匀，睡颜沉静。

他看了两秒，终究是忍不住，侧头过去，在那柔软的唇上不轻不重地亲了一下。

第二天醒来，白璐发现自己依然是被景言从后面搂在怀里，耳边的闹钟还在叫嚣，她抬手按掉，身后的人也醒来了，迷迷糊糊地蹭着她的身子。

他晨间的生理反应明显，纵然已经经历过无数次，白璐依旧不自然地僵了僵，她拿开腰间的那双手，翻身下床。

她正刷牙的时候，景言冷着脸进来了，面无表情的模样像是睡意未散，又像是心情不悦，白璐从镜子里打量了他几秒，随即若无其事地收回视线。

工作日，两人的早餐都是在公司吃的，不出十五分钟，他们各自收拾好出门。

周一的早上要开例会，上面的领导都会来听汇报，白璐趁着坐车的时间化妆。景言开车平稳，白璐化妆一向很简单，一层薄粉扑上去，用眉粉加深一下眉毛的颜色，最后涂上唇膏。

一连串的程序下来，最多花个十分钟。

景言一边注意路况，一边观察着她。

男人通常都不喜欢女人化妆，他们推崇自然美，觉得化了妆的女人戴着假面，颜值大减。唯有那种不施脂粉又美得让人惊艳的女人，才是他们认为的真正漂亮的女人。

况且，谁也不想和女朋友接吻时亲得一嘴红。

然而，他们没有想过，女人不化妆，又如何做到令人赏心悦目、美貌动人？

素颜便能惊艳众人的只是凤毛麟角。

而且，美人通常都不惧化妆，那不外乎锦上添花。

有句话说得好，淡妆浓抹总相宜。

白璐就是这种女人，她素颜时清丽动人，略施脂粉时艳丽无双。

反正在景言的眼里，怎么样都是美的。

白璐对着镜子抿了一下唇，收拾好东西，看着面前的路况，随口和景言聊着天："你待会儿吃什么？"

"周记的豆浆和小笼包。"他的语气很平常，听不出太多情绪。

白璐把视线移过来。

他脸上的表情很淡，仔细一看，又好像和往常一样，不知是他做贼心虚还是白璐有女人天生的敏锐，白璐总感觉他有些异样。

"老板的待遇就是好。"白璐感慨道，景言却没有再接话。

要放在往常，他肯定会似笑非笑地看过来，然后用不正经的腔调说："那让你享受一下老板娘的待遇？"

景言肯定还在闹别扭。

白璐有些头疼。

一直到电视台楼下，景言都是一副没有笑意的模样，和以往的他大相径庭。白璐打开车门，轻声说了句"我走啦"，景言也只是淡淡地应了句"好"。

台里下半年的事情格外多，这个会整整开了一个上午。白璐头昏脑涨地出来后，简单地吃过中餐，下午上班后又忙得团团转，连水都没空喝一口。

临近下班的时间，李庆突然宣布晚上一起聚餐，为下半年的工作计划鼓舞士气，白璐刚想拒绝，就看到他的视线淡淡地扫了过来，他扬声道："谁都不能缺席啊，我今天自掏腰包请你们吃饭，可不能不给面子。"

白璐不敢不给面子。

吃饭的地方在公司不远处的一家餐厅，开车过去大概十分钟，几人分坐在两辆车上，白璐上了周显的那辆车。

自从景言每天接送她上下班，白璐已经很久没有开过车了。

下楼的时候，她给景言打了好几个电话都没人接听，于是发了一条短信过去，却迟迟没有得到回复。

很快大家便抵达了那家餐厅，席间，白璐看了好几次手机，景言没有一条信息发来。

桌上的饭菜被扫荡得差不多时，李庆开始了他例行的讲话，从光辉的历史说到了如今的成就，最后展望未来，鼓舞了一番士气，时钟已经指向了夜间十点。

除了白璐坐不住之外，其他几人也有些按捺不住，频频看向手机。

"好了，那大家都吃饱了没有？！"李庆见状，扬声问道。

众人如蒙大赦，连连点头："饱了饱了，吃得特别撑。"

"那我去结账了！"他拍了拍大腿，起身。

大家纷纷松了口气。

回去的时候已经十点半，客厅没有开灯，一片漆黑，白璐换鞋，挂好包，轻手轻脚地上楼，卧室没关严的门透出一丝隐隐的光。

她悄悄推开门，景言正倚在床头，腿上放着一台笔记本电脑，听到声响后，他抬眸望了过来，那双眸子沉静，隐在镜片后面，看不太真切，帅气的脸上没有一丝表情。

他今天晚上戴着眼镜。

听说景言有轻微的近视，但婚后见他戴眼镜的次数屈指可数，白璐撞到过几次，那个时候的他面容格外严肃，眼神冷冽，嘴唇抿成一条直线。

戴眼镜时，他敲击键盘的速度比起平日更快几分，要是遇上视频会议，声音则更加低沉、有压迫感。

白璐猜测，他应该是在处理比较重大或者棘手的事务时，才需要戴上眼镜。

奇怪的是，他今天为什么会在卧室办公，而不是在隔壁书房？

“你还没忙完吗？”白璐见状，和他打着招呼，反手关上门，到衣柜那边翻着睡裙。

“嗯。”身后那人低低地应了一声。

“那你今晚吃了什么？”白璐又问道，她刚好找到了睡裙，往浴室走去。

景言没有看她，淡淡地说了句“没吃”。

白璐的脚步顿时停住。

“啊，为什么不吃？”白璐蹙眉问道。

“不饿。”景言敲着键盘，头也不抬地答。

“那你现在饿不饿？”白璐担忧地望着他，表情疑惑。

景言敲击键盘的动作顿住，抬眸看向她，眼底没有任何情绪。

“白璐，你好烦。”他语气平静，缓慢而清晰地回答道。

白璐愣住，不明白他突然间的不满从何而来。

房间里很安静，景言已经移开视线，继续专注地敲打着键盘。

白璐看了他几秒，终于迟疑地开口：“景言，你在生气吗？”

没有人回答，空气依旧十分安静，只余键盘的敲击声，细微而富有节奏性地在房间里响起。

白璐轻轻吸了一口气。

“是因为我今天回来晚了吗？那是因为领导突然要求聚餐，我给你打电话没人接，所以就发了条短信，但是你一直没有回复——”

白璐语气平静地解释。

景言依旧无动于衷，像是没有听到一样。

她的目光落在那张面无表情的脸上，停顿了片刻，重新开口，只是这次声音微沉：“还是因为昨晚的事情？”

相亲结婚一般有个不成文的习俗，那就是婚后不久便会要小孩儿，或者两人经过协商，达成一致，决定过几年再做打算。

他们却一直没有沟通过这个问题。

白璐知道，景言是喜欢小孩子的，两人经过小区楼下小花园时，总能看到许多小孩子在里面玩耍，每次，他都看得移不开眼，脸上挂着温柔的笑意。

而且，从他第一次的行为来看，他是不抗拒的，甚至，他可能渴望孩子的到来。

毕竟，两人相亲见第一面时，他就说自己到该结婚的年龄了。

而因为年龄决定结婚的人，大部分都是想要孩子的。

闻言，景言合起面前的电脑，摘掉眼镜，揉着眉心望了过来，眸光沉沉地打量着不远处的白璐，须臾，他冲她招了招手："过来。"

白璐迟疑两秒，迈步走过去。

景言点了点下巴，示意她在面前坐下。

白璐索性脱了鞋子爬上床，盘腿坐在被子上面。

两人四目相对，相隔不过几十厘米。

"结婚这么久，你依然不能信任我吗？"景言问道，漆黑的眸子一动不动地盯着她，那里面是洞察了然，还有莫名的冷意。

白璐僵住，顿时无话。

景言也不催促，就这样静静地看着她，无声地等待。

须臾，白璐方才开口："我没有不信任你，我只是还没有做好准备。"

简单的一句话，却回答了好几个问题，轻飘飘的，四两拨千斤。

景言垂眸轻笑了一下，这种心情就如同傍晚时在她的公司楼下等待，却看到她若无其事地和别人谈笑风生地走出来时那样。

"你放心。"他听见自己的声音响起，冷静平和，没有一丝起伏，"我不会逼你生小孩儿的，你愿意什么时候生就什么时候生，不愿意生也行，这是你的自由，没有任何人可以左右你。"

"可是，你明明在生气。"白璐抿了抿唇，有些委屈地看着他。

"是。"景言肯定地应了一声，双眸依旧紧紧地盯着她，黑得像是外头深沉的夜，"我们在一起这么久，你却总是一副准备随时抽身而出的样子，我难道不应该生气吗？"

景言反问她，往日里的柔软温和消失殆尽，浑身像是竖起了冷冽的棱角，刺破了白璐的理所当然。

她哑口无言，说不出一句话来。

两人对视良久，在一室温暖的橙色光辉下，景言收起面前的电脑，掀开被子下床："我还有事，你先睡吧。"

白璐看着他走出卧室，须臾，隔壁书房门传来一声脆响。

一直到她睡着，景言都没有回房。

第 八 章

你已经喜欢我了

翌日，白璐在他的怀里醒来。

接下来的情况和昨天别无二致，到公司楼下前，两人就交谈了一句。

“好了吗？”

“好了。”

那是景言起床晚了几分钟，白璐准备出发时，站在门口问了他一声。

今天依旧是忙得团团转的一天。

晚上下班，她准时回家做饭，炒菜到一半的时候，景言回来了，他没有和她打招呼，径自上了楼。

不多时，白璐做好饭，扬声叫他：“景言，吃饭了。”

没人回应，但很快就传来了脚步声，白璐站在餐桌旁开始给他盛饭舀汤，两人相对而坐，各自动筷，静默无言。

偌大的客厅只有筷子不小心敲击到碗面的声音，咀嚼声和小心翼翼喝汤的声音。

白璐偷偷抬眸，打量着对面的景言，那副漂亮的眉眼依旧清寒冷冽，也可以说是没有一丝表情。白璐在心里打了无数腹稿，话到唇边却又咽下，被他浑身散发出的气息震慑住。

直到景言放下筷子。

“我吃饱了。”

“啊，好。”

景言说完起身，白璐看着他，愣怔地应了一声。

默默地洗完碗，白璐擦干手上楼，卧室空无一人，旁边的书房门紧闭。

她拿了衣服去浴室洗澡。

一直到晚上十点，景言都没有回房的迹象，白璐默默地关灯睡觉。

这种冷战持续了三天，景言的脸色越来越阴沉。

白璐每天都好像生活在水深火热中，提心吊胆地过日子。家里的气氛也十分压抑，没有了以前的轻松惬意，此刻，白璐无比怀念那个笑得温柔阳光的景言。

白璐的内心有两股力量在拉扯，一边觉得自己没有错，另一边又愧疚自责，最后，往日的种种浮上心头，耳边仿佛传来了滴水的声音。

那是坚冰完全被融化之前的最后的挣扎。

晚饭，白璐特意做了松鼠鱼，这是景言最爱吃的一道菜，但因为工序烦琐，又极其考验刀功，她一般不会给他做。

因此，吃饭的时候，景言的脸色稍缓，但他很快就察觉出了白璐是在刻意讨好他，于是，他又恢复了冷淡的神色。

白璐努力地找着话题和他聊天。

“这个鱼好不好吃啊？太久没做了，有点儿手生。”

“还行。”景言淡淡地应了一声。

“哦。”白璐低下了头，手背有些灼痛——那是方才煎鱼时，不小心被溅出来的油烫到了。

吃完饭，景言照旧去了书房，白璐洗完澡，拿了治烫伤的药膏，把手仔细地涂抹了一遍，然后下去帮他热了一杯牛奶。

轻轻敲了两下门，里面传来景言的声音，低沉平静：“进来。”

白璐推开门进去。

房里的景象一览无余，摆放工整的书柜旁放着红木桌椅，一台银白色笔记本电脑放在桌上，景言端坐在电脑前。

“我给你热了杯牛奶。”白璐含笑走过去，眉宇间都是温柔。

她俯身，把手里的杯子放到他的面前。

“不要忙到太晚，你最近总是熬夜，脸色都差了很多。”

“嗯，好。”伸手不打笑脸人，纵然景言不太想和她说话，语气也不由得缓和了几分。

白璐笑了笑，转身出去，顺手帮他轻轻地掩上了门。

景言照例在深夜才回卧室，白璐已经睡下，给他留了一盏灯。

她的半张脸掩在被子里，眉眼被勾勒得更加柔和，看起来温软动人，可景言知道，那具身体里有着一颗最坚硬的心。

他轻轻地走过去，小心掀开被子躺在她旁边。

温暖的气息从旁边涌来，夹杂着淡淡的香味，和他身上的一模一样，让景言一时分不清是他的香还是她的香。

景言闭着眼睛，沉了沉思绪，翻身刻意地背对着她。

只是没过几分钟，他又平躺了回去。

他的眼前都是黑暗，脑海里则一片空白，用尽自控力克制住自己，他放缓了呼吸，慢慢闭上眼。

倦意渐渐涌来，景言迷迷糊糊间翻了个身，找寻着最舒服的姿势，他伸出手，习惯性地把旁边的人搂到怀里。

温香软玉在怀，他浑身上下的细胞都在叫嚣着满足，景言舒展了眉头，动了动，坠入梦乡。

这是个美梦，梦里有柔软的脸庞和嘴角温柔的笑。

仿佛是本能般，景言控制不住地亲吻着她。

感觉越来越真实，直到最后，这个女人的脸变成了白璐的。

景言猛地睁开眼睛。

近在咫尺的便是白璐炙热的呼吸和被他紧紧抱在怀里的身躯。

察觉到他的动作停住，白璐仰头凑了过来，再次贴上他的唇。

景言身子僵住，顿了几秒，抬手推开她："白璐。"他的声音低沉沙哑得不像话，语气冷硬，完全不复方才的热情，"你不能总是这样。"

"我哪样？"白璐委屈极了。

虽然是她自己主动亲上去的，可他不也立刻回应了吗？况且，明明是他先来抱她的。

"你不能撩拨我，你知道我抵抗不了你的。"

"那之后，我的生气就将变得毫无意义。"景言的声音很严肃，严肃到方才的沙哑都消失殆尽，吐词清晰坚定。

白璐低下头，把自己的大半张脸埋到被子中。

"那你生气的意义是什么……"白璐细细的声音从被子中传来，带着不自觉的娇软，只是，说出来的话却让人舒心不起来。

"我为什么生气，你不知道吗？"景言反问她，未等白璐回答，他又继续道，"我生气是为了什么，你也不知道吗？"

景言深吸一口气，耐性告罄，提高音量道："白璐——"

"我错了。"白璐飞快地凑过来，在他的唇上亲了一下，然后搂着他的脖子，软软地开口，"我会试着去相信这段感情的，好吗？你不要再生气了，我这几天都过得不开心。"她垂下了头。

景言没有作声，黑暗中，白璐感觉他的视线在她的头顶一直停留，过了一会儿，方才听到他意味不明地说了一句："我觉得你每天过得挺好的。"

早睡早起，皮肤白里透红，一点儿都看不出来有哪里不好，反倒是他憔悴了不少。

"没有没有。"白璐连忙摇头，用力地抱紧他的腰，把脸贴在他温热宽敞的胸前。

"我挺难受的，真的，你每天冷着脸不理我，我感觉自己像被抛弃了一样。自从我爸爸去世之后，除了你，就再也没有哪个人这么关心过我了。"说着，白璐的声音低了下去。

明明只是想哄他的，不知道为什么，她的鼻腔却隐约开始发酸。

她说得没错，自从父亲去世之后，路菲只顾着自己过得体面，白子轩什么都不懂，家里的亲戚朋友对他们唯恐避之不及。她只能一个人坚定地往前走，没有谁可以帮她，也没有谁可以依赖，久而久之，她的心里好像就容不下其他人的存在。

反正，她一个人也可以过得很好。

可认识景言之后，她才知道，有些东西并不是你不想要，而是因为你得不到，所以才告诉自己不想要。

因为这种时时刻刻被别人放在心上、日夜陪伴的感觉，真是让她完全抵挡不住，她只能一步一步地沉溺下去，痛并快乐着。

白璐倚在他的胸前，整个人蜷成小小的一团，声音放得低低的，听起来莫名有几分可怜。

向来都是景言在她的面前低声下气，难得见她服一次软，景言却一点儿都开心不起来，他的心闷闷地疼着，抱着她纤细柔软的身子，那股疼痛越发强烈。

景言开始觉得后悔。

他明知她的性子和从小到大的经历，却依旧想要更多，像一个小孩儿一样胡搅蛮缠，利用她对自己的感情，想要索求一个结果，最后闹得两个人都难受。

这次是他太过冒进，因为察觉到了白璐的动心而失了分寸。

他们来日方长。

“我不生气了。”景言揉着白璐的头发，用下巴在上面蹭了蹭。

“本来就不是什么大事，是我钻牛角尖了。”

“真的不气了吗？”闻言，白璐从他的怀里抬起头来，在黑暗中凝视着他。

“嗯，不气了。”

“那你亲我一下。”

景言毫不犹豫地低头，吻住他渴望已久的唇，两人身上的衣服依次褪去。

夜色渐浓。

这一场冷战着实伤筋动骨，第二天闹钟响起时，白璐闭着眼睛直往景言怀里拱，他被她闹醒，迷迷糊糊地伸手去摸手机。

耳边恢复了清静，白璐舒展眉头，又沉沉睡去。

一觉睡到上午十点，景言已经没了身影，床头贴着便笺，字迹利落潇洒，黑色的字体印在橙黄色的纸面上，分外好看：“我帮你请假了，好好休息。”

白璐的脑子里不可控制地出现了昨晚的情景。

脸颊隐约发烫，她摇摇头，起身下床。

吃过午饭，白璐去了电视台，刚打开电脑，还没坐稳，她的手机就响了起来。

她接通电话。

“璐姐，快来北园路，有大新闻！”是赵妍激动的声音。

白璐立刻站起身，正欲问些什么，那头已经挂了电话。

她再拨过去，却没人接听。

方才，赵妍那边十分嘈杂，像是有很多人在推搡，白璐担心出事，立刻拿了钥匙开车过去。

北园路离电视台不远，不过十来分钟，白璐就看到在一栋大楼前的空地上聚集的人群，密密麻麻，熙熙攘攘。

想来就是这里。

白璐来不及多想，立即把车停在路边，一边给赵妍打电话，一边疾走过去。

听筒里传来“嘟嘟”的声音，时间变得分外漫长，过了许久，那头终于接起：“璐姐，我在——”

“砰——”

赵妍气喘吁吁的声音还在耳边，白璐的面前却蓦然落下了一个人，离她只有一米左右，身体冲击地面的震动仿佛通过底下坚硬的地面传到她的脚旁。

鲜血争先恐后地从那个人的身体里涌出，那张表情可怖的脸上，一双眼睛瞪得又大又圆，仿佛死不瞑目，直直地看向白璐的方向。

白璐尖叫一声，掌心的手机摔到地上，支离破碎，她的双腿瞬间失去力气，身子一软，坐到地上，脑海中难以控制地浮现出了与之相似的一个场景。

只是，记忆里躺在地上的那个人，是从小对她无比疼爱的父亲。

那张和蔼可亲的脸扭曲而僵硬。

警笛和救护车的声音响起，由远及近，接着是急促的脚步声，密密麻麻的人四处奔散，一切都与那天高度重合。

白璐蹲坐在地上，把头掩在膝盖处号啕大哭。

最后还是赵妍找到她的。

那个时候，人群已经散尽，只余几位民众对着那摊血迹和楼顶指指点点。

白璐狼狈地坐在地上，手机丢在一旁，屏幕摔得稀烂，赵妍被她这个模样吓得六神无主，连忙跑过去轻拍她的肩膀。

“璐姐……你怎么了？还好吗？”赵妍小心翼翼地试探着问道。

白璐却迟迟没有抬起头来。

赵妍在一旁急得团团转，一个劲儿地解释着：“我中午刚上班就接到消息说有人要跳楼，急急忙忙地赶过来确认结果，没想到人这么多，挤得我站都站不稳，手机刚拿出来就被挤掉了。你刚刚是不是被吓到了，那个……要不要先请假回家，休息一下？”

赵妍小心翼翼地打量着白璐。

许久，白璐才抬起头来，胡乱地抹了把脸上的泪水，双眼通红。

“不用，我们回去吧。”

赵妍虽然被拥挤的人群挤得手忙脚乱，却不忘拍照。

白璐看着电脑上的一张张画面，双眼已经恢复了平静，只是她那只握着鼠标的手却在微微颤抖。

“赵妍。”她扬声叫了一句。

“啊，璐姐。”赵妍飞快地望了过来。

白璐平静地道：“这个新闻你来做，到时候给我审核就可以了。”

“真的吗？！好的好的，我保证，一定出色完成任务。”赵妍兴奋得连连点头。

实习生是没有独立编辑新闻的权利的，只有像白璐这样的老记者才能发表报道。赵妍才进来半年多，就有这么好的一个机会，她简直感激涕零。

可能是太过迫不及待，也可能是因为工作效率十分高，赵妍在离下班还有一个小时的时候就把编辑好的稿子发给了白璐。

白璐对上那双期待的眸子，神色平静地点开文档。

映入眼帘的便是加粗黑体字的标题：《震惊！某上市公司老总因债务被逼跳楼！！！》

“×月×日下午，一名男士从××大厦的楼顶跳下，结束了年轻的生命。据悉，这位男士是××集团最大的持股人，然而，因一次投资失败，他欠下千万债务，迫于外界和内部压力，最终选择以这种方式结束了自己的生命……”

白璐看完整篇报道，盯着屏幕没有说话，神色恍惚，目光落在上面，没有焦距。

赵妍等了好一会儿，终于忍不住出声叫她：“璐姐、璐姐？”

“啊？”白璐回过神。

“我这篇稿子怎么样，能不能过？”赵妍满含期盼地问道。

“哦，内容没有问题，就是这个标题要改改，比如这个‘震惊’，还有后头那一串叹号。”

“啊，我觉得这样比较吸睛而已……可以让人更加有点开的欲望。”赵妍期期艾艾地解释道。

“一般，娱乐性或者社会性比较强的新闻才会用这种形式的标题，像自杀这类的新闻还是要更加严肃和正式，毕竟……”白璐眼神飘忽，仿佛想到了什么，轻轻地说，“死者为大。”

“作为新闻从业者，应当给予他们足够的尊重。你要知道，一个名记者最基本的职业道德就是求真务实，不能过分渲染，也不能刻意博人眼球。新闻是信息传播的一项有力媒介，你的观点可能会引导大部分人，所以一定要十分慎重。”

白璐的语气很平静，神色里没有任何波澜，只是那双眼里比以往多了几分认真。

赵妍的脑海里像是闪过一道光，驱散了里面朦胧的迷雾。

“好的，我知道了，谢谢璐姐。”她感激地朝白璐点头，回到座位上默默改稿。

白璐垂下眸子，不置一词。

如果当年能遇到这样的记者，或许那个时候，她会过得稍微轻松一点儿。

因为这件事情，白璐连做饭时都心事重重，锅里热着油，肉一下锅，就刺啦一声炸了开来，她连忙躲避，却还是被溅上了几滴油。

“你没事吧？”景言刚进门，听见声音就立刻跑了过来，抓着她的手，眉头紧蹙地问道。

白皙的手背被烫红了好几块，他握着她的手放到水龙头下冲了一会儿，擦干后，又放到唇边吹了吹，还一个劲儿地说着：“不疼不疼。”

“没关系的，我昨天烫得更严重都没事。”白璐一把抽回手，云淡风轻地说。

景言立刻提高了音量：“你昨晚烫伤了吗？！怎么回事？”

“为了做那条你最爱吃的鱼，结果味道只是还行。”

白璐平静地开始往锅里加盐，放上生抽后翻炒，方才还在活蹦乱跳的油花瞬间乖得像个孩子，规规矩矩地待在锅底，把肉一点点煎黄。

香味渐渐传来，景言却感觉到了莫名的凉意。

“没有，其实……”他艰难地咽了下口水，说道，“那个鱼特别好吃，我是因为生气才故意那样说的。”

“哦，这样子啊。”白璐应了一声，动作未停。须臾，她又睨了干站在那里的人一眼，开口道，“你站在旁边干吗？里面油烟重，你出去等着吃饭就好了。”

景言默默地走了出去。

赵妍是个好学又勤奋的小姑娘，比如，此时已经晚上八点了，她依然在兴致勃勃地改稿。

白璐洗完澡坐在床上，用手机浏览赵妍发来的稿件。

“没有问题了。”

改了三四遍后，白璐终于给她发了个“OK”的表情。

赵妍瞬间发了一排礼花图，五颜六色地在屏幕上炸开。

白璐笑了笑，关掉手机，黑漆漆的镜面映出一双极其无神的眼睛。

她已经很久没有想起过那个时候的事情了，当时让她觉得天都塌下来了的事，现在再回想，也不过带来片刻的沉郁和难过。

白璐前十八年过得顺风顺水，或者说是养尊处优。

那个时候的她是众人仰慕的对象，长得好，身材好，穿着打扮也十分有气质，是走在路上会让人频频回首的那种女孩。

她一路以优等生的身份升学，即使高中是在霖市出了名的贵族学校就读，在一群光芒璀璨的公子小姐中，她依旧是拔尖的。

校庆主持，年级第一，钢琴十级，芭蕾跳得也很好。

那个时候，学校漂亮的女孩很多，白璐不算是佼佼者，却是众人公认的完美女神，几乎每个人都很喜欢她，即使平时没有接触过她的人，也会对她默默地产生好感。

她并不热衷于处理人际关系，却会对每个认识或不认识的人露出得体又好看的笑容，说话的声音清凉悦耳，放轻声音时，带着淡淡的温柔。

她笑起来的时候，明艳又灿烂，像是三月春日里的阳光，带着清新甜美的花香。

那个时候，白璐觉得她的整个世界都是温柔的。身边的同学和朋友都充满善意，家庭和睦富裕，她能接受良好的教育、享受优渥的生活，每时每刻都是众人关注的焦点。

然而，所有的一切，在白喻自杀之后全部崩坍，支离破碎。

她的生活仿佛发生了逆转。

明明不算是轰动全城的大事，却在一夜之间家喻户晓，媒体大肆报道，各路小报说得神乎其神。

那段时间，随处可见白喻自杀的新闻，铺天盖地般，压得白璐喘不过气来。

更加让人难以承受的是众人在背后的指指点点，或许他们并无恶意，只是有着人生来就有的好奇心和八卦心，可白璐如同从云端跌落深谷之际，还沾了满身污泥。

高三下半学期，白璐都变得不太爱笑，整日埋头做题学习，浑身的气质也变得清冷起来，让人畏惧到不敢接近。

直到毕业，离开了霖市，白璐才开始慢慢回归正常，她本来就是八面玲珑的人，除了偶尔懒得应酬之外，和周边的人都处得极好。只是，她再也不会敞开心扉接纳别人。

景言进来的时候，白璐正在发呆，她的手机被丢在一旁的被子上面，软软的棉被陷下去一小块。

他走过去将手机按亮，看到白璐还未退出的通信软件。

“你的手机怎么摔坏了？”他一边翻看着，一边随口问道。

“掉到地上就摔坏了。”白璐垂眸，闷闷地回答。

景言手指滑动的动作顿住。

她和赵妍的聊天框就在最上面。

景言的视线移过去，打量着白璐，声音有些异样：“你今天……撞见人跳楼了？”

“嗯。”她轻轻应了一声。

“手机就是在那个时候摔坏的吧？”景言复杂地看着她。

“嗯。”白璐应着，伴随着点头的动作。

景言收起手机，一时无话。

片刻，他又道：“我待会儿给你买一台新的。”

“好。”

景言转身欲走，白璐忽然伸手拉住他，仰起头来，眼里荡漾着水光，看起来可怜兮兮的：“你要去哪儿？”

“……关电脑。”

“哦。”白璐松开他的衣角。

景言揉揉她的头：“乖。”

他的身影消失在门口。白璐抱膝坐在床上，把下巴搭在上面，皱着眉头想事情。短短几分钟，脑海里闪过无数个念头。沉思之际，她听到门边传来响动，是景言，他弯着身体朝她招手：“过来。”

“干吗……”白璐慢吞吞地翻身下床，走了过去。

“带你看电影。”景言牵着她的手往隔壁房间走去。

当初搬进来时，那个房间就被装修成了家庭影院，只是，两人一起看电影的时间不多。

房间里没有开灯，但一点儿都不黑，满天繁星的灿烂光辉穿过透明的天花板，照亮大半空间。一片星空笼罩着整个房间，让人感觉仿佛身处自由而广袤的野外。

白璐不是第一次见到这派景象，却依然被惊艳了。

房间里面的投影仪开着，墙壁的幕布上散发着荧荧白光，不大不小的空间里只放着一张大床，上面错落地堆着好几个抱枕，看起来温暖柔软。

床边是一个木桌，摆放着玻璃杯和红酒，一束新鲜的玫瑰插在上面的花瓶里，散发着幽幽的香气。

景言把白璐推到床上，然后开始播放电影。

电影画面清新唯美，白璐调整身子，抱着枕头依靠在床上。

景言给她倒了杯红酒，递到她的手边。

她浅尝一口，味道浓郁甘甜，舌尖传来苦涩，丝丝酒精味钻了进来，熏得她有些晕。

景言拉开薄被裹住两人，抱着她静静地看着电影。

时间一点点地流逝，杯中的红酒已经见底。白璐把它放到景言手里，他无声地询问。白璐摇了摇头："不要了，头晕。"

"你的酒量怎么这么差……"他低声道，然后把自己的杯子也放下，揽着她一起平躺在床上。

房间冷气开得很足，两人就这样盖着被子依偎在一起，感受着对方身上的温度，舒服又惬意。

方才低沉压抑的氛围渐渐消散，白璐微微侧身，伸手抱住景言的腰，在他的肩头蹭了蹭："你是不是想哄我？"

"听说你今天哭了。"景言摸着她的头发，侧过脸来看她。

酒精的后劲儿一点点上涌，白璐的思绪开始变得飘忽，浑身柔软无力，像猫一样窝在他的怀里，满身的戒备消失得无影无踪。

"嗯，那个人就摔在我面前，和我爸爸当年一模一样。"

"吓到了？"景言低声问。

醇厚带磁性的声音贴在耳边，更加诱人，白璐的身体又软了一分："当时有一点儿，现在好了。"

景言拨动着她的头发，不说话，手指轻柔地一下下拂过她的头皮，丝丝酥麻，舒服得白璐连脚尖都开始绷直。

缠绕多时的心绪一股脑涌出来。

“你知道吗？我读书的时候可受欢迎了，大家都很喜欢我，每次过生日的时候，我都能收到一大堆礼物。”白璐像孩子一样伸出手比画，眉眼带着丝雀跃，“谁都没有我的礼物多。”

“嗯，我知道，你那个时候可是校园女神。”景言含笑说了一句。

白璐没做他想，继续说着以前的事情。

“那个时候，我就像是被捧在手心上一样，你知道吗？”她重复地问。景言点点头，表示在听，白璐的语气越发轻快。

“每次轮到我值日的时候，总是有一堆人帮我；我搬稍微重点儿的东西，班里的同学马上抢着帮我搬；学校的表演和比赛什么的，轮到我时，台下的掌声、欢呼声就格外热烈。”

白璐想起那些时光，眼里染上笑意。

“我们班大部分的男生会站起来起哄，他们那种不带任何复杂的心思，只是单纯地为我喝彩的行为，给我的感觉真的很好。”

白璐说着，景言就在一旁静静地听，脑海里浮现出了那一幅幅画面，他也不由得笑了起来。

电影还在播放着，却好似成了此刻的背景音。许久，只听见白璐再次开口，声音放得很轻很轻，像是怕惊扰了什么。

“后来，我父亲就自杀了，那些纯粹羡慕和喜欢的眼神通通换成了打量和怜悯，甚至有一丝的幸灾乐祸。那段时间，无论我走到哪里都会被人指指点点，他们明里暗里议论纷纷，大家开始和我保持距离，几乎所有的集体活动里，我都是落单的那一个。”

“不过这些都没有什么。”白璐的目光落在不远处的电影画面上，神色愣怔。

“重要的是我弟弟突然确诊自闭症，路菲完全接受不了我爸破产的事实，每天依旧像个贵妇一样出去交际，殊不知，自己早就是别人眼里的笑柄。高三的最后一个学期，我过得真的好累啊！”白璐轻不可闻地感慨一声，“每天在学校要上课、做题、被人指指点点，回家还要照顾我弟弟，给他做饭、看着他。”

白璐的眼角滑过一滴泪珠，滚烫湿润，没过几秒，又变得一片冰凉。她看着屏幕上男女主角坐在一棵巨大的榕树下看日落，画面唯美清新到她不愿眨眼，视线却渐渐变得模糊。

景言伸出手，把她揽到怀里，将她的头按在胸口上，声音轻柔地说：“对不起，我应该早点儿出现的，这些都过去了，都过去了。”

“以后有我，我会一直陪在你身边。”

白璐无声地抱紧他。

这些东西埋在她心底太久了，以至于通通说出来之后，她的情绪仿佛找到出口，再也克制不住。

白璐伏在景言怀里，说着读书时大大小小的事情，他听得十分认真，时不时地附和两句。

她说累了，渴了，景言就拿着杯子喂她喝酒，白璐像只小猫一样，就着他的手小口小口地啜着。景言便低头去亲她，舌尖尝到的都是酒味，让他目眩神迷。

电影放映结束，景言翻了个身，两人姿势调换，投影仪的光已经消失，房间暗了一个度，就着漫天星辰，他们在床上温柔缠绵。

第二天，白璐的情绪已经恢复如常，经过昨夜，气色看起来倒是好了很多，女人的美和她特有的清冷混在一起，让人舍不得移开眼。

等绿灯的间隙，景言又在盯着她笑。

“你干吗呢？”白璐不解地问，动了动被他紧紧扣住的手。

不过短短几十秒的停车时间，他也非要摸过来拉着她的手，十指紧扣，然后望着她笑得柔情蜜意。

这人怕是疯了。

“看你。”景言含笑开口，声音低沉，温和得似三月微风，徐徐拂过白璐心间。

“好看吗？”白璐睨他，似笑非笑。

“好看。”

“有多好看？”

“比我长这么大见过的所有女人都好看。”

白璐立刻破功，扑哧一声笑了。

“绿灯了，好好开车。”她利落地抽回自己的手。

车子照例在离电视台不远的路口停下，白璐解开安全带欲下车，景言却拉着她的手不放，黑眸紧盯着她，含义非常明显。

白璐无奈地凑过去，在他的唇上轻轻亲了一口，支起身子正准备离开，景言立刻伸手压着她的背，加深了这个吻。

缠绵许久后，白璐气喘吁吁地平复着呼吸，视线移向车外，却看到了一道熟悉的人影。

白璐蓦地愣住。

“怎么了？”景言见状问道，随着她望向车外。

“没事。”白璐摇摇头，把心里的疑虑压了下去。

走到电视台的大楼，刷卡进去，白璐径直往电梯那边走。

光可鉴人的地板映出她步履匆匆的身影，高跟鞋踏在上面的声音清脆响亮。

白璐在电梯门前驻足，上面鲜红的数字显示着“10”。

她来得早，还未到上班高峰期，旁边只有一个人和她一起等电梯。

那是电视台当家主持人南晴。

白璐不着痕迹地打量了她一眼。

南晴走的一直是知性淑女风，今天也不例外，穿了套白色小香风的裙子，一头乌黑长发绾在脑后，优雅秀丽。

两人从来没有打过交道，白璐当然不会主动和她打招呼。

电梯缓缓下行，数字由“10”变成了“8”，身后渐渐聚集了一些人，不多时，嘀的一声响，电梯门开了，一群人拥了进去。

到办公室开了电脑，刚吃过早餐，李庆就通知他们上楼开会。

白璐有些诧异，一般只有周一早上他们才需要和高层一起开会。

“有什么重要的事要宣布吗？”几人开始往外走，白璐抱着本子在走廊上询问李庆。

“应该是关于《名人访谈》节目的事情。”他边走边回答。

白璐了然地点点头。

这是前段时间电视台策划的一档新节目，主要是邀请各个行业的知名人士做访谈，提前沟通好采访内容，后期剪辑播出。

虽然是一档新节目，制作团队却是台里王牌的节目组，导演和制片人都有做红好几个节目的光辉履历，这也从侧面说明了台里对这个节目的重视。

果然，会议一开始，副台长就直接进入正题，先陈述了关于《名人访谈》目前存在的几个分歧和难题，然后向众人咨询意见。

这可是一个表现的好机会，各个部门的小组长和骨干人员踊跃发言，都说得颇为在理，领导面露满意之色，连连点头。

会议开了将近一个小时，终于接近尾声，副台长突然话头一转，抛出了一个问题：“对了，这次节目的访谈主持人还没确定下来，你们有合适的人选推荐吗？”

话音落地，整个会议室瞬间安静无声。

按照台里的重视程度来看，这档节目播出以后一定会有极高的收视率，相关人员也能跟着大火，到时候，主持人的身价必定水涨船高，各类代言邀约都会找上门不说，知名度也会大大提升。比起随时随地要去各种艰苦环境中出外景，却只能在电视上露几分钟脸的记者来说，主持人能长期在大屏幕上露脸，境遇极好。

可谓鲤鱼跃龙门的好机会。

但是，按照以往的情况，台里基本是外聘有知名度的主持人，或者从旗下小有名气的艺人中挑选，如果说要从内部选拔，那应该会正式发布公告。

一时间，众人都在揣测上面的意图。

“没关系，大家就是随便聊一下，你们对底下的人都熟悉，应该很清楚哪些人适合上这个节目才对。”副台长见状，了然地笑了笑，温和地开口。

气氛顿时轻松了一些。

“那就由这边先说吧。”他指了指坐在右手边的第一个人。

“啊，我觉得……”他说了自己部门一名记者的名字。

接着，按照顺序往后，其他人说的差不多都是自己部门的成员。副台长调侃道：“看来大家都很护短啊！”

轮到李庆时，同部门的几人明显紧张起来，背脊不自觉地挺直，白璐的思绪百转千回，视线掠过李姐和周显的脸，看到他们的表情同样凝重。

“我觉得我们部门的白璐很不错。”李庆含笑开口，语气没有太大起伏，“外表、形象、性格都比较合适，还有多年的采访经验，做这个访谈节目的主持完全可以胜任。”

身体瞬间放松下来，白璐说不清自己是喜悦还是失落。

副台长听完点点头，突然出声问道：“前不久，那部纪录片你是不是也参与了？”

“对。”白璐平静地点头，直视着他，脸上带着淡淡的笑意，“是我和部门的一个同事一起做的，只不过，中途因为一些私人原因，我没有参与后半段的采访。”

“好。”他点点头。

不多时，一圈人说完，大家有些好奇地看着首位的那人，等待着他接下来的指示。

他环顾一圈，目光停在白璐身上，含笑开口：“我觉得李庆部门的白璐很不错，那就定她了，下周一直接过去录制节目。好了，大家还有什么事吗？没有就散会。”

整个会议室鸦雀无声，没有一个人作声，过了一会儿，才有一人反应过来带头鼓起掌，副台长含笑点头，收拾着东西起身走出门。

“怎么回事啊？我真的以为只是用来参考的……”

“对呀，直接就把人定了，也太简单草率了吧？！”

“哎呀，你们傻呀，这明显是上面已经内定了，今天也就是走个过场，你看刚才举荐的人里，比她资历条件好的人也有不少吧？”

领导一走，会议室里的其他人纷纷收拾着东西起身出门，边走边交头接耳，声音不大，却一字不落地传入白璐耳中。

白璐默默地拉开椅子，起身往外走，组里的几个人看着她，都有些欲言又止。

“我也不知道是怎么回事。”白璐的目光从他们身上扫过，淡淡地说，“我是和你们同时知道消息的。”

回到座位上，思绪繁杂，白璐干脆拿了手机出去，乘坐电梯上了顶楼。

天台风很大，阳光充沛，底下的城市景色缩成了一小幅画，远山河流、大大小小的建筑尽收眼底。

白璐拨通了景言的号码。

“怎么这个时候给我打电话？”接通后，他声音带笑，夹杂着丝丝愉悦。

“刚刚台里开了个会，让我去主持那档新推出的《名人访谈》节目。”白璐望着远处，因为天台空旷，声音带着缥缈感。

“这是好事啊，你不用经常出外景了。每次下雨降雪的时候，我都特别担心你。”景言的语气很温和，轻缓悦耳。

“是因为你吗？”白璐轻轻地问。

那头静默了很久，而后她才听到他轻声说：“是，前不久有场饭局，我刚好见到了你们台长，顺便聊了两句。”

白璐心底微涩，说不出来是什么感受，像是吃了一个还未完全成熟的番茄，酸得想掉眼泪。

回去的时候，两人对这件事情只字未提，只是临睡前，景言抱着她，又开始不安分，唇在她身上亲着。白璐往前挪动，躲避着他的吻，景言却紧紧跟随，拉扯间把她的肩带褪了下来，手随之往上。

白璐身子骤软，闷闷地道：“你怎么每个晚上都这样？”

“因为爱你啊，所以每时每刻都克制不住。”景言在她后背的蝴蝶骨上专注地亲着，声音含糊地道。

“可是你以前……”白璐刚想说什么，又顿住了。

刚结婚的那段时间，他更加肆意。

因为后来的那一连串事情，两人的关系才淡了不少。

“以前你不太乐意，我都忍着。”他闻言回答，声音依旧模糊不清。

“那我现在也不乐意。”白璐说。

“不行。”

景言干脆给她翻了个身，两人贴得紧密，他的动作不容拒绝。

“你已经喜欢我了，所以我更加难以克制，不想再忍。”

白璐闷哼了一声，道：“很明显吗？”

“你之前果然不喜欢我。”景言声音发狠。

“没有……”白璐的辩解淹没在唇齿交缠之中。

消息传播得很快，第二天上班，台里便都是流言蜚语，白璐从门口走到办公室，短短十分钟的距离，她被无数人打量着，如同芒刺在背，换作一般人，或许早就承受不住了，可这对白璐来说，不过尔尔。

比起年少时经历的那些异样目光，这种程度的根本不算什么。

白璐同往常一般做着手头上的事情，直到中午在食堂吃饭时，她被人莫名其妙地撞上。

那是几位和她履历不相上下的记者，都是貌美的女孩。

“唉，这年头，有背景就是好。”

“可不是，轻轻松松就挤掉别人上位。”

其中，两人一唱一和，阴阳怪气，明里暗里都在嘲讽着她。

白璐揉了揉微痛的肩膀，端着盘子回头，嘴角挂着微笑，语气温和：“是呀，所以你们可要小心了，不然，说不定什么时候就因为在背后嚼舌根被开除了。”

“你——”其中一人瞪大眼睛欲发难，她的同伴连忙拉着她走开了。

赵妍在一旁怯怯的，欲言又止：“璐姐……”

“没事，走吧。”白璐一脸平静地往座位旁走去。

常言说：“人红是非多。”这话一点儿不假。

白璐吃完饭想起有资料要去拿，下了电梯之后，她顺便去了趟洗手间，推开门出来时，便看到了洗手台镜子前面站着的南晴。

白璐若无其事地过去打开水龙头，水声哗啦啦地响起。

南晴的声音一如既往地温婉动听：“是因为景言吧？”

“你看到了吧？”白璐不答反问。

南晴没有作声，从镜子里打量着她，白璐平静地回视过去。

四目相对许久，南晴轻笑了一声，甩了甩手上的水珠，从旁边抽了张纸巾慢慢擦干。

“过试用期了吗？”她的声音意味不明，余光带着丝淡淡的讽刺，嘴角浅浅挑起。

“这就不劳您操心了。”白璐懒得应付她，抽了张纸巾便往外走去。

她将手放到门把手上的时候，南晴又轻飘飘地说：“我只是提醒你一句，免得你到时候落差太大。”南晴用过来人的语气说道，语气中带着一丝了然的优越感，“他的女朋友从来没有超过三个月的。”

白璐勾了下嘴角，没有再开口，拉开门走出去。

虽然足够理智地接受了这件事情，但白璐终究还是意难平，晚上，她只做了两个菜，青椒炒香干，外加一盘青菜，米饭倒是足够，只是看起来让人毫无食欲。

景言盯着桌上的那两盘菜，抬头，一脸委屈，小心翼翼地道：“老婆……我们家是生活费不够了吗？你和我说呀，咱们有的是钱。”

结婚后，景言就在白璐这里放了张卡，金额高得吓人，但白璐也就平时买菜和买生活用品时会用到，所以根本不存在不够的问题。

白璐淡淡地睨了他一眼，没有作声。

看着她满脸平静地开始夹菜吃饭，景言也没了声音，默默地端起碗筷，吃着盘子里的香干和青菜。

不多时，两盘菜见底，景言又盛了一碗饭，见白璐放下碗筷，连忙殷勤地道：“你吃饱啦？”

“嗯，饱了。”白璐点点头。

景言立刻端起盘子，把里面的汤汁倒到饭里拌着，然后开始吃。

白璐看了一眼电饭煲，里面已经见底，若是以往，还是可以剩下一点儿的，她笑了笑，开口道：“看来今天的菜很对你的胃口，要不，明天继续？”

景言扒饭的动作顿时僵住，抬头难以置信地看着她：“老婆……我最近又做错什么了吗？”

“你做了什么，自己心里没点儿数吗？”白璐挑眉看他。

景言的脸色顿时垮了下来，哀切地望着她，须臾，犹犹豫豫地道：“我就是上周和秦子然他们一起出去吃了个饭，没有干别的。”

“嗯？”白璐依旧不动声色。

“好……好吧，上上周也和他们玩了一次，不过真的只是吃饭！就喝了一点点酒！”景言伸出小指头示意了一下。

白璐点点头，还是没有开口。

“真的，一个女的都没有。”

“知道啦，你和他们吃饭，我又不会说你，干吗要偷偷摸摸地瞒着？”白璐瞪他一眼，仿佛就是因为这件事情生气。

“我怕你不开心。”景言松了一口气，小声地说。

“光明正大地吃饭，我为什么会不开心？好了，你快吃吧，吃完洗碗。”白璐说完就起身上楼了。

景言摸了摸额头，出了些汗。

白璐以为过了一天，舆论会平息一点儿，没想到却愈演愈烈，那些视线在她身上停留得更久、更肆无忌惮。

刚进办公室，赵妍就扑了过来。

“璐姐！你真的和那个景言在一起了吗？！”

“你怎么知道？”白璐疑惑地看着她。

“哇！”赵妍捂着嘴，瞪圆了眼睛望着她，“原来他们说的是真的！”

“他们？都知道了？”白璐垂眸，若有所思。

“对呀！现在整个台里都在传，你是靠着他才……”赵妍声音低了下去，小心翼翼地打量着她。

“消息是从哪里传出来的，知道吗？”白璐望着她，神色十分平静。

“好像是九楼……”赵妍若有所思。

她最初怀疑过这个消息的真实度，所以特意打听了一下来源。

白璐了然，笑了笑，推开她，走到位子上启动电脑。赵妍跟了过来，满眼好奇。

“看什么看？”白璐睨了她一眼，朝她座位的方向点了点下巴，“干活。”

“哦。”赵妍十分不舍，一步三回头地走了。

白璐登上通信软件，就看到工作群的头像在疯狂闪动。她点开，群里的人不出意外地都在谈论她和景言的关系，各种阴阳怪气的话都有，把她描述得十分不堪。

聊天群有个功能叫匿名聊天，没有人知道说话的是谁，可以随意更换“马甲”，上面的一堆话全部是一个人说的都有可能。

白璐滑动着鼠标，粗略看完，然后开始敲键盘。

白璐：“我确实和景言在一起了，名正言顺，光明正大，你们在背后说再多也改变不了这个事实。有那么多闲工夫，不如想想怎么样才能把工作做得更出色，毕竟，台里选我也是因为我足够优秀。”

白璐直接用大名上阵，飞快地输入了这段话发出去之后，又立刻放了几张图片上去。

那是她获得过的台里优秀员工、省内广播电视局十佳记者和全国优秀新闻工作者的荣誉证书。

顿时，整个群安静了下来。

办公室里的几个人瞬间转头朝她望了过来，个个目瞪口呆，就连李庆都忍不住侧目观望。

白璐对着他们一一笑了笑，起身拿了杯子去打水。

路上，她撞见几位同事，果不其然，他们立刻避开视线，目光躲闪。

白璐面色平静地从他们面前走了过去。

下班的时候，景言过来接她，白璐让他直接把车停到电视台楼下。

景言有些诧异，但还是照做了。

他开的车很高调，就如同他这个人一般，限量版的兰博基尼，以往，白璐总是会嫌弃他，今天倒是应景。

白璐关掉电脑的时候，给景言发了条信息：“下车等我。”

景言诧异挑眉，立刻回了个“好”，大概明白了她的意思。

名车和倚在门边的帅气俊朗的男人几乎让人移不开眼，有大胆者的视线久久地停留在他的身上，目光直接透过他衣服上敞开的两颗扣子往下钻。

正是下班高峰期，来往行人不断，随着电梯一声响，白璐从人群中走了出来。

她的步伐不紧不慢，嘴角含笑，朝外面最显眼的地方走去。

景言看到她，抬起头，视线追随着她的步伐，在白璐走到他跟前时，他搂住她，低头在她的唇上温柔地吻了吻，然后打开车门，贴心地抬手护住门框，待白璐坐稳后，方才关上车门，绕到另一头的驾驶位。车子发动起来，渐渐消失在众人的视野外。

另一边，从电梯出来的南晴刚好看到这一幕，心里如同打翻了调料瓶，五味杂陈。

景言何曾下车给人开过车门？当时就连下班来电视台接她，她都要撒娇好久才能求来一次。

白璐得是下了大力气求他。

南晴如是想，眼眶却慢慢酸涩。

白璐若无其事地玩着手机。景言忍不住用余光打量她，正欲开口询问，就见白璐头也不抬，语气平静地说道：“台里都知道我们的事了。我猜，可能是南晴传出来的，前天你在车里亲我的时候，被她看到了，刚巧，昨天还被她‘忠告’了几句。”

景言皱起眉头，追问：“南晴是谁？”

白璐的动作顿住，似笑非笑地侧头看他，思忖几秒，低头摆弄了几下手机，不一会儿，一则报道被放到了景言眼前，上面的标题用了加粗的黑体，十分显眼。

《景少再换女友，与电视台当家女主持南晴共进晚餐》。

底下是几张他和一个女人在餐厅相对而坐的照片。虽然因为是偷拍，画质模糊不清，也看不见两人的正脸，但景言依然认出了里面那人就是他。

嗡的一声，景言瞬间蒙掉，一个急刹车把车子停住，立刻扭头看她。

“璐璐，你听我解释……”景言紧张得语无伦次，绞尽脑汁地搜索着关于这个南晴的记忆。

很久以前，好像是有这么个人，后来，因为她老是喜欢叫他过来接她下班，景言就不耐烦地和她分手了，他们总共也就见过三次面。

记得当初也是玩“真心话大冒险”输了，秦子然在那里起哄，景言才接受了她的表白。

其实那段时间，他根本不在乎什么女朋友，因为对他而言，那些女人都没有什么差别，唯一的作用就是可以让他转移一些注意力。

但是现在，她们仿佛变成了催命符。

“我就见过她几次，连手都没有牵过，长什么样儿完全不记得。”他言辞恳切，神色焦急，眼里的真挚完全不作伪。

“可我还是特别不舒服，我不想和你说话了。”

白璐说完，轻轻扭过头，继续玩着手机。

景言注视了她几秒，默默地启动车子。

窗外的风景快速变化，车里的气氛凝滞。

平心而论，白璐还是相信他的，因为这个人当着她的面时，压根儿撒不了谎，一说谎话，他的眼神就会不自然地躲闪，然后目光朝下，嘴唇轻轻抿起。

可她心里还是堵得慌，比之前每一次都要难受得多。

白璐真的一晚上都没和他说话，景言除了缩着脖子做人，也没有别的办法。

第二天，再去台里，基本没有人敢在她背后议论什么了，她的战斗力如此彪悍，令人完全无计可施，况且，她后头还有个大靠山，谁也不想主动上去触霉头。

周一，节目正式录制。

因为是第一次，所以大部分采访稿都是节目组定好的，白璐只添加了几个问题，稍加润色和修改。

这次的嘉宾是著名的企业家李偕，他的履历十分耀眼，在网络上也有一定的知名度，各年龄段的观众覆盖面较广。

摄影机准备就位，椭圆形舞台上摆放着浅色沙发，两人相对而坐。

白璐很有镜头感，气质相貌又十分出色，一上镜便可以看出效果，导演看着镜头里的画面，满意地点了点头。

节目开始录制，简单的人物背景介绍之后，进入采访环节，这比较考验主持人的应变能力和语言功底，底下的工作人员都紧紧地盯着镜头，唯恐出现一丝纰漏。

白璐的控场能力颇为出色，语速不紧不慢，一个个问题娓娓道来，更难得的是，她从容镇定，明显准备充足，还能配合着嘉宾的回答不时地打趣几句，气氛一派融洽。

节目就这样顺风顺水地录制到了尾声。采访稿上的问题已经全部聊完，临结束前几分钟，白璐的脸上突然展露出笑意，眼底带着丝俏皮。

"据悉，李先生还是单身，那这次回国，有没有考虑过个人问题呢？"

"啊？"因为提前没有沟通过这个问题，李偕有些惊愕，随即笑开了。

"这个呢，其实和我回国也有一定的关系。"他不好意思地抿了抿唇，望向镜头，"家里时不时上演催婚戏码，我实在是扛不住了，只好提前回国了。"

经过之前的采访聊天，两人算是熟悉了，白璐忍俊不禁，如同好友闲聊般，极其自然地问道："这样啊，那我冒昧地问一下，长辈和你比较中意什么类型的女孩子呢？"

"嗯……"李偕沉吟了几秒后，开口道，"居家型的，懂事一点儿的吧。"

"在外表上有什么要求呢？"白璐含笑继续追问。

摄影师有些惊愕，望向导演，只见导演正专注地盯着小屏幕，没有作声，其实时间早已经到了，却没有人喊停。

摄影师拿不准了，他凑过来，小声道："导演……"

"嘘。"导演竖起一根手指头。

台上的两个人还在继续交谈。

"外表啊……"李偕轻笑两声，望着镜头，表情温和。

"长头发，白净乖巧，然后……"他调皮地说道，"不要太胖。"

众人失笑，台上两人的脸上也呈现如出一辙的笑意。

采访圆满结束，白璐起身和李偕握手，友好地告别。等送走嘉宾，导演召集诸位工作人员一起开了个小小的总结会。

“第一次主持很不错，采访很自然，各个方面的表现也比较突出。”导演率先夸奖了白璐，随后又把在场的人都夸了一番。

接着，他提出了几个拍摄中的小问题，关于白璐总是撩头发的动作，他特意提出来。

“不仔细看也没事，但有心人一眼就会发现，所以，在镜头面前一定要保持完美，最好不要添加任何多余的肢体动作进去。”

“好的，导演。”白璐受教地点头。

这期节目播出之后，反响和收视都很不错，尤其是最后那几分钟关于李偕择偶标准的采访，被网友剪辑发到了网上，广为传播。

李偕的个人微博就有超千万粉丝，高智商、高学历、高颜值，还有诸多荣誉加身的男人，自然是被广大“迷妹”视为优质男的。与娱乐圈那些只在演艺方面突出的明星相比，李偕才是真正的各种光环环绕的“高富帅”。

因为公司宣传需要，他经常会发一些私人或者公共内容，因此，网友们又找到了一个能接近和了解他的途径。

这次的采访正式播出之后，李偕就转发了这个视频，几分钟内就收获了上万条评论，评论除了溢美之词，就是表示自己要向男神的理想型努力发展的。

还有一小部分人，不由得感慨这个女主持挺漂亮，但这些评论很快就淹没在了其他“迷妹”的评论中。

热度最高的一条相关微博是某知名娱乐博主的，她转发了这个视频并配文：“这是对所有女胖子的羞辱，不过，幸好我瘦。当然啦，我兼具贤惠的美德！不好意思，我好像完全符合男神的理想型，嘿嘿。”

自此，网上刮起了一阵减肥健身热潮，不少知名博主纷纷表示，不减肥是入不了男神的法眼的。

《名人访谈》节目也就此大火。

一炮走红，节目组上上下下一片喜气洋洋，白璐正式从李庆的部门调了过去，成为一名固定节目的访谈主持。

连带着白璐的个人微博也涨了将近一万的粉丝。

如今，她的工作比起以前稳定了很多，每周只需要整理采访名单，写提问稿，和采访嘉宾提前沟通，然后录制一次节目。

鉴于景言的缘故，大部分人对她的态度还是不错的，虽然不知道他们背地里怎么议论她，但至少明面上是一团和气。

那些暗暗等着看她笑话的人气得牙痒痒，却又拿她无可奈何。因为景言每天都会按时接送她上下班，且不再遮遮掩掩的，而是光明正大地到电视台楼下，连续半个月，不曾间断，而两人手上的同款戒指也在不久后被有心人发现。

这下，八卦又爆炸了一轮。

谁都知道景言更换女朋友频繁，当时看起来跟他如胶似漆的，往往过不了几天，女朋友就会被代替。但结婚不一样，身份的升级代表着两人关系的稳固牢靠。像景言这样的主，选择结婚，必定是极其喜欢对方或者二人门当户对。

白璐来电视台工作这么久，不少人对她的家庭背景清清楚楚，和景言门当户对那是无稽之谈，那就只剩一种可能性了。

顿时，众人看她的眼神都开始闪闪发光。

《名人访谈》这个节目的收视率持续上升，台里拓宽了范围，除了挑选社会成功人士作为嘉宾，还把视线放到了各行各业的佼佼者身上。

因此，不少冷门职业开始被观众了解，很多不为人知的事情慢慢被大家所熟知。

新奇的内容外加优良的制作，还有智商、情商在线，外表端庄大气，能撑起整个节目的主持人。自然，节目热度持续走高。

白璐也因此受到更多的关注。

镜头其实极其考验一个人的颜值，而白璐长了张精致的瓜子脸，五官生得俊俏，组合起来可谓完美。

第一眼看到节目的人，只觉得这个主持人挺养眼；等到看到一半，发现她谈吐很不错；看到最后，莫名有种越看越想看的冲动。她就像是学校里品学兼优的女神，优雅完美得无可挑剔，令人情不自禁地对她心生喜爱，好感爆棚。

白璐的微博粉丝数已经涨到了八十万，每天她都会收到无数陌生人的私信表白，大段小段的文字，各式各样的话语，有的天真活泼，有的情真意切，还有的煽情感人。

这种莫名又直接的喜欢，让她情不自禁地想到了读书时期那段十分美好的时光。

被生活染上的阴暗和灰尘也仿佛在这样的光芒中渐渐散去，露出背后最美丽的存在。

《名人访谈》节目做起来之后，台里有好的资源也是优先给他们，这就造成了对其他节目的削弱，尤其是和《名人访谈》类型相仿的《与你有约》。

那是南晴主持的一档访谈类节目，以前，它一直是台里的收视人气担当，但近些年，它的成绩开始下滑，因此，台里才推出了这档基于它又超越它的《名人访谈》节目。

原本也是打算试水，却没想到成绩越来越好，如此一来，《与你有约》的观众又被分流不少，收视率持续下滑。

低迷的情况持续了一个月后，某天，白璐遇见抱着纸箱子从电梯出来的南晴。

正值早间上班的高峰期，白璐的眼里闪过一丝诧异，然后面不改色地与她擦肩而过。

“白璐。”南晴突然出声叫住了她。

白璐的脚步顿住。

“我辞职了。”

“哦，那祝你未来一帆风顺。”白璐转身，微笑着平静地说道。

南晴眼神复杂地打量了她片刻，随后嘴角扯了扯，硬声道：“输给你，真不甘心。”

说完，南晴不等白璐回答，抱着箱子大步走远了，背影瘦削挺直，裙角带风。

白璐面无表情地乘坐电梯上楼。

第九章

一见钟情

晚上，景言难得被白璐拉着打起了游戏，游戏是非常简单的格斗类，一蓝一红的两个小人，互相拳打脚踢，时而飞起，时而横扫。

白璐把游戏手柄按得嘎吱作响，手背隐隐露出青筋，脸上却是毫无情绪。

景言一边打量着她，一边不着痕迹地放水，屏幕上的那个小人被打飞了几次，最终血槽归零，当场横死。

白璐扔下手中的游戏手柄。

“今天，南晴辞职了。”她侧头注视着景言，语调冷静。

许久没有人回答，客厅的游戏背景音乐嘈杂，景言垂着眸子，嘴唇微抿，睫毛轻轻颤抖，眼底一片平静。

“你干的？”白璐又问。

他依旧没有作声。

“说话！”白璐有些不耐烦，蹙眉低喝。

“是又怎么样，不是又怎样？”景言抬起头来直视着她，漆黑的眼里一片坦荡，“她的存在只会让我们两个人都不舒服——”

“所以呢？这就是你随意决定一个人未来的原因吗？”白璐一字一顿地道。

“归根结底，错的都是你。”

景言没有说话，他不想再去辩解什么，心底仿佛破了一个洞，里面呼呼地刮着风，吹得他浑身发凉。

白璐还在盯着他，那双眼里没有太多情绪，一如既往地冷静沉凝，此刻却多了几分咄咄逼人。

景言知道自己应该去解释些什么，但是他什么也说不出口。

“是，是我的错。”他说完，起身上楼，抱着枕头被子去了书房。

看着景言的身影消失在门后，白璐坐在那里，第一次因为和他吵架而红了眼眶。

泪水一颗颗滑落，沾湿了脸颊，她既委屈又气愤，忍不住抱着膝盖痛哭起来。

细弱的哭声并不能通过厚实的门板传出去，景言在书房里同样烦躁，身体里像住了一只怪兽，随时准备破壁而出，又像是心如死灰，没有一丝力气。

他坐卧不安，几乎一夜未眠。

早上起床的时候，两人在门口碰到，看到白璐红肿的眼眶，景言一怔，随后伸手攥住她的手腕：“你……哭了？”

白璐直接甩开他的手，一言不发，面无表情地下楼，景言立刻跟了上去。

“昨天是我不对，我不该乱说话，你不要生气了。”景言三步并作两步地追上她，把人半抱在怀里，低声轻哄，连忙认错。

看着她红红的眼角，景言的心就像被人用刀子刮过一样，昨日的情绪纷纷烟消云散，他一心想着怎么样才能让她重新开心起来。

一想到白璐独自一人默默流眼泪的画面，景言就恨不得抽自己两耳光。

男人的气息温热，抱着她的怀抱宽敞熟悉，语气恢复成了以往的轻柔，白璐情不自禁地鼻头一酸，立刻推开他，往前走去。

“我没有在背后做什么，是她自己辞职的。”景言紧跟在她身后，解释道。

“那你昨天为什么那样说？”白璐显然不信，质问道。

认识这么久以来，景言很少对她冷脸，昨天的语气和态度却是无比冷硬，让人格外难受。

“我当时在和自己赌气，我真的知道错了，你别哭啊，对不起。”景言的手指轻擦她的眼角，沾到一抹湿意，他手一拉把人抱进怀里，揉着她的头轻声道，“你一哭，我心都碎了。”

白璐没有推开他，任由着景言抱了一会儿，待眼里的湿意退去，方才抬起头来，从他怀里挣脱。

景言轻轻拉住她的手，一边揉捏着她的指节，一边解释：“你这段时间一提到她就对我横眉冷眼的，我知道都是我的错，可是……那都过去很久了啊！”

“那你也不能凶我。”白璐的声音依旧沉闷，还带着丝丝鼻音。

“我没有——”景言瞪大眼睛，“冤枉，我什么时候凶你了？”

明明她才是最凶的那个。

“那你知不知道她辞职的事？”白璐又问，眸子湿漉漉的，眼眶红红的。

景言迟疑了几秒，回答道：“知道。”

白璐等待着他的下文。

“就前不久，我在楼下等你的时候遇到过她一次，其实，我已经不记得她长什么样子了，是她自己说的……”景言极力组织着措辞。

“她说要走了，问我是不是很开心，我说是的。”景言发自肺腑地说。

这段时间，因为南晴，白璐态度一直是不冷不热的，虽然嘴上没说什么，但前不久的亲昵消失殆尽。

景言知道她们现在在一个楼层工作，经常会碰到，心里不舒服也正常，所以他有想过怎么把南晴调走，谁知道她主动辞职了。

当然，他不会和白璐说这些。

“就这样吗？”她微微蹙眉，反问道。

景言忙不迭地点头：“真的。”

见白璐还欲开口说什么，景言立刻捧住她的脸，认真地道：“我们不要再因为这些不相干的人吵架了好不好？一辈子不算长，我不想浪费和你在一起的每分每秒。”

白璐和他静静对视，许久，才轻轻点了一下头。

两人像往常一样去上班。晚上回来，景言抱着被子搬回卧室。他弯腰铺床的时候，白璐没什么表情，一直站在旁边默默地看着，等洗完澡躺到床上，心情却是与之前不同，听着浴室里的水声，她莫名有些期待。

白璐静静地窝在被子里面，心里突然生出一种安宁的情绪，和昨晚截然不同，轻松无比、熨帖舒适。

她昨晚几乎一夜未眠，先是在沙发上哭了一会儿，随后回房，看到空荡荡的床，又是悲愤交加，委屈难过。

一直以来都是景言低声下气地求她，他第一次如此决绝地和她分房而睡。

白璐说不出来是惶恐还是气愤，躺在床上，胡思乱想了大半夜，直至凌晨才勉强睡着。

第二天起来也是头昏脑涨，想到两人目前的状况，又是心口一闷，连同着走路都没了力气。

如果景言早上没有立刻跟她服软，白璐想，她可能连上班都必须打起十二分精神才能坚持下去。

思绪繁杂，白璐索性闭上了眼睛。

浴室里的水声渐渐停住，脚步声轻轻响起，沐浴露熟悉的香味混杂着淡淡的湿气涌来。

白璐睁开眼。

景言洗过的头发已经被擦得半干，身上穿着宽松的浅灰格子睡衣，蓝色大毛巾搭在肩头，一边揉擦着头发一边朝她走来。

白璐定定地看着他。

气息离得越来越近，充满鼻腔，眼睛底下的肌肤传来一抹微凉，景言探身过来，伸手轻轻拂过，认真地盯着白璐。

“干吗……”白璐拍掉他的手，低声呢喃。

“看一下你的眼睛有没有肿。”

“都过去一天了。”白璐受不了他灼灼的目光，拉起被子遮住脸。半晌没有声音，耳边静悄悄的，白璐又忍不住拉下被子，露出一双乌溜溜的眼睛。

景言依旧坐在床边盯着她，眸里含笑。

白璐眨了眨眼睛，还未开口，景言探身过来。白璐感受到一股温热，柔软的唇落在她的眼睛上。

“以后难受了就给我发条信息，随便发什么都可以，我会立刻来陪你，反正——不要再一个人哭了，我舍不得……”

“你要是不跟我吵架，我就不会哭了。”白璐把大半张脸埋在被子里，声音闷闷的。

“好，以后再也不吵了。”景言温柔地摸了摸她的头，顺从地答道。

“那要是再吵怎么办？”

“那我就是猪。”

“好，你说的。”白璐拉下被子，展露出笑颜，眉眼弯弯的模样，像是占了什么大便宜。

景言看得目不转睛。

他情不自禁地把声音放柔了几分，眼底带着无数情绪：“我说的。”

深夜，整座城市开始陷入沉睡，外边不知来处的光也消失得无隐无踪，房间静谧漆黑，白璐靠在景言怀里，两人低低地说着话。

“昨晚是不是哭了好久？”景言的拇指轻轻滑过她的脸颊，然后捏了捏。

“嗯。”白璐微不可察地应了一声，随后在他胸前蹭了蹭，“你一走我就忍不住了，更过分的是你居然一直在书房待着……”

白璐说着说着又来气了，在他腰间的肉上重重地拧了一把，恨声道：“以后你要是再搬出去，就永远都不要回来了。”

“啊——救命！我错了，我发誓没有下次。”景言痛呼一声，扭着身子躲避，手却只把白璐的身子往怀里按，一来一往间，两人贴得更加紧密。

景言不敢说自己当时纯粹是想气一下她，找回自己强硬的一面。

他做小伏低惯了，偶尔也要小小爆发一下。

结果到头来，难受的依然是自己。

——纯属自作自受。

景言总结。

这个晚上，两人的梦都是甜的。

南晴辞职的事不久便传遍了整个电视台，顿时，大家看白璐的眼神都变了——能在短短几个月内上位，并且挤掉台里的一姐，她可以说是十分了得。

其中的知情人则更加畏惧她三分。

南晴以前和景言在一起过，而且，白璐是靠景言才拿到节目主持人一职的消息，也是南晴传出来的，这两件事情加起来，真是让人不得不多想。

所以你要说南晴的离开和白璐没有关系，没有人会相信。

小道消息一传十，十传百，白璐就依靠着这些“光辉事迹”一步步脱离了群众，成为大家心目中特殊的存在，而白璐对这些都一无所知。

直到某天，她去茶水间，几位新来的实习生一见到她，便立即满脸正色，立直身体，然后朝她九十度弯腰鞠了个深躬，紧张地惊呼：“白璐姐好！”

“……”

白璐冲了杯咖啡，回到办公室，刚好遇见上来送资料的赵妍，于是，她立刻出声叫住了她：“哎。”

“啊，璐姐！”赵妍依旧是那副元气满满的模样，一见她便立即屁颠屁颠地跑了过来。

“咋啦？”赵妍满脸笑容地问道。

“我长得很吓人吗？”白璐疑惑地摸了摸脸。

“没有啊，你现在可是访谈界的国民女神。”赵妍十分夸张地说道。

“那为什么刚刚，几个实习生一看到我就九十度鞠躬？”白璐满头雾水。

赵妍先是扑哧一声，接着笑得前俯后仰。

“哈哈哈，那是因为你的光辉历史啊！”赵妍边笑边说道，“你还不知道大家在背地里把你描述得有多神奇吧！先是嫁入豪门，再是从一名普通记者转到节目主持人，然后节目越做越红，还干掉了台里的一姐，成功上位！你现在可谓咱们电视台的传奇人物啊！”

“……”

晚上到家后，白璐特地和景言说了这件事，他听了，在床上笑得直打滚，抱着她乐不可支地连声叫道：“传奇传奇。”

“你可闭嘴吧你。”白璐伸手捂住他的嘴。

“好好好，不闹了，乖，睡觉。”景言拉下她的手，放在唇边亲了一下，然后关上灯。

在几个话题度比较高的嘉宾接受采访的节目播出之后，《名人访谈》的知名度大大提高，逐渐有向国内一线访谈节目靠拢的趋势。

白璐也有了一定的知名度，走在路上，偶尔也会被人叫住签名。

秋高气爽，正值吃蟹的季节，周末，秦子然约景言和白璐去吃大闸蟹。

见面后，秦子然先是因为最近节目的事情调侃了白璐一番，之后说起了正事："嫂子，是这样的，我们公司最近要拍个宣传片，缺个形象代言人，不需要其他条件，只要长得像您这样就可以了！"

"长得像我这样的，一抓一大把吧。"白璐丝毫不买账，直接戳破他。

"嘿嘿嘿。"秦子然猥琐地笑了两声，接着开口，"这不，您刚好还是知名人物嘛。"

"滚滚滚。"景言率先踹了他一脚，横眉冷眼，"不去。"

"别呀，我真是没办法了，董事会那几个老头儿总是刁难我，又要找形象气质好的，有点儿知名度的，又不让找那些女明星，我想来想去，就只有你了。"

说着，秦子然突然一把抓住白璐的手，哀声高呼："嫂子——"

"停停停！"白璐头大，看向他，满脸无奈，"你先说说你那是个什么样的宣传片。"

秦子然的目的达到，嘿嘿一笑，语气顿时正经了几分。

"我们集团过段时间要搞五十周年庆，想拍一个关于企业文化的宣传片，在网络和电视上投放，主要是展示公司环境、产品，还有硬实力，女主角的镜头不多，半天应该可以拍完。"秦子然满脸笑意。

白璐听完点点头，心里百转千回，面上却不动声色。

"怎么样啊？"秦子然见状连忙追问。

"也不是不可以——"白璐拉长尾音，视线掠过眼前这张饱含期待的脸，眸光流转。

"我考虑一下吧。"白璐冲他眨了眨眼，结束了这个话题。

"这只螃蟹好大，肯定有好多蟹黄。"她拿起一只螃蟹，扭头和景言讨论起来。

秦子然还欲讨论些关于宣传片的细节问题，被景言一个眼神制止了。

"我帮你剥。"景言笑得满脸温柔，开始殷勤地帮白璐剥螃蟹。

两人相视而笑，情意绵绵，秦子然纵使脸皮再厚，也不好意思再凑上去。

席间，气氛融洽，螃蟹肥美，众人皆欢。

秦子然喜好吃喝玩乐，对这一块也十分精通，总是能根据季节气候变化，找到最享受的玩法。

怪不得景言老爱和他一起玩。白璐拿小勺舀着蟹黄，一边吃，一边在心里感慨。

吃得差不多后，几人慢悠悠地啜着杯里的黄酒，观赏着被夕阳染红的天边美景，微风徐徐，尘世间的烦恼仿佛都烟消云散。

晚上回去后，景言问起关于拍摄宣传片的事情，虽然当时他满脸不耐烦，但内心还是想帮秦子然："你要去吗？"

"你想我去吗？"白璐仰头含笑问他。

景言怔怔地望了她几秒，方才沉吟道："看你自己，如果方便就去，不方便就算了。"

"哦。"白璐一脸若有所思地点点头，忽然嫣然一笑，"那我待会儿看看方便不方便。"

"调皮。"景言抬手在她脑门上弹了一下，满脸宠溺。

白璐情不自禁地抖了抖肩膀，轻嗞一声："肉麻。"

景言伸手把她揽到怀里，低头亲了一下。

白璐彻底没了声音，只剩下满满的笑意。

第二天，白璐果不其然地接到了秦子然的电话，她装模作样地考虑了一会儿，吊足了他的胃口之后，才慢悠悠地说出意图："也不是不可以，只是——"

"只是什么？"秦子然的声音顿时提高了一个度，难掩激动。

"我们家景言老是喜欢和你一起玩，平时呢，我也没时间和精力管着他，但是以他的这个条件，主动扑上来的女孩子那是一大把……"

白璐的话语意味不明，语调轻柔缓慢，秦子然情不自禁地将心提到嗓子眼，屏息等待下文。

"所以，要是你这个好兄弟平时能帮忙照看一二，那就再好不过了……毕竟——你也不希望好兄弟家宅不宁吧。"

白璐轻笑出声，银铃般清脆悦耳的声音却让秦子然头皮发麻。明知白璐在那头看不到，他还是不自觉地连连点头，应道："嫂子说得是！这是应该的、应该的。"

他没有发觉，自己这声"嫂子"叫得比以往每一句都真诚。

"好的，那就一言为定啦！"

两人又聊了几句正事，敲定了拍摄事项和时间地点之后，愉快地结束了通话。

周六下午，景言临时加班，白璐自己开车前往秦氏大楼，正值午后，阳光充裕，细细碎碎地洒落在地面上，一片金色。

秦氏和少临的大楼在一片区域，位于霖市的中心地段，独栋大楼壮观高耸，从家里开车过去要半个小时的样子。

大楼负一层和负二层是停车场，虽然正值周末，但车辆满满当当，看来今天加班的人不少。

白璐找了好一会儿，才找到一个车位，她小心翼翼地倒车进去停好。

秦子然应该是吩咐过前台，白璐一进去就被迎上了顶楼，宽敞的办公室内地板光可鉴人，干净的落地玻璃窗外是城市局部风景。

各方面人员和拍摄器材都已经准备好了，就等着白璐过来。此时，他们已经取好了其他的镜头素材，只要再补几段白璐的镜头，就可以完成全部内容。

白璐推门进来时，导演的眼里闪过颇为满意的神情。

因为需要拍摄，她今天上身穿了件白色衬衫，丝质雪纺，漂亮又正式，袖口松松挽至手肘，露出一截比布料还要白皙莹润的细腕，下身是一条长至小腿的浅驼色A字裙，勾勒出纤细的腰身，完美拉长了下半身，更显窈窕动人，大方又得体。

因为常年出镜采访，加上这段时间的节目主持录制，白璐的镜头感好得惊人，对于导演提的要求和想要的效果一点就通，全程拍摄，导演几乎没有喊过一次“卡”，基本是一遍就过。

整个宣传片一共十五分钟，白璐出镜的时间加起来不过短短几分钟，因为担心拍摄配合问题，秦子然才说要半天的时间，但最终只用了一个多小时就完成了拍摄。

结束时，导演特意给白璐塞了张名片，说以后有合适的角色一定联系她。

秦子然在一旁笑着道：“何导，这可是少临的女主人，我也是求了好久，人家才答应来帮这个忙的。”

“啊……”何导眼里露出惋惜和惊叹的神情，随后点点头，“好吧，那真是太可惜了。”

“没他说得那么夸张。”白璐笑着双手接过何导手里的名片，礼貌地点头道谢，“那下次有机会再见了。”

秦子然和白璐一同下楼，一路上，两人讨论着方才的拍摄，不一会儿就出了大楼。

白璐的车停在不远处，她过去时，看到眼前的情形不由得愣住了。

她的车子后头凹下去一大块儿，细看好像还在冒着烟，旁边的停车位已经空了出来，白璐顿时头大。

“怎么了？”秦子然见白璐迟迟没有上车，就走过来看是怎么回事。他看到眼前的情况，眼神一变，立刻通知保安查监控。

“车先不要开了，我送你回家吧。”秦子然沉着一张脸开口道。

不管是谁，看到自己的客人在眼皮子底下出事故都会不爽，更何况，肇事者还有极大可能是自己公司的员工。

真是丢脸！

白璐点点头，同秦子然并肩而行。

秦子然今天开了辆白色的保时捷，外观看起来挺低调。

他打开车门，用左手礼貌性地挡住门框，白璐也不跟他客气，低头坐进去。

他的车和人完全不是一个风格，内里的装饰简单整洁，整体以米色为主，只是座椅看起来有点儿老旧。

“你这车子，好像平时没见你开过啊？”白璐系好安全带，随意地和他聊着天。

秦子然经常开的是一辆红色法拉利，特别“骚包”，因此，白璐的印象十分深刻。

“哦，是啊，这还是高中时候买的车，刚满十八岁，拿到驾照那年，我磨着我爸给我买的。”秦子然一边打着方向盘一边开口，眼角眉梢都是随性的笑意。

他本身就会聊天，一开了话头就止不住，跟倒豆子似的全部和盘托出。

“我平时开的，就那辆红色的，送去保养了。还有一辆宝蓝色敞篷车，被我那个小表弟开去玩了。今天出门急，随便抓了把钥匙就走了，谁知道竟然是这辆。”

“难怪，这个风格和你完全不配，看来，你之前的审美还是正常的嘛。”白璐调侃道，打量着四周，视线落在挡风玻璃前的玩偶身上。

她忍不住凑过去将玩偶捏在手里把玩。

那是只白色小熊，毛茸茸的，格外可爱，尤其是它的怀里还抱着另外一只缩小版的熊，小小的一只，做工非常特别精致。

不过……白璐越看越觉得眼熟。

很多年前，她好像也见过这么一只玩偶，它特别的造型和做工让她印象格外深刻。

她的脑海里有一团迷雾，秦子然还在一旁继续说着。

“我审美可一直走在时尚前沿，你别说，就这只挂在车上的熊，也价值不菲呢。这是我高中的时候托朋友从国外花大价钱带回来的，全球限量版，原本有一对，打算送给我当时的女朋友，后来被景言看中了，抢走了一只，最后没能送成，结果，他还把那只熊弄丢了，真是气死我了……”

在秦子然的喋喋不休中，白璐的脑海里仿佛闪过一道光，将层层迷雾破开。

白璐眨了眨眼睛，盯着手里的那只小熊，若有所思。

“你是说……这只熊，景言也有一只？”

“对呀！”秦子然疑惑地侧头看她，不明白她为何突然问这个问题。

“你这只熊，是在高三上学期买的吗？”白璐扭头看他，一脸认真。

“哎，你怎么知道？”秦子然更加疑惑了，眼睛睁得很大，满头雾水。

白璐没有说话，眸里安静幽深，如无一丝波澜的湖水，又像是隐藏着惊涛骇浪的海平面。

往日的种种浮上心头。

“从你十六岁开始，我们就认识了，不是吗？小学妹。”

“嗯，我知道，你那个时候可是校园女神。”

“你可能不会相信，我对你就是一见钟情。”

一见钟情。

白璐完全不相信这个世界上会有一见钟情，况且，她和景言的第一次见面着实并不美好，中规中矩的餐厅，一次双方长辈安排的相亲，平平无奇的会面，中规中矩的介绍。

成年人之间得体又虚伪的试探，游走在好感和喜欢边缘的感情。

何来一见钟情？

白璐不会去戳破他的说辞，也自然不会相信。

然而，如果换一种方式，在另外一个地点，截然不同地相遇，会不会不一样？

譬如，狭小明亮的更衣室，如刚绽放的鲜花般稚嫩美丽的女孩，因为急着换礼服而在慌乱中反手掩上门，其实并未关好。

衣衫渐渐褪下，少女白皙莹润如玉石般的身子逐渐露出，细嫩的皮肤因乍然和冷空气接触而微微颤抖，肩膀纤弱，沿着线条往下，是一对纤细精致让人移不开眼的蝴蝶骨，顺着背脊，露出两个小小的腰窝，那腰身，盈盈不足一握。

堪称香艳的一幕让刚成年的男孩儿情不自禁呼吸急促，心慌意乱间，那条裙子还在继续往下褪，男孩整个人紧张得快要爆炸，慌乱间，不小心碰到了旁边放着的道具。

哐当一声，清脆的巨响于安静无人的更衣室响起，女孩吓得立刻回头，两道细眉轻蹙，粉嫩娇艳的嘴唇微微张开，白皙精致的一张小脸露出大半容貌。

那张脸五官精巧无比，覆着一层淡淡的薄光，像是半夜三更时才会悄然绽放的昙花，幽静脆弱的美丽，只一眼便刻进他的脑海里。

少年又惊又慌，整颗心急促得快要跳出来，和那双漆黑的眸子对上的瞬间便立刻转身，宛如一只羚羊般飞一样地跑了，慌乱间，一只小熊玩偶从男孩儿校服宽大的口袋中掉了出来。

白璐已经快要忘记那件事情——如果不是今天再看到这只熊的话。

高一那年，赶上学校校庆，白璐作为新生中极其亮眼的人物，承担晚会主持的重任。

当时临场出了点儿小意外，开场前半个小时她才去准备，慌慌张张地拿着礼服反手关上门，谁知力度不够，门没有锁上，渐渐露出一条细缝。

白璐背对着门一无所知，把身上的裙子脱到腰际时，才听到门口有响动，吓得她立即回头，和一双漆黑剔透的眼睛对上。

外面光线昏暗，他的面容隐在门后，看不清楚，况且只对上一秒，那人就惊慌失措地跑开了。

白璐连忙穿好衣服往外走去，大门外空荡荡的，她只在不远处的地上发现了那只小熊，因为造型可爱别致，白璐没有丢掉它，而是在家里放了一段时间。家里破产之后，那只小熊就不知所终了。

她认真思考着两者之间的联系，许久没有开口。

见她不回答，秦子然按捺不住地追问："你怎么知道我是高三上学期买的？是景言告诉你的吗？不对啊，他干吗要和你说这个？"秦子然一拍大腿，骂道，"肯定是又在背后编派我，气死我了——"

"不是。"白璐连忙打断他，微笑着道，"我自己猜的。"

秦子然还欲再追问，白璐眨了眨眼睛，语气清浅地转移了话题。

"景言是从什么时候开始传绯闻的？我以前读高一的那会儿，听得最多的就是他的八卦。"白璐若无其事地收起手，姿态随意地倚在座椅上，看起来就像是在和他闲聊。

秦子然没做他想，说到高中时代，眼睛都比平时要亮上几分。

"嫂子，那我就说了，你可别介意，都是过去的事了。"他一边用余光偷偷打量着白璐，一边试探地开口。

"我不会介意的，你说吧。"白璐把双手叠在膝头，好整以暇地等待着。

"我和景言那可是从幼儿园就在一起玩了，小学、初中、高中，都是同班同学——"

"这么巧吗？"白璐忍不住打断他。

"嘿嘿，当然是人为的啊！"秦子然还挺引以为豪，"他从小就长得帅，每次换座位的时候，总有一群小姑娘为他争吵，你是不知道，每逢过节，他的桌肚里总有满满的礼物。”

秦子然摇摇头，满脸羡慕地接着说：“不过，他那个时候还是很纯洁的，总板着一张脸，那些小姑娘都吓得不敢和他讲话了。”

“那后来呢？”白璐好奇地问。

“后来……”秦子然眯着眼睛回忆了一下，接着迟疑地开口，“好像是高三的时候，他突然就像变了一个人一样，来者不拒，身边的女孩子来来往往，都不重样。”

“那……”白璐觉得自己好像发现了什么，声音轻轻地问，“是在我们校庆晚会之前，还是之后呢？”

“这么久了，我都不记得了。”秦子然皱着眉头回忆，须臾，仿佛想到了什么，点点头，笃定地说，“校庆之后。当时，他还上去表演了一个节目，好像是弹了首钢琴曲，结果校庆结束后，找他的女孩子多了一倍。”

“有个胆子最大的直接把他堵在教室门口，我们都在等着看热闹，结果他一直一言不发。”秦子然流露出难以置信的脸色，“之前他都会直接拒绝和她们一起玩的，后来不知道抽了什么风，彻底放飞自我了，也不知道是突然想开了，还是受了什么刺激。”

两人谈话间，车子已经来到了小区外面，望着熟悉的景色，白璐突然有些恍惚。

今天接收到的信息实在太多，把她的脑袋塞得满满当当，膨胀得快要炸开。

车子缓缓停下，白璐勉强稳住心神，冲秦子然笑了笑，而后道别。

“啊，那今天就到这里了，谢谢你跟我说了这么多他的事情。”

“哎呀，没事没事，有机会详谈啊！他的事情，我知道得最多了！”秦子然满脸热情。

白璐失笑，关上车门，弯腰朝他招了招手：“路上小心，再见。”

“好，你上去吧。”

一路缓缓走回家，白璐的脑子里依旧是一团糨糊，有个难以置信的念头隐隐浮现，她不由得面露思索。

拿出钥匙开门，屋子里面是熟悉的摆设，这是结婚时两人一同挑选装修的，大到家具，小到一个垃圾桶，都经过她的手，整个房子满满都是两人共同的生活气息。

景言的爱来得汹涌而突兀，白璐总是没有办法说服自己去相信。

两人从认识到现在，着实不算轰轰烈烈，也没经历过太大的波折。

可他眼里的感情又全然不似作假。

白璐无法确定那天在更衣室外的人是他，但如果——

如果是他——想到这个可能性，白璐却更加疑惑了，脑中的思绪像是一团乱七八糟的毛线，越绕越糟。白璐索性不去想，在床上躺了一会儿就爬起来开始做饭。

景言是在最后一道菜准备出锅时回来的。

夕阳正好，透过窗户洒到地板上，橘红色的一片，折射在空气中，缕缕尘埃飘浮，像是跳动的颗粒，上下缓慢地摇晃。他如同往常一般，朝白璐走了过来，那张白皙俊秀的脸上带着浅浅的笑意，漆黑的眼睛清透柔和，就这样专注地看着她，仿佛里面再容不下其他东西。

白璐未曾发现，景言看她的时候是如此认真。

“吃饭吗？”温和熟悉的声音在耳畔响起。

景言接过她手里的盘子，极其自然地俯身在她唇上轻碰了一下。

“是呀。”白璐轻轻应了一声，笑了笑。

景言近期好像在忙一个很大的项目，白天到公司加了一整天的班，晚上洗了个澡之后，又继续在书房办公。

趁着周末有空，白璐把家里收拾了一遍，忙完后整个人轻松不少，就连前不久繁杂的思绪都一点点恢复了清明。

她擦了擦额头上的薄汗，起身轻出了一口气。

衣柜里有好几套睡衣，有些是她买的，有些是景言出差或者心血来潮时买给她的。

景言每次出远门都会给她带点儿东西，有时是特产之类的小玩意儿，有时是珠宝首饰，还有些时候是衣服鞋子，也不知道他是怎么知道的尺码，每每买来都是合身的。

白璐经常穿这些衣服，因为她发现，每次用景言送给她的东西时，他的心情就会格外好。

这么多的礼物中，只有一件睡衣，她没有动过。

景言哄了她几次，试图让她穿，她都没有答应，最后景言也只能死了心。

白璐抬手，把那件睡衣从架子上拿了下来。

景言回房时，白璐正在吹头发，她发质好，一头长发乌黑浓密，随意地铺在肩头，头发泛着光泽，她白皙细长的手指插入浓密的黑发之中，黑与白成强烈对比，发丝被热风吹起，露出白皙圆润的肩头，微微凸起的蝴蝶骨在黑发的遮掩下若隐若现。

她伸手轻轻一撩，长发被尽数拨于一侧，景言瞬间屏住呼吸。

她雪白的肌肤被深紫色的光滑绸缎衬得越发晃眼，整片后背没有大块布料遮挡，只余几根细细的带子在上头交错，绕过肩胛骨和背脊，最后在腰窝处系成了一个垂落下来的蝴蝶结，像是一件精心打包好的礼物，等人过去采撷。

景言垂在身侧的手指微动，盯着那一片肌肤移不开眼。

这是他某次去国外，偶然经过一家睡衣店时买的。当时，这件衣服就挂在街边巨大的橱窗内，塑料的假人模特并不能掩盖它的美，所以只看了一眼，景言就立刻买下了它。

因为看到这件睡衣的瞬间，景言的脑海中就浮现出了白璐穿上它的样子。

然而，现实和想象还是有差距的。

因为当时的他完全想象不出来眼前的这幅美景。

白璐此刻的模样比他脑海中设想的还要美上千倍万倍。

愣怔间，吹风机的声音已经停住，像是察觉到了他的存在，白璐微微侧头，露出了大半张脸，那双乌黑的眸子干净清澈，绯红娇艳的嘴唇微微张开，精巧细致的五官一如当年那样惊艳。

这一幕仿佛和多年前的那幕重合了起来，难以言喻的情绪从心底升腾而起，身体里仿佛有一座高山在崩塌，轰的一声，震得他情不自禁地战栗。

“景言？”白璐出声唤他，那抹嗓音清脆悦耳，比起当年，多了几分女人的柔媚，少了几丝少女的稚嫩，那微微上扬的语调却奇异地重合了起来。

只是这次，他再也不用在黑暗中落荒而逃，而是站在明亮的灯光下，一步一步坚定地朝她走过去。

景言弯腰，伸手把白璐从椅子上横抱了起来。

她惊呼一声，随后立即环住他的脖颈，乖顺地倚在景言怀里，任由他将自己放到床上。

身体一接触到柔软的床单，白璐就撑起手肘欲坐直，只是还没来得及起身，就被一片阴影覆盖。景言整个人压了下来。

头顶的灯光明亮而刺眼，照得她越发羞耻，系带已经从肩头滑落。

一想到背后的景象全部暴露在景言的眼中，白璐就更加敏感。

她用力地掐着手心，咬牙保持着神志清明。

“景言……”她的声音像是要哭出来。

景言在百忙之中轻不可闻地“嗯”了一声，那鼻间哼出来的一抹气音，低沉醇厚，钻到耳朵里痒痒的，连同心尖都是痒痒的。

白璐的身子又软了一寸。

“我的背好看吗？”她颤抖着问了出来。

“好看。”吐词清晰的两个字从身后传了过来，这次，景言停住了动作，抬起头扭过她的脸，在她的唇上亲了一下，随后纠缠着不肯放开，声音含混不清地从唇齿间传来，“好看得让我移不开眼睛。”

“那你第一次见到的时候，是不是特别情难自禁？”白璐被景言吻得喘不过气，景言稍稍松开，白璐平复两秒，立即出声问道，那嗓音带笑，仿佛还有一丝得意和骄傲。

“第一次见到的时候……”景言再次吻上她的唇，语气轻缓低柔，“整颗心紧张得快要跳出来。”

“为什么会紧张？”白璐的眼里闪过一抹悸动，声音刻意放软。

“那个画面太……惊艳。”

景言的脑海里瞬间浮现出那个狭小的更衣室，暖黄的灯光下，女孩儿惊慌失措的脸，如小鹿般干净闪烁的眸子，雪白刺眼的肌肤，圆润小巧的肩头，漂亮纤细的蝴蝶骨。

时隔多年，那一幕却依旧深刻在他的记忆里，无论经历过多少时间的洗刷，都未曾褪色，依旧是那么鲜活欲滴，让人沉溺。

“可是……嗯。”白璐还欲再追问，被他突然的动作搅乱了思绪，她只好闭起眼睛。

过了一会儿，白璐方才打起精神继续套话，她乖巧地伏在景言胸前，好似突然想到了什么一样，开口道：“我们的第一次好像没有开灯，怎么会惊艳？”她仰起头看他，眸子里都是疑惑。

“你记错了。”景言定定地看着她说，“开了一盏床头的小灯。”

“那看得清吗？”白璐仿佛泄了气，又趴回他的怀里，语气像是在赌气，还有对他满满的怀疑。

“能。”景言肯定地回答。

他没有说谎，那个晚上的她依然诱人，在暖黄的灯光下，白皙光洁的肌肤像是蒙了层薄纱，比起当年的她，多了几分平易近人，让他鼓起勇气去采撷。

白璐没了声音，许久后，在景言以为她已经疲惫入睡之际，怀里的人突然抬起头来，眼神无比认真地盯着他，里面像是藏着万千情绪：“景言，你是不是之前就见过我？”

景言的心跳仿佛骤停了一瞬，大脑一片空白，身体不自觉地绷紧，盯着那双眼睛，差点儿就以为她知道了那件事情。

这不可能。

景言很快稳住心神，掐了掐她的脸，开玩笑地道："当然啊，校园女神……"

白璐突然就失了兴致，一晚上的功夫仿佛都白费了，这人实在是滴水不漏。

她翻了个身，从他的怀里钻出来，裹着被子缩到一边，语气着实不算好："哦，我好累，睡了。"

景言有些茫然，盯着她的后背几秒，须臾，抬手关上了灯。

黑暗袭来，所有的事物都隐去，柔软的情绪涌上心头。

景言忍不住伸出手，小心翼翼地把身旁的白璐抱到怀里。

温热的身子贴到胸膛的那一刻，灵魂都仿佛平静了下来。

景言合上眼，把唇抵在她耳畔，轻轻地说："晚安。"

白璐始终惦记着这件事情，心里就像是堵了块东西，拿不出来也掉不下去，折磨得她茶饭不思。她想尽办法旁侧敲击了景言好几次，没有任何收获不说，还让他起了疑虑，白璐只得收回了心思，刻意把这件事情抛到脑后。

再次见到秦子然是在一周后，他们的工作效率快得吓人，不过一周时间，宣传片的成果就出来了，他特意叫白璐过来审核初稿。

如那天在镜头里看到的那样，里面的她充满着职场女性干净利落的气质，一颦一笑间美丽得体，加上后期剪辑配乐之后，画面更加高级。

片子里有几个镜头取得非常到位。

一个是白璐穿着高跟鞋在走廊上拿着文件飞快行走时的模样，发丝被迎面而来的风带起，飘扬在空中，侧脸弧度极美。

另一个是她在顶层阳台上仰望天空时的模样，光线和角度正好，面容漂亮得不可思议，而且画面的感觉与前面片子里所表达出来快节奏完全不同，整个人仿佛松弛了下来，在夕阳柔和的橘色光线笼罩下，满身都是暖意，莫名地流露出一丝岁月静好、生活安然的舒适感。

放映结束，白璐十分满意地点了点头，笑着道："拍得很棒，把我八分的容貌拉到了十分。"

"胡说，明明是从十分拉到了十一分。"秦子然板着一张脸，故作生气，随后低笑两声，环顾了一圈，满意地开口，"既然女主角都没意见，那就这样吧。"

接下来，他们又谈了一些宣传片相关的事项，会议结束后，秦子然和白璐下楼，顺便说了上次车子被撞的事情。

那天下午，白璐回来就接到了他的电话。肇事者是他公司的一名员工，那人倒车时不小心碰到了她的车。下车看清她的车子的标志之后，竟落荒而逃。

那人被抓到之后就被开除了，秦子然特别过意不去，一个劲儿地和她道歉，到今天见面，依旧叫着要请她吃饭赔罪，还让白璐一定不要拒绝。

白璐想了想，开口道："既然你一定要赔罪，就把上次你车子里的那只小熊送给我吧，它和我之前弄丢的那只很像，我还挺喜欢的。"她满脸微笑，神色极其自然真诚。

"哎呀，你早说嘛，我上次就直接给你了。"秦子然满不在乎，大手一挥，道，"我明天拿了给你。"

白璐收到快递的时候正值下班，她坐在位子上把玩着那只毛茸茸的小熊，须臾，眼睛转了转，把它挂到了手机上面。

正好合适，白璐拿起来端详几秒，接着十分满意地点了点头。

她刚准备打开手机，手机就传来一记振动，屏幕上方显示有一条新的短信。那是一个陌生号码，只有短短几个字，白璐的目光却瞬间凝住，眼眶有些发酸。

"小白，我回来了。"

这是一个久违的称呼，简单的两个字夹杂着往事扑面而来，带着夏日清晨特有的微风和少年阳光俊朗的微笑。

白璐的脑海中立刻浮现出秦书的那张脸，嘴角忍不住微微上扬。

她握着手机，还没来得及回复，掌心的手机又振动了一下，又一条信息进来了："待会儿一起吃个饭？"

几乎毫不犹豫地，白璐马上回复："好。"

她刚回复完，正准备跟景言说一声，却有电话打进来，白璐定睛一看，依然是刚才的那个号码，她含笑接起："喂，大班长？"

"你知道是我啊？"那头轻笑两声，嗓音低低的，比起当年，多了几分男人的沉厚。

"除了你，还有谁那样叫我？"白璐笑着道，目光落在不远处，没有焦点，眼里却神采飞扬。

"我在电视台楼下，你什么时候下班？"

"这么快吗？"白璐立刻收拾东西，"我马上下班，你等一下。"

白璐飞快出门，穿过走廊，刚好赶上一班电梯，电话就放在耳边未挂，她一直和秦书说着话。

不过短短两分钟，电梯抵达。

“你在哪儿呢？”到了一楼大厅往外走，白璐的脸上是难得的兴奋雀跃。

“你往后看。”电话里男人的声音带笑，不远处的声音和耳边手机里传来的声音重合了起来。白璐蓦然回头，一张熟悉的脸出现在她眼前。

秦书穿着白衬衫和牛仔裤，长身玉立，白皙的脸庞上看不出一丝岁月的痕迹，一如当年那个阳光温和的大男孩儿。

他含笑朝她张开了手臂。

白璐忍不住笑得更开心，快步走过去，轻轻地抱了他一下。

“欢迎回来。”她轻拍了一下他的肩膀，很快松开。

她正欲起身之际，秦书手一用力，把她往怀里摁紧。

“嗯？”白璐发出一声疑问。

“让我再抱一下。”他把头埋在她的颈间，低低地说，声音温柔而轻软。

白璐还没来得及回答，身子却蓦然被人大力扯开。

突如其来的力让白璐站立不稳，她踉跄两下，被迫和秦书分开，还没反应过来，耳边已经传来了沉沉如惊雷般的质问声：“你们在做什么？”

白璐闻言抬头，景言正面无表情地盯着两人，眼神阴沉吓人，嘴唇绷成一条线，浑身充满着隐忍的愤怒。

“景言？”白璐惊讶地道。白璐的手腕被景言攥得发痛，她蹙着眉，用力挣扎。

“你先放开我。”

“我说，你们在干什么？！”他一动不动，咬牙切齿地质问，眼底隐约变成一片红色。

白璐深吸了一口气，极力冷静下来，正欲开口解释，旁边的秦书已经忍不住上前，抓住了景言攥着她的那只手：“放手，你没看到她的手腕已经被你捏红了吗？”

“干你什么事？”景言毫不示弱地反问，语气十分不善。

四目相对，两人谁都不肯退让，气氛越发剑拔弩张。

白璐按了一下额头，轻轻吐了一口气，然后朝秦书温声开口：“你先放开。”

秦书迟疑了两秒，松开了抓着景言的手。

白璐方才抬眸望着面前这人，认真解释：“这是我高中时候的班长，秦书，刚从国外回来，我们只是礼貌性地拥抱了一下……”

白璐还没说完，就被景言冷笑一声打断：“礼貌？我看一点儿都不礼貌——”

这个男人把白璐紧紧地抱在怀里的时候，景言浑身的血液都翻滚了起来，他用了十二分力气克制，才没有把拳头挥出去。

那画面的冲击力太过强烈，高大的男人，偎依在他怀里的纤瘦的女人，放在她腰间的那只手……景言快克制不住，有想要打人的冲动。

正值下班高峰期，大厅人来人往。三人出色的相貌原本就抢眼，再加上明显是两男抢一女的感情纠纷，经过的人纷纷投来八卦好奇的目光，更有些认出了白璐和景言的人，干脆停住脚步在一旁偷偷打量。

白璐被他打断，有点儿气恼，看着周围越来越多的人，心中越发烦躁，她蹙眉低喝道："景言！你讲点儿理——"

景言瞬间被她气笑了，咬牙切齿地道："是谁不讲理……"他蹙眉组织着措辞，停顿半天，千言万语只剩一句愤怒的警告，"别忘了，你已经结婚了！"

此话一出，白璐和秦书俱是一愣。

白璐结婚的消息，只有几个关系极好的人知道，并未传播宣扬出去，而秦书恰好是不知道的。

可以说是晴天霹雳，秦书整个人恍惚起来，他茫然地望向白璐，肩膀瞬间无力地耷拉下来。

白璐则是羞愤不已。她并没有刻意隐瞒自己已经结婚的事实，和秦书之间也只是许久不见的老友碰面，景言这样吼一嗓子，却好像自己红杏出墙了一样。

"不好意思班长，你先走吧。"白璐嘴角勉强扯出一丝笑意，先朝秦书道歉。

秦书愣了几秒，随后看了两人一眼，神色复杂地转身离开。

秦书的背影很快消失不见，只剩下白璐和景言两人，眼见没什么好戏可以看了，围观的那些人也慢慢散去。

逐渐冷静下来后，白璐一句话都不想和景言多说，她面无表情地转身往外走去。

"站住。"身后那人却不依不饶。

景言一把拽住她的手，猛地用力往回一拉，白璐措手不及，肩头的包倏地滑落下来，哐当一声，里面的东西散了满地。

怒气达到了临界点，白璐仅靠着长久以来良好的教养维系着理智。她看都不看景言一眼，飞快地把一地的东西往包里塞。景言也回过神，立刻蹲下来在一旁帮她捡着。

没过几秒，白璐耳边再次传来他的声音，迷惑迟疑，细听还夹杂着一丝惊慌失措："这个是从哪儿来的？"

白璐抬头，景言手里拿着的正是她的手机，上面挂着那只小熊。

一股邪火就这样冲了上来，白璐扯了扯嘴角，笑容意味不明，嘴里却是肯定的回答：“高一校庆那天晚上，在女更衣室外面捡的。”

景言顿时脸色大变，眼神闪烁地看着她，嘴唇微微颤动，却什么都没有说出口。

白璐冷冷地笑了笑，紧盯着他，一字一顿地说道：“景言，这是你的吧？”

女人的声音缓慢轻柔，话语却像一把刀子一样插进景言的心头，他望着那双眼里明晃晃的讥讽，脑袋嗡的一声乱了。

内心深处最隐秘的事情就这样被轻飘飘地掀开，遭受着无情的嘲笑。

全身血液似乎一股脑涌到头上，景言此刻恨不得挖个洞钻进去。

白璐看着他愣怔的表情，莫名产生了一丝悔意，不敢再待下去，她立即起身往外走去。景言过了几秒才反应过来，拔腿追了出去。

外面车水马龙，行人稀稀拉拉，白璐正站在路边拦出租车，景言快步走过去拽住她的手。

“你去哪里？”

“干你什么事？！”

白璐恼怒地想甩开他，却依旧无济于事，短短十几分钟，经历了两次这样的桎梏，她的耐心彻底告罄，忍不住低叫一声，拼尽全力去掰他的手指。

白璐用的力气不小，景言的指节处传来阵阵剧痛，但他岿然不动，眼底一片阴霾，冷笑一声，声音带了几分阴阳怪气：“怎么，还要去和你的前男友约会吗？”

“什么前男友？！”白璐的动作蓦然停住，仰头看着他愤怒地道，“景言，你有病吧？！”

“是，我是有病，病入膏肓，无药可救了。”景言连连冷笑，把她拦腰抱起，“你今天哪儿都不准去，跟我回家。”

白璐气到抓狂，修养、好脾气和理智通通飞向了天外，她像个失去自由的孩童一样，在景言怀里剧烈挣扎，手脚不停踢打他：“你放开我！放开！”

景言恍若未闻，抱着她走到车边，一把把她丢到副驾驶位上，利落地锁上车门。接着他绕过车头，坐上驾驶位，关门，发动车辆，整套动作毫无停歇，一气呵成，让人措手不及。

闹过那一通，白璐彻底放弃了抵抗，冷静下来，一动不动地坐在那里，头一直扭向窗外，仿佛连多看他一眼都厌烦。

电视台离家里也就十来分钟的车程，全程两人没有任何交流，车子停下后，白璐立刻解开安全带去开车门，用力掰了两下无果，气得她在上面踹了一脚，扭头，望着那个盯着她的人，冷冷地道："开门。"

景言依旧沉沉地盯着她，好像没有听见一样，保持着那个动作，继续注视着她。

"我说开门。"白璐抬起眼皮睨了他一眼，讥讽道，"聋了吗？"

话语脱口而出的瞬间，景言俯身逼近，用左手捏住她的下巴，唇舌夹杂着怒气冲了来。

白璐的双手被他桎梏在身后，被迫仰起身体张开唇，想要狠狠地咬下去，景言却已察觉到，用力控制住她的动作。

与其说这是接吻，不如说是泄愤，白璐的舌根被他吮得发疼，唇上也传来了微微的刺痛，她吃痛地呜咽两声，景言闻声，放缓了动作。

暴风骤雨般的亲吻停歇，取而代之的是轻舔厮磨。

白璐本就对他的气息十分敏感，如此一来，更加无力反抗，正迷迷糊糊地回应着他，意乱情迷间，景言却突然抽离，盯着她的眼睛一字一顿地道："白璐，你有没有心？"

他的眼底，有痛苦、愤怒，还有一丝浅浅的藏在深处的悲伤。

不知为何，她心底的不满就这样慢慢消失。

白璐想起自己方才毫不留情的话语，戳破这段时间小心翼翼想要找寻的真相。明明……自己想要的不是这样。

"他不是我的前男友。"白璐盯着他解释道，"我们只是高中同学，仅此而已。"

景言冷笑了一声，态度依旧不太好："高中同学需要搂搂抱抱吗？"

白璐的火气一下子又起来了，但她努力深吸了一口气，语气尽量放得平缓："因为以前是很好的朋友，隔了很多年没见，只是礼貌性的拥抱。"白璐说完，担心解释力度不够，又补充了一句，"就像你和女客户见面握手打招呼一样。"

"礼貌性的拥抱需要抱这么紧吗？！"景言蹙眉，满脸不满地质问。

"我也不知道他突然……"白璐无从辩解，秦书那一下用力的拥抱让她也措手不及，不过，或许太久没见，有些激动也无可厚非。

重点是，这种不被信任的感觉让她不爽到了极点。

难道，她在景言心中就一点儿都不值得被信任吗？

"当时，就算你不出现，我也会推开他的。"解释到这里，白璐突然觉得没有什么意思。她垂下眸子，低声道，“算了，我不想再说了，你爱信不信。”

车里又恢复了安静，景言还是一动不动地注视着她，气氛凝固，须臾，他方才缓缓出声问：“你们高中真的没有在一起过？”

“没有。”

“全校都说你们在一起了，而且那个时候，你们那么亲密。”景言不信地追问。

白璐抬头，很是不解地开口道：“亲密？我们只是比普通同学的关系好几分，哪里亲密了？”

苍天可鉴，她那个时候一心都在学习上，虽然后来因为家里的事故，秦书对她十分帮衬照拂，两人当时也清白得很，最亲密的事情也不过是并肩坐在教室里讨论学习。

“我那次还看到你睡着了，他把外套脱下来盖在你的身上。”景言激动地脱口而出。

那是很多年前的事情了，但他依旧牢牢地记在心中，宛如一根刺扎在肉里，拔不出来。

其实，这些年，他已经几乎不会想起这件事情了，谁知道兜兜转转，又遇到了彼此。

那个傍晚，晚霞满天，因为前一天晚上更衣室外无心的行为，他目睹了那么隐秘的一幕，本以为睡一觉起来就没事了，结果躺在床上，他却辗转反侧，心慌意乱。

景言永远无法忘记那天晚上自己的心情，像是心里有一只兔子，这兔子一直不停地上蹿下跳，扰得他难以平复。更要命的是，无心瞥见的那一幕却如同电影画面般，在他脑海里不停地回放，直到不知何时睡着，连梦里都是那片光洁白皙的后背。

景言简直崩溃。

白天，他连课都听不进去，脑海里反复想着那个身影，那大半张精致漂亮的小脸，还有那双惊慌失措、怯生生的漆黑的眸子，心跳又渐渐失控。

景言一把扔掉了手里的笔，生平第一次主动去打听女孩子的消息。

白璐的名气大，他几乎没费什么力气就问到了她的班级和姓名。景言好不容易挨到了下午放学，班主任却突然宣布补课。

高三的课业紧张，占用学生休息时间几乎是常态，景言急得说了句脏话。

彻底解放已经是大半个小时后的事了，他迫不及待地拎起书包出门，往高一的教室走去。

离教室越来越近时，他的一颗心提得越来越高。

她在吗？她在做什么呢？自己要坦白道歉吗？还是直接……

景言紧张得连脚步都在颤抖。

从小到大，他一直不乏女孩子喜欢，却是第一次，如此难以自制地渴望拥有一个人。

眼看门牌越来越近了，他突然有些懊恼，早知道，当初就不应该拒绝掉那些女孩子，不然，现在可能也不会如此无措和紧张。

向来被捧着的他，并不知道该如何去讨好一个女孩子。

算了，只能硬着头皮上了。

他又害怕又期待，门就在不远处，他欣喜地从窗户向里看去，却突然如坠冰窟。

那个女孩儿面朝这边趴着，双眼紧闭，脸上无比恬静，比起昨晚，那张脸又多了几分漂亮，让人心驰神往。

然而，她旁边坐着一个男孩儿，小心翼翼地把手里的校服外套盖在她的身上。

男孩眼里的神情，和景言昨晚在镜子里看到的自己的神情一模一样。

那是抑制不住的悸动。

他几乎是落荒而逃，一颗心拧得稀巴烂，少年的骄傲和自尊碎了一地。

是了，这么美丽耀眼的她又怎么会只有他发现了？

是他来晚了。

或许是心底最后一丝的不甘心在叫嚣，又或者是心存侥幸，第二天，景言依旧去偷偷打听了她和男孩的关系，结果——

“白璐和秦书啊，他们……嘿嘿，不好说哦。”

“我们班长和副班长？那可是天生一对，郎才女貌！”

“他们早就在一起了啊。”

最后，是秦子然认识的一位学妹给出了肯定的答案。

纵然经过这么多人之口，景言已经有了心理准备，但在真正听到这句话时，心依旧像是碎了一个角，空落落的，浑身失去了力气。

白璐听到他脱口而出的那句话之后，眼神变得十分奇怪。

那次？那是多少年前？而且她记得，两人在高中的时候并没有任何接触。

“你也说那个时候我睡着了，所以，我根本不知道他什么时候给我盖了一件衣服，倒是你——为什么会记得这么久以前的事情？而且，你还偷看我换衣服。”白璐瞪着他。

“我没有！”景言立刻不自然地移开视线，耳根微红，“我是不小心看到的，那天有节目，我去晚了，到更衣室门口的时候，才发现你的门没关好。”

“那你当时为什么不提醒我或者走开呢？”

“你已经开始脱了……”景言讷讷地解释道，却毫无可信度，说出来之后，神色越发不自然，连脸颊都开始染上红晕。

“那你可以走开。”白璐不依不饶地道，声音清脆。

“我……我移不开眼。”他喉结动了动，理亏地垂下了眸子。

“色狼。”白璐吐出两个字。

“闭嘴。”景言恼羞成怒地瞪她。

“现在是我在找你算账！我已经解释得很清楚了，事情过去那么多年，我如果真的和他在一起过，又何必现在来骗你。”白璐无奈地道。

景言没有说话，无声地和她对视许久，像是想通了什么，整个人如同失力般松弛了下来，低垂着头。

“所以，你就是在那里对我一见钟情的？”白璐追问，歪着头，嘴角带笑，莫名有几分可爱。

不知何时，两人之间剑拔弩张的气氛已经消失，取而代之的是暧昧。

景言没有回答，连抬头看一眼她的勇气也没有，仿佛回到了当初，那个情窦初开的男孩儿，面对自己喜欢的女孩儿，连呼吸都会变得紧张起来。

“那么——你后来误会了我和秦书的关系，从此走上了‘万花丛中过，片叶不沾身’的道路？”白璐轻轻呼了一口气，扯了扯嘴角，连自己都不相信这个说辞。

但不知为何，心底又不由自主地开始相信。

景言还是没有开口说话，一直低垂着头，连耳根的红晕都开始褪去，不知在想些什么。

白璐微微蹙眉，伸手捧起他的脸。

“你……”她刚准备出声，却因着眼前所见而说不出什么话来。

眼前的这张脸惨白，牙齿紧紧咬在唇上，力度极深极重，几乎要渗出血来，眼角更是一片通红。

“我怎么会误会？怎么会是误会……”他颤抖着声音，眼底都是悲哀。

那段时间的折磨、纠结、痛苦，此刻看来简直就是一场笑话。

他白白错过了这么多年。

在学校时，就连见她一面都是奢侈的待遇。

他想见又不敢见。

见了只会愈陷愈深，那抹身影无时无刻不出现在脑海中，魂牵梦萦；不见又会止不住地想念，茶饭不思，浑身焦躁，最后还是会想尽办法去远远地见她一眼。

这种折磨直到高考之后才结束。

漫长的假期里有很多事情来分散他的注意力，大学新奇的生活，还有身边不停变换的女朋友，那道身影被他从记忆中强制地剥落，封存在心底最深处，一点点地，随着时间流逝而蒙上灰尘。

只有他自己知道这个过程有多么漫长和艰辛，痛苦到他不敢去尝试第二次这样的感情。

景言握紧了双手，极力克制住心底的情绪，然而身子依旧不由自主地颤抖。他又用力地咬住了唇。

白璐怔住了，她不知该如何安慰他，从头到尾，在这场漫长的暗恋中，她都是一位不知情者。

她的心底又酸又涩，恍惚中带着难以置信。

白璐看着景言，用手指按住了他的唇：“别咬了，待会儿流血了。”

景言打掉她的手，偏过头，眼底的苦闷和恼怒显而易见。

白璐的心里愈加酸楚，控制不住地捧住他的脸，在他的唇上轻碰了一下，分开后又贴上去，伸出舌在那处牙印上舔了舔。

“我们现在很好啊！”她轻声安慰道。

景言终于有了反应，抬眸看了她一眼，黝黑的眸子里有了丝亮光。

他又凑过来贴上她的唇。

舌头抵到齿间，白璐顺从地张开嘴。

两人在车内温柔无声地亲吻缠绵，所有的情绪仿佛都随着彼此的气息交缠而慢慢平复下来，心逐渐变得平静。

“你不准再和他见面。”亲完，景言一本正经地说。

白璐蒙了几秒，随后反应过来。

“我和他又没什么！”她蹙眉辩解，“而且，人家好不容易回来一趟，还经历了今天这场闹剧，我总要请他吃个饭，解释清楚吧！”

“那我们一起请他吃饭。”景言毫不让步。白璐有种深深的无力感。

“别闹。”她说，“我就在电视台楼下和他吃个快餐，好不好？”

景言没有作声，整个人都散发着抗拒情绪。

“我不喜欢他。”白璐认真地看着他，开口道，“我只喜欢你。”

“不够。”沉默良久，景言方才闷闷地回答。

“嗯？”白璐发出一声疑问。

景言抬起头，盯着她，脸上的神情像是委屈，又像是不满：“我说不够，喜欢不够。”

白璐眨了眨眼睛，试探地道：“那……我只爱你？”

“我也爱你。”

景言终于笑了，揉着她的头又亲了过来。

他扬起嘴角，笑得比任何时候都开心：“你再说一遍。”

“……”

算是彻底哄好了他，只是他生过气后的黏人劲，让白璐有些招架不住。

好不容易这样腻腻歪歪地到了家里，一关上门，景言就把她抵在门板上亲着，手也钻进衣服里，顺着腰肢探了上来。

湿热的唇落在她的耳后颈间，白璐勉强提起心神去推他。

“别，还没吃饭。”

“不想吃饭，只想吃你。”

第 十 章

超过了无数倍的喜欢

晚上，两人都没心情做饭，叫了外卖。白璐躺在景言的怀里恢复着力气，想起前不久才发生的一连串事情，竟有种恍然如梦的错觉。

她仰头望着那张餍足后越发清俊惹眼的脸，视线从上到下掠过他乌黑的眉毛，高挺的鼻梁，还有形状漂亮的唇。

他的唇色常年偏红，皮肤又偏生极白，细腻得看不见一丝毛孔。

整张脸比起女孩子还要精致几分。

景言下颌的弧度极好，轮廓线条流畅分明，原本偏女气的长相因此多了几分硬朗。无论放到哪里，他都是十分抢眼的存在，比起电视上的那些当红男明星都毫不逊色。

难怪……

她想起了秦子然的话，从小到大，不知道多少女孩子为他打过架。

想到这里，白璐轻轻地笑了起来。

“你笑什么？”景言揉着她光滑小巧的肩头问道。

“秦子然说，从小到大，有可多女孩子喜欢你。”白璐在他白皙的锁骨处蹭了蹭，双手在他的腰间收紧，仰起头，眨了眨眼。

“我只要你喜欢我就够了。”景言回答道。

白璐没有说话，乖乖地趴了会儿，又抬起头问他：“景言，你为什么会喜欢我？”

白璐自知外表算是不错，但以景言的条件，找到比她更加优秀的女孩子简直轻而易举。

她何德何能，可以让他惦记这么多年？

她眼神清澈，像个求知若渴的好学生，眨巴着眼睛，让人的心头宛如被轻风吹拂过，全身软绵绵的，提不起一丝力气。

景言捏着她身上的软肉，缓慢地说：“我也不知道，就是那个晚上，看到了你之后，很长一段时间，白天夜里，满脑子都是你。”

耳边仿佛响起了烟花炸开的声音，脑海里五彩斑斓。

白璐抿着唇笑，心头涌起一阵阵甜蜜，像是打翻了蜜罐，蜂蜜泼洒满地，化不开的甜。

她满足地在他脸侧亲了一下，须臾，又像是想到了什么，猛地抬头，扑腾一下往前，整个人压在景言身上。

“你那是看到我换衣服，满脑子不好的想法吧！”她瞪着眼睛质问，眼底闪烁着两簇小火苗，就像发现了什么不得了的事情。

景言又被戳中隐秘的心事，脸瞬间烧了起来。

“胡说！我又不是没见过。”

“那你还在哪里见过？”白璐立刻眯起眼睛，瞳孔中带着意味不明的探究。

景言支吾两声，最终还是认命地坦白。

“有时候会不小心碰到啊……还有电影什么的……”

景言当年长相着实出挑，整个学校都找不出能和他比肩的人，再加上家世底蕴在那里，浑身气质也比常人出众得多。那个时候，想近他的身是很难的，不少女孩子为此心碎。

“什么？！”白璐难以置信地瞪大眼睛。景言就挑着以前遇到的“奇葩”事情给她说了两件，白璐突然升腾起一种无比荣幸的错觉。

“你都直接叫保安扔出去了？”她感到不可思议地重复道。景言点了点头。

“为什么？”白璐好奇地追问。

景言想了想，回答：“不知道。”

“……”

“就是觉得很反感，看都不想看一眼。”

“可能这就是主动和被动的区别，白送上来的永远没有自己偷来的好。”白璐最后发表着总结，语气有些慢悠悠的。

景言愤怒地道：“不是！”

“嗯？”

“因为那是你，是你，我才会见到第一眼就觉得惊为天人，念念不忘。”

“嗯，可能是因为我美。”白璐微微蹙眉沉思。

景言快要崩溃，他深吸了一口气，想了想，认真地抬起她的下巴，盯着她的眼睛陈述。

“那些主动的女孩子也都很漂亮，但我就是没有任何感觉，直到现在，我也搞不清楚，为什么就是那晚短短的一瞬间，就让我牵挂了那么多年。但是仔细想一想，可能因为刚好是你。假如换上另外一个地点、情景、时间、出场方式，我在遇到你的时候，依旧会一见钟情。而那天，如果在更衣室里的是另外一个人，我可能只会觉得，真倒霉，看到了不该看的东西。”

景言的语气平稳、认真、郑重，神色肃穆，眼睛一眨不眨地盯着她。

从那漆黑透彻的瞳孔望到底，白璐仿佛能穿过时光，看见那个十八岁青涩纯情的少年。

她的眼睛微微发酸，靠上去，贴着他的脸蹭了蹭，吸了吸鼻子，声音闷闷的。

“嗯，我相信你，十分荣幸，能刚好让你喜欢。”

“不对。”景言静静地纠正她。

“是爱，我很爱你，超过了无数倍的喜欢。”

因为这一句“超过了无数倍的喜欢”，白璐连睡着都是弯起嘴角的，那颗经历过漫长岁月磨砺的心一点点沉淀下来，暖暖的，仿佛里面放着一个小太阳。

小太阳闪烁了两下，最后变成了景言。

白璐刚刚睁开的眼，被清晨金色的阳光照得微微眯起来。她用力地闭了闭眼又睁开，脸颊有微风擦过。

白色的窗帘被吹起，轻轻飘扬在空中，秋末清晨的阳光，极其绚烂璀璨，好像驱散了所有阴霾，只剩下温暖。

她扬起脸闭着眼睛笑了笑，转身抱紧身后的人。

温热舒适的身躯包裹住她，比外面的阳光还要温暖几分。

熟睡的景言被她一通折腾闹醒了，迷迷糊糊间，把她往怀里搂了搂，动作依恋缱绻。白璐嘴角的笑意加深，埋在他胸前，转眼又睡了过去。

最后的结果是，两人上班都迟到了。

白璐急急忙忙地洗漱，景言在一旁飞快地换衣服，布料翻飞间，腰腹肌肉若隐若现，很快，肌肉就被工整笔直的白衬衫所遮挡。景言抬手把扣子扣到脖颈下方，最后整理好袖口，戴上手表，俊朗，禁欲，贵气逼人。

白璐飞快地吐出嘴里的牙膏泡沫，将目光从镜子中的那个人身上移开，用冷水扑面，清除掉了脑海里的旖旎画面。

出门时，景言在玄关处对着镜子打领带，领带是简约的深蓝色，没有任何花纹，配着纯白的衬衫，把那张脸衬托得越发清俊。

白璐还是没忍住，上前拉着他的领带用力一扯，景言顺从地俯身，白璐踮脚在他的唇上用力地亲了一下。景言嘴角泛起笑意，搂着她的腰欲深吻，白璐立刻推开了他。

“快走，迟到了。”

“你太过分了。”景言被她推着往前走，满脸不情愿地嚷嚷。

“快点儿快点儿。”白璐恍若未闻。

“下次再这样，我就让你请假！”景言咬牙切齿地威胁。

忙了一早上，白璐和秦书约好中午一起吃饭。再次见面时，两人神情都有些不自然，白璐是有歉意，秦书则是因为一些不可言喻的心思，觉得尴尬。

电视台楼下的这家餐厅环境明亮简洁，饭菜较为精致，但因为价格偏贵，平日里，来的客人不多，就餐氛围很是安静。

“对不起啊，让你看笑话了。”白璐对他笑笑，拿起桌上的水喝了一口，解释道，“昨天那个是景言，高中和我们一所学校，那个时候，他误会过我们的关系，所以才会反应过激。”

“这样啊……”秦书有点儿惊讶，但很快收敛了情绪，脸上的神色一如既往温和，嘴角带着一丝浅浅的弧度。

“你怎么突然和他结婚了？”他昨晚回去问了几位知情人，才了解到具体情况，听说两人认识还没半年就结婚了，而且还是通过相亲这种方式认识的。

“就刚好时间、地点和人都对了啊！”白璐笑眯眯地道。

“那我得送上一句迟来的恭喜了。”秦书的眼里闪过一抹苦涩，心里蓦地有些空落落。

高中的时候，因为学业，他只能压抑着自己的情感。一毕业，他就被家里安排出国了。两人最初还保持联系，后来随着各自越来越忙，便慢慢地失去了联络。

对他来说，白璐是藏在心底的一道白月光。而现在，这道白月光已经属于别人了。

“这次回来打算待多久？”白璐和他聊着天。

秦书收起心思，回答道：“应该待两周吧，这次是请了长假回来看看爸妈。”

其实不然，秦书已经在考虑调往中国的分公司了，只是现在看来，可能还需要再考虑一下。

两人时隔多年再见，交谈气氛再融洽也掩盖不住生疏，而且，白璐怕景言会多想，吃完饭就和他告别了：“我下午还有事，就先上去了。”

餐厅门口，白璐朝秦书挥了挥手。

秦书点点头，满脸温柔：“去吧。”

“下次有机会再一起出来聚聚。”白璐笑着寒暄，可彼此都清楚，恐怕不会再有下次见面。

“好。”秦书依然含笑点头，眼里神色温柔。

白璐强迫自己收回目光，点头转身。

不是没有遗憾，可这点儿遗憾和景言相比无足轻重，比起他这些年来隐晦而沉重的爱，自己能做的，只是尽力弥补，让他觉得幸福一点儿。

整个少年时代，白璐的朋友不多，除了程语嫣就是秦书。她和秦书仿佛有种与生俱来的默契，都是尖子生、班干部，老师有事也总爱找他们两个，无论聊什么话题，他们都能说到一块儿，几乎无话不谈，比起旁人总是多了几分亲近。

白璐记得，最夸张的一次就是自己上课时突然来了“大姨妈”，裤子被弄脏了，却一无所知，直到课间休息，秦书红着一张脸从外面跑进教室来，给她递过来一个黑色袋子。

白璐满头雾水地打开，里面赫然是一包卫生棉。

再抬首，秦书已经没有踪影，面前的课桌上却放着一件干净的校服外套。

现在回想起来，那个时候真是单纯又美好，人一触及那段时光，就会情不自禁地浮起微笑。

只是，时间是个让人又爱又恨的东西，不知不觉，曾经亲密无间的两个人渐行渐远。

她和秦书的关系没有经历过什么波折，只是在漫漫时光里，一步步淡出了彼此的生活，无奈却又无法阻止。到现在，他们已经可以淡定自若地说再见。

再见，再也不见。

白璐的身影逐渐消失在他的视线中，秦书收回目光，转身慢慢离去。

往事如烟，风过无痕，浅浅的一抹惆怅也随着时间被冲淡，最终消失殆尽。

白璐心大，晚上回去，她便和景言说起了今天的见面，末了，还满脸缅怀地感慨：“那个时候的感情，真是单纯又美好啊……”

景言霎时间打翻了醋坛子，原本他就因为年少时候的错过而耿耿于怀，被她这样一说，更是又气又妒，拿了枕头就要去隔壁书房。

白璐不知道哪句话又惹恼他了，连忙翻身而起，跪坐在床边上，死死地抱着他的腰。

“不准去！”她仰头盯着景言，整个人宛如一只无尾熊一样贴在他身上。

“放开。”景言咬牙切齿地道，眼睛都被气得发红了。

白璐瞬间心软得一塌糊涂，后知后觉地反应过来，刚才好像是说到了高中时候的事情，还感慨了一番她读书时的趣事。当然，中途不免提到了几句秦书。

难不成景言气的是这个？

白璐哑然，再一次体会到了他心底的介意。

“我错了……”她软声求饶，故意睁大了眼睛，楚楚可怜地看着他，“你别走……”

景言移开视线，极轻地哼了一声，又故作坚决地挣了两下，白璐连忙收紧手臂，整个人趁势在他身上蹭着，声音极其认真，透着一股子虚伪劲儿：“以后再也不说了，其实我最最遗憾的，就是那个时候没能认识你！”

其实不然，年少时的感情总是太不稳定，他们两个又都是极其骄傲的人，未曾学会收敛性子。

白璐想，如果那时他们真的在一起了，估计也会分分合合地闹个不停，最终，两人都疲惫至极，一段感情就这样走向灭亡。

“真的？”景言却信了，眯着眼睛打量着她，神色稍缓。

白璐忙不迭地点头，一个劲儿地摇晃着他：“快点儿上来抱着我睡，好冷好冷。”

景言抬眸睨了眼空调，二十六摄氏度，亏她说得出来这个话，不过，他非常爱听。

景言一脸不情不愿地把枕头放了回去。白璐立刻掀开被子在一旁乖乖等候，景言克制住脸上的笑意，别别扭扭地躺在她身旁。

白璐马上靠了过去，抱着他，无比乖巧。

“你说，如果那天傍晚，你没有看到秦书给我盖衣服，那接下来，你会做什么？”

最近降温，房间开着空调，空气干燥，白璐特意去买了个加湿器，橙色，橘子味的，整个房间弥漫着淡淡的清香，耳边响着加湿器运行时的细微声音。

她乖乖地窝在他的怀里，微微仰起头，清澈的眼睛如同一汪通透的泉水，皮肤依旧是瓷白精细的，五官生得恰到好处地漂亮。

景言俯下身子，手指插在她的发间，微微用力，在那淡粉色的唇上吻了一下，语气郑重：“我会认真地告诉你，我喜欢你。”

“那我肯定不会接受。”白璐眨了眨眼睛，说，“我压根儿就没和你讲过话，你一上来就跟我表白的话，那我只会觉得这人好轻浮。”

“嗯，我知道你八成不会接受。”景言平静地说道，神情带上了淡淡的温柔。

“我只是想让你知道，我喜欢你，喜欢到这种情绪无法再继续藏在心底，必须要凝视你的双眼，然后一字一顿地告诉你——我喜欢你。”

橘子的清香溢满一室，加湿器吐着白雾，天花板上的灯朦胧暧昧。

“那之后呢？”过了一小会儿，白璐的心情平复过来，好奇地追问。

“之后……”景言的神色有些飘忽，好像在回忆什么，又像是在思考。

“之后啊，我就会展开对你的追求，每天给你带早餐，有事没事找你聊天，约你出去看电影……”景言右手搁置在脑后，躺在那里，脸上满满的憧憬。

白璐轻笑两声：“我肯定不会答应你的。”

“是呀，你那时候可骄傲了。”景言转过去吻了她一下，笑着道，“走路的时候，背总是挺得直直的，像只骄傲的小孔雀。”

“哪儿有——”白璐笑着拍了他一下。

景言也不躲，继续微笑着说：“你不答应也没关系，我会努力对你很好很好，久而久之，你一定会被我感动的。我要把你宠成最幸福的女生。”景言满脸宠溺地望着她。

“那肯定很幸福。”白璐想了想，眼里充满憧憬。

“现在你也很幸福啊。”景言抵住她的头，低声道。

“嗯。”白璐轻轻应着。

两人无声对视，须臾，不约而同地笑起来，随后陷入缠绵的热吻中。

夜色正浓，情人缱绻，甜蜜一丝一缕，弥漫在心间。

白璐感觉最近自己好像变了个人。

和景言在一起总是会习惯性地撒娇；走路时会极其自然地靠在他的怀里；每时每刻都想和他十指紧扣，腻歪在一起；整个人变得十分娇气。

比如，前几天切菜的时候，她的手指不小心被刀碰了一下，流了几滴血。放到以前，她肯定就是用水冲一冲，连创可贴都不用。但这次，在景言闻声冲进来之后，她看到那张脸上满是担忧心疼，不知为何，本来不怎么痛的伤口一下变得剧痛无比。

白璐眨了眨眼睛，开口时不自觉地带上了鼻音：“我不小心碰了一下，好疼啊……”

“我给你吹吹……”景言心疼坏了，闻言立刻低头，对着她的手指轻柔地吹了几下，然后环着她的肩膀走出厨房，“今天不要做饭了，我们叫外卖。”

“可是——”

“没有可是。”景言一脸严肃，拿出医药箱，用碘酒小心翼翼地给她消毒，接着再贴上创可贴。

指节上的黄褐色创可贴边缘工整，他手上的动作细致又温柔。白璐看着景言弧度精致的侧脸和纤长浓密的睫毛，只觉得手上的伤口更痛了。

景言轻柔地帮她处理好，抬起头，温声询问：“还痛吗？”

“嗯！”白璐噘着小嘴，用力地点头。

“下次小心一点儿，实在不行，以后咱们就不做饭了。幸好这次是个小伤口，我亲亲就不疼了……”景言托着她的手指放到唇边，温柔地亲了又亲。

白璐眨了眨眼，泪意消散，倾身靠到他怀里。

“好了，我不疼了。”她觉得自己方才太奇怪了，眼泪竟然差点儿夺眶而出。

类似的事件发生了好几次。不仅如此，白璐还发现，即便只是一点儿小事，自己也会想和他分享。

就像前几天，她喝到了一款味道特别好的奶茶，都忍不住特意和景言说了一声。

结婚这么久，白璐从来没有过这种情况。

这种感觉……让她莫名觉得自己恋爱了。

“语嫣，你说，是不是很奇怪？！”白璐在电话里忍不住和程语嫣说起了自己最近的种种变化。

程语嫣听完，只咬牙切齿地道：“白璐，不带你这样秀恩爱的！”

“我没有——”白璐委屈巴巴地说，“就是很奇怪啊，我都变得不像自己了。”

“恋爱中的女人本来就是不一样的，你看我，我当初和赵祁铭在一起的时候，不也是理智尽失？”

“我怎么觉得你冷静得可怕……”白璐嘟囔道。

程语嫣的声音瞬间提高八度：“你说什么——”

“没没没，可是……”白璐还欲说些什么，程语嫣打断了她。

“你别‘可是’了，顺其自然，享受爱情就好。你看你们多么幸运，你喜欢的人刚好也喜欢你，还能名正言顺地在一起。白璐，你要知道，在这个世上，有多少人一辈子都遇不到完美爱情。知足吧。”

“我只是不安。”白璐说，“得到过后的失去才是最可怕的。有些东西，没尝过它的味道时，你永远不会惦记；发现了它的美味却又失去，才是最折磨人的。”

“不会的，都会过去的。”程语嫣的声音从对面传来，浅浅的，语气十分轻淡，像是置身事外的漠然，又像是悲伤，“我失去了赵祁铭，依然可以很好地生活，不过是一段时间的疼痛罢了。许久之后，你会发现那只是刻在你心底的一个小印子，抹不掉也无关紧要。不过我依然不后悔，如果当时我没有尝试就放弃了这段感情，可能才会后悔一辈子。”

白璐挂了电话，望着落地窗外的高楼大厦、车水马龙，茅塞顿开，心底的那一丝不安也随之消失殆尽。

管他的世事难料，享受当下才最重要。

想通了之后，白璐浑身都轻松了，她沿着阳台走廊往办公室走去，不经意间看到对面过道上的周显。白璐正要出声打招呼，却看到了他青一块紫一块的脸。

“哎，你这脸是怎么回事？”白璐冲他招了招手，好奇地问道。

周显神色有些不自然，垂眸避开了她的视线，回答：“没事。”

“你都这样了还说没事？”白璐伸手戳了下他脸上的伤口。

只听周显重重地吸了一口气：“痛痛痛！”

“你到底怎么了？”白璐蹙眉，脸上不由得浮现出一丝担忧。

任谁看到身边的人突然顶着一脸青紫来上班都会担心，更何况，这人还是和她关系不错的周显。

白璐紧盯着他，周显不自然地移开视线，假装不在意地说：“没事，前几天和赵祁铭打了一架。”

“啊？！”白璐震惊地道，“你和他……不是，你和语嫣……”

“我喜欢她！”周显痛下决心似的，说出这样一番话，“那个赵祁铭，结婚了还来缠着她，我当然气不过，男人怎么能渣成这样？！”

虽然那人气度不凡，相貌、身家样样都比他好，但这种人配不上程语嫣。

周显想起那天程语嫣的神情，恨不得再和赵祁铭打上一架。

白璐无话可说，虽然她深知程语嫣的魅力，但看到周显这样，自己心里还是涌起一股奇怪的感觉，况且——

方才，程语嫣在电话里只字未提这件事。

白璐转身去旁边的自动售货机买了两罐咖啡。

两人倚在阳台边上，继续方才的话题。

“赵祁铭和程语嫣是曾经有过那么一段，那天晚上，她喝醉是因为赵祁铭结婚了。”白璐言简意赅地点出程语嫣和赵祁铭的事儿。

闻言，周显握紧了拳头。

难怪后面几次见面，她都是完美得无懈可击的样子，原来那晚她是情绪失控了。

周显想起程语嫣每次和自己在一起时的游刃有余与分别时毫不留恋的模样，突然间就失了力气。他用力捏扁咖啡罐，随手一抛，咖啡罐呈完美的抛物线落入垃圾桶内。

周显侧头望向白璐：“谢谢你今天和我聊这些，我工作还没忙完，先走了。”

“好。”白璐看着那双平静却幽深的黑眸，迟疑地点了点头。

中午，白璐和程语嫣约在楼下的餐厅吃饭。一辆大红色跑车极其张扬地飞奔而来，稳稳地停在门口，白璐朝旁边的服务员点头示意：“可以上菜了，谢谢。”

人还未到跟前，笑声先行，程语嫣柔媚的声音传来：“怎么今天有空约我吃饭？”

白璐微笑着抬手给她倒了杯白开水：“当然是想了解一下好朋友的近况。”

“我很好啊！”程语嫣抬手撩了撩那头乌黑浓密的卷发，红唇轻轻往上挑起。

“可是周显好像不太好。”白璐似笑非笑地盯着她。

程语嫣顿时收起笑意，端起面前的杯子喝了一口水：“他和你说了？”

“没有，我等你亲口和我说。”

“唉……”程语嫣突然幽幽地叹了口气，盯着桌上虚空的一点，神色有些无辜，“他对我挺好的，而且又很单纯，虽然不是我喜欢的类型，但白净清秀，阳光干净……”

“所以呢？”白璐静静地等着她的下文。

“所以，我就忍不住和他睡了几次。”

白璐瞬间有种把水杯里的水泼出去的冲动，换了是她，绝不会做这样不计后果的事：“你这是打算玩玩？！”

“没有没有……”程语嫣连忙摆手，“我正想找机会和他好好谈一下，试着以结婚为前提交往。”

“真的？”白璐质疑道。

“真的。”

程语嫣托腮望着她，仿佛在回忆什么，语气轻轻地道：“他和赵祁铭打架的时候，我就想说了。可是，你也知道，看到赵祁铭，我心里有点儿乱，所以没来得及说。”

白璐点点头：“行，你已经是成年人了，我相信你能处理好，但是——周显是我同事，你们两个也是因为我才认识的，我不希望到时候出什么事情，让我没脸面对人家。”

景言对这件事情的态度是没有态度。

白璐和他说完，那人连眉头都没有动一下，只是夹着菜，语气淡淡：“赵祁铭和李烟都是各玩各的。”

“他除了语嫣，还有别的女人？”白璐眉头紧蹙。

“这我就不知道了，稳定的女伴没有听说过，只是最近，他去娱乐场所还挺频繁。”景言咬了口排骨，语气平静地道。

白璐心底有些发凉，连手里的筷子都停住了。

“发什么呆？菜都凉了。”景言敲了敲她的碗沿，清脆两声响，接着一块排骨落到了她的碗里，“快吃。”

“景言，你们的圈子真乱。”半晌，白璐低声道。

景言停住动作，认真地盯着她说：“是他们的圈子真乱。”

白璐抬眸，看到景言正对着她笑，眼里满是柔情蜜意。

“我可是正经人。”

“……”

白璐不想理这个正经人。

年底是公司最忙的时候，景言忙得像只陀螺，除了加班，还有各种饭局要应酬，要不是他每天晚上都会回来，白璐真怀疑他出轨了。

冬日的夜漫长漆黑，幸好房间里有暖气，夜里十二点，景言还没到家。白璐照例给他留了盏灯，而后窝在被子里准备睡觉。

她的意识渐渐模糊，楼下突然传来了敲门声，与此同时，放在床边的手机响起来，她一接通，那头就传来了景言助理焦急的声音。

“璐姐，景总喝醉了，能麻烦您下来开一下门吗？”

白璐揉了揉眼睛，认命地掀开被子下床，门一打开，寒气扑面而来，白璐从小姑娘手里把人接过来，微笑着道谢。

门一关，她的脸瞬间一垮，看着压在自己身上的意识不清的人，立即伸手在他的腰间重重拧了两把。

“啊——”景言发出一声哀号，接着迷迷糊糊地睁开眼，看清是她之后，立刻傻笑着凑了过来，“老婆……”

酒气迎面而来，熏得人头昏脑涨，白璐按着他的脸往旁边拨，满是嫌弃地说：“离我远点儿，自己走，快点儿先去洗澡。”

景言摇摇晃晃地迈着步伐往前，白璐半拉半拽地把人拖到浴室，然后回卧室飞快地给他找到换洗衣物带进浴室。

景言还歪歪扭扭地倚在浴室墙壁冰凉的瓷砖上，半合着眼，双颊嫣红。

白璐直接给他脱衣服，西装、领带、衬衫，最后是西裤的皮带，暗扣解开的那一瞬，他立刻睁开了眼睛，那双黑眸里充满警惕，待看清是她之后，又飞快地合上了，唇边浮起傻笑。

“是老婆啊……”

“……”

白璐好想暴揍他一顿。

衣服全部脱完，景言冻得瑟瑟发抖，伸出双手环抱住自己，睁开眼委屈地瞅着她，仿佛在抱怨白璐为什么要这样子对他。

花洒被打开，热水浇落，白雾升腾而起，整个浴室弥漫着水汽。

景言瞬间清醒，看清两人的情景之后，他的脸上立刻带了一丝尴尬，他不自然地站直身子，从白璐手里接过花洒：“你……你快出去，我自己来。”

“嗯。”白璐点点头，面无表情地走了出去。

景言洗完澡出来，已经接近夜里一点了，白璐还没有睡着，内心被怒气占据，就等着他过来跟他算账。

景言头发微湿，小心翼翼地绕到床的另外一边爬上来，正欲躺下，就听到白璐冷冷的声音传来：“待遇挺不错啊，喝醉了还有小姑娘把你送回来。”

景言的身子立刻僵住。

他的身体里还有酒精残留，头很重，又晕又痛，疲惫得只想立刻睡觉。

他伸手把白璐抱到怀里，头在她的颈间轻轻蹭着。

“老婆……小刘酒量好，而且，女孩子比较容易活跃气氛，你别和我生气，头好疼……”

白璐不是无理取闹的人，只是深更半夜看到自己的老公被一个小姑娘送回家，心里总归不舒服，更何况，他还喝成了这样。

退一万步讲，万一人家起了什么不该有的心思，岂不是无力回天？

白璐觉得这是原则性的问题，即使现在已经很晚了，她也不想让景言就这样子糊弄过去。

“你有没有想过，你喝成了这样，万一人家把你带到酒店或者什么地方去，怎么办？”白璐把他的头扶正，盯着他认真地道。

景言不耐烦地睁开眼，眼里隐约发红，那是显而易见的疲惫。

“我有分寸的。”

“比如？”白璐静静地问。

“她有男朋友，已经订婚了。”景言眉头紧蹙，耐着性子解释。

白璐盯着他那双蕴含着不耐烦的眼睛，突然就不想多说什么了，一言不发地转过身子，抬手关了灯。

景言也觉察出了自己方才语气的不对，上前从后头抱住她，轻声哄了哄。

“以后，我再也不叫异性送我回家了，好不好？”

“嗯。”

“那你转过来，让我亲一下。”

“不要。”白璐闷闷地道。

景言索性强行给她翻了个身，在她的唇上落下一个吻：“乖啊！”

白璐立刻就没骨气地消气了，乖乖地抱着他，没了声音，不一会儿，头顶传来景言均匀的呼吸声，她倚在他胸前，也缓缓睡去。

白璐第二天醒来时，景言已经没了踪影，旁边一片冰凉，看来他已经起床很久，后知后觉，她想起今天是周六。

她在家搞了大半天的卫生，下午出去逛了一趟超市，提着大包小包回来，准备做饭，就看到玄关处放着熟悉的鞋子和外套。

厨房里有个人影，正在榨橙汁，他听到声响回头，看着白璐，笑得格外开心。

“你回来啦？我给你榨了橙汁。”景言端着杯子走出来，极其自然地接过白璐手里的东西，一样样地开始分类整理，态度极好。

白璐应了一声，站在一旁看着他整理，不时喝一口果汁。

“今天不做饭，去外面吃好不好？我订了餐厅。”景言忙完，又是一脸笑意，对着她温柔地说道。

白璐歪头思考了一下，迟疑地道：“今天……是什么特别的日子吗？”

“不是，我就是想带你出去转转，咱们好久没有一起出去过了。”

说来也是，两人都不是那种爱浪漫、讲情调的人，结婚以来，两个人各忙各的，压根儿没出去玩过。刚在一起的时候，他们还经常出去看个电影吃个饭什么的。

白璐沉吟两秒，点了点头：“好吧。”

等到景言把车子停在本市标志性的大楼“双星”底下时，白璐还有些反应不过来，她迟疑地下车，疑惑地望着他。

景言伸出手，朝她示意。

白璐会意地挽上他的臂弯。

门口有侍应生，弯腰致敬后，直接把两人带到电梯口，摁下上行键。二人乘坐的电梯一路畅通无阻，在顶楼停下。

外面静悄悄的，空无一人，偌大的空间，只有轻柔的小提琴声缓缓流出，地面铺着一层红毯，笔直延伸，尽头是一张餐桌。上面铺着白色桌布，新鲜红艳的玫瑰吐露芬芳，巨大的玻璃窗外是这座城市的风景。

此刻，淡薄的日光和着外面的光影投射进来，衬着微暗淡蓝色的天空，使得眼前的一幕看起来格外高贵雅致。

白璐看着自己脚下的白色帆布鞋，望着身旁的人，微微挑了挑眉头。

景言莞尔，带她走了过去。

精致的菜肴一道道端了上来，美味又可口。

白璐慢条斯理地切着盘子里的牛排，抬眸盯着景言，似笑非笑。

“以前追我的时候，怎么不见你带我到这种高档的地方吃饭？”

景言闻言笑了笑，眼里波光流转，唇畔的弧度极深。

“怕玷污了你那身清冷骄傲的气质。”

“难不成现在不怕了？”

“现在是我的袅袅了。”景言笑容愈加迷人，声音低沉又温柔。

白璐失笑，把两只手举起，放在脸颊两侧，笑着道：“好好好，情话高手，我认输、认输。”

“这哪儿是情话？”景言抬眸看她一眼，抿了一口红酒，眸里闪烁着微光。

“每一字，每一句，都是真情流露。”

吃得差不多后，甜点上来了，严寒冬日，室内却温暖如春，白璐看着面前的那盘抹茶冰激凌，诧异地看了景言一眼。

这人知道她有痛经的毛病，从来都不许她吃这些的，而白璐的心头好便是这抹茶味的冰激凌。

以前她肆无忌惮，一口气能吃两三个，自和他结婚后，她每次只能偷偷地在外面吃两口。

难不成，他今天变了性子了？

白璐偷偷地打量着对面嘴角带笑的景言。

“吃吧。”他笑得一脸温柔，让白璐莫名觉得自己是一只待宰的小猪崽。

“那我就开吃了？”白璐拿着勺子试探地问道。

“好，你随意。”景言点点头。

很快，白璐就把这一丝疑惑抛在了脑后，淡淡的绿茶香混合着入口即化的清甜的冰激凌，简直是绝配，白璐一脸满足地眯起了眼睛，忍不住挖了一勺送到景言唇边。

“你尝尝，超好吃的。”

景言顺从地低头把那一口含到嘴里，在白璐无比期待的目光中点了点头：“嗯，好吃。”

其实他并不热衷于甜食，尤其是这种冰凉的甜食。但看着白璐弯起来的眼睛，他莫名觉得嘴里的冰激凌格外美味。

两人吃完饭，景言带着她去逛街，市中心最大的商场里灯火通明，楼层越往上人越少。

白璐挽着景言的手臂慢慢地逛着，脚步轻巧而悠闲，说起来，他们好像还从来没有如此漫无目的地闲逛过。

“这件衣服还不错，你去试试？”路过一家男装店，白璐被穿在男模特身上的一件大衣吸引住视线，连忙拉着景言过去。

那是一件铁灰色的双排扣毛呢大衣，内搭是深蓝色圆领毛衣和条纹衬衫，白璐一眼就相中了，而且她的脑海中已经浮现出景言穿上这一身的模样——英俊、儒雅、清贵、气质卓越。

“好。”景言顺从地拿着衣服去了换衣间。

白璐继续在衣架上寻着合适的衣服，不一会儿，她的手里就多了一堆外套、衬衫、毛衣。她正挑得不亦乐乎时，身后传来了门开的声音，回过头，景言正含笑望着她。

灯光下，他的面容温和清俊，身姿挺拔，深蓝色毛衣把他的皮肤衬得越发白皙，漆黑的眸子望着她，闪烁着细碎的光。

“好看吗？”他问。

白璐情不自禁地点点头，唇畔浮现出笑意：“好看。”

不知是什么原因，店里的人并不多，除去几位导购，便只剩他们两人，偌大的场地，安静空旷。

“有多好看？”景言难得见她如此配合，厚着脸皮继续问道。

“帅到让人移不开眼睛。”白璐极其自然地说。

景言诧异地挑了挑眉，随即笑得一脸荡漾。

“来，满足你。”他像呼唤宠物一样朝白璐招了招手。那样子得意又嚣张。

白璐翻了个白眼，把手里的衣服通通塞到他怀里：“美死你，快去试一下。”

白璐的眼光很好，景言又是个天生的衣架子，最后，这一堆衣服一件都没落下，通通被拿去收银台结账了。

直到付款时，白璐才知道这家店为什么人那么少，看着小票上的金额，她忍不住眨了几下眼睛。

景言见状，笑着捏了捏她的脸：“别眨了，就是你看到的这样。”

“你随便买几件衣服就花光了我一年的工资……”白璐快要哭出来了，“我嫉妒！”

“我的就是你的。”景言含笑道，伸手揉了揉她的头。

白璐望着他，顿时没了声音，心底像是有着一汪湖水，被风吹得微微泛起波澜。

两人结婚的时候并未做婚前财产公证，这就意味着，他的就是她的。

这也是后来，他们几经波折，白璐依旧没有动过离婚念头的原因。

因为景言对她足够真挚。

现在回想起来，一开始，景言就把她视为生命中的另一半了。

“你也是我的。”白璐笑着抱住了他，下巴抵在他的肩头撒娇。

景言无奈地望天，抿着唇笑，须臾，低头亲了她一下：“是你的。”

逛完回家已经很晚了，白璐的双腿有些酸痛，洗完澡之后，她立刻爬上床，飞快地窝进景言怀里，抱着他蹭。

“好冷好冷啊……”白璐把手脚都贴在他温热的皮肤上，满足地喟叹一声，眯起了眼睛。

景言伸手抱住她，忍不住扬唇笑起来，胸膛微微震动，笑声低沉又好听：“像个冰块一样。”

“刚好，你像个暖炉一样，互补。”白璐从他怀里抬起头，眼睛弯成了两个月牙。

景言没有说话，只把她的手放到自己衣服里，用体温给她暖着手。

白璐受宠若惊，以前她这样干的时候，手都会被他立刻捉出来，然后他还要教训她几句。白璐眯着眼睛审视他：“你今天怎么了？又是烛光晚餐，又是陪我逛街，说，做了什么亏心事？！”

景言不说话，只是把她往怀里拉了拉。白璐伸手去挠他身上的痒痒肉，景言立刻扭动着身子躲避，随即握住她的手，翻身压住她：“别闹。”

白璐一动不动，睁大眼睛盯着他，漆黑的眸子透着毫不退缩的坚定。

景言轻轻叹了口气：“我在哄你啊！”

“嗯？”白璐很是不解。

“昨天惹你生气了。”景言看着白璐迷茫的样子，解释道。

“我已经忘了。”白璐无比坦诚地说。

“……”

两人大眼瞪小眼，过了半天，白璐又慢悠悠地开口：“你这哄人的方式也太含蓄了吧？我竟然完全没有察觉出来。”

“好了，闭嘴。”景言抬手关灯，黑暗中，声音闷闷地传来，“睡觉。”

白璐瞬间笑出声，身子还在颤抖。

半晌，景言忍无可忍，咬牙切齿地说：“再笑就给我去睡沙发。”

“那受罪的不是你吗？”白璐笑着说道。

景言冷笑两声，转过身来扒她的衣服：“好，那就让我享受享受——”

“别别别，我错了、错了。”白璐秒尿，双手环抱住自己，连忙求饶。

景言轻哼一声，方才放过她。

天气一天比一天冷，如果每天早上没有景言督促，白璐恐怕很难从被窝里爬起来。

车子开了一路，临到电视台之际，白璐还在连连打着哈欠，景言打着方向盘睨了她一眼，目光意味不明：“看你这个样子，不知道的人还以为我把你累着了呢。”

白璐坐正了身子，一脸认真地盯着他，说道：“我觉得你不应该叫景言。”

“嗯？”

“应该叫景黄，黄色的黄。”

景言立刻转过头来瞪了她一眼，正欲说些什么，目光突然顿住。

“怎么了？”白璐顺着他的视线看过去，外面是熟悉的景色，随着车子行驶一晃而过。

“没事。”景言收回视线，眸光微微沉凝。

方才路边好像有个人，一直盯着这个方向，这会儿又不见踪影，也许是他看错了。

车子在电视台门口停下，白璐照例凑过去在他的唇上亲了一下，方才开门下车。景言看着车门被关上的那一瞬间，那种有人盯着自己的感觉又来了。

最近，景言总感觉好像有人在跟着他们，可每次巡视周围的时候都无异常，他摇摇头，猜想可能是最近工作强度太大了。

年底，整个集团上上下下都很忙，景言秘书室的几位，更是每天加班到深夜。

趁着中午，景言叫助理订了个包厢，请他们吃个饭。

在他身边的人比起其他员工要忙上好几倍，他更是创造过一周换了三位秘书的纪录。因为秘书不仅要在工作时间打起十二分精神，下班之后也要跟着他应酬或者加班，情商和人际交往能力要高出一般人很多，工作能力还要一等一。因此，能在他手底下做满一年秘书的人，都是非常难得的人才。

当然，秘书的薪酬也排在整个集团金字塔的顶尖。

席间气氛很融洽，景言平日里虽然有着领导的威严，但也懂得恩威并施，私下和他们相处时，十分随和。

吃到一半，景言正在说话，包厢里突然有手机响了起来，众人望过去，在场的唯一的女性，上次送景言回家的小刘手忙脚乱地翻出手机，看了眼来电显示便立即摁了拒听。

“怎么不接啊？”景言打趣道。

小刘有些赧然：“我男朋友，有事没事总爱给我打电话，估计又是问我中午吃啥……”

众人哄堂大笑。

她低着头收起手机，不经意间，包里有个东西掉落，圆筒似的，刚好滚到景言脚下。

“哎，这是什么？”他捡起后好奇地问道。

小刘定睛一看，整个人更加窘迫：“这个……这是我男朋友给我买的防狼喷雾，还有警报功能，因为我经常加班到很晚，他非常不放心……”

“哎哟，小刘妹妹，你这个东西是故意掉出来滚到我们景总脚下的吧——”席间有人立刻接话打趣。

有人附和道：“就是，防狼喷雾都准备上了，这是得加班到多晚啊——”

“以防万一嘛！”小刘一本正经地道，“你们最近没看新闻啊？什么女老师夜跑失踪，第二天在草丛发现她尸体……还有单身女子在酒店差点儿被人强行拖走……”

“别以为这些事情离你们很遥远，每个遇害者都没想过这种事情会发生在自己身上，你们啊，还是多多让自己的老婆注意安全，万一出了点儿什么事情，可就追悔莫及了。”她一反刚才的羞涩，认真教训起桌上的一帮大男人。

有些人赞同地点头，有些人还是一脸不屑一顾，只有景言盯着手里的东西若有所思。

须臾，他朝小刘开口道：“你问问你男朋友在哪儿买的，待会儿帮我也买一个。”

那几个不屑一顾、正欲继续调侃的男同事：“……”

白璐从景言手里接过防狼喷雾时，整个人一脸茫然。景言把手机放到她面前，一条条给她打开上面的新闻——都是最近较为重大的女性遇害事件。

他边给她看新闻，边一本正经地教育道：“不要以为这些事情离你很遥远，每个遇害者都没想过这种事情会发生在自己身上……”

白璐立刻把防狼喷雾放进包里，连连点头，应道：“好的，您说得对，那我就收下了。”

这要不收下，岂不是辜负了景言的一番心意？

况且，那些新闻真是要吓死人了。

在白璐乖乖收下之后，景言立即停止了教育，笑眯眯地摸着她的头说了声“乖”，随后又不放心地嘱咐了两句：“平时出门要多注意周边环境，最好不要一个人，知道吗？”

“好的好的，景大妈。”白璐连连点头保证。

景言抬手敲了她的头两下之后，方才转过身子发动车子。

白璐上班时有带包的习惯，大大的米色帆布包，既可以提，又可以挎，而且还特别能装东西，下班去超市买个菜也够装。在包里放这么个小东西无足轻重，她干脆把那个防狼喷雾扔在里面。

虽然像她这种日上三竿才出门、太阳还在西边半空中就回家的三好市民，可能永远都用不上这个东西，但这毕竟是景言给她买的。

没几天，因为一个很重要的项目，景言要去国外出差一周，白璐只能一个人上下班。

景言很是不放心，临走前还在考虑要不要安排个司机接送她。

白璐很无语：“你没接送我上下班的这么多年，我不也过来了吗？！平平安安地活到了现在。”

景言蹙眉不答，他不知道该如何向白璐解释这段时间的异常，因为这完全出自他的直觉，但他的直觉几乎从来没有出过错，少临这几年的重大抉择，都从侧面印证了这一点。

每一次，他都是对的。

“我总感觉最近有人在跟踪我们，反正，你上下班时注意点儿，希望是我想多了。”景言最后也只能这样说一句。

白璐虽然当时没太相信，但景言不在家的第一个夜晚，她还是仔细地反锁好了门，检查了窗户阳台，确保没人能从外头进来，才放心地上床。

习惯了两个人，一个人躺在这张偌大的床上，她突然有种孤独的感觉。

满室漆黑，清冷的月光从玻璃透了进来，照在地板上，身旁空荡荡的。

白璐拉高被子，把自己紧紧裹成一团，闭眼睡觉。

过了半晌，她又睁开了眼睛。

——还是想他。

白璐从被子里伸出手，摸到床头柜上的手机，拨了景言的号码，将手机放在耳边。

嘟嘟的声音传来，那头的人接起："喂……"熟悉的温柔轻缓的声音在耳边响起，身体里空荡荡的那处瞬间被填满。

白璐应了一声，还没来得及说什么，又听到景言说："睡了吗？"

"睡了还怎么给你打电话……"白璐嘟囔着，语气中带着一丝未曾察觉的撒娇。

景言轻笑出声："我是问你在床上了吗？"

"嗯……躺在被子里呢。"

或是因为准备睡觉，又或是因为夜的安静，她的声音格外软绵，尾音不自觉拉得长长的。

景言抬手示意，然后从坐满十余人的会议室中推门而出。

耳边隐约传来细碎的脚步声，空旷得带着一丝回音，白璐好奇地问："你在干吗？"

"我在和你打电话啊……"景言站在巨大的落地玻璃前，手扶上栏杆，望着外面浓缩成一小片的高楼大厦，垂眸低笑。

"除了和我打电话呢？"白璐又问。

"嗯，在看风景。"

"出差的待遇这么好……"白璐嘟囔道。

景言嘴角的笑意越来越深。

"这个时候突然给我打电话，是不是想我了？"他轻声调侃，等待着那头不屑一顾的反驳，岂料，耳边却传来了软软的声音。

"是啊，你不在，我都睡不着觉了……"

景言情不自禁地放轻呼吸，唯恐惊扰了这一刻的幸福。

"那怎么办？"

"嗯，要不然，你给我唱首歌？"白璐说完，自己先轻笑了两声。

"什么歌？"景言的声音无比温柔，这个时候，恐怕白璐提什么要求他都会无条件满足。

"嗯，《宝贝》好不好？"

"《宝贝》？"景言在脑海里回忆了一遍歌词曲调，须臾，脸上的笑容越发深情，他清了清嗓子，柔缓地开口，"我的宝贝宝贝，给你一点甜甜，叫你今夜都好眠；我的小鬼小鬼，逗逗你的眉眼，让你喜欢这世界……"

景言的声音低沉动听，歌词曲调特有的温柔缱绻回响在耳边，带着浓浓的宠溺，更加让人沉醉心动。

胸腔剧烈地起伏着，白璐伸手捂住心口，着迷似的轻声开口："你再给我唱一遍。"

她把手机从耳边拿下来，飞快地按了录音。

景言依言又给她唱了一遍，这次比之前更加温柔几分，唱完之后，白璐许久没有出声，在景言忍不住想要出声询问的时候，她终于出声了："景言……"

"嗯？"

"怎么办……我更想你了。"白璐轻轻说道，声音隐约带上了几分哭腔。

不怪她矫情，那一声声"宝贝"回响在耳边时，白璐不由得想起了他的怀抱，他的温度，他有力的手臂和宽敞的胸膛。

她想要紧紧地抱着他，把自己塞进他的怀里，把头搁在他的肩头，深吸一口气，感受鼻间满是熟悉的沐浴露的香味，混合着他身上特有的味道，情不自禁地沉沦。

白璐吸了吸鼻子，眼睛变得酸涩。

"宝贝儿，别哭，我过两天就回来了，你乖乖地闭上眼睛，什么都别想，很快就睡着了。"

景言的一颗心又酸又疼，连忙哄着她，声音柔得不像话，脸上是又急又疼的表情，哪里还有半分方才在会议室里冷然的模样？

李秘书出来时看到的就是这样的一个场景，他自觉地扭过头去，假装没有看到这一幕，但景言敏锐地发现了他。

"我是开会开到一半出来的，你先睡啊，睡一觉起来就好了……"

白璐坚强地点点头，又想起他在那边看不见，连忙出声："你先去开会吧，我没事了。"

"乖。"景言又对着手机亲了一下，方才结束通话，脸上的表情瞬间转换成"生人勿近"。

"怎么了？"他朝不远处的李秘书微微点了点下巴，询问道。

"景总，大家都等着您呢。"李秘书在心里连连叫苦。

景言出来太久，那群老狐狸等得不耐烦，却都不敢抗议，只能派遣他这个小喽啰出来撞枪口。他偷偷地抬眼观察了一下景言的表情，唯恐一个不小心，年终奖就没了。

"嗯。"景言听完，只是淡淡地应了一声，眼角眉梢没有一丝表情，拿着手机的那只手揣进西装裤兜里，抬腿往会议室的方向走去，步伐稳健生风。

李秘书望着他莫名凛冽的背影，情不自禁地打了个寒战。

白璐昨晚和景言打完电话，脑海里便一直循环回荡着他低沉动听的歌声，出乎意料的是，她竟然很快睡去。

一觉醒来，天光大亮，昨夜的愁思柔情通通烟消云散，她又成了坚强独立的白璐。

浴室墙上的镜子里清晰地映出那双漆黑的眸子，白璐从洗手台旁边的架子上拿下毛巾，一点点擦干脸上的水珠。她望着镜子里面的自己，情不自禁想起了昨晚的心潮澎湃。白璐有些困惑地皱了皱眉头，挥散了心底的那一丝异样。

收拾完，她拿了车钥匙出门，乘电梯一路直达负一层停车场，叮咚一声响，电梯门开了，光线立刻暗了下来，幽暗低矮的空间里停着众多车辆，整齐排列，顶上一排排铁灰色管道中间挂着长灯，此刻散发着白色光芒。

白璐按了按手里的车钥匙，不远处，一辆白色的车闪烁了一下亮光。

她信步走了过去，打开车门的一瞬间，她的脑海里蓦地闪过一丝警觉，白璐立刻回头，目光所及一片空荡。她皱了皱眉头，上车关门，发动车辆，眼前的景物一晃而过。

车子驶出车库，视野骤然开阔，日光明媚，挡风玻璃前出现熟悉的街道景色，方才的一点儿异样感随之烟消云散。

傍晚下班，回来的时候，白璐刚巧遇上了楼下的邻居，那是一对年轻的夫妇，两人好像都从事金融行业，每日早出晚归。

白璐和景言有几次出门早，在电梯里碰到过他们，相互打过几次招呼后，熟悉了起来，算是点头之交。

今天两人回来得这么早，白璐有些诧异，一边往电梯走去，一边笑着同女方交谈："你们今天怎么回来得这么早？"

对方有些不好意思地笑了笑："今天是我们的结婚纪念日，所以早点儿回来了。"

"哦——"白璐了然地点头，又和他们闲聊起了最近的时事新闻。

电梯很快抵达对方的楼层，相互告别之后，白璐继续乘坐电梯到上一层。一出电梯门，她就拿出钥匙开门，进去后顺手锁上门。

这天，她没有骚扰景言，或许是经过一晚上的缓冲，白璐已经习惯独自入眠，又或许是耳机里面，他的歌声有助于安眠，白璐很快睡去。

第二天是周五，景言下周二才能回来，听说这次是有个和国外合作的大项目，必须由他亲自飞过去和对方谈。

因为有时差，白璐也减少了联系景言的次数。

上下班，她照例一个人，因为第二天是周末，下午必须把整周的工作处理完，白璐被几件琐事拖住，待忙完，天已经黑了下来。

她看了一眼电脑屏幕右下角的时间，今天比平时要晚一个小时。

白璐收拾了东西，开车回家。

今天不知道怎么回事，地下停车场的灯坏了几个，坏的地方恰好在白璐的停车位。她停好车，拔下钥匙，推开车门，外头一片昏暗，像是蒙上了一层浓墨，周围的事物看不太真切。

白璐有些发怵，右手伸进包里，摸到那瓶防狼喷雾后，将它紧紧地握在掌心，脚下的步伐急促。

走出那片黑暗后，白璐眼前变得明亮，电梯口就在不远处，她暗自松了一口气，紧握的手刚准备松开，蓦地汗毛倒竖。

陌生的气息在身旁出现，白璐几乎在同一时间回头，猛按着手里的喷雾，对着身后的不明人物狠命地喷。

成年男子低沉狂躁的声音响起，在空旷的停车场中回荡，白璐方才看清眼前的场景。

那是一个高大的男人，他戴着黑色的鸭舌帽和口罩，宽大的黑色外套从头包到脚。

白璐刚才的那几下恰好喷到了他的眼睛，此刻，那人一边捂着眼，一边从后头紧紧地锁住她的肩膀。

白璐不能动弹，极力挣扎之际，一块微湿的布蒙住了她的口鼻，陌生异样的气味涌入鼻间。

白璐立即屏住呼吸，身体却控制不住地发软，在被他拖着往后走的那一刻，白璐竭尽全力打开了手里报警器的开关。

一阵阵尖厉急促的警报声于空旷寂静的停车场响起，那名男子明显慌了神，加快了速度，把她往后面那辆黑色的车子里塞。

白璐的手脚一寸寸发软，快要失去意识、濒临绝望时，她突然听到了呵斥声。

“干什么？！”

急促慌乱的脚步声接踵而至，眼皮沉重几欲合上，白璐模糊的视线中出现了楼下的那对夫妇，还有远处保安的身影。

白璐醒来时是在医院，触目所及一片雪白，头顶上方挂着输液瓶，她的右手放在身侧，手背上插着针头，贴着白色医用胶带。

她缓和了几秒，彻底睁开眼后，就看到了趴在她床边的景言，自己的左手被他紧紧握在掌心，温热柔软。

她情不自禁地轻轻动了动，景言立刻觉察到了。

白璐看到他从被子中抬起头，那张脸憔悴不堪，嘴唇苍白，双眼布满红血丝。

“你怎么——”她听见自己的声音沙哑干涩，还没来得及说完，就被景言猛地抱住。

“真是吓死我了……”他把头埋在白璐颈间，声音哽咽，像是在喃喃自语，又像是后怕不已。

白璐伸出那只被他松开的手，轻轻地摸了摸他柔软的头发。

“我没事，我很听话的，每天带着你给我买的喷雾，一看到不对劲儿，我就立刻打开警报了。”白璐的唇浅浅地勾起来。此刻，她整个人被他紧紧抱在怀里，从景言那双手的力度，白璐完全能体会到他劫后余生的紧张。

肩膀被箍得有些发痛，白璐却没有多说什么，只是默默地用手安抚着他。

片刻，景言从她的颈间抬起头，那双眼一对上她的视线，便立刻移开，但白璐依旧看到了他通红的眼眶。

“你……哭啦？”她试探着问道。

只见景言迅速地抹了两把脸，转过头，满眼正色。

“你昏迷了整整一天一夜，那个人已经抓到了，在警察局，是你的一个狂热粉丝，他……”景言握紧拳头，说不出话来。

想起那人的供词，他就浑身发冷，被那种假设吓得呼吸停滞。

“为什么要绑架受害人？”冷森森安静的审讯室内，穿着制服的警察满脸严肃地问。

那个男人木然地抬起头，仿佛想到了什么，脸上浮现出迷恋的笑容。

“因为想囚禁她，把她关在一个屋子里，只有我知道，也只有我能看到，她只属于我。”

“你这样是犯法的，知道吗？！”警察蹙眉冷冷地呵斥。

那人扯了下唇，满脸的无所谓。

“那又怎么样？只有这样，我才能得到她，而不是隔着屏幕，躲在暗处远远地观望。这样的人生有什么意义？得不到就干脆毁掉。”

景言望着白璐苍白的脸，强迫自己止住回忆，只握紧她的手放到唇边，接着贴在脸侧，道："没事就好，幸亏遇见了楼下的那对夫妻，不然可能等不到保安过来……"

"你什么时候回来的，项目都搞定了吗？"白璐担忧地问道。

景言扣紧她的手指，轻声回答："没事，都谈得差不多了，我一接到消息就飞回来了，今天凌晨到的。"

白璐点点头，还欲说些什么，病房门被推开了，是那对夫妻，男的叫季晟，女的叫赵帘，他们提着果篮过来看望她。

白璐连忙道谢："昨天真是谢谢你们了，不然都不知道会发生什么事情。"

"不用不用，你没事就好，幸亏我们昨天下班早，真是太险了。"赵帘连连摆手，满脸后怕。

昨晚，他们刚刚将车子行驶到车库里，就听到刺耳的警报声，赵帘眼尖，立刻看到了不远处被人强行拖走的白璐，连忙招呼着一旁的季晟下车。

两人立即冲过去，谁知那人看见也不躲，直接拿出了刀，幸亏季晟躲避及时，保安赶来得也够快，不然……

如果没有季晟的拖延和保安的帮忙，可能白璐就被带走了。

赵帘又想起，是因为前一天晚上剩下来的食材太多，昨天两人才决定早点儿回家做饭，要换成是其他日子，肯定不会这么早下班。

真是惊险至极。

两人没待多久就回去了，白璐连连叮嘱景言要答谢人家，救命之恩不敢忘。

他微微颔首，就算白璐不说，他也会给予重谢。

两人刚走，医生过来又做了一次检查，确定白璐身体没有大碍，可以回家休息。

她没有什么皮外伤，主要是那块帕子上有让人昏迷的药物，睡了一觉起来，便没有其他异样了，但景言依旧小心翼翼的，唯恐她会随时晕倒。

回到家，白璐洗了个澡，吹干头发，整个人才算重新活过来，她喝着景言亲手熬的小米粥，满是劫后余生的满足和惬意。

景言坐在对面陪她一起吃着，其间，白璐给他说了这几天的情况和那天的具体细节。

当时经历着万分惊险可怖的事情，现在说来，几句话便可以讲完，临了，白璐感触颇深地叹息："幸好你有先见之明，给我买了那个防狼喷雾，它救了我一命。真的，每个受害者都不会想到自己会经历这种事情，我现在回想起来，就像是做了一场噩梦，有点儿不真实，又非常后怕。"

此刻回想起那一瞬间的绝望，她还是会吓得浑身冰冷。

白璐情不自禁地抖了抖肩膀，景言握住了她的手。

他在她白皙的手上温柔地摩挲着，若有所思。

“老婆……”

“嗯？”

“你有没有想过辞职？”景言抬眼，认真地盯着她，漆黑的眸深邃无波。

白璐愣住了。

其实结婚之后，白璐也考虑过这个问题。景家不差钱，更不会在乎她这点儿工资，况且，像她这种到处跑的工作，也着实不能给他们带来什么益处。

但出乎意料，结婚以来，他们都没有提过这个话题，好像只要她开心就好了，白璐自然不会主动提起。但景言今天突然说到这件事情，白璐是非常抗拒的。

“没有。”她顿了两秒，抬头凝视着他，十分认真地说道。

景言闻声，也没有太大反应，只是重重地握了握她的手，接着继续吃饭。白璐见状，也没有再说什么。

自两人说过这件事情之后，景言就格外地沉默，到上床睡觉时，都是一言不发地抱着她。

白璐躺在这个久违的怀抱中，满足得无以复加，尤其是经历过那么一件惊心动魄的事。和平日截然不同地，她主动转过了身子，偎在景言宽敞温热的胸膛前，伸手紧紧抱住了他的腰。

那些复杂的心思瞬间远去，景言伸手紧紧把她护在怀里，下巴抵住她的头顶，静静地感受着彼此的温度。

白璐睡了整整一天，此刻自然没有睡意，景言却奔波了一整天，白天一直寸步不离地守着她，几乎没有合过眼。

此刻，她温软的身子在怀，不安和担忧烟消云散，疲惫和睡意铺天盖地地涌来，半梦半醒间，他听到白璐的声音隐隐约约在耳边响起。

“你要是担心，我可以转做幕后，反正我也不喜欢每天被别人盯着，这样，就不会再有像这次这样的事情发生了。但是我很喜欢电视台的工作，我不想辞职待在家里，更不想去和那些贵妇名流交际……你觉得可以吗？”

“嗯……”景言意识模糊，含混不清地随口应着，说完，便立即陷入了梦中。

第二天醒来，景言隐约觉得自己忘记了什么，一直到刷牙时，才想起昨晚临睡前的那番话。

他抬眸望向站在身旁刷牙的白璐，眼里有些异样，白璐察觉，疑惑地“嗯”了一声，接着吐出了嘴里的泡沫，问：“干吗这样看着我？”

“没事。”景言收回视线，继续刷着牙。

两人一同出门，到电视台后，下车前，白璐俯身过来亲了他一下，景言揽住她的腰询问：“你昨晚说的是真的？”

“什么？”白璐一愣，随后反应过来，“转幕后吗？对呀，你不都答应我了？”

“我那时快睡着了，没仔细听。”

“好吧。”白璐抿抿唇，开口道，“正好有个编导打算离职，我到时候和导演说一下。”

“你这么任性，可以吗？”景言放松身子倚在座位上，眉头轻挑，有几分懒洋洋的意味。

“不是有你吗？”白璐抬眸睨他，嘴角的笑容意味不明。

景言脸上的笑意更深了，两人无声对视，须臾，他直起身子，抬手把她颊边的碎发撩到耳后，声音温柔地道：“不要勉强自己，我希望你做自己喜欢的事情。”

“没勉强。”白璐笑着摇摇头。

“我比较喜欢低调，太多人认识自己并不是一件很开心的事情，会很烦。”她像个小孩子一样皱了皱鼻子。

“我以为……”景言有些意外地笑了笑，随后垂眸，仿佛是在回忆什么，弯着眼睛说，“你以前就是焦点一样的存在啊！”

“那是很久很久以前了。”白璐睁大眼睛，语气有些无奈。

“每个人年少时总是渴望在同龄人中脱颖而出，我当然不能免俗。可人都会成长，经过了那些事情之后，我早就习惯了默默无闻。可我依旧很感激那段时光，让我体会过了那种美好。所以，现在就像是把小时候丢失的公主裙重新放到了我面前，但是已经错过了最适合的年纪，再华美漂亮的公主裙也远远比不上一件简单舒适的普通衣裳。”

“嗯，我懂了。”景言点点头，揉了揉她的脑袋，整个人散发着柔和的暖意。

“没关系，无论你想要什么，我都可以给你。”

闻言，白璐的眼珠子转了转，盯着他开玩笑地说：“那我如果想要帅哥怎么办？”

“打断你的腿。”景言笑眯眯地回答。

第十一章

我不管你谁管你

白璐转岗的事情出乎意料地顺利，不出半个月，台里就找到了一位既有知名度，综合条件也上佳的女主持接手她的工作。

消息一出来，有不甘心的粉丝闹了一阵，之后，随着节目的播出，也没了波澜。

白璐对节目很熟悉，整套流程几乎烂熟于心，再加上将近一年的主持采访经验，对编导的工作上手非常快。交接时，上一任带了她两期，便完全交给她打理，自己办了离职手续。

那个意外随着时间的流逝，慢慢地变成了生活中的一个小插曲。

不知不觉，春节将近。

他们照例是要去景家过年的。饭桌上，不出意外，老人们又问到了要小孩这个话题。

“你们也结婚一年了，孩子的问题也该考虑考虑了，再过半个月就是景言三十岁的生日，你看，也都老大不小了！”景老爷子拄着杖棍激动地敲击着地面，颇有些吹胡子瞪眼的意味。

白璐向来应对不了这些，再加上心虚，一直低头缩肩装鹌鹑。

景言无奈地看了她一眼，出声应道：“爷爷，我们在考虑了，您别激动。”

“那你说，什么时候能让我抱上重孙子？！你可是我们景家的独苗，生孩子这个事情宜早宜多，不能马虎！”景老爷子年老心不老，心里堪比明镜，不好糊弄，虽然他是在呵斥景言，目光却明晃晃地盯着白璐。

一顿饭吃得如坐针毡，晚上两人回到房里，气氛都还有些低沉。

“你先去洗澡还是我先去？”白璐坐在床边，神色郁闷。

景言倒是没有太多情绪，说了句“你先”，便收拾起了行李箱里的东西。

春节期间，各路亲戚朋友都会过来聚一下，一大家子人，十分热闹，景言和白璐通常也会在这边住上几天。

他们的房间是景言从小睡的那间，两人倒不会觉得有什么不适，就是白天需要注意一下。虽比不上家里随意，但也还算自在。

白璐拿了睡衣去浴室，景言整理着两人的生活用品。

房间的摆设和他以前住在家里时一样，高高的书架上面凌乱地堆放着模型和书籍，墙上贴着明星海报，角落的木质地板上散落着各种游戏机。乳白色的窗户紧闭，拉开米色窗帘，还能看到两棵大榕树。

此刻，路灯昏黄，安静无声。

房间的床靠着墙壁，比起单人床要大一些，两个人睡完全不会拥挤，反而多了几分温馨。

床单和被套应该是景母吩咐人新换过的，浅蓝色条纹，景言读书时最喜欢的就是这一套。他情不自禁地笑了笑。

东西收拾完，浴室水声停下，白璐走了出来。她穿着深粉色的细格子睡衣，衣服圆领，中间有一排木质扣子，跟他那套蓝色的是情侣款。

她浓密乌黑的长发随意散落着，那张脸白皙莹润，结婚一年多的她依旧像个少女，比起高中时，好像根本没有变化，岁月对她很宽容。

景言洗完澡出来时，白璐正趴在床上玩游戏，抱着平板电脑，戴着耳机，玩得不亦乐乎，嘴里还在说着什么。

她最近被程语嫣带着迷上了一款游戏，每天晚上都和程语嫣、周显组队玩，时不时还冒出来一句“我是你爸爸”。

景言当时瞪大了眼睛，难以置信，震惊过后就是生气。每次，他都会深刻地教育她，只可惜，说完后，她还是原样。景言也是无计可施。

白璐玩得入迷，根本没有察觉到他出来。景言不喜欢她在两个人在一起时玩游戏，所以，白璐每次都是偷偷摸摸趁他不在的时候打上两局。

手里的平板电脑被抽走时，白璐是猝不及防的，游戏规则有一条是组了队就不能中途退出，不然会扣信用积分，次数多了还会被禁赛。

白璐立刻跳起来去抢，争夺半天，景言已经眼疾手快地按了关机键。

她气鼓鼓地瞪他，全然没有发现自己此刻的动作有多危险。

白璐站在床上，景言站在床边，她扑过去抢平板电脑，景言的手伸得很高，整个人往后仰，于是，白璐只能搂着他的脖子挂在他身上。

景言稍微低头，下巴就碰到了她柔软的某处。

白璐刚洗完澡，只穿着睡衣。鼻间仿佛能闻到熟悉清淡的奶香味，景言手托着她，唇直接印了上去。

景言掀开被子，把白璐放到床上，整整齐齐的木质扣子被一颗颗解开。

景言望着她，恍惚间产生了一种错觉，就好像躺在自己身下的是十八岁的白璐。她们有着一样精巧的五官，脆弱柔美的神情，还有像玫瑰花瓣一样粉嫩的唇。景言控制不住地亲了上去。

到了最后关头，他才突然想起“东西”还在行李箱的隔层，没有拿出来。景言蹙起眉，气恼不已，深深地吸了一口气才克制住自己。

他的额前开始分泌出细密的汗珠，眼角发红，正欲翻身下床时，白璐却察觉到了他的停顿犹豫，抱住他，柔软的唇随即落在他的嘴角，细碎含糊的声音传来："没关系，不要了……"

景言的理智宛如山崩般轰然崩塌，灵魂仿佛飘荡在空中。

结束之后，他迟迟不肯动，像是在回味，更像是患得患失，不敢相信。

白璐回过神来，推他："不舒服，我要去洗澡。"

"我们刚刚没做措施……怀孕了怎么办？"景言睁开眼，乌黑的眸子里都是试探，小心翼翼的，唯恐说错一句话就被打回原形。

闻言，白璐又心酸又好笑，语气却无所谓："怀孕了就生下来呗。"

"老婆……"景言蓦地紧紧抱住她，满脸感动的模样让白璐怀疑下一秒他就会热泪盈眶。果不其然，景言再次从她颈间抬起头时，眼眶微微发红，"我好开心。"

第二天起床后，大家明显发现了两人的不一样。

虽然平日里，景言和白璐在一起时，脸上都挂着笑，但也没有像现在这样，无时无刻不在傻笑，浑身上下都散发着一种腻歪的甜蜜。

这一整天，景母看到景言拉着白璐寸步不离，不是低头窃窃私语，就是甜蜜地相视而笑，如同连体婴一般粘在一起，就连白璐在厨房帮忙择个菜，景言都要跑进去和她说说话，还以为别人都没看到似的，冷不丁就亲上去了。

景母飞快移开视线，假装自己什么都没看到。

年夜饭开席早，天还没完全黑下来，菜肴便已经都上了桌，红木圆桌上摆得满满当当。一共七个人，两位老人，景言的父母，白璐和景言，加上帮佣的许阿姨。

饭桌上有碗筷碰撞的声音，时不时夹杂着几句交谈，气氛和睦又融洽。

许阿姨的年纪有些大，味觉并不是特别灵敏，桌上的菜都有些咸。白璐吃一口菜就抿一口红酒，不知不觉，手边的杯子已经见底，她看了一眼，旁边的景言也和她差不多。

景言像是觉察到了她的视线，侧头望了过来，随后目光一瞄，了然地放下了手里的筷子，慢条斯理地拿起纸巾擦了擦嘴，然后微微探身，把桌子边缘处的那盘虾挪了过来。

景言擦干净手，开始剥壳去虾线。

白璐看了两眼后便收回视线，继续吃着碗里略咸的红烧排骨，刚啃了两口，面前就被放了一只剔透的虾仁，虾剥得很干净，尾部蘸了一点点酱料，白璐不动声色地夹起来，放到嘴里，咸淡适宜，软滑又有弹性。

她敛目，掩盖住眼里的一抹笑意。

接下来，她碗里的虾仁就没有断过，连着吃了几只之后，她忍不住抬头看了景言一眼，他的嘴角挂着散漫的笑，动作悠闲又轻巧。

白璐悄悄伸出手碰了碰他的肩膀。

“嗯？”景言微微低头凑了过来。

“你自己吃，不用给我剥了。”白璐小声说，小心翼翼地打量着周围的长辈们。

“我吃饱了。”他挑眉，眼里闪过一丝亮光。

白璐闻言，不假思索地开口道：“那你就不要剥了。”

空气静默，景言意味不明地睨了她一眼，随后坐直身子，手里的动作没停。

面前的碗里又被放下一只虾，白璐抿抿唇，最终还是把它夹了起来。

景言手边的虾壳越堆越多，大概吃了半盘，白璐方才停了动作，道：“我吃饱了。”

“真的？”景言反问道。

白璐一脸正色地点了点头：“真的。”

他这才停手，拿起旁边的湿毛巾一根根擦着手指，随后注视着小口小口喝着红酒的白璐，脸上又浮出浅浅的笑。

桌上的几位长辈看着这一幕，互相交换了个眼色，须臾，不约而同地叹了口气。

吃过饭，天色完全黑了下来，许姨开始收拾桌子碗筷，白璐上前帮忙，没洗几个碗，就被赶了出来，客厅却不见景言的身影。她好奇地环顾一圈，被坐在沙发上的景母看到。景母对她笑笑，朝窗外努了努嘴。

白璐顺着她的视线看过去，宽阔的庭院中，远处草木深深，门口那一块平坦的空地上，景言正拿着闪烁的烟花棒，玩得不亦乐乎。

那张俊朗秀气的脸上尽是孩子气的笑容，他的脸被那一片火光照映着，眉眼干净得像个少年。在漆黑的夜中，他宛如一团发光体，让人忍不住想去亲近。

白璐朝景母笑了笑，点头示意，迫不及待地往外走去。

景言专注地点着烟花棒，全然没有觉察她的到来。白璐轻轻地走到他身后，突然跺脚大叫了一声。

“啊！”景言吓得立刻回头，看清是她之后，他用力瞪了她一眼，脸上却都是笑意。

“在干吗呢？”白璐明知故问，丝毫不为自己的行为感到心虚。

景言朝她挥了挥手里的烟花棒，配合着解释：“放烟花呢。”

“噢。”白璐状似了然地点点头。

景言笑了笑，把手里两根燃烧着的烟花棒放到她手中，然后自己又点燃了一根。金色的火焰窸窸窣窣地闪着，在手里冒着璀璨亮眼的光芒，映亮了彼此的面容，四目相对，甚至能在对方的眼里看见星星。

白璐望着近在咫尺的那张脸，不知道为什么，明明做着很幼稚的事情，她却产生了一种岁月静好的感觉。

她弯起嘴角，觉得有点儿幸福。

在冷风中玩了十几分钟的烟花棒后，两人被景母喊了回去。

白璐还有些意犹未尽，景言瞧见了，凑过来含着笑道：“没关系，过几天，我买一箱，咱们回去玩。”

她默默地白了他一眼，开口道：“不是春节，玩烟花棒还有什么意义？”

景言悻悻地摸了摸鼻子，不作声了。

因为怕两人在外面吹了风会感冒，一进屋，景母就把景言和白璐赶去洗澡了。向来气质温雅的景女士此刻像个普通的母亲，在不听话的孩子身后唠唠叨叨：“都这么大的人了，还喜欢玩这些小孩子的东西，在外头吹这么久的风，也不怕感冒……”

景言和白璐相互对视一眼，抿唇偷笑，加快了步伐回房。

因为还要守岁，景言洗完澡，穿着家居服又下楼了，白璐陪着坐了会儿。

不知是因为夜深了，还是因为饭间那两杯红酒，白璐浑身有点儿软绵绵的，快要睁不开眼睛，景言察觉后，推搡着她上去睡觉。

白璐迷迷糊糊地点了点头，看了他一会儿，她的眼底又清明起来。

“你今天不出去了吗？”她的声音有点儿软糯，睫毛一颤一颤的，看得人心头发软。

“这么晚了，我还去哪里？”景言温柔得不像话，轻轻地对她说道。

白璐歪了歪头，笑着道：“你以前过年不是都在外面玩？”

“我现在是有家室的人了，当然是陪老婆比较重要。”景言一本正经地说。

白璐轻嗤一声，一字一顿地说：“去年的今天还历历在目。”

“啊……”景言轻呼一声，道，“那时年纪小，不懂事，现在我长大了。”他对着白璐笑得像花儿一样。

“……”

初二，从早上开始，家里陆陆续续来了客人。

“真是难得啊，在我们这样的人家，夫妻感情还能这么好。”一位贵妇人拉着景母的手，目光落在不远处的两人身上，面露感慨。

景母顺着她的视线望过去，白璐正在看手机，不知道是什么内容，扬着唇轻笑。景言见状，巴巴地凑过去，被白璐按着头一把推开，他立刻拉住她的手握在掌心，然后放到嘴边亲了一下。

景母有些看不过去似的别开眼，轻叹道："他这性子，也不知道像谁，和璐璐好得跟一个人一样，从来不见吵架，要是他爸爸也能这样子对我就好咯。"

"哎呀，你家老景也不错，至少没在外面乱搞，你看看我家这个，要不是为了孩子，我早就和他离婚了！"

"唉，家家有本难念的经。"

几位妇人感慨着。白璐则因为景言的动作而羞恼。

"这么多人看着呢！"她瞪着眼睛，眉头紧紧蹙起，用力抽了抽被景言握住的手，却未果。

"他们聊他们的，我们玩我们的嘛……"景言把玩着她的手指，像个小孩子一样，脸上的笑容灿烂得让人生不起气来。

白璐默默地在心里翻了个白眼。

用过午饭之后，景母她们照例支起了麻将桌，三缺一，白璐乖巧地上去陪着，景言搬了张椅子，懒洋洋地坐在旁边，手横在她的椅背上，吊儿郎当的。

那些阿姨忍不住调侃："景言，怎么不去和你爸爸他们一起喝茶聊天啊？和我们一群老阿姨坐在一起，有什么好玩的？"

"丽姐，话不是这么说的，人家明明是在陪老婆呢！"一人接话。

另一人立即道："哎哟，真是一刻都离不开！"

迎着几道调侃看热闹的目光，白璐只得赔笑，私下里却用力地踢了景言两脚，后者吃痛，可面上也是笑意满满。

玩了两局，白璐的手气不错，自摸了两把，景言坐在一旁倒也本分，全程一言不发，只是注视着白璐的牌面，好似十分专注，丝毫不见不耐烦。

白璐又赢了两把之后，其他人纷纷坐不住了。

"景言，你坐在那里怕是招财的——不行不行，得换个位子。"

"对对对，这样下去，都是你媳妇赢钱了。"

"得赶紧走、赶紧走！"

几人你一言我一语的，就连景母都忍不住出声了。

白璐不自然地给他使了个眼色，景言轻叹一口气，环顾了周围一圈，慢悠悠地站了起来："好吧好吧，既然都不欢迎我，那我就去找他们喝茶好了——"

他说完，又依依不舍地看了白璐一眼，方才离开。

他一走，大家的话匣子立马打开了，气氛颇为热闹，几人边打麻将边聊天，话题不出意外地来到白璐的身上。

“璐璐啊，看你和景言感情这么好，最近有没有生小孩儿的打算啊？”

一句话轻飘飘地冒了出来，白璐明显感到景母的眼神热切了几分。

她笑了笑，温顺地回答：“有啊，今年就打算备孕了。”

“哎哟，那可是要有孙子了——”那妇人挤眉弄眼地朝景母示意。

白璐状似羞涩地低头垂眸，耳边响起自家婆婆温和关怀的声音。

“那最近记得注意饮食，不要熬夜，还有，叫景言一定不能抽烟喝酒，叶酸要提前开始吃的……”景母唠唠叨叨了一大堆。

白璐温顺地点头应着，见她这副模样，景母的神色越发和蔼，眼里透出满满的慈祥。

如此和谐的氛围一直持续到牌局结束，白璐脸上的笑容维持了一个下午，送走几位客人之后，她突然有些脱力。

“累了吧？”景母见状，立刻关怀道。

白璐摇摇头，笑了笑：“还好，就是眼睛有点儿累。”

“那你先去房里休息一会儿吧，待会儿吃饭时让景言叫你。”景母笑眯眯地道。

白璐乖巧地点了点头：“好的，妈，那我先回房了。”

白璐前脚刚上楼，景言后脚就跟来了。

今天的天气不错，傍晚时分，还有夕阳从窗户洒落进来，打在地板上，切割出一片片金色碎片，窗外的大榕树叶子随风摇曳着。

白璐和衣躺在床上，闭眼侧着身子，棉被堪堪盖到腰腹。

“累了？”景言见状，轻手轻脚地合上门，问道。

白璐一动未动，闭着眼轻不可闻地“嗯”了一声。

景言走到床边，弯腰俯身看了她一会儿，须臾，他轻轻掀开被子躺到她身旁，然后伸手抱住她。

身后温热的胸膛贴上来时，白璐舒服得眯了眯眼睛。

她微微动了动身子，在景言的怀里找了个更舒服的姿势，合眼浅眠。

悄然无声的房间里，两个人安静地躺着，女子的身姿略为娇小，蜷缩在背后男子的怀里，他们的手搭在棉被外面，十指紧扣，亲密交缠。

情人间柔情缱绻，月亮则悄悄藏了起来，墨色如同一匹织锦，笼罩大地，房间一点点暗了下来。

醒来时，白璐有些不知身在何处，动了动，却发现整个人被搂在一个熟悉温暖的怀中，指间也缠绕着不属于她的温度。

身体弥漫着倦意，她睁了睁眼又闭上，景言却被这个微小的动作弄醒了。他松开白璐的手，搂在她腰上的手紧了紧，两个人的身体又贴近了几分，白璐将头埋进他的怀里。

“老婆……”他哑着声音唤她，嗓子里带着刚睡醒的沙哑，在安静黑暗的房间中更加清晰，仿佛能顺着耳朵钻进她的五脏六腑。

白璐的心痒痒的，轻轻应了一声，便没了下文。

景言把下巴搁在她的头顶，一动不动的，也不说话。

白璐昏昏沉沉，欲再睡过去，头顶却被人慢慢蹭着。

“该起来吃饭了……”依旧是懒懒的嗓音。白璐脑海中的瞌睡瞬间被驱散了大半，她方才反应过来，此刻满室漆黑。

“几点了？”白璐有些忐忑不安地问。

身后温热的身体离开了些许，景言微微起身，拿过来床头柜上的手机，按亮后费力地睁开眼睛：“快晚上七点了。”

“啊！”白璐吓得立刻一个鲤鱼打挺，从床上坐了起来，她一把打开床头灯，懊恼地抓了抓头发，“都已经开饭了……”

景家春节时的一日三餐时间十分固定，早八点，晚六点，准时开席，去晚了不仅会让长辈不开心，还只能吃些残羹冷炙。

白璐哭丧着一张脸，沮丧不已，辛辛苦苦维持了一年的形象一下崩塌。

“没关系的。饿不饿？要不要先洗个澡？”景言抬手帮她顺着被揉乱的一头长发，温声细语地安慰，却丝毫起不到作用。

白璐闷闷不乐地下床，干脆破罐破摔地又去洗了个澡。

两人收拾完，神清气爽地下楼后，才发现桌上摆着整整齐齐的一桌菜，景母和景父坐在沙发上看电视，这一幕在灯光下格外温馨。

听闻脚步声，景母立即回头，朝两人笑着打招呼。

“睡醒了？饿了吧？刚叫许阿姨热了一遍菜，趁热吃。”

白璐有些不好意思地抓了抓头发，朝她羞涩地笑了笑。

“妈，你怎么也不叫我？都睡过头了。”

“看你们肯定是累着了，晚一会儿没事的，自己家里，不用不好意思。”景母摆摆手，一脸无所谓，白璐提着的那口气悄悄松了下去。

景言在旁边捏了捏她的手，瞧着她的神情，眼里闪过一丝爱怜。

春节过完，白璐带了一堆补品回去，都是适合备孕人群服用的东西。她既无奈，又倍感压力，却每日都按照上面的说明认真吃着。

景言也开始戒烟戒酒。原本他的烟瘾就不大，只是在家时偶尔会躲在阳台上抽一支；酒的话，他在应酬时直说了，便没人再逼着他喝。

冬天悄然过去，霖市迎来了春暖花开，三月，大地回春。

这天，白璐看着验孕棒上面两条显眼的红线，内心五味杂陈。

景言兴奋得像个得了糖果的孩子，不时摸着她的小腹，大掌宽厚又温热，在上头不停摩挲，饶是白璐这般心情复杂，都被带出了几分喜悦。

“别摸了……”她笑着道。

景言却伸手搂紧了她，柔软的唇贴在她耳侧喃喃私语。

“我们要有宝宝了。女孩儿肯定像你，漂亮；男孩儿肯定像我，天天皮得很。”景言说着说着，情不自禁地低笑开来，声音愉悦欢畅，抱紧白璐的手臂，在她的颈间不停地蹭着。

“宝宝……宝宝。”

“宝宝还没出来呢。”白璐被他说得心头发软，轻笑一声，道。

“我叫的是你这个宝宝。”景言侧头在她的唇上重重地亲了一口，语气像是蜜，甜到了人心里。

白璐先前的复杂和不安一点点被抚平，只余下淡淡的欣喜和期待。

她第一次尝到被众人小心翼翼呵护的感觉，是在景家都知道她有了身孕之后。

各种各样的补品被源源不断地送过来，二老嘘寒问暖，百般关怀，景老爷子难得对她露出和蔼喜爱的神情。

白璐被安置在客厅的沙发上，喝着景母特意给她准备的红枣枸杞鲫鱼汤，耳边是小心翼翼的询问，全家人的目光都聚集在她的身上。

白璐有些支撑不住地朝旁边的景言示意。他了然地眨了眨眼，抬头和众人说道：“爸，妈，爷爷奶奶，我们待会儿还要去医院检查，就先走了。”

“哎，怎么就坐这么一会儿……”景老爷子有些不满地开口道。

景母也是一脸不舍，立即起身说道：“我给璐璐买了些孕妇吃的补品，你们带回去。”

“好的，妈。”两人跟着她去拿东西，白璐又被拉着手细细叮嘱了一番。出门时，全家人更是一起把他们送到了门外，阵势颇为壮观。

“路上小心，开车注意点儿啊。”景母不停地嘱咐，两人连连点头应着。

临走之际，景老爷子特意上前拍了拍白璐的肩膀，道：“好孩子！”

白璐：“……”

直到这一刻，白璐才知道这个孩子对于景家的重要性。

恐怕，他们都已经期盼很久了吧？

白璐侧头望着身旁面色温和的景言，视线掠过他白皙俊朗的脸，落在他浅笑的嘴角上。

这一天，他应该也是等待了许久吧？

白璐看着他，忽然轻笑起来。

“这么开心？”景言望了过来，眉梢轻挑，眼里似漾着春波。

“嗯。”白璐继续弯着唇笑，心情很好的模样。

景言忍不住凑过去问：“什么事这么开心？”

“因为你开心啊，你开心我就开心。”

白璐笑得十分明艳。一瞬间，景言仿佛看到了春暖花开。

“嗯，那我更开心了。”他盯着她，轻声说。

两人回到家中，时候还早。白璐近来嗜睡得很，刚才在景家吃得有些多，她的眼皮沉重起来，索性回房睡午觉。

再次醒来，夕阳漫天，绯色的光辉落满阳台，白璐揉了揉眼睛，打开房门，楼下的客厅空无一人。她想了想，走到旁边的书房门口，把门悄悄打开一条缝，向里张望。

景言果真坐在里面，他正专心致志地看着书，面前的小圆桌上放着杯咖啡，整个房间弥漫着一股淡淡的香味。

白璐定睛一瞧，他手里的书籍封面写着“孕妇禁忌”四个字，再往旁边一扫，桌面还散落着几本书，都是母婴手册之类的育儿书籍。

望着一脸专注地翻着书页，仿佛在看什么时事新闻的景言，白璐情不自禁地笑出声。景言察觉，抬眸望了过来，看到白璐，他漆黑的眸子里染上了星星点点的笑意。

“过来。”他朝她招手，白璐弯了弯唇，大大方方地走了过去，刚到他身前，就被景言一把拉进怀里，她顺势坐在他的腿上。

“睡醒了？”景言含着笑意，明知故问。

白璐伸手环住他的脖子，点点头：“嗯。”

一双大掌极其自然地覆上她的小腹，痒痒热热的触感袭来，景言在上面轻轻摸了摸，接着在她耳边问道：“今天宝宝乖不乖？”

“景言。”白璐抬眸睨了他一眼，无奈地道，“这才一个多月！”

“我问的是大宝——”景言笑眯眯地看着她，眼里闪过一丝狡黠。

“……”

因为担心两人年轻，没有经验，景母特意找了专门照顾孕妇的宋阿姨，每日过来给白璐做饭煲汤，讲授一些注意事项。

最初白璐觉得还好，只是偶尔有孕吐，但身子还算轻快，整个人看起来与往日无异，吃饭睡觉都很正常，每天上班也不会感到难以负荷。

怀孕前三个月是危险期，一家子人都提起了十二分精神，唯恐出现意外。

景言最为夸张，把屋里坚硬的地方都包上了圆角，出门必定要陪着她，还要小心翼翼地扶着她的腰，仿佛她是什么易碎物品。

只有白璐自己轻松得跟没事人似的，每天和往常一样，除了走路小心一点儿之外，看不出一丝孕妇的模样。

毕竟她还没显怀，肚子平坦如常，只有景言才会每晚不厌其烦地把头贴在上面，听里面是否传来异动。

每当这个时候，白璐都想把他踢下床。

倒是景母担心不已，提了好几次叫两人分房睡，但拗不过景言的执着和保证，最终还是任由他们去。

别说景言不同意分房睡，白璐也是不愿意的，她早已习惯和景言共枕而眠，冷不丁分开，估计要好长时间才能适应。

好在景言着实克制，半分险都不愿意冒，唯恐伤着她和肚子里的孩子。

每晚，白璐都能感觉到他的隐忍，但景言硬是半分都没有表现出来，只有偶尔实在难忍了，才会哀求白璐帮他纾解一番。

白璐的肚子一天天大了起来，行动开始有所不便，她还发现自己变得越来越娇气了。

不知道是被景言宠成这样的，还是孕妇本就会性情大变，现在她稍有不顺心，就会蹙眉，景言便会连忙哄着，什么都依她。

她动不动就会对景言颐指气使，宛如高高在上的女王。偏偏他也顺着她，全然不会生气。如此一来，白璐心里的愧疚都烟消云散。

前三个月时，她除了骄纵一点儿之外，其他倒也正常。

怀孕快五个月的时候，她的肚子犹如吹气球般胀了起来，手脚也开始浮肿。

原本大着个肚子就不舒服，睡觉只能侧着睡，不能弯腰，凡事都要小心翼翼，再加上景言无底线的退让，白璐发起脾气也就越发肆无忌惮了。

有一次，秦子然上门探望，看见景言时，吓得合不拢嘴。

正值初夏，天气热了起来，宋阿姨特意煲了虫草花鸡汤，因为放凉了会影响口感，而且效果没有那么好，所以要白璐趁热喝。

白璐不愿意，嫌烫，景言便一口口吹凉了送到她的唇边，白璐仅仅尝了一口便不喝了，叫着太烫，景言无奈，只能又拿了扇子轻轻地给她扇着。

原本客厅就开了空调，着实算不上热，还有些凉，穿个薄外套刚好，但白璐今天被肚子里的孩子折磨得不舒心，一烦闷，就没了胃口。

见到景言这样，白璐的借口失了效果，干脆直截了当地开口道："不想喝，没胃口。"

"宝宝，医生说你最近还要补充点儿营养，乖，听话啊。"景言又把一勺汤送到了她的唇边。

白璐直接扭过头："不喝。"

景言还是执着地把勺子送上来，企图让她改变主意："那再喝一点点好不好？不然，肚子里的宝宝会饿的。"

"不要。"白璐依旧垂眸拒绝。

"算我求你了好不好……"

来去几回，白璐依旧毫不动摇。

景言只能拿出大招，楚楚可怜地望着她，白璐终于松动了一点儿。

"那，要不然，你扮成女孩子让我开心一下好了。"她转了转眼珠子，说道。

景言瞠目结舌，许久，方才结结巴巴地道："宝……宝宝，你说什么呢？"

"就是我刚刚说的那样啊。"白璐好整以暇地歪头，满眼无辜地看着他。

景言立即哭丧着一张脸，拉长了尾音道："我刚刚一定是听错了，是不是——你怎么可能这样对我？！"

"没错，就是你听到的那样，所以，你现在是要拒绝我吗？"白璐微笑着说，语调没有任何起伏。

事情源自前几天，白璐在景母那里看到的照片。略显老旧的照片上，穿着公主裙的小娃娃对着镜头笑得一脸灿烂，唇红齿白的模样格外招人喜欢，看得白璐母爱泛滥，恨不得把里面的小可爱亲亲抱抱举高高。

一想到里面那个人是景言，她便更加克制不住心底的激动之情。

如今，看到真人在自己面前，白璐忍不住起了捉弄他的念头，仗着景言最近这段时间对自己的纵容，肆无忌惮地满足自己的私欲。

白璐笑意盈盈地望着他，神色天真无辜，像个孩子，嘴里说出来的话却叫人头疼不已。

景言悄无声息地吸了一口气，如同勇士就义般重重点头："那好吧！"

"啊啊啊！"白璐立刻激动得从沙发上弹跳起来。

景言立刻上前扶住她，哀求道："我的姑奶奶，你可别乱跳。"

"那你等着啊，我去拿道具！"白璐拉着他的手站稳，随后一蹦一跳地上楼，过了一会儿下来，她的手里拿着蕾丝围裙和一堆蝴蝶结之类的发饰。

白璐先是叫景言穿上粉色围裙，然后拿着小梳子朝他招手，神色雀跃得像个孩子："过来，我给你扎头发。"

景言一脸生无可恋，闭着眼睛坐在地毯上，任由她折腾着，白璐盘腿坐在沙发上，摸着他那一头浓密细软的黑发，脸上是迫不及待和兴奋的表情。

她先是给景言扎上了两个蝴蝶结，衬着衣服的蕾丝边，倒也好看。白璐兴奋地拿手机连拍了好几张照片，里面那张俊朗的面孔上满是"被迫营业"的表情。

白璐意犹未尽地收起手机，又开始折腾起来。

半年前买的假发——带黑色空气刘海儿的长卷发，终于派上了用场。当时，白璐想剪刘海儿，又担心不好看，万一剪得丑，要好久才能长回来，于是就买了顶几十块钱的假发。

结果回来一试，她被景言嘲笑了整整一晚上。

现在风水轮流转，她终于有嘲笑回去的机会了。

白璐无比期待地动手，弄了半天，终于给他戴好假发。等他转过身来时，白璐看着那张脸，沉默着说不出话来。

怎么能——

怎么能比她上次戴着还要好看？

白璐很绝望，她盯着他，有些怀疑人生。

景言的皮肤很白，肤如凝脂，配上乌黑的长发，真是相得益彰。蓬松细碎的刘海儿下是两道工整的眉，鼻梁高挺，唇色嫣红。优越的五官因为长发的衬托，看起来更为秀丽。

白璐终于认命，端详几秒后，拿起旁边的花瓣发箍，小心翼翼地戴在他的头上，那团乌黑的颜色中突兀地出现一团绯红，艳丽却不俗气，十分好看。

景言睁着那双水雾朦胧的眸子望着她，无比委屈的模样让人恶趣味大增，白璐低头在他的唇上重重亲了一下，眼里染上了几分兴奋。

“超好看！”她拿着手机开始拍照。

从各种角度拍完近景之后，白璐让他站远，开始认真地拍摄全身照，景言无奈地站在客厅中央，在白璐的央求之下，不情不愿地摆着装可爱的动作。

秦子然就是在这一刻进来的，此时，景言正双手捧着脸，望着手机镜头，听见门边的响动，两人四目相对，两道尖叫声同时响起。

讨自己老婆开心和被自己的好兄弟看到这副样子，完全是两回事。

景言红了一张脸，几乎瞬间摘掉了头上的假发，又扯掉了身上的衣服。

秦子然半天才回过神来，挠着后脑勺走进来，眼里满是好奇和震惊。

“啊，我们在闹着玩呢……”白璐率先开口解释，看了看旁边耳根通红的景言，干笑两声，脸上带了丝愧疚。

“咳……”秦子然轻咳一声，忍住嘴边的笑意，望着景言调侃道，“没想到景少还有如此爱好啊……”

“我那是为了哄她喝汤！”景言扭头怒目而视，双颊通红，说完，他仿佛想到了什么，立刻跑到厨房去，给白璐端了一碗热气腾腾的鸡汤过来。

“喝！”他把手里的碗放到白璐面前，语气算不上好，似乎有些怒意夹杂在其中。

白璐不敢反驳，乖巧地端起碗一口口喝着。

秦子然和景言在一旁聊天。

“你怎么进来的啊？”景言蹙眉质问，对他这种不请自来的行为十分不满。

“刚好遇见宋阿姨，她去丢垃圾。”秦子然耐心地解释。

景言闻言，不满地哼了两声，跷着二郎腿，倚在沙发上，往日的痞气和散漫立刻浮现出来，看到秦子然像个大爷一样，他的语气更是十分恶劣。

“那你来干吗？没事赶紧滚！”

“我今天是来有正事的！”秦子然晃了晃手里的盒子，底气十足，“你老婆最近不是食欲不好吗？我妈特意叫我送柑橘过来，说这种小橘子特别开胃，她当年怀我的时候，就是靠这个橘子顺利度过孕期的。”秦子然得意地道。

景言立刻坐直身子，态度来了个一百八十度大转弯。

不知道为什么，人家都是前三个月孕吐不舒服，白璐却是越到后面胃口越不好，这也不吃那也不吃。看着她一点点瘦下去的脸颊，景言操碎了心，所以今天才想方设法地哄她喝汤。

“千真万确！”秦子然信誓旦旦地说，“不信，你叫嫂子试试。”

白璐好奇地打开他手里的袋子，拿出来一个黄澄澄的橘子，试探着剥开，一股清新的香味在空气中蔓延，立刻让人舒心起来。

白璐弯了弯眼睛，拿了一瓣放到嘴里，牙齿轻轻一咬，汁水四溢，甜丝丝的，夹杂着淡淡的酸味，让这段时间都没有胃口的她有了食欲。

“嗯，好吃。”她连连点头，一下吃了好几个。

她还欲伸手去抓时，景言阻止住了她：“先把汤喝完。”

“……好吧。”此刻，白璐望着这碗鸡汤也没了方才的抗拒，几口下去，碗便见了底。

景言见状，脸色才缓和下来，面上浮起笑意，懒洋洋地道：“看来还真有点儿效果，好吧，心意收下了，你可以滚了。”

“过河拆桥，卸磨杀驴啊！”秦子然指着景言叫道。

景言睨了他一眼，不说话。

秦子然摸了摸鼻子，识趣地告退：“嘿，好，那我就不打扰你们小两口了，我走我走。”秦子然来去如风，很快，客厅又恢复了安静。

两人沉默地对坐着，白璐已经意识到自己这次有些过分了，低头玩着手指不说话。

景言盯了她好一会儿，语气偏冷地说：“怎么不说话了？”

“啊，说什么啊？”白璐假装无辜地抬眸看他。

“你说呢？”景言漆黑的眼里像是藏着两簇小火苗。

白璐看了景言一眼，又心虚地低下头，嘟囔道：“我不知道……”

景言顿时被气笑了，把手伸到她面前：“手机。”

“啊……”白璐反应过来，拿起身旁的手机放到他的掌心，小声道，“你要干吗？”

景言接过，用指纹解锁，屏幕上显示的正好是相册界面，照片上的他戴着假发，双手捧脸微笑。

景言不忍直视，干脆利落地全部选中删除。

白璐看着他的动作，总算反应过来，飞快地扑过去抢夺手机，却被景言一把稳住身子，扶着腰坐好。

“你把我拍的照片都删了？！”白璐气得脸通红，方才的一番辛苦通通付诸东流。

“还闹！”景言皱着眉头呵斥，那副模样颇为唬人。

白璐本来就不占理，撇了撇嘴没有说话，默默地从他手里拿过手机。

景言看到她这个样子，心一软，忍不住好声好气地去哄她，却见白璐抬起头，笑得十分欢快，朝他晃了晃手里的手机，得意地道：“你删了也没用，我刚刚已经找回来，传到云端了，哈哈哈……”

“……”

景言最近给人的感觉是，他好像很闲，不知道是因为白璐怀孕，还是因为这段时间公司事少。

程语嫣却忙得团团转。白璐每次和她打电话，聊不上几分钟她就挂掉了。

白璐怀孕后，景家上上下下颇为重视，对白璐的吃穿住用行样样考虑周全。在白璐怀孕五个多月时，景家老爷子更是强行要求白璐回家休养。白璐理解长辈们的心理，为了家庭和睦，她直接跟单位申请了休假，每天无所事事地在家待着。

还好有景言每天陪着她，逗她开心，时间倒也不难熬，比起上班时，她的气色更好了，皮肤白里透红，脸颊长了点儿肉，比起以往的秀丽，多了几分珠圆玉润的可爱。

景言最近多了个喜好——动不动就亲她的脸。每次，景言都出其不意，扑过来啃上一口，留下一圈口水。开始，白璐会擦掉口水，送给景言一个白眼；时间久了，她都懒得擦了，兀自咬牙，在心里狠狠骂景言。

景言最近真是无比堕落，每日陪着白璐睡到日上三竿，悠闲地吃过早餐方去上班，下午四五点就早早回来。一进门，就挨着白璐，隔一小会儿，就趴在她的肚子上，自说自话，像什么“宝宝乖不乖啊”“有没有惹妈妈生气啊”……

白璐感觉这样像是泡在蜜罐里的生活，给人一种不真实感。

直到因为临时有事，她去了趟电视台，遇见了周显。

他望着她，神色不安，欲言又止，最后，还是咬咬牙开口。

“白璐，你知不知道语嫣最近的事情？”

“她最近怎么了？”白璐满头雾水。

程语嫣这段时间似乎特别忙碌，白璐已经很久没有给她打过电话了，唯恐打扰到她。

“她家公司快破产了。”周显一鼓作气地将话说出口。

“什么？！”白璐怀疑自己耳朵出了问题。

程语嫣在公司里本来就处境尴尬，全靠自己的能力一步步赢得现在的地位。

然而，大树若倒，猢狲岂不是尽数散乱？

这意味着，程语嫣多年来的付出和努力将通通付之东流。数不清的日日夜夜的加班和出差，和其他兄弟姐妹的斗智斗勇……这一切都白费了。

一路支持她走到现在的支柱崩塌，支离破碎。

她这些年一路走来，虽然艰辛，但收获也颇丰，起码物质生活奢侈。如果公司破产的话，她将直接跌落到贫穷的深渊。对于习惯了优越生活的人来说，这是难以适应和接受的。

一夕之间，从天之骄女到一无所有，这转变太大，她一定难以接受。

难怪程语嫣这段时间总是说着忙，每次通话，那头总有接连不断的电话的响声和人说话的嘈杂声，而自己全然不知，还老讲些生活上的琐事去烦她。

一想到程语嫣此刻的处境，白璐心底的愧疚和自责便如排山倒海般涌来。

白璐怪自己对程语嫣关心不够，怪自己被安逸舒适的生活冲昏了头脑，怪自己没有早点儿觉察到好友的异样。

真是一孕傻三年。

一瞬间，她的眼眶酸涩无比。白璐不想在公众场合失态，仰头眨巴下眼睛，将眼泪逼回去。她和周显匆匆告别，转身乘电梯下楼，直奔自家车而去，一上车，白璐就吩咐司机开车去衡 × 实业。

在车上，白璐拨通景言的电话，那头一接通，她就忍不住开口道："你是不是早就知道了语嫣的事情？"

白璐的身体阵阵发凉，她想起自己每次挂了电话和景言抱怨语嫣怎么能忙得连她这个闺密都没空多聊时，他平静与若无其事的模样。

突然间，白璐感觉景言有点儿陌生。

景言的声音传来，冷静理智，毫无波动："是，但我不是故意瞒着你……"

"你为什么不告诉我？！"白璐直接打断景言的话。

"因为就算你知道了，也没有任何意义，而且你现在还怀着小孩儿，不能有情绪波动……"

"孩子、孩子！你的眼里只有孩子！"白璐崩溃似的大叫，随即愤怒地挂了电话。她把手机扔在座椅上，眼泪哗啦啦地往下流。

前面的司机见状，好奇地从后视镜里打量着她，正欲出声时，白璐的手机又响了起来，她拿起来直接挂掉，然后设置成了静音。

不出几分钟，司机的手机响了，不知道手机那头的人说了什么，只见他一个劲儿地点头："是，在去衡 × 实业的路上……"

白璐立刻抬眸瞪了过来，双眼通红，吓得司机手抖了一下，没说几句，挂了电话。

"是景言？"白璐平静地问。

他犹豫了两秒，方才迟疑地点头：“是，是景总……”

“停车。”白璐面无表情地开口。

他明显一愣，随后说道：“夫人，景总吩咐……”

“我说停车！”白璐蹙眉，伸手去开车门，吓得司机立刻把车停到了路边。车刚停稳，白璐就拉开车门下了车。

她的身影很快消失在视线里，司机在原地慌乱了几秒，立即拿出手机打给了景言。

白璐先是打了辆出租车，然后拨通了程语嫣的电话。程语嫣像是知道了什么，未等白璐出声，率先说道：“我在公司楼下这家咖啡厅等你，你别激动，过来时小心点儿，我慢慢和你解释。”

“解释什么？！”白璐气笑了，“所以，你们联合起来瞒着我，对吗？就让我一个人像傻子一样，眼睁睁地看着你的公司破产，什么都不做……”

白璐说到后头，声音开始哽咽：“哪怕我什么都做不了，能陪着你也好啊！”

泪意席卷而来，白璐捂着嘴不住地呜咽，完全没法和程语嫣继续通话，她狼狈地挂断了电话。

白璐从小到大都是个没心没肺的人，能让她放在心上的人不多，一路走来，除了白子轩，就是程语嫣。景言也是后来经过大大小小的纠葛之后，才慢慢地走进她的心里。

所以，白璐没有什么朋友，她也懒得费精力去维系那些交情，能和她说话的人不少，但真正让她交心的也只有一个程语嫣。

白璐永远记得，两人初识时，程语嫣是如何热情开朗，宛如一团火焰，一点点融化了她这块寒冰。

高一，大家都来自不同的初中，彼此不相识，两人恰好是同桌，也不知道她怎么就对自己那么上心，有好东西时，她都会给自己留一份，寒暑假去旅游也从来不忘给自己带礼物，大大小小的趣事都会和自己分享。

后来两人熟了，连自己的生理期，她都会帮自己记住，红糖和热水袋一样不落。无论发生什么事情，她永远都是站在自己这边的。

白璐一直记得，高三那段时间，程语嫣是如何单枪匹马去教训那群在背后说她闲话的女生的。

她也记得，在所有人用疏离甚至鄙夷的态度对待她时，只有程语嫣一直陪伴着她，小心翼翼地安抚她，不离不弃地守候她。

这样一段感情，怎么能辜负？她怎么能在程语嫣遇到困难的时候什么都不知道？

白璐不敢大哭，害怕会伤到肚子里的孩子，只能把手指塞进齿间，紧紧地咬着，仿佛只有这样，才能缓解心头的苦楚酸痛。

窗外的风景快速变化，白璐隐忍着平静下来，手指上已是齿印斑驳，她深吸了几口气，擦干了脸上的泪水。

程语嫣见到她时，明显松了一口气，扶着她到座位上坐下时，嘴里还在念叨："多大点儿事，搞出这么大阵仗，把我吓得半死。万一你和你肚子里的这个孩子出点儿什么事，景言不得劈死我？"

"事情还不大吗？！"白璐气得要命，几乎要拍桌而起，"不大你瞒着我干什么？"

"又不是什么好事情，用不着弄得尽人皆知啦！"程语嫣语气嘻嘻哈哈，看了一眼腕上的手表，开口道，"待会儿景言就过来接你回家，我还有一堆事情要处理呢。"

"我不回去！"白璐眼一瞪，"不想看到那个冷血无情的人。"

"唉。"程语嫣幽幽地叹了口气，面色忧愁，"这件事情和他没有任何关系，少临这次只是袖手旁观，主要是赵祁铭和程家的个人恩怨。"

"什么？"白璐再度震惊，"是赵祁铭逼得衡 × 实业破产？！"

"是啊！"程语嫣笑了笑，讥讽道，"赵祁铭那个相恋八年的初恋，最后跟的那位'金主'就是我堂哥，想不到吧？"

程语嫣苦笑一声，抬手端起杯子，喝了一口咖啡，满嘴苦涩："他和我在一起这么多年，真是难为他了。"

"那你……"白璐欲言又止，最后把满腔复杂的情绪咽下，只询问道，"接下来怎么打算？"

"衡 × 实业这一次怕是撑不过去了，我就当是给自己放个长假了，先玩一段时间，再找工作吧。"程语嫣耸了耸肩膀，若无其事地道，"反正这些年，我也有不少积蓄，省着点儿花，也能过一辈子了。"

"嫣嫣……"白璐软着声音叫她，鼻头又是一酸，"对不起，我什么都帮不上你。"

"别，你可帮了我大忙。"程语嫣狡黠地笑着道，"多亏你，我才认识周显，这段时间，他帮了我不少忙。"

"他？"白璐不相信，"他会干什么啊？"

"每天做好热菜等我回家，而且……"程语嫣一脸神秘地凑过来，在她耳旁低语，“还提供暖床服务。”

“啊，你走开，讨厌！”白璐耳根微红，娇羞地道。

程语嫣翻了个白眼，嘲笑道：“都快当妈了，别动不动就娇羞得像个无知少女。”

“哎呀，你越说越离谱了。”

“好了、好了，我忙着呢，没空在这里跟你掰扯。”程语嫣拎起外套起身，“我没什么事，都这么大的人了，哪儿有什么过不去的坎？”

“嗯，那你要好好的。”白璐抱住她，轻轻拍了拍，道。

“行了，你现在是越来越感性了，亏得你家那位受得了你。”程语嫣笑着说，目光越过她落在了门口。

“走吧。”程语嫣拥着她转身。

景言正大步走过来，白净的脸上没有一丝笑意，双眸沉沉，白璐毫不示弱地回视过去。

人很快到了跟前，景言先是朝程语嫣点头示意，方才把视线落在白璐身上，上下打量一番，把她拉到跟前，细细查看：“没出什么事吧？”

“没有。”这句话是程语嫣回答的，“和我在这里坐了半晌，看起来状态挺好的。”

“对不起。”景言和白璐认真道歉，漆黑的眸子里看不出一丝波澜，“这件事是我不对，我不应该故意瞒着你，但是——白璐，即使出了天大的事情，你也不能拿自己的身体开玩笑——”

“我没有！”他扣了这么大一顶帽子下来，白璐立刻不满地打断。

“那你瞎跑什么？还不接电话，你知道我有多担心吗？！”景言的眉头紧紧皱着，脸色严肃，像是家长在教训不听话的小朋友。

“我……”白璐张了张嘴，又说不出自己没错，最后只不满地说，“那都是因为你！不然，我也不会这么生气地下车！”

“对，是因为我，所以，我和你道歉了。”景言深吸一口气，接着道，“但是你下次不能再这么冲动了，你知道一个孕妇情绪激动地跑出去有多危险吗？”

两人僵持不下，程语嫣在一旁看不过去了，撩了撩头发，哎呀一声，打破了沉默：“站在这里干什么？这么多人看着呢。”

她亲密地揽着白璐往外走。

景言在后头抿抿唇，须臾，还是抬腿跟了上来。

“好了，你们走吧，我要上去了。”出门后，程语嫣笑盈盈地把白璐往景言那边推，然后望着他一本正经地道，“归根结底还是你的原因，不准凶她。”

“嫣嫣……”白璐吸了吸鼻子，又忍不住倾身过去抱住她，“我永远在这里，你任何时候都可以找我，在我心里，你最重要。”

“好啦好啦，知道啦，你啊，安安分分地待在家里，然后生个健康的宝宝，我就最开心了。”程语嫣捏了捏她的脸，笑着道。

白璐用力朝她点了点头：“嗯！你也要好好的！”

“走啦，路上小心。”程语嫣向两人挥了挥手，白璐一步三回头地上了车。

程语嫣的身影越来越远，最后消失不见，白璐收回视线，缩在副驾驶座上，恹恹的，垂着眸子，看起来无精打采。

景言一边用余光看着她，一边开着车，没有人说话，车里十分安静。

半晌，他终是忍不住开口了：“饿了吗？”也不知为何，明明他的心中满是怒火，有万般想说，但脱口而出的依然是这么一句平常无比的关怀的话。

白璐摇了摇头，闷闷地道：“被气饱了。”

景言顿时深吸了一口气：她还被气饱了？！

他沉着脸，抿紧了嘴角，不想再多说一个字，两人就这样保持沉默，一路到了家里。

进门后，白璐直接往楼上走去，景言飞快地攥住了她的手腕。

“宋姨说你没吃饭就出去了，先吃了东西再上去休息。”

“我不饿。”白璐垂眸道。

“不饿也得吃。”景言的语气稍显强硬。说完，他立即后悔起来，正欲说些什么来弥补，白璐已经挣脱他往餐桌方向走去。

菜都是热的，看来是他吩咐宋姨热过了，白璐没有吃饭的心思，胡乱夹了几口菜填饱肚子，便放下了木筷。

清脆的声音在空气中响起，白璐淡淡地道：“我吃饱了，可以上去了吧？”

说完，她没等景言回答就上楼了，徒留他一个人看着满桌饭菜，没了食欲。

景言隐忍几秒，烦躁地丢掉手里的筷子，蹙眉骂了句脏话，骂完，心里又惦记她。今天这么一通折腾，她会不会有哪里不舒服？景言想着想着，蓦地“啧”了一声，扯唇嗤笑。

他起身上楼，推开卧室门，白璐正闭眼躺在床上，八月末的天气还是很热，房间里开着空调，她虚揽着薄被，掩在小腹处。

景言走到床边，居高临下地看着她，午后的光影中，那张白皙的脸上隐约能看见泪痕，他顿了一下，转身去洗手间拿了毛巾，用热水打湿。

景言一推开门，白璐就察觉了，在毛巾触上她的肌肤时，她几乎是立刻伸手拍开了，转身背对着他。

景言僵在原地，唇动了动，好半天才说出一句话。

“擦一下脸再睡，不然起来会不舒服。”

“不用你管。”白璐头也不回地说，语气倔强。

景言的怒火一下又冒上来了：“我不管你谁管你？！”

“是，我没人管，不像景少爷，家庭幸福美满，朋友数不胜数，我只有一个自顾不暇、我却帮不上任何忙的朋友！”白璐说着，眼眶一酸，滚烫的泪水又从眼角滑落，浸入枕头里。

“你别这样说话，我没有这个意思——”景言捏着毛巾的手紧紧攥起，语气隐忍。

白璐再也控制不住，翻身坐起。

“我哪样说话？！”她双目发红地叫道，哭得上气不接下气，肩膀不住地颤抖。

景言顿时慌了。

“对不起，我错了，我不该这么说你。”他连忙拿起手里的毛巾帮她擦着眼泪。白璐头一扭，避开了，景言十分揪心。

他明明是想上来哄她的，怎么到后头——变成了这样？

他心绪翻滚，把白璐半揽进怀里，放柔了声音哄道：“是我说错话了，你别哭。”

景言边说边帮她擦着泪水，这次，白璐没有躲避，鼻头红红的，看起来格外可怜。

他细致地把她的脸颊一点点擦干净，然后低头亲吻她，动作缠绵而温柔。

“我真是太担心你了，我都快急疯了，你知道吗？我完全不敢想象，万一你出了点儿什么事……那我会疯掉的，一辈子自责内疚。真的不能再来一次了，老婆……”景言抓紧她的手放在胸口，他望着她，眼神哀伤又郑重。

“我这里经不起折腾了。”

白璐看着他，眼眶又开始发酸，她吸了吸鼻子，声音沙哑地道：“那你以后不准再瞒我任何事情，不能用为我好的借口，把我蒙在鼓里。”

“好，再也不敢了。”景言盯着她郑重地说。

“那我也和你说对不起。”白璐垂下眸子，态度良好地认错，“我不该乱跑，下次，下次只要你不气我……”

“没有下次。”景言打断她，举起三根手指放在脸侧，“下次再惹你生气，我就变猪。”

“这真是一个恶毒至极的誓言。”白璐平静地道。

“不管，反正我就是难受。”景言一脸无赖地拉着她的手压在胸口，眼巴巴地望着，“你给我揉揉……”

“哪儿呢？这里？”白璐听话地在他的胸前揉了揉。景言立刻笑得像朵花一样，松开手扑上来抱着她的腰，把脸贴在了她的肚子上。

“我要看一下宝宝今天乖不乖，折腾了半天，肯定不开心了……”景言侧着耳朵，满脸认真，白皙的脸颊上带着浅浅的柔情，眼里却都是孩子气。

白璐情不自禁地摸了摸他的头，温声道：“很乖，大概是知道了妈妈伤心，所以静悄悄地待在里面，一点儿都不闹腾。”

景言闻声低头在上面落下一个轻吻，随后仰头又在她的唇上亲了一口。

“对不起。”

孕妇嗜睡，再加上大半天的闹腾，白璐靠在景言的怀里，眼睛缓慢地眨了两下，睡意涌来。

景言和衣躺在她的身后，把白璐松松地揽在怀中，呼吸均匀，心跳有力。

鼻息间是熟悉而令人安心的味道，白璐昏昏欲睡间，忽然想起什么，宛如呓语般说：“景言，语嫣真的不会有事吗？”

“不会的。”他动了动，更加贴近她，声音里带着倦意，醇厚慵懒，像是一只正在晒着太阳的猫，“赵祁铭会收购衡 × 实业，程语嫣如果愿意，职位和薪酬都可以不变。”

“什么？”白璐的睡意瞬间消散，她立即睁开眼转了个身，目光如炬地凝视着他。

景言无奈地解释道：“他对程语嫣毕竟是有感情的。”

“是吗？”白璐凝眸思忖，片刻，转身望着他，面露怀疑，“这些细枝末节，你怎么会清楚？”

景言避开那双眼睛，将她转了个身，紧紧贴着她的后背，道：“猜的。”

白璐闻言半晌不语，过了一会儿，又转过身认真地说：“不对，你怎么能猜到赵祁铭对语嫣有感情？”

景言顿了几秒，认真地同她解释：“因为偶尔应酬时会碰到，不经意聊起过几次。”

“你怎么能和他聊天？！”白璐眉头蹙得紧紧的，“他就是个垃圾！近朱者赤，近墨者黑。你可别被他带坏了！”

“叫你不要一天到晚和程语嫣他们打游戏。”景言抬手敲了敲她的头，“好好说话！”

“我说的本来就是事实。”白璐揉了揉头，不甘示弱地说。

“他在我眼里只是一位潜在的合作对象，他的私生活我不予置喙，也和我无关。”景言认真地道。

白璐嘟囔道：“那私生活有问题的明星不也被全民抵制？”

“明星和普通人能比吗？！”景言被气笑了，他第一次发现白璐会胡搅蛮缠，“明星作为公共人物，享受着这个身份带来的光环和利益，自然要做出正面的示范，不然为什么叫明星？”

“好好好，反正你有理。”白璐气鼓鼓地翻身，拥紧了怀里的被子，恨恨地道，“等着变猪吧！”

景言哭笑不得，偏偏这样子的她可爱至极，他只得把她的身子扳过来，嘴角挂着笑，道：“我错了，以后能不和他说话就不说。”

“真的？”白璐的面色缓和下来。

“真的。”

“好吧，又是个人了。”

“……”

第十二章

老婆“控”与小满

九月份，衡×实业正式宣布被收购，赵祁铭成为新的老板，程语嫣辞职。

近来，程语嫣过上了养猫、种花、遛狗的生活。

白璐去看过她几次，觉得她的状态比以前好了不少。

程语嫣却说这都是周显的功劳。

他们已经同居了，程语嫣从前无规律的作息被他强硬地调整了过来：早上吃营养早餐，中午自己照着食谱做饭，晚上周显回来给她做饭。

周显的手艺很好，几乎和白璐不相上下，完全看不出来，平日里十分跳脱的人竟然这么会做饭，各种菜式都能做得色香味俱全，完全可以媲美中餐厅的厨师。

被白璐极力夸赞时，周显不好意思地揉了揉头，偷偷望向旁边的程语嫣，开口道："其实……其实我也是后来学的，报了个培训班，因为听说……嫣嫣喜欢吃中餐，嘿嘿。"他羞涩地笑着。

程语嫣感动地回望着他，两人脉脉对视。

白璐满脸惊羡，周显的眼里就差冒星星了，她的视线从那两个甜蜜对视的人身上移开，落在旁边景言的脸上。

她眼里的暗示意味满满，就差说：你看看人家，再看看你。

景言立即拥住她，低声道："老婆……我待会儿回去也报个培训班，以后给你做饭。"

"真的？"白璐睁大眼睛，难以置信地道。

"当然是哄你的。"景言笑了。

"你这样会被打的，知道吗？"白璐气得咬牙切齿。

景言伸手包裹住了她的小拳头，贱兮兮地说："打是亲，骂是爱。"

白璐更生气了。

因为两人都闲在家里，白璐和程语嫣约得十分勤，白璐几乎三天两头去程语嫣家蹭饭，连带着景言一起。一来二去，景言和之前的圈子疏远了不少，应酬也是能推就推，极少有人再看见他。

虽然白璐怀孕之后，他就经常整日在家，但像现在这样每次都约不到他的情况并不多见。

周末有个商业酒会，大家一碰头，便聊起景言。

"是呀是呀，景少最近堪称销声匿迹，完全不见踪影。"

"陪老婆呗，这都是尽人皆知的事情了。"

话一出口，众人哄堂大笑。

“不过，话说回来，我好像还没见过他老婆，她是何方神圣啊？”

“哎，我去年在少临的年会上见过一次，美是美，但这年头，三条腿的蛤蟆不好找，漂亮的女人不是一大堆？”

“那你们就不知道了吧——”秦子然摇了摇手里的酒杯，一脸的高深莫测，“人家可是景少学生时期的梦中情人，年少时的女神啊……就算是根草，也比外头的玫瑰和牡丹要强。更何况我嫂子要颜值有颜值，要身材有身材，人温柔体贴，大方贤惠，还有一手好厨艺。啧啧，你们就别吃不到葡萄说葡萄酸了。”

“你们知道景少为什么最近没踪影了吗？”他满脸神秘地低声说道。

“为什么啊？”众人好奇地追问。

“就是因为我嫂子的好姐妹的公司破产，嫂子心情不好，要多陪着姐妹，景少也巴巴地贴过去，车接车送陪聊天！”秦子然夸张地描述道。

大家纷纷露出难以置信的表情。

“怎么可能？！太离谱了吧——”

“就是，那是他老婆的姐妹，又不是他的。秦少，您又调皮了。”

“哎，你们别不信。之前，就是因为景少瞒着我嫂子这件事情，他俩吵了一大架，差点儿出事，不然，你们以为他为什么这么殷勤啊？”秦子然摆摆手，一副知情人的模样，得意得不行。

这副样子要是被景言看见，估计他要挨一顿打。

这下，大家都信了，感慨几句，又聊起了别的话题。

角落里一直沉默的赵祁铭突然出声了：“那个好姐妹，是叫程语嫣吗？”

秦子然一脸蒙，过了几秒，方才回神，道：“是呀，怎么了？”

“没事。”他抿了抿唇，朝众人点头，“失陪了，我还有事，先走一步。”

景言接到赵祁铭的电话时正在吃饭。周显今天的心情格外好，听闻他们要来蹭饭，特意做了几道硬菜。

白璐和程语嫣在聊天，笑声不断，景言专注地埋头吃饭，时不时附和两句。

今天的菜格外地合他的胃口，他都盛了两碗饭了，吃着碗里松软而香气四溢的红烧狮子头，他犹豫着要不要问周显要培训班的联系方式，手机铃声就在这时突兀地响起。

景言看了一眼来电显示，果断地放下手里的筷子，走到了外面的阳台上。

白璐有些疑惑地和程语嫣对视了一眼。

景言接电话基本不会避着她，除非是要打很久的工作电话，但他没说几句，就进来了。

“是谁啊？有事吗？”白璐忍不住凑过去问。

景言不着痕迹地看了对面的程语嫣和周显一眼，摇摇头。

“没事，一个客户。”

白璐怀疑地打量了他几秒，景言神色如常，看不出一丝异样。

一顿饭吃完，程语嫣出来送他们，临走之际，景言突然望向她，问道：“你现在幸福吗？”

她愣了几秒，方才笑了笑，开口道：“是幸福的吧，至少心是安稳的。”

“嗯。”景言点点头，看着她笑了，“那祝你更幸福。”

夕阳将落未落，一抹红线画在天边，苍穹是黑蓝色的，晚风习习，透过半开的车窗钻了进来，白璐侧头凝视着景言。

“干什么？”他受不了她这样子的注视，沉默半晌，终于忍不住开口。

“你有事瞒着我。”白璐肯定地说。

景言虽然挺随和，但骨子里的傲气是抹不去的，一般对旁人会保持几分距离，像刚才那种主动探问他人的事情，不是他的风格。

景言正要说没有，白璐已经抢先开口：“别忘了你之前和我保证过什么。”

回忆几秒，景言又把到嘴边的话咽了下去，吞了吞口水后，他换了个说辞：“赵祁铭让我帮他问的。”

“嗯？”白璐的眼里风雨欲来。

“刚刚吃饭的时候，他突然给我打了个电话……”景言回忆几秒，思绪被拉了过去。

漂亮的夕阳下，微风轻缓，耳边男人的声音平静无波，但景言明显从中听出了难以觉察的颓废：“你在和程语嫣一起吃饭？”

“对呀。”景言望着面前沐浴在橙光下的各种建筑，笑了笑，回答道。说完，那头许久没有声音，景言又补充道，“还有她的男朋友。他做菜特别好吃，特意为她去培训班学过。”

“是吗？”赵祁铭自嘲似的笑了两声，方才淡淡地开口，“那挺好。”

电话里又恢复了安静，只有轻不可闻的电流声流转着。

景言等了一会儿，忍不住蹙眉问：“所以，你给我打电话是干什么？”

“没事。”赵祁铭倒是回答得很快。接着，他的声音低了下去，像是在祈求，又像是拜托，“景言，你帮我问问她现在幸不幸福，好不好？”

“然后呢？”白璐追问。

“然后就是你看到的那样啊！”

“你没有说什么吗？”白璐怀疑地道。

景言诚恳地点点头，道：“说了。”

“说了什么？！”白璐有些好奇，兴致勃勃地追问。

“我就说‘好’啊！”

“……这种情况下，你难道不应该说‘天涯何处无芳草’之类的话吗？最好是狠狠地给他致命一击……比如，‘她现在幸不幸福关你什么事？’又或者，‘就算她不幸福，你又能做什么？’再有——”

“他现在正准备和李烟离婚。”景言侧头打断了她的话。

白璐愣住，随后反应过来，五味杂陈。

她蹙起眉，若有所思：“所以呢？”

“原本他和李家联姻就是为了收购衡 × 实业，现在目的达到了，这段婚姻也就没有了维系下去的必要……”

“要做得这么绝吗？”白璐难以置信，“一日夫妻百日恩。”

“如果换作旁人，可能不会这么做，毕竟结了婚，凑合着也能过一辈子。但赵祁铭和李烟不一样，一个心里挂念着别人，一个私生活混乱，是我也会选择离婚。”景言和她解释，白璐久久无言。

“所以，他现在是又想吃回头草了？”片刻，白璐终是忍不住愤愤地道，“真是想得美，一个离过婚的男人而已，他凭什么认为我们嫣嫣还看得上他？”

“人家身家过亿，上赶着找他的女人一大把……”景言意味深长地睨了她一眼。

白璐怒目而视：“你到底是哪边的？”

“……我错了。”景言立刻乖乖地认错。

“唉……”白璐突然心情低落下来，沉沉地叹了口气。

景言用余光打量了她几眼，在心里感慨：孕妇的情绪真是多变。

白璐怀孕后，简直像是换了个人。以前，她是懂事得体的知性女人；现在，她是个任性的小女孩儿。

景言低头笑了笑，不过，正是自己把她宠成了这样，又或许，这才是真正的她。

“怎么啦？”他侧过头，无比配合地问道。

“我们嫣嫣怎么这么可怜，遇到像赵祁铭这样的男人。你说，他不喜欢她也就罢了，他明明是喜欢她的，却为了利益和别的女人结婚。”白璐吸了吸鼻子，眼含哀伤，“最怕的就是不够喜欢，捉弄人心最伤心。”

“嗯！”景言附和道，点点头，然后握紧她的手，道，“幸好你遇到了像我这样的男人。”

“幸好嫣嫣又遇到了周显。”白璐恍若未闻，四十五度角仰望天空，感叹道，“我也好想有个做饭超好吃的男朋友。”

“你已经有老公了。”景言提醒她。

“可是老公不会做饭。”白璐转头望着他，幽幽地开口道。

景言咬了咬牙，视死如归地道：“明天我就去问周显要那个培训班的联系方式。”

“那不如现在问吧！”白璐兴奋极了，笑眯眯地拿出手机。

景言：现在撤回刚刚的话还来得及吗？

时间一天天过去，白璐的肚子越来越大，景言开始不允许她出门，活动范围仅限家附近几百米。

白璐这次很听话，毕竟挺着个肚子确实累，叫她多走几步路，她都是不愿意的，每次还是景言硬拖着她去散步，完成每天的运动量。

程语嫣经常过来陪她聊天解闷，路菲也带着白子轩过来探望过她几次。

因为担心会出现什么突发情况，路菲每次都是拉着白子轩远远地看着。

但是很奇怪，白子轩每次都只是在不远处睁大了眼睛，好奇地盯着白璐的肚子，不哭不闹，漆黑的眼睛里只有纯粹的好奇。

次数多了，白璐也就卸下了担心。这天，白子轩来看望她时，她朝他招了招手，示意他过来。

白子轩亲近她，见到熟悉的动作，便挣脱路菲的手跑了过来，然后在她面前站定，望着她圆滚滚的肚子，移不开眼。

路菲担心地跑上前，拉着他慌乱地道：“哎呀，你小心点儿，别碰到姐姐啦，她的肚子里有小宝宝的。”

白子轩这两年的情况已经稳定了很多，只是偶尔夜里梦到不好的事情，半睡半醒间会对人拳打脚踢，因此让人放心不下。

他好像听懂了，又好像完全没听见，依旧眨巴着眼睛，盯着白璐的肚子，长长的睫毛一颤一颤的，漆黑浓密，像是两把小扇子。

那张脸上的表情懵懂又认真，专心致志的模样十分可爱。

白璐看着他，心头酸软。

“轩轩，想不想摸一摸？”白璐微微俯身，望着他轻声哄道。白子轩情绪似毫无反应，眼睛定定地望着那一处，里面没有泛起任何波澜。

白璐等待了几秒后，牵住了他的手，慢慢地往肚子上放。

“哎——”路菲在一旁连忙阻止。

白璐竖起一根手指头朝她“嘘”了一声，白子轩的手已经轻轻贴到肚皮上。

像是有所感应，肚子里的小家伙突然动了一下。

“啊！”白子轩被吓到，手立即弹开，嘴里发出了一声惊呼，那一个字清脆又稚嫩，却仿佛天籁之音。

年少时，白璐最喜欢做的事情就是哄白子轩说话，只可惜，这么多年，她听到他开口的次数寥寥无几。

“轩轩，这是宝宝在和你打招呼呢，你要当小舅舅了，知道吗？”白璐声音带笑，试探地拉着他的手继续靠近肚子。

白子轩没有抗拒，认真而专注地打量着她的肚子，仿佛里面藏着什么不得了的东西。

白璐又握着他的手摸了摸自己的肚子，白子轩十分开心，“咿咿呀呀”地叫着，像是发现了新大陆。

到后来，他干脆挣脱了白璐的手，俯身看着她圆圆的肚子，伸出手指，好奇地戳了戳。

有点儿痒，白璐笑了起来，白子轩也跟着笑，眉目舒展，嘴角上翘，声音干净又清脆，鲜活的模样让白璐有些想哭。

“小心！”一道焦灼紧张的声音打破了此刻的和谐。

白子轩明显被吓到了，肩膀猛地瑟缩，收回了手和唇边的笑容，双眼惶恐茫然地环顾着四周。

景言大步走了过来，拉着白璐的手，目光在她的身上四处打量。

虽然他嘴上没有说什么，但那副模样已经表明了他的态度。

白璐皱起眉，一把挣脱他的手：“你干吗？”

景言打量完毕，见她生龙活虎方才放心，面色恢复如常，解释道：“没什么，我就是担心轩轩没个轻重。”

明知他说得有理，白璐还是有些不舒服，她没理景言，安抚地摸了摸旁边白子轩的头，温柔地道：“轩轩不怕，姐姐在呢。”

待两人走后，景言立刻贴了过来，习惯性地摸了摸她的肚子，正欲开口问“宝宝乖不乖”的时候，白璐一把拍掉了他的手。

白璐一脸冷漠：“没什么，我就是担心你手上没个轻重，伤到宝宝了。”

景言默默地收回手，望着她欲言又止：“我那是……”

——担心。

在白璐如炬的目光下，景言咽下了最后两个字。

“你不用解释了。”白璐说，“我都懂。”

他一喜，正想说“那太好了”的时候，白璐又道：“可懂和接受是两回事。”

“唉。”她叹了口气，“好不容易看到轩轩笑了……”

“老婆……”景言在一旁叫她，眨巴着眼睛，莫名可怜兮兮。

“我现在不想看到你。”白璐站起身，往卧室走去，“让我一个人静静。”

景言在后头望着她的背影，欲哭无泪。

他也想静静。

酷暑过后，天气转凉，一进入十月份，霖市就开始降温。

微凉的空气正好适合睡觉，只是，白璐的肚子已经大了，每天只能侧着睡，经常半梦半醒的，唯恐压到里面的小家伙。

景言也睡不安稳，从后头小心翼翼地护住她，白璐的姿势一有变化，他就会小心地帮她调整回来。

她白天还可以补一下觉，景言却还要打起精神上一整天的班。

她望着那张脸上醒目的黑眼圈，建议道：“要不，我们还是分房睡吧？”

景言吃饭的动作未停，拒绝道：“不行，你一个人睡我不放心。”

“可是还有好几个月呢，你这样下去，可以吗？”白璐担忧地道。

“当然可以。”

白璐生产的那天，大雪封城，今年霖市的雪格外大，脚踩在地面，会陷下去一块，留下厚厚的脚印。

天蒙蒙亮的时候，马路上的环卫工人就开始扫雪了，窸窸窣窣，一声又一声，给来往车辆清扫出一条通道。

白璐是痛醒的，睁开眼时，外面还是一片黑蓝色，病房没有开灯，窗口透进来点点光亮，隐约能看清房间里的摆设。

她情不自禁地溢出痛苦的呻吟，一旁搂着她的景言立刻惊醒。

“怎么了？要生了吗？”随着他焦急的询问，床头灯被打开，房间里顿时一片亮堂，他能清晰地看见白璐惨白的脸和开始渗出细密汗珠的额头。

“痛。”她含着哭腔勉强吐出来一个字。

景言立刻按铃叫来值班医生。

一阵慌乱，剧痛间，耳边只传来一道平静无波的声音，白璐心头一紧。

“要生了。”这是医生下的结论。

接下来，她不知自己身在何地，也不知道这样子的痛持续了多久，恍惚中，望着头顶洁白的天花板，她迷迷糊糊地想起了前不久看过的新闻。

一产妇因承受不了分娩剧痛从医院楼顶跳下自杀。

或许那时，她不够感同身受，但这一刻，她清晰地体会到了这种痛楚，她咬紧了牙，泪水大颗大颗地从眼角滑落。

耳边有人在说话，叫她用力，白璐跟随着指示，拼尽全力。

折磨了她近十个月的小东西终于从身体中滑落，蓦地全身轻松，带着莫名的失落感，白璐合上了眼，疲惫感铺天盖地地涌来。

昏昏沉沉间，她竟然就这样睡了过去。再次醒来，她依旧在熟悉的病房，景言趴在床边，头发乱糟糟的，那双眼睛还是红红的。

白璐勉强地对他笑了一下，还未出声，就见他立即握紧她的手，道：“是个男孩，很健康，现在在睡觉。”

“有哪里不舒服吗？”他打量着她，担心地询问。

景言第一次知道女人生孩子会痛得如此撕心裂肺，在产房外等待的那段时间，他简直是度日如年。白璐一声又一声的惨叫从里面传来，听得他胆战心惊，如坐针毡，恨不得进去替她生。

白璐无声地摇了摇头，缓了片刻，方才轻轻地说：“我想看看他。”

“好。”景言立即将孩子抱了过来，放到白璐的臂弯中。

怀里的小孩儿软软的一团，像是没有骨头一样，脆弱得不行。

白璐好奇地打量着他。

这是个红红的小人，鼻子眼睛都小小的，什么也看不出来，她情不自禁地皱了皱眉头，嘟囔道：“怎么天底下的小孩子都长得一模一样。”

“哪里一样？！”景言见状，立刻反驳她，然后认真地给她指着。

“你看，明明鼻子像你，嘴巴像我，脸型像我们两个。”他满怀爱意地盯着白璐怀里的小人儿，陶醉地道，“多可爱，比其他的小孩儿要可爱一百倍！”

“……”

白璐小心翼翼地抱了一会儿，还是把他给了景言，看着他无比纯熟的手法，她纳闷地道：“你怎么这么快就这么熟练了？我都不会抱。”

“我上过培训课的。”景言睨了她一眼。

白璐莫名心虚。

当初，这个班是给她报的，结果她就去了两次，便称身体不适逃了课，哪知道景言代替她规规矩矩地去上完了所有的课。

白璐一想到他在一群孕妇中认真听课学习的画面，脸上就忍不住荡漾出笑意。

“还笑？！”景言见状，瞪她一眼。

白璐嘴角含笑回望着他，门边突然传来两声轻咳。

“打扰一下，我叫宋姨煮了点儿红糖水，先给璐璐喝了。”景母站在门边笑眯眯地说。两人不约而同地移开视线，叫了声“妈”。

孩子被景母迫不及待地抱了过去，景言小口小口地给白璐喂着糖水，白璐有些不自在，想接过勺子自己喝，被景言拒绝了：“你现在还很虚弱！别闹。”

“可是我拿个勺子的力气还是有的……”白璐小声地道。

“总要让我做点儿什么。”景言温声说，“在产房外等你的那段时间，恐怕是我这辈子最无力的时候。”

“那好吧。”白璐笑了。

景家给这个刚出世的小生命取名为景知，意为知礼、知言、知行，这是景老爷子亲自取的名，没人敢不从。

白璐也觉得这个名字很好，但就是叫起来不太方便，于是，她又和景言一起商量着给他起个小名。

“叫小宝，或者乖乖，怎么样？”白璐兴致勃勃地建议道。

景言想了想，婉转地道：“呃，我觉得可能会跟很多人重名。”

“那叫小汤圆或者小饺子，怎么样？现在不都流行叫这些吗？！”白璐想了想，又兴奋地说。

景言再次婉拒：“这样，我每天都会很饿的。要不，老婆，就叫阿满吧？希望他以后什么事情都可以圆圆满满，只满不缺。”

白璐思考了两秒，兴奋地点头：“可以，既好听，又特别，肯定不会重名，寓意也好。”白璐开心了，望着他，眼波流转，柔声道，“还是老公厉害。”

白璐一般是连名带姓地称呼他，极少有这样充满崇拜地叫他老公的时候，就连以前在床上时，也是被他哄着不情不愿地叫两声老公，和此刻的心甘情愿简直天差地别。

景言望着她，满脸感动：“宝宝……”

“嗯？”

“你再叫一遍——”

“……”

宝宝得了名字之后，白璐便天天抱着他“阿满、阿满”地叫着，时间长了，他似有所感，一听到这两个字，便睁着那双乌黑的眸子望过来。

他已经没了刚出生时的丑样，整个人像是脱胎换骨般，松弛发红的皮肤变得紧致白皙，巴掌大的一张脸上，那双眼睛又大又圆，软萌可爱。

原本就是自己身上掉下来的肉，见到他这样，白璐更是喜欢得舍不得撒手。

白璐并不是个喜欢小孩子的人，怀孕更多是为了景言，她一直没有把自己代入到母亲这个伟大而无私的角色上去，但看到他时，她的心里便自发地涌起难以言喻的喜爱，想要把最好的东西都给他。

或许，这就是母亲的天性，无须经验，无须准备，在他出生的那一刻，她就自动进入这个角色中。

白璐和景言初为人父母，虽然理论知识已经学了不少，但实操起来还是手忙脚乱，幸好有宋阿姨在旁边帮衬。

宋阿姨原本就是高级月嫂，只是被景母重金请过来提前照顾白璐，由她全程陪同，白璐带孩子也不算太辛苦。

孩子满月之后，白璐的身材看起来已经和怀孕前别无二致，因为这段时间营养充分，睡眠足够，她的皮肤甚至更加白皙莹润。

客厅里，宋阿姨在给阿满喂奶，小人儿抱着粉蓝色的奶瓶吸得正起劲儿，完全无暇顾及扶着楼梯走下来的母亲。

“厨房里给你热着早餐，待会儿直接吃就好了。”

宋阿姨望着她的身影，微微有些感慨：被宠着的女人就是不一样，就算生了小孩儿也仍然像个少女。

她还记得自己刚来这个家时，白璐才怀孕，景言就无微不至地伺候着。到了后来，肚子大了，白璐的脾气日益见长，把景言使唤得团团转。有些时候，连她都看不过去了，偏偏景言还是一副甘之如饴的模样。

她照顾过好几家的待产的孕妇，从来没见过哪对夫妻像他们一样，一个愿打一个愿挨，也从来没有见过像景言这样的丈夫，每日早早地回来陪着老婆，去哪里都亲自车接车送，每天吃完饭要拉着老婆出去散步，经常像个孩子一样趴在她的肚子上，神色雀跃又幸福。

看得宋阿姨这个经历过无数沧桑的老人家都快要相信爱情了。

傍晚，景言回来时明显气色很好。

客厅里，白璐正在逗阿满玩，手里拿着个小铃铛摇晃着，发出阵阵清脆的声响。阿满兴奋不已，颤巍巍地伸出手来抓。

白璐却不肯给他，小家伙一急，撇着嘴就要哭出来。

“老婆，你怎么老欺负儿子？”

白璐好似没听见，依然乐在其中，景言却看不下去，拿过她手里的铃铛塞到阿满手里。

阿满立刻撇撇嘴，又笑了起来，露出没有牙齿光秃秃的粉色牙床，小模样格外讨喜。景言看得简直移不开眼，逗着他笑。

四月份，霖市的气温逐渐上升，却极其不稳定，一周之内可以过遍春夏秋冬，用乍暖还寒这个词来形容再合适不过。

不知怎的，最近，他们身边的人都染上了流感，白璐和宋阿姨都不敢带着阿满出门，唯恐被传染了。

小孩子生病可大可小，有时候小感冒都需要住院吊水，折腾好些天也迟迟不见好。

不知道是不是因为阿满在白璐的肚子里就被养得好，从出生至今，他并没有生过什么病，身体十分健康。

白璐每日陪着他在家玩，倒也不觉得无聊。他现在已经会翻身了，白璐一拿东西在他的眼前晃悠，他就伸出手来抓，在自己的那张小床上翻来滚去，像个肉粽子。

白璐经常因为他而咯咯地笑个不停。

景言也开始忙了起来，每天晚上都要加班，好几次深夜才回来，白璐有时睡了一觉起来，才看到他拖着疲惫的步伐进门。

今天又下起了小雨，淅淅沥沥的，打在窗台上噼啪作响。晚上十一点，楼下才传来响动，白璐立刻直起身子，看到景言推门进来。

“还没睡？”他脸上的倦意很重，整个人看起来十分疲惫，一边和白璐说着话，一边松着领带，白皙修长的手指扯着深蓝色的领带结，明明是很简单的动作，却透出了几分雅痞。

“嗯，等你。”白璐温声说。

景言面色缓和了一点儿，弯腰在她的唇上碰了碰，柔声道：“说了叫你别等我，早点儿睡。”

“你不回来，我睡不着。”白璐仰头看他，声音软绵。

“傻。”景言捏了捏她的脸，拿了衣服去浴室。

洗完澡熄灯，白璐待景言上床后便立刻拱进他的怀里，却发现这个怀抱比起以往要滚烫几分。

“你怎么身体有点儿烫？”白璐立刻抬头看他。

景言困倦地闭着眼睛，大掌按着她的脑袋放在肩头。

“没事，睡觉，我好累啊……”他喃喃低语。

白璐动了动，没有挣脱，索性放弃，就着这个姿势闭上眼。

翌日醒来，外面天气依旧阴沉沉的，身旁的人却还在熟睡，白璐有些纳闷，下一秒便被他身体过高的温度吓到。

难怪他的怀抱比起之前炙热不少，白璐还以为是气温又上升了，没想到是景言的身体升温了。

她连忙推了他两下：“景言？景言……”

景言迷迷糊糊的，眼睛睁开又闭上，然后揽着她往怀里摁。

“别闹，再睡会儿。”

“你发烧了。”白璐焦急地道。她挣脱了他的怀抱起身，披了外套便下楼，翻出医药箱，拿着体温计上来。

——三十八摄氏度。

还好不算高，白璐松了口气。

拿了药和温开水上来，景言睡得正好，白璐叫了他几声，他没理她，干脆拉起被子蒙住头，这副无赖的模样让白璐感到又好气又好笑。

“你发烧了，先把药吃了。”她把手里的东西放到床头柜上，接着弯腰去拉被子。来回扯了几下，景言烦了，气鼓鼓地坐起身瞪她。

“吃药。”白璐好脾气地对他笑。

景言不甘不愿地接过药，一把吞下，又就着她的手喝了两口水，随后一倒，拉上被子继续睡去。

白璐洗漱完出来，景言的手机突然振动起来，她怕吵醒他，立刻走过去接起，是他的助理打来的电话：“景总，您今天怎么还没来上班？半个小时后的部门会议……”

“他发烧了，现在还在睡觉，可能今天都不会过去。”白璐温声细语地打断他，道。

对面那人愣住，随后连连应道：“好的，那我现在就通知下去，祝景总早日康复。”

白璐吃过早餐，又特意叫宋阿姨熬了粥。到中午，景言还没起床，粥已经熬得十分黏稠，阿满闻到香味开始闹腾，白璐干脆舀了一小碗，用木勺一点点喂着他。

小孩子觉多。吃完饭，白璐刚陪着阿满玩了一会儿，他便没了精神，困倦地睡去。望着他熟睡的小脸，白璐终是不放心地回了房。

窗帘拉得很严密，房间里无比昏暗，隐约能看见家具摆设。

床上的人一动不动，像是还在酣睡，白璐走过去，打开小灯，橘色的光辉照亮了一片。

景言的睡颜无比安然，因为生病，他的唇色透着几分异样。

白璐把手贴上他的额头，上面有点点细密的汗珠，温度明显降下来了。

像是被灯光所惊扰，景言皱起眉头，整个人往被子里缩了缩。

"都中午了，先起来吃点儿东西。"白璐唤他。景言却没有反应。白璐不放心地又推搡了几下，景言方才迟缓地睁开眼。

"嗯……不想吃。"他翻了个身，故技重施，用被子捂住脑袋继续睡去。

白璐无奈地单膝跪在床边，弯腰去扯他的被子。

"起来啦，都下午了，喝点儿粥，再吃一次药……"

景言在病中，又是未睡醒的状态，当然抵不过她的力气，不一会儿，他便缴械投降。不过，趁白璐不注意时，他拽住了白璐的手腕，蓦地一扯，白璐猝不及防地被他按在身下。

景言把头搁在她的颈间，双手十分迅速地从她的衣服下摆钻了进去，似是泄愤一样，掐得白璐有些微痛，她连连惊呼，用力地把他从身上推了下去。

"你干什么？！"白璐羞恼地坐起身整理衣服，景言在一旁躺着，手放在额头上，笑了起来。

他的表情像是小孩子恶作剧成功之后的得意，让人又气又无奈。

笑完之后，他唯恐白璐生气，立刻翻身下床进了浴室洗漱，那生龙活虎的模样让人难以相信他是个病号。

洗漱完出来，景言精神了许多，就是脸色有些苍白，看起来干净又柔弱，白璐立刻没了脾气。

"饿不饿？宋阿姨熬了粥。"她仰面问道。

景言摇了摇头："帮我把电脑拿过来一下。"

"你都这样了……"白璐不赞同地道。

"有点儿急事要处理。"他已经拿出细框眼镜戴上，低头回复着手机里的信息。

白璐无奈地把手边的电脑给他递了过去："那我给你端碗粥上来吧，一整天不吃东西也不行。"

话音刚落，没等景言回答，白璐就不由分说地下楼了。

白璐端着温热的粥和温水上来时，景言已经在工作了，他的身子半靠在床头，耳朵里塞着一对白色耳机，时不时地点头回应，像是在开视频会议。

“开会？”白璐问道。

景言用余光瞟了她一眼，摇了摇头，于是她放心地走了过去。

紧接着，她察觉出了一丝异样。

白璐的目光移过去，正对上几双好奇惊讶的眼睛。

她眯了眯眸子，无声地质问着景言。

“没事，继续汇报。”他笑了笑，唇色依旧是苍白的，没有多少血色。然后，他朝白璐解释，“都是我的助理，没关系。”

白璐的心顿时软了，她把手里的盘子放到旁边的小茶几上，端起粥放到他面前：“先吃点儿东西。”

“不要。”他抿紧了唇，“吃不下。”

白璐蹙眉，正欲再劝时，又听到他说：“除非你喂我。”

白璐顿了几秒，拿起勺子舀了一勺，放到唇边吹了吹，感觉不烫了，方才送到他的唇边，语气平静地道：“吃吧。”

景言顺从地张开嘴，慢慢咽下，还不忘对她含情脉脉地笑了笑。

白璐强装冷静，就这样坐在床边一口口给他喂着，一碗粥渐渐地见了底。

白璐放下碗，拿起旁边的温水和药片，看着景言服下后方才起身离开。

几位助理看着他们的大老板一口口乖顺地喝着递过来的粥，心惊胆战地汇报工作。

忙完已经是下午三点，景言揉了揉眉心，有些倦意，白璐给他的药里面有安眠成分，吃完后他只想睡觉。他强打着精神听完助理汇报，然后安排之后的工作。

楼下隐隐约约传来笑声，像是白璐在同阿满玩闹，母子俩很是欢快，他环顾着略显空寂的房间，突然很不爽。

白璐正在摇着儿子的小手，手机铃声蓦地响起，看到来电显示，她愣了几秒，方才接起：“怎么啦？”

“我生病了！”

“我知道啊……”

“那你竟然还去陪儿子，不陪我——”

“……你刚刚在忙。”

而且他都这么大个人了，有什么好陪的……白璐无语地抬眸望天。

“我忙完了，你上来陪我睡觉。”景言发号施令。

白璐懒得回他，抬手就挂断了电话，然后默默提步上楼。

不出所料，房里那人脸色十分不好，倚在床头，像是在生闷气，看到白璐的身影之后，他神色稍缓，然后又立刻板起脸来：“还知道上来。”

“当然。”白璐莞尔，走到床边，望着他轻声道，“无时无刻不在记挂着您。”

“花言巧语。”景言状似不满地白了她一眼，眉目却舒展开来。未等白璐回答，他又揉了揉额角，声音疲惫，“我好累啊，好想睡觉。”

“你都睡了一上午了。”白璐爬到床上，借着暖黄色的灯光打量着他——除了整张脸苍白一点儿，其他都还好。

景言垂眸，神色恹恹地说：“吃了药就想睡觉，眼睛有点儿痛。”

“不会又发烧了吧……”白璐担忧地抬手摸了摸他的额头，却感觉不出个所以然来。

“睡一觉起来应该就好了。”景言缩进被子里，朝她眨巴着眼睛，仿佛在朝她招手，“快来，我要抱着你睡。”

白璐顺从地躺下，窝进他的怀里。景言动了动身子，调整到一个舒服的姿势，然后低头在她的唇上重重地亲了一下：“不准乱跑，我睁开眼后还要看到你。”

“……”

白璐今天没有午睡，就这样靠在他的胸前，很快进入梦乡。只是到房间变得漆黑时，还没见景言有要醒来的迹象。她有些担忧，又怕打扰到他，直到楼下响起了阿满的哭声。

白璐惊觉差不多到了喂奶的时间。

“景言？景言？”她小声唤了两句，抱着她的人却没有反应。

白璐轻手轻脚地拿开放在她腰间的手臂，正欲起身下床时，突然又被扯进了那个熟悉的怀抱。

“你要去哪里？”头顶响起沉沉的声音，不知道是因为未睡醒还是因为在病中，他的嗓子有些沙哑。

“阿满哭了，我下去看看。”白璐解释道。景言却将她抱得更紧，手脚缠上来，白璐几乎没有间隙地贴在了他胸前。

“不准去，那个臭小子，有宋阿姨在，别担心……”景言低下头，在她的颈间不停蹭着，高挺的鼻梁和柔软的唇时不时地擦过她的肌肤。

“别闹。”她缩着肩膀躲避，却舍不得推开他，“你听，他哭得多伤心……”

“没听见。”景言的声音闷闷地从颈间传来，像是小孩子在耍无赖。

白璐被气笑了，揉着他的头发道：“你自己的儿子，你不心疼啊？”

身上的人动作顿时停住了，须臾，耳边传来一道无奈又悠长的叹气声。

景言松开她起身，拧亮了床头灯：“真是上辈子欠他的。”

白璐望着那个坐在床上的男人，暖黄的灯光下，他的五官柔和又清俊，头发凌乱地覆在额上，淡红色的唇微微抿起，像是苦恼，又似无奈。

浅蓝色格子睡衣把他衬得越发俊朗清秀，配上这副孩子气的神情，完全就是个大男孩。

白璐忍不住轻笑了一声，凑过去，仰头对上了他低垂的眉眼。

他被她的动作晃得有些微怔，眼神茫然，粉色的唇微微张开。

白璐仰面亲了上去，轻轻贴住那柔软的唇，触碰几秒，然后分开。

“乖啦。”她笑眯眯地开口，趁着景言还没反应过来，转身下床，并且十分贴心地为他带上了门。

楼下的阿满已经被哄住了，他死活不肯喝宋阿姨冲泡的牛奶，被白璐抱起来之后，闻到了妈妈的气息，自发地把头往她的胸口靠。

白璐看着他这副模样，不知为何，就想起了景言。

她笑了笑，眼里都是无奈。

果然是父子俩，无赖的黏人样简直如出一辙。

晚上吃饭时，景言明显气色大好，睡了将近一天一夜，好像多日来脸上的疲惫也消散了不少，只是整个人莫名看起来有些清瘦，尤其是那张脸，轮廓小了一圈，下巴尖了不少。

白璐心疼，逼着他喝了两碗他最讨厌的乌鸡汤。

“补气，提高免疫力。”

景言紧皱着眉头，宛如喝药般端起碗一饮而尽。

这天过后，景言的烧退了，却开始咳嗽，吃了好几天药，也没见好，每天还要加班到晚上八九点。

白璐从来不会干涉他的工作，只是这次，她实在忍不下去，到点后没见人回来，就开始打电话发信息催他。

于是，一到下班时间，秘书室的助理们就看到向来是不做完工作不走人的景总对着手机连连说“是”，然后关电脑走人。

景言虽然回来了，但重要的工作还是会带回家。白璐经常看到他坐在书桌前，一边敲着键盘一边低咳，往日里无比挺拔的背脊微微弓起，脆弱得让人心疼。

“我煮了冰糖梨水，先把这个止咳糖浆喝了再喝。”

白璐端着碗走了进来，景言专注地望着屏幕，闻言抽空看了她一眼，又飞快地收回视线，还未开口，咳嗽声就先传了出来，他用手抵住唇，肩头轻颤。

“好……”他模糊不清地应道。

白璐拧开止咳糖浆的瓶盖，倒了大半勺，暗红色的液体黏稠无比，散发着阵阵药味。

她抬手送到景言唇边，他顺从地张开嘴咽下。

“好点儿了吗？”白璐担忧地问。

景言忍不住笑了笑：“哪儿有这么快？”

“那把这个喝了，大家都说很有效果的。”白璐又端起那碗冰糖梨水，舀起一勺，吹到不烫嘴后，再送到他唇边。

白璐一边给他喂着梨水，一边不停嘱咐：“明天用保温瓶给你带一瓶去公司，记得按时吃药，多喝热水。对了，明天的气温会低几摄氏度，西装里面加一件毛衣，一定要注意保暖。”

景言仰头望向她：“老婆……”

“怎么了？”白璐疑惑地问。

“没事。”他顿了顿，抿了抿唇，低声道，“我好像还是第一次被你这样关心着。”

景言伸手抱住了她，把头埋在她腰间，声音轻浅又温柔：“我好幸福。”

白璐愣住，说不清的感觉从心底涌起，蔓延开来。

明明只是一件很小的事情，却让他如此感动。

回想一下，从初识到结婚，景言给她的印象一直是玩世不恭、无所畏惧。

白璐从来没有想过他也会生病、疲惫，也没有真正地去关怀过他，两人之间，占据主动权的一直是她。

从一开始习惯他的道歉和退让，到后来习惯了他的付出和宠爱，她总是理所当然地享受着这些，从来都没有反思过自己。

从头到尾，她都没有付出过几分真心，她总是戒备的、警惕的，畏惧和抵抗着这段感情，即使后来，她慢慢卸下心防，也依旧是骄傲的。

白璐眨了眨眼，莫名有些心酸。

“怎么突然煽情……”她若无其事地弯起嘴角，揉了揉景言的头。

“明明是有感而发。”景言又在她腰间蹭了几下，方才抬起头，仰面轻笑，微微弯起的眸子里倒映着灯光，闪烁着细碎又璀璨的清辉。

白璐情不自禁地捧着他的脸，弯腰亲了上去。

缠绵缱绻的气息在两人之间流淌，景言微喘，唇色嫣红，眼神迷离。

“待会儿被我传染了怎么办……”

“我身体好。”白璐笑眯眯地捏了捏他的脸，语气得意俏皮，“小仙女赐你一个吻，明天感冒就会好啦！”

“那就先谢过小仙女赐吻之恩了。”景言十分配合地接话，两个成年人说着无比幼稚的话语，却又乐在其中。

不知真是这个吻起了作用，还是多日来吃的药见了效，伴随景言快一周的咳嗽渐渐好了起来，他人也慢慢恢复了往日的精神。

白璐松了一口气，心里的大石头也终于落了地。

第十三章

余生请多指教

四月过后，天气晴朗的天气多了起来，树木枝叶已经青绿，不知名的花儿也竞相开放，空气清新怡人。

白璐经常带着阿满出去散步，有时是和宋阿姨一起，有时是景言陪着。

阿满的五官渐渐长开了，整个人圆润可爱，小脸白白嫩嫩的，一到外面，见到新鲜事物，就会睁着那双乌黑的眸子，目不转睛地看着，时不时在白璐怀里张牙舞爪地闹腾，闹得她手臂酸软，她便将他扔给景言。

随着一天天长大，他除了重了不少之外，整个人也活泼好动起来，会“咿咿呀呀”地叫，会兴奋地拍床，会主动朝白璐伸手要抱抱，一见到她，他就猛地挣脱旁人扑到她的怀里，这个黏人讨喜的劲儿简直让人又爱又恨。

炎热的夏季过后，阿满已经会口齿不清地叫“妈妈”。

景言吃醋不已，只捏着他的脸颊骂没良心：“小东西，要不是我，怎么有你？想当初，可是我辛辛苦苦地求着你妈妈把你生下来的，母子真是一个样，都是狼心狗肺的东西——”

“滚。”一旁端着米粥过来的白璐踹了他一脚。

景言作势歪倒在沙发上，捂着胸，“嗯嗯啊啊”地叫。

“哎哟，心口疼，一个两个都这么对我……”

“儿子，叫爸爸。”白璐舀了一勺米粥放在阿满的唇边。

阿满的眼睛瞬间亮了，张大了小嘴凑过来，含糊地道：“粑粑……”

白璐微笑着，奖励似的把手里的米粥喂到了他的嘴里，一旁装死的景言立刻一个鲤鱼打挺坐了起来，瞪大了双眼，惊喜地道：“儿子！你刚刚叫啥了？！再叫一遍！”

阿满没理他，专心致志地一口口吞着白璐送过来的粥，完全沉浸在自己的世界里。

白璐敲了敲碗沿，望着他重复道：“阿满，叫爸爸。”

喂食被终止，阿满不乐意地抬起小脸来，望着景言，满眼的迷茫，嘴里却蹦出来如同天籁般的字：“爸，爸爸，爸……”

景言兴奋地大笑，凑过去在他圆润的脸颊上猛亲了几口，糊了他一脸的口水之后方才罢休。

“哎！乖儿子！”

白璐赏了他一个无语的眼神。

晚上，景少爷终于体会到了什么叫祸从口出。

他站在门口，穿着睡衣，抱着枕头，可怜兮兮的，白璐却只顾在床上和阿满玩耍，视若无睹。

“老婆……阿满该睡觉了。”他讨好地笑了笑。

白璐头也不抬地应了一声：“嗯，阿满今晚和我睡。”

“那我呢？！”景言不甘心地质问。

“你当然是睡他的房间啊……”

白璐的语气轻巧，却把景言气得不行，他愤愤地冲了过来，不管不顾地把正坐在床上玩闹的阿满拨到一边，然后拉开被子，躺在白璐的身旁。

“我不要，我不要一个人睡觉！”

“那你睡在这里，我和阿满去隔壁睡。”白璐作势抱起阿满，而阿满被两人这么一闹，也不玩了，睁着乌黑的大眼睛茫然地看着他们。

景言立刻从后头抱住了白璐，手臂牢牢地环在她纤细的腰间，用力收紧。

“老婆，我哪里又做错了？”他委屈巴巴地问。

白璐用余光看到自己肩头的大脑袋，也没了脾气，她深吸一口气，语气有些强硬地说：“你什么时候求我生过阿满了？”白璐冷哼一声，今天，她一定要把他的这个思想纠正过来，不然，儿子越来越大，景言指不定会在背后怎么编派她。

“我……”景言张了张嘴，组织了半天措辞，“你，你当初不是不愿意吗？最后因为家里的压力，才同意的……”

白璐一把拍掉了他放在自己腰间的手，一脸正色。

“景言，我不愿意的事情是谁也勉强不了我的，决定要阿满是因为我想为你生个孩子，爷爷他们的话只是让我把计划提前了一些，嗯——”

白璐的尾音淹没在景言的唇舌之中，他重重地吻住了她，一只手插在她的发间，一只手捂住了阿满的眼睛。

景言松开她，望着那水润嫣红的唇，又低头亲了一口，低声呢喃：“是我错了，我很开心。”

“你是不是傻？”白璐抬起那双水雾朦胧的眸子，瞪了他一眼。

景言的心头越发荡漾，他贴到白璐的耳边小声说道：“老婆……把阿满抱过去好不好？我想和你睡觉了。”景言说完，还暗示性地在她的腰间揉了两把。

白璐心尖一颤，扭身躲开他的手。

“宝宝，妈妈抱你去睡觉啊！”白璐抱着怀里懵懂无知的阿满，往隔壁的房间走去。

景言摸不准她是什么想法，只能望眼欲穿地盯着门口，不一会儿，白璐若无其事地走进来，关上了门。

景言立刻眼前一亮，未等她完全躺下，他就急急忙忙地把人往怀里拉，唇也随之落了下来。

白璐乖顺地揽住他的脖子，回应着这个略显急躁的吻，宽大的被子遮住纠缠的两具身体，喘息声渐渐回荡在房间里。

霖市入冬早，才感受到秋凉，次日就刮起了寒风。

白璐被景言那次发烧吓到了，一见他穿得单薄出门，就忍不住唠叨。

“今天只有几摄氏度，你就穿这个，不冷吗？”

她望向景言，那人向来会穿衣，又习惯穿得潇洒，外面天气冷冽，他却只穿了件西装，里面是衬衫和薄毛衣，修长挺拔的身材一览无余，那张脸更显俊朗。

白璐此刻却无暇欣赏，她的脑海里只有他在寒风中瑟瑟发抖的模样。

“不冷。”景言朝她握了握拳头，满脸认真，“我有一身正气。”

“……去加件大衣再出门。”白璐侧头吩咐。

景言自顾自地在餐桌前坐下，端起手旁的牛奶喝了一口，毫不在乎。

“不用，我开车去公司，才走几步路。”

“万一有事外出呢？”白璐满脸不赞同。

她还欲说些什么，景言已经抢先开口，连连道：“好好好，我待会儿吃完就上去拿件大衣。”他说完，又无奈地叹了一口气，摇了摇头，道，“唉，真是被你管得死死的。”

一旁端着三明治的宋阿姨闻言笑了，白璐忍不住瞪了景言一眼。

吃完，景言立马上楼拿了大衣穿上，到门口时，白璐上前帮他整理了一下衣领，而后，她抬手轻轻拍了拍他的肩，轻笑道：“好了，更帅了。”

景言闻声，满意地弯起嘴角，眉目温软，低头在她的唇上亲了亲，低语道：“那你更爱我了吗？”

“每天都很爱你。”白璐轻声回答。

景言的吻又落了下来，边含着她的唇亲边呢喃道：“今天嘴这么甜，让我尝尝是不是吃蜜糖了……”

“你走开。”白璐推搡着他，笑出了声。

又是一年冬天，阿满已经开始蹒跚学步，这个时候的他更加好玩了。

白璐最爱逗着他，从这头走到那头，看他左右摇摆，然后像个小炮弹一样栽进她的怀里。

春节到景家，小家伙俨然成了个吉祥物，长辈们爱不释手，这个抱一下，那个抱一下。

口齿不清的他也听话地跟着白璐叫人，更惹得长辈们开怀，到最后散场，他的怀里被塞了一大堆的红包。他兴奋得直笑，露出了几颗小白牙。

白璐坐在床上一个个拆红包，脸上是惯有的财迷模样，拆完，她看着那一堆钞票，咽了咽口水，望向景言，感慨道："生个孩子可真能赚钱啊！"

景言无奈，上前拥住她，正色地道："你老公比他更能赚钱。"

"是的！老公真棒！"白璐笑眯眯地抱住他的腰，一脸谄媚。

景言前不久带她清点了一遍家里的资产，房契、地契，包括存款，通通都交给了她保管，白璐一夜之间发家致富，跃升为女富翁。

"啧，让老公看看今天是不是又吃糖了……"景言作势低头要亲下来。

白璐一把推开了他，小声提醒："别闹，阿满还在旁边呢。"

"今晚让他和妈睡，等一下就把他送过去。"景言不甘心地嘟囔道。

"不行，他会哭。"

阿满认人，除了白璐和宋阿姨，他不愿意和别人睡，一离开她们，他就会扯着嗓子号叫，小模样可怜又可恨。

景言顿时泄了气，咬牙切齿地道："这个臭小子，把他卖了算了。"

白璐立刻在他的胸前拍了一巴掌，斜睨着他道："当初是谁望眼欲穿地想要孩子？"

"我喜欢像你一样的小公主，而不是这个……"

每天和他争宠的小浑蛋。

景言委委屈屈地想。

"可是我喜欢像你一样的小帅哥啊！"白璐笑眯眯地道。

"阿满多可爱，长得多像你啊，我每次一见到他，就仿佛看到了小时候的你，粉粉嫩嫩的，大多数时候乖巧温顺，偶尔又会闹一下，调皮得气死人。"

"真的吗？"景言开心起来。

"当然！"白璐重重地点头。

于是，景言看那个小浑蛋又顺眼了一点儿。

在景家住了几天，大年初五，刚吃过晚饭，景言就被秦子然的电话轰炸，隔着手机，他都能听到那头嘈杂的音乐和人声。

景言有些按捺不住，满眼渴望地看着白璐。

白璐逗着怀里的阿满，云淡风轻地道："想去就去呗，看我干吗……"

景母他们都还在旁边坐着，景言这副模样，倒显得她平日里管他管得十分严似的。

白璐颇为不自在。

“那你等我啊，马上过来！”景言瞬间雀跃无比，犹如即将被放出笼的小鸟一般，对着手机兴奋地叫道。

挂完电话，景言凑了过来，小声道：“老婆，我们有个特别好的朋友从国外回来了，所以，秦子然他们特意……”

“没关系，你去啊！”白璐温婉地笑着，语气柔和，“朋友聚会嘛，早点儿回来就行，对了，喝酒一定记得叫代驾，不要自己开车。”

说完，她又低头逗着怀里的阿满：“宝宝，和爸爸说再见。”

“再……见……”阿满天真懵懂地笑着，摇晃着小手，十分可爱。

景言开心地俯身在他和白璐的脸上各亲一口，方才拿了钥匙出门。

“我一定早点儿回来！”

春节期间，马路上人烟稀少，霖市最大的高级会所却热闹喧哗，流光溢彩，景言熟练地把手里的车钥匙抛向门口的车童，随即上了顶层包厢。

推开门，里面很吵，景言的目光直接落在人群中央的那道身影上，那人也刚好抬眸望了过来，四目相对，两人走近给了对方一个热情的拥抱。

“嘿，苏皖！”

“嗨，景言！”

寒暄完，方一落座，苏皖就凑过来，意味深长地说：“听说，你和你的女神结婚了？”

“哎呀。”景言无奈地笑着，瞪了旁边的秦子然一眼，道，“这个大嘴巴，真是受不了他。”

高中时，景言、秦子然、苏皖三人号称“铁三角”，一起打球、玩游戏，好得能穿一条裤子。后来，大学一毕业，苏皖就出国了，见面虽然少了，但三人感情依然如当年那样好。

景言当年对白璐的心思隐瞒得很好，谁也不知道，还是后来，他跟白璐摊牌了之后，景言才和秦子然聊起这件事情。接着，不出几天，远在地球另一端的苏皖就知道了。

两人一琢磨，一联想，顿时发现了当年许多的蛛丝马迹。

比如，从不喜欢参加学校活动的景言在高三下学期格外听话，不管什么晚会，他总是乖乖到场。现在一想，那个主持人好像就是高一的小学妹，十有八九是白璐。

又比如，三人吃完饭，走得好好的，景言会突然绕路，说是吃多了，消消食，他却总是左顾右盼的。现在一想，恐怕他是在寻求与白璐的偶遇。

秦子然和苏皖当时还纳闷了好一会儿，最终在他云淡风轻的模样中不再追究。

“我说你就是太㞞了，白白错过了这么多年，不然，你看——

“大家都说年少时的感情才是最美的，当然，你现在也挺好……”

苏皖搭着他的肩膀说着话，他向来嗓门大，喝了点儿酒后，声音便飘了起来。

景言的嘴角勾着浅笑，小口小口地啜着杯里的酒不说话，脑海里却情不自禁地浮现出了他说的那些假设。

当晚，景言喝得微醺回来，洗了个热水澡之后，他整个人依旧是晕乎乎的。掀开被子钻进暖烘烘的被窝里时，白璐正侧着身子浅寐，景言一把把她搂入怀中。

他闭着眼睛，低头在她的身上胡乱亲着。

“干吗呢……”白璐被闹醒了，在景言的胸前推搡了两下便变得服从，她向来不会拒绝他，景言肆无忌惮地翻了个身，把她压在身下。

最后，景言闭着眼睛，微微仰起头，陷入一个绮丽清新的梦中。

那是个熟悉的傍晚，空旷的教室中整齐地排列着黄褐色的桌椅，白色的窗帘随风飘荡，女孩儿趴在桌上睡觉，侧脸安然而恬静。

景言看痴了，舍不得挪动脚步。就这样，时间一分一秒地流逝，女孩儿睁开了眼睛，那双眸子漆黑漂亮，宛如琉璃般晶莹剔透，她望着他，眼里闪过一丝愕然。

景言依旧站在那里，没有说话，两人就这么对视着。忽然，女孩儿坐直了身子，残存的睡意已经消失得无影无踪，那张脸上是严肃的表情。

“你为什么要在这里看着我？”

“我不是故意的。”景言解释道，摸了摸鼻子，有几分无措，“我想找你，但是你在睡觉，我不好意思打扰。”

女孩儿闻言，神色缓和些许，平静地问：“找我有什么事吗？”

“呃……”景言顿了几秒，然后望着她笑了，那笑容极其明朗灿烂，穿着蓝白校服的男孩儿在这一刻帅气得让人移不开眼。

“我想和你说，我喜欢你。从昨晚在更衣室中无意……我就日思夜想，情难自已。”

“昨天是你偷看我换衣服？！”女孩儿闻言皱起了秀气的眉头，眼里只剩下不满和怒气。

“那是不小心，我刚好有节目，要去换衣服，然后你没关好门，我以为里面没人。”景言望着她诚恳地解释道。

但女孩儿并不买账。

“好吧，那就当是这样，可是我不喜欢你，谢谢。”她说完，极快地收拾东西离开了教室。

景言望着她的背影，笑得幸福又荡漾。

翌日，景言打听了她的课程表和作息规律，大清早便亲自到教室给她送早餐。临近早读，学生们都来齐了，他的出现引起了一阵喧哗。

白璐依旧是那副冷冷的模样，被这么多人注视着，颇有些恼怒，语气比起昨天更加冷硬：“以后不要给我送早餐了。”

“我担心你会饿。”景言完全不生气，温和地回答道。

“不关你的事。”白璐翻开了书，一副不想搭理他的模样。

“可我会心疼。”他认真又温柔地说。

话音刚落，旁边立刻响起了几道抽气声，白璐的动作僵住，难以置信地抬头看他：“你能不能好好说话？”说完，她又蹙起了眉头，“算了，我不想和你说话，带着你的早餐离开这里。”

“我走，你别生气，早餐是无辜的。”景言全然不被她的态度影响，依旧是那副闲散含笑的模样。

白璐望着放在桌上的早餐，顿了几秒，拿给了旁边的同学。

“你还没吃吧，给你，别浪费了。”

景言的追求温柔又坚定，他不会缠着她，但每隔一两天两人总能碰上一次面，有时是偶遇，有时是刻意找她。

景言是高三的学长，人帅，有钱，篮球也打得好，追求者无数，平日里就是低调不易接近的模样，他会这么直接地追求一个学妹，出乎所有人的意料，白璐因此名声大噪。

但白璐对他依旧是爱搭不理。

转机发生在一个月后。

校门口有位乞讨的老人，长年累月地在那里，头发苍白凌乱，全身脏兮兮的。白璐每次过去，都会在他的面前放点儿钱，然而那个傍晚，她偶然看见了景言。

一群朝气蓬勃的男孩子浩浩荡荡地走过来，像是刚打完球，脚步仿佛能带起一阵风，蓦地，其中一个高瘦的身影停住。

景言退了两步，从校服口袋里翻出了一张纸币，放到了那个老人面前。

不知为何，看着那个若无其事地继续和旁人说笑的男孩儿，白璐忽然有些移不开眼。

“你这样做没有任何意义。”

午后，春日阳光明媚，教学楼背后的一处草坪被四周的树木遮掩，显得隐秘而静谧。

白璐望着面前的人和他手里的那盒包装精美的巧克力，眉头紧蹙，满脸无奈。

“我只是觉得好吃，想给你尝尝。”景言的神色略显无辜。

白璐突然感到有些无力。

“我们俩连朋友都算不上，所以，我没有办法接受你对我的好，能理解吗？”

“那你把我当成朋友就好啦！”景言笑得无比纯良，眼睛微微眯起，细碎的阳光洒在他脸上，面容白皙俊朗，让人没有办法心生厌恶。

“对不起，我并不想和你做朋友。”白璐说完就拿着英语书往外走。

景言眯了眯眼睛，突然攥住她的手腕，轻轻一拉。

白璐整个人被带到他的身前。

她慌张地抬头，正对上景言黝黑的眸子，两张脸离得极近。

“对不起啊，我只是控制不住。”景言眼神极深，像是要望到她心尖上，声音轻轻的，却又十分清晰地传入她的耳中。

“我太喜欢你了，喜欢到必须通过这种方式把它宣泄出来，如果给你造成了困扰……那麻烦忍一忍。等我毕业了，应该就好了。”

他嘴角浅浅弯起，眼里似乎还含着笑意，有风来，吹动了两人的头发，他额前细碎乌黑的刘海儿轻轻晃动，露出那对工整的眉。

白璐的心跳瞬间乱掉，扑通扑通，宛如有人在用巨物敲击，被他触碰到的手腕的那一圈皮肤像在发烫，烧得她无比慌乱，六神无主。

她立即挣脱他的手，飞快地逃离。

白璐没有再抗拒景言，甚至有时候收到十分需要的东西，她会温声和他说谢谢。

两人就这样维持着怪异又奇特的关系，那个人的身影也被她藏在了内心深处，成为一个特别又酸甜的符号。

她十六岁的青春完全被这个叫作景言的男孩儿占据。

他会在看见她的瞬间双眼发光，会在大大小小的事情发生时立即出现在她身边，会和她分享身边发生的令他感到幸福的事。

这种特殊的感情在景言毕业后发酵得越发浓烈，以至于每次见到他的身影时，她都会忍不住心生欢喜。

白璐内心惶恐，小心翼翼地压抑着这份隐秘而陌生的情愫。

一年一年，时间悄然流逝。高三下学期，父亲突然出事，白璐几近崩溃，景言千里迢迢连夜赶来，把她拥入怀中：“有我疼你，别怕。”

慌乱惶然的心就这样被他平复，白璐伏在他的胸前大哭不止，耳边是他接近誓言的承诺：“我会保护你一辈子。”

白璐真正和景言在一起之后，才算了解这个人，这真是个光芒万丈的男孩儿。

他善良，优秀，阳光开朗，品行优良，他会带着白璐走街串巷吃遍各种小吃美食，也会特意起个大早带她去看日出，更会小心翼翼地顾及她的自尊，以聘礼的名义拿出自己多得数不清的压岁钱，号称要预定她的人生。

白璐忍不住扑进他的怀里，湿了眼眶。

那段原本应该晦暗无比的日子，因为他变得轻快明亮起来。

后来，两人携手走进了婚姻的殿堂，然后，儿女双全，白头偕老。

景言是笑醒的，睁开眼时，天已经一片大亮，白璐躺在他怀里，两人紧紧地抱在一起。

昨晚，他直接睡过去了，白璐洗了个澡之后，给他简单擦拭了一下身子，然后又被他死死缠着。

景言回想起昨晚的梦，那个梦无比清晰生动，梦里的事情还历历在目，一直以来他耿耿于怀的事情仿佛瞬间被圆满解决。

他忍不住低头，细细吻着怀里那张恬静的睡颜，难以抑制的情感在胸口汹涌澎湃，急切地想找个出口宣泄出来。

白璐是被他撩拨醒的，她对景言的失控有些疑惑，闭上眼，气息不稳地问：“你今天怎么了？”

“做了个美梦……”景言揽着她的腰，笑得甜蜜沉醉，身心的双重满足让他轻飘飘的，像是浮在空中。

“什么梦？”白璐打起精神，将下巴靠到他的锁骨处，问道。

景言笑得越发甜，揉了揉她的头发，满脸温柔地说：“不告诉你。”

白璐仰头一口咬住他喉间凸起的地方，并且用牙齿磨了磨。

景言顿时倒吸一口凉气，全身绷紧僵住。

“乖，放开……”他几乎是从齿间挤出这几个字。白璐用眼神威胁他，景言头大，举手投降：“好好好，我说……”

“我梦到我回到当年，我们没有误会，我和你表白之后追了你好久好久，你终于答应和我在一起了。”景言回忆着梦里的情景，眼睛又不由自主地弯了起来，抱着她，满眼都是满足。

“我给你送早餐，送礼物，带你看日出，走遍大街小巷，我们还考上了同一所大学，毕业之后，我们就结婚了，生了一男一女，白头偕老。”

“那我只能满足你说的最后一点了。”白璐在他怀里轻笑。

“嗯？”

“白头偕老啊！”

景言凝视了她许久，唇边浮起浅笑，点了点头：“好，一言为定。”

过完年，阿满一周岁生日的日子就快到了，景家自然不能亏待了这唯一的孙子，于是大肆操办生日宴，宾客无数。

当天，小家伙一身中式打扮，大红色对襟中式套装，红色小圆帽，额前那里还镶了颗宝石，眼睛弯弯，笑起来的模样就像年画里的娃娃。

阿满由景言抱出去见人，白璐也在一旁陪着应酬，热热闹闹地吃完饭，就到了最重要的环节——抓周。

小家伙被放在一张大桌子上，旁边是书、笔、印章、算盘之类的东西。在众人的注视下，阿满神色茫然地环顾着周围，圆滚滚的身子左右挪动，抬头在人群中寻找着什么。

过了几秒，他像是没有找到，“哇”的一声哭了起来。

那小表情十分伤心，仿佛他是被爸爸妈妈遗弃了的小孩儿，肩膀一抖一抖的，连头上漂亮的小帽子都哭歪了。

白璐心疼不已，连忙上前把他抱了起来，一到妈妈的怀里，他顿时不哭了，只是依旧抽抽搭搭的，乌黑的长睫毛上挂着晶莹剔透的泪珠儿。

白璐拿了纸巾细细地给他擦拭着，阿满乖巧又依赖地伏在她的怀里，短短的手臂紧紧环住她的脖子，唯恐白璐再次消失不见。

抓周到最后不了了之，景言气得扬言要打阿满的屁股。

阿满无辜得很，面对年轻父亲的怒火，他满脸懵懂，最后只乖乖地偎在妈妈怀里，把脸侧了侧，埋在白璐的胸前，不去看他。

景言宛如鸡同鸭讲，对着那个漆黑的后脑勺又气又无奈，最后只能恨恨地叹了口气，上楼去了。

白璐看着这对父子，哭笑不得，把阿满哄睡着了之后，她又回房去哄那个生闷气的男人。

景言正倚在床头，脸色严肃，洗了个澡，也没有缓和他的不爽。

白璐走过去坐在他的面前，轻笑着道："你干吗？"

"我没干吗。"他抬头说道。

"还在不高兴？"白璐试探地问。

景言垂下眸子，须臾，他方才回答："还好，就是习俗这种东西，宁可信其有，不可信其无，我只是担心……"

"我倒觉得挺好。"白璐笑了起来，打趣道，"如果这么小就定好了他未来的人生，那才是最可怕的呢。我们阿满肯定也是知道这一点，才没有做出选择吧。"

"他知道个鬼！"景言轻嗤一声，神色却轻松了下来，"好了，快去洗澡睡觉，今天累了一天了。"

"遵命！"白璐笑盈盈地道。

六月，天天骄阳似火。

程语嫣宣布了一件大事，她和周显决定结婚了。

白璐很是欣慰，以过来人的身份帮两人出谋划策，叽叽喳喳地说个不停，最后被景言泼了一盆冷水："你自己结婚全程都没插过手，还在这里帮别人出主意，得了吧，别给人家帮倒忙。"

"……"

白璐白了他一眼，语气平静地道："景言，你最近很嚣张啊！"

自从生了阿满之后，白璐的性子那可不是好了一星半点儿，以前的任性和小脾气完全消失了，浑身上下都充满了为人母的温柔。

景言则慢慢露出昔日的本性，得意又张狂的模样经常气得人牙痒痒，白璐私底下懒得和他计较，但今天当着外人的面，她一定要收拾他一通。

景言被白璐这样看着，心底有些发毛，但他也暗暗给自己鼓劲儿，让自己别屃，他轻咳了两声，开口道："没有，我说的是实话。"

"叫你说实话了？"白璐目光沉沉，脸上没有一丝笑意。

这一刻，景言才察觉到危机。

“老婆，我错了……”他马上认㞞。

白璐冷哼一声，没有再开口。

把这一幕尽收眼底的程语嫣和周显对视几秒，程语嫣连忙打圆场：“璐璐，刚好请帖的样式我和周显挑花眼了，你帮我看看，这两款哪个更好一点儿？”

“行，我看看……”白璐侧身过去。

景言立刻松了一口气，朝旁边的周显偷偷抱了一下拳。

婚礼如期举行，白璐带了阿满去参加，景言当然也陪在一旁。

程语嫣的人缘很好，不同于白璐，她热情开朗，从小在那样的家庭中长大，又擅长和别人维系关系，因此，这次来了不少同学，高中和大学的同学加起来就有四五桌。

程语嫣和白璐高中时同班，宾客中有不少她俩共同的老同学。看见白璐之后，他们明显惊讶不已，尤其是他们将目光落在一旁的景言和阿满身上后。

因为是参加婚礼，景言和白璐的穿着都很正式，景言穿着一身深色的西装，白璐穿着一件白色的礼服裙，就连阿满都穿着背带短裤和小白衬衫，像个粉雕玉琢的瓷娃娃，十分可爱。

“嗨，白璐，你结婚啦？”众人纷纷和白璐打招呼。

白璐笑着回应：“对呀！”

“毕业后就没见过你了，没想到现在孩子都这么大了。”

“哎，年纪到了嘛。”她调笑着答。

“你儿子长得真可爱，老公……也挺不错的。”一位比较活泼的女同学朝白璐挤眉弄眼，她只能笑笑。

“还好吧……”她说着。然后，她垂头哄旁边的阿满道，“阿满，叫阿姨……”

“阿姨。”阿满现在的吐字发音已经很清晰了，软糯的童声一出来，顿时萌倒了一大片人。大家都忍不住逗着他讲话，白璐的目光飘远。

这些人里面，有不少当时和她关系不错，她家里出事之后就和她保持了距离的人，但时隔多年，他们仿佛把那些事情全部忘却了，只剩下老同学的旧识情谊。

她忍不住垂眸笑了笑，暗暗感慨。

那些事，对那个时候的自己来说是天塌下来的事情，过了多年再回望，不过是心头多了几分惆怅，几缕伤感。

程语嫣的婚礼按部就班进行着，在周显发完言后，交换戒指的那一刻，两人都忍不住湿了眼眶，看得出来，他们彼此深爱着对方。

白璐看了一眼自己无名指上的银白色戒指，还未动，就被旁边伸过来的那只手抓住。

同样地，那只手的无名指上面有着一枚和她的同款的戒指。

白璐抬头望着景言笑了，他心下一动，看着台上拥吻的那对新人，把阿满的头往胸前轻轻一摁，俯身亲了过来。

在阿满呜咽着抗议时，景言轻轻一啄，随即飞快地离开了她的唇。

阿满涨红了一张小脸，挣脱他的手，委屈地叫道："爸爸，坏！"

白璐忍俊不禁。

当天晚上回去，白璐就看到沉寂多年的班级群突然热闹起来，像是诈尸一样，出现在她的对话列表里。

白璐饶有兴致地翻着，群里的话题除了语嫣今天的婚礼，就是关于自己的，而且讨论她的热度比今天的婚礼还要盛几分。

孙雅："我的天哪！今天的婚礼上，我看见了白璐和她老公，我总觉得他有些眼熟，回去一查，竟然是少临集团的总经理景言！"

曹彬："真的假的？我今天有事没去，岂不是错过了一个天大的八卦？！"

孙雅："真的，我们几个都看见了，可帅了，而且，她儿子长得超级可爱，羡慕，呜呜呜……"

咪咪："唉，真是没想到啊，落魄的凤凰依旧是凤凰，我们这些普通人终究是比不上。"

彭丫丫："啧，谁知道她是怎么勾搭上的对方，这门不当户不对的，白璐的手段还真是一如既往厉害。"

钱敏："赞成。"

马莉："赞成。"

看着这些，白璐的心里可谓毫无波动，这是她的生活，这些人也只能在背地里议论两句，对她毫无影响。

白璐笑了笑，收起手机正准备睡觉，聊天框里又弹出一条消息。

秦书："刚刚不是在讨论程语嫣的婚礼吗？继续啊，我当时没到现场，很遗憾呢。"

咪咪："哟，班长大人马上出来护短了。"

曹彬："毕竟曾有段暧昧又朦胧的感情……"

齐天："……你们是不是忘了一件事？白璐也在这个群里。"

“提示：×× 撤回了一条消息。”

白璐看着聊天界面上一溜的撤回，忍不住笑出了声。

这个群是在毕业后由秦书建的，当初，他没有经过白璐同意就把她拉了进去。

白璐进群之后从来没说过话，群名片的备注也没有改，头像永远都是灰色的，因此，大部分人都不知道她也在这个群里。

白璐摇摇头，收起了手机，往旁边拱了拱，拉开景言的手臂，钻进他的怀里，双手环住他的脖颈。

“看到什么了，笑得这么开心？”他正在看书，见状，把她往怀里揽了揽，懒散地问。

“没什么。”白璐动了动，调整到一个更舒服的姿势，脸搭在他的锁骨处，闭上眼睛，鼻间缠绕着从他身上传来的清香，白璐忍不住弯起嘴角。

“看到了一个笑话而已。”她轻轻地回答。

程语嫣和周显举办完婚礼就去度蜜月了，环球一个月。

白璐每天在社交网站上都能看到他们发的蜜月旅行照，两人潇洒无比，笑容肆意，让白璐这个在家带娃的人羡慕极了。

程语嫣是自由职业者，时间充裕，但周显可是朝九晚五的上班族啊，白璐忍不住朝赵妍打听，台里是怎么同意给周显批假的。

“还能怎么着？”赵妍的语气满是不屑，“一哭二闹三上吊呗。”

“噗——”白璐嘴里刚喝的水喷了出来。

晚上，景言回来，就看到白璐对着手机长吁短叹，时不时还发出几声感慨。

“唉，土耳其的热气球真好看，看这个天，橙色，红色，还有淡淡的蓝，日出真美啊……

“哇，拉斯维加斯的赌场好壮观啊……富丽堂皇。

“天哪！非洲大草原上的动物好多啊！”

景言解衣服的动作被迫停下，他望着她，无奈地道：“老婆，你想去，我都可以带你去。”

“好的。”白璐回答得很快，随即放下手机，望着他，满脸期待，“那我们什么时候去呢？”

许下的承诺是欠下的债，自从那晚景言和白璐承诺了之后，他便开始着手安排工作。

他先是加班做完了比较急的事情，不是特别紧急的事情推到了后面，硬生生空出了一周的假期。

白璐则兴致勃勃地开始在网上查攻略。

因为时间有限，白璐对土耳其的日出和热气球又特别向往，最后，两人敲定去土耳其。

白璐把阿满托付给宋阿姨照顾，景家的几位老人也会同时照看，应该不会有什么后顾之忧。

走向候机大厅的时候，白璐一直是蹦跳着的，兴奋得像个十几岁的小姑娘。

两人许久未曾如此出来旅游，蓦地从机场外头的玻璃窗上看到他们的身影，恰似一对出门游玩的年轻情侣。

白璐拉着景言停住脚步，指着映在玻璃窗上的人道："你看。"

景言侧目，里面是一男一女：男的穿着浅蓝色衬衫，搭配牛仔裤、板鞋，拉着行李箱，身材无比养眼；女的扎着丸子头，穿着深蓝牛仔衣和A字裙，露在外的一双腿细白笔直，斜挎着一个小包包。

两人站在一起，特别登对。

"别动，让我拍一张。"白璐拉住他，拿出相机，调好镜头，咔嚓一声，里面的两道身影被定格了下来。

进去后，景言去办理登机手续，白璐坐在休息区照看着行李，突然，头顶响起一道声音。

"嗨，美女……"白璐抬头，茫然地望过去，正对上一个陌生男人的视线。

他眼里的兴奋更浓了："能加个微信吗？"

白璐正欲拒绝，就看到不远处的景言大步走过来，他一把把她揽入怀中，道："不能，谢谢。"

"呃，你是？"那人依旧有些不死心，面对着景言充满敌意的眼神，追问。

"我是她老公。"景言沉沉地说。

景言说完就拉着白璐走了，步伐又急又快，白璐有些跟不上，只能娇弱地叫着："老公，你慢点儿，我跟不上了，老公……"

搭讪的男人站在原地满脸尴尬。

上飞机后，景言便开始睡觉，昨夜忙着做收尾的工作，他加班到很晚才回来，等洗完澡上床睡觉，已经接近凌晨。

白璐看着搁在肩头的那个大脑袋，帮他拉了拉身上的毯子。

到土耳其的第二天，白璐如愿以偿地在热气球上看到了日出。

那幅画面极美。

深蓝、浅红、浓橙交织在一起，堆积在天边，层层叠叠，像是织女编出来的云锦。

而景言就站在那片云锦之中，朝她宠溺地笑着。

玩了一天，晚上回到酒店，洗完澡，白璐迫不及待地翻看相机里的照片，却突然顿住。

那是早上坐热气球的时候拍的，其中，有几张照片里，景言恰好站在她身前，背后是刚刚升起的朝阳，极其瑰丽壮观，漂亮得让人移不开眼。

然而，他的眼里只有她。

白璐按着相机旁边的按钮，放大照片，在景言漆黑的瞳孔中，隐约能看见自己举着相机的身影。

她忍不住笑了起来。

白璐把这几张照片传到了手机里，平日里不爱发朋友圈动态的人破天荒地秀了一次恩爱：

日出很美，在他的眼中，却不及我美。

——因为盯着我而忘记看日出的景先生。

底下是四张图，面容俊朗的男人温柔而专注地望着镜头，他的背后是瑰丽壮观得让人移不开眼的日出。

动态才发出去几分钟，下面已经有很多评论了，她笑着翻看着。

秦子然：“‘虐狗’无极限，单身老男人是时候远离社会了。”

秦妈妈回复：“所以，你还不赶紧找个女朋友？！”

扑哧一声，白璐笑了。

接下来是一些表示祝福和羡慕的评论。

白璐的朋友圈很少这么热闹，到景言出来时，她还在回复着评论，不亦乐乎。

“干吗呢？”景言边擦着头发边走了过来，待他看清楚上面的内容之后，他侧头望着她，似笑非笑地道，“不及你美？”

“嗯哼？”白璐不甘示弱地回视过去。

“是的，确实不及你的十分之一。”景言认真地点头，随后把手机扔到一边，胡乱地擦了两把头发，头发不滴水之后，他把白璐拖到了身下。

“长夜漫漫，比土耳其的日出更美的白小姐，可否和我做一些更美妙的事情？”说着，他就三下五除二地扯掉了衣服。

白璐措手不及，惊叫了一声，抬腿踢向他：“臭流氓！”

“我不是……”景言说着，整个人覆了上来。

“我是因为盯着你而忘记看日出的景先生。”景言低笑着说完，唇落了下来。

白璐放弃抵抗，乖乖地抱住他的脖子：“嗯……那景先生，你轻一点儿。”

在土耳其玩了一周，回去时，两人的气色明显不错，容光焕发，浑身充满着蓬勃的朝气。

被两人抛弃了一周的阿满一见到爸爸妈妈的身影，就立刻飞奔了过来。

“呜呜呜，妈妈，我想死你了。”他双手紧紧圈着白璐的脖子，眼泪汪汪，一个劲儿地在她的脖颈间蹭着，委屈巴巴的模样让白璐心头发软。

“我的小阿满，给妈妈亲亲。”白璐低头在他的脸上不停地亲着，糊了他一脸口水，旁人看着黏腻得不行，两人却乐在其中。

待享受完母爱，阿满才想起一旁被冷落的老父亲，他讨好似的朝景言伸出小短手，软软糯糯地撒娇：“爸爸，阿满要抱抱。”

景言冷眼睇他：“你不是你妈妈的小可爱吗？还要我抱抱干吗？”

阿满望着他凉凉的眼神，嘴一撇就要哭出来，眼睛红红的模样，让人看着觉得十分可怜。

景言顿时投降，双手撑在他的胳肢窝里，把人从白璐的怀里提了起来，抱在胸前，轻哄道：“好了，爸爸抱抱，男孩子不能动不动就流眼泪，知道吗？”

“嗯！”阿满吸了吸鼻子，紧紧地抿住嘴唇，然后乖乖地搂着景言的脖子，把头搁在他的颈间不说话，可怜又乖巧，让人看着心疼。

白璐见景言一来就把儿子训了一顿，十分不满，伸手在他的腰间重重地拧了一把。

“嘶……”景言身子一抖，只能打落牙，把血往肚里吞。

炎热的夏天过后，天气转凉，白璐发现自己突然嗜睡起来，以前，景言起床上班时，她也会跟着起来，但现在景言出门了，她都没有察觉。

这种全身乏力的疲惫让她有一种不好的预感，尤其是这次的例假已经推迟了半个月，白璐仔细回想着，困惑苦恼地皱起眉头，明明他们都有做措施的。

她轻轻吐了一口气，压下心底的复杂情绪。

客厅里，宋阿姨在给阿满喂苹果，她用勺子将果肉挖出来送到他的嘴里。

白璐神色自若地和两人打完招呼，换了鞋子出门。

“哎，你去哪儿——”宋阿姨见状，在后头喊道。

白璐头也不回地答：“买点儿东西。”

“什么东西？我去买不就可以了……”宋阿姨嘟囔道。

白璐没理，拉开门走了出去。

坐在马桶上，白璐看着手里的东西上的两条红线，心里五味杂陈。

前一次怀阿满的过程给她留下的印象太过深刻，让她不太想再来第二次，况且，这才过了一年多……

白璐垂下眸子，望着自己平坦的腹部，低低地叹了口气。

晚上，景言回来后，白璐没有流露出一丝异样，只是临睡前，她躺在他的怀中，踟蹰了几秒，抓起他的手放在自己的小腹上，道："景言……"

"嗯？"他的手轻轻在上面摩挲了两下。

"我可能又怀孕了。"

"嗯？！"他立刻坐直身子，惊喜地望着白璐，"验过了吗？"

"早上用验孕棒试了，具体的还要去医院检查一下。"

"嗯……"景言看着她，神色无比深沉，满眼复杂，又有着难以言喻的兴奋。

"怎么？你不想要？"白璐沉下脸，故意说道。

"不是、不是！"他连忙凑过来抱她，轻声解释道，"我当然非常开心了，只是觉得你太辛苦了，才生阿满没多久……"

白璐把脸搭在他的肩头，沉默须臾，她直起身子，满脸严肃地望着他："我们每次都有做措施的，怎么会怀上呢？！"

景言顿住，凝眸回忆了几秒，看着她，眼里闪过一丝心虚，期期艾艾地道："可能是我出差回来那一次……"

前段时间，景言去国外出了一周的差，回来之后，他如饥似渴，拉着她在床上奋斗了许久，方才抱着浑身发软的白璐去洗澡。

那个时候，她已经陷入昏睡的状态了。

白璐气得直翻白眼。

孩子还是得生，日子还是要过，自食苦果的景言每天只能可怜巴巴地抱着她，规规矩矩，什么也不敢做。

意外的是，这次怀孕她并没有很难受，看来肚子里是个比阿满更乖巧的。

而阿满得知白璐怀宝宝之后，兴奋地迈着小短腿跑过来，抱着她笑得十分讨喜："妈妈妈妈，我要有妹妹了吗？"

"嗯……"白璐沉吟几秒，看着他，认真地道，"也可能是个弟弟。"

"噢。"阿满小朋友失望地垂下了头。

"怎么啦？不喜欢弟弟吗？"白璐摸了摸他的脑袋，追问道。

"爸爸说是个妹妹的话，就会和妈妈一样漂亮温柔，所以我想要一个像妈妈一样的妹妹！"阿满睁大眼睛，满脸认真地道。

白璐在心里又默默地把景言骂了一通。

她笑了笑，弯腰温声地哄着阿满："可要是个弟弟的话，就可以和阿满一起玩游戏和打球啦！你们两个可以一起洗澡，一起睡觉，一起买新的玩具，多好呀，对不对？"

"嗯……"阿满垂眸认真地思考了几秒，抬头，小小的眉头微蹙，"可我还是想要个妹妹。"

他手脚并用，爬到白璐的膝盖上，紧紧地圈住她的脖子，小脸上满是严肃，声音稚嫩又单纯："我更喜欢妈妈，爸爸一点儿都不可爱。"

停顿几秒，他有些失落地接着道："阿满就是因为像爸爸，才一点儿都不可爱。"

"谁说的？！"白璐心疼地搂紧她的小心肝，"我们阿满宇宙无敌第一可爱，大家都很喜欢呢。"

"隔壁的小花妹妹说我一点儿都不可爱，都不和我玩。"

"那是因为小花妹妹年纪小，你看爸爸多帅啊，阿满长大以后，就会和爸爸一样，会有很多人喜欢的！"

"真的吗？"阿满小朋友顿时开心了起来，眼睛弯起，像两弯小月牙。

白璐忍不住在他白嫩的脸上重重地亲了两口，道："当然是真的啦！"

阿满不再纠结弟弟妹妹的事了，景言却莫名其妙起来，成天摸着白璐的肚子问女儿今天乖不乖，听不听话，有没有闹，气得白璐想一脚踹过去。

"是个男孩你就要把他扔掉了，是吧？！"白璐横眉冷眼。

景言立马认㞞："当然不是，老婆！你说什么呢？！"

"不是就给我闭嘴！"

在白璐的威逼之下，父子俩终于消停了。

随着时间一天天过去，白璐的肚子也慢慢变大，冬日来临之际，她的小腹已经初显轮廓。

又是一年春节。

结婚的第三年，距离生下阿满已经快两年，白璐到景家时已经没有了之前的拘束和小心翼翼。

阿满正是好动的年纪，一吃完饭，他就拉着白璐往外面的小花园跑，拿着景言给他新买的挖掘小工具，玩得不亦乐乎。

白璐坐在一旁的秋千上照看着他，嘴角带着淡淡的笑意，浑身上下都弥漫着母亲的温柔。

今天是个大晴天，傍晚夕阳正好，橘红色的余晖落在地上，把这一方天地照耀得格外温馨。

景言坐在茶几旁，端起杯子，被里面飘出来的淡淡茶香熏得有些陶醉。

他的眼神始终望着不远处的小花园，那里有他爱的人。

景母端着水果走过来，顺着他的目光望过去，看到白璐和阿满的身影时，她了然地笑了笑，看向自己这个已经成家立业的儿子，想了想，开口道："其实你早就认识璐璐了吧？"

——不然，一个从来不愿意去相亲的人，怎么会答应她去跟人家见面？这么多女孩子的照片，他又怎么会一眼就看中了白璐？

景言闻声低笑，垂眸不语，脑海里瞬间闪过两幅画面。

第一幅画面是狭小明亮的更衣室，灵动漂亮的女孩慌张地回眸，那双眼美丽又惊慌，藏着让人难以忘怀的风情。

第二幅画面是装潢别致的咖啡馆，白璐从绿植后面绕过来，身姿娉婷，朝他盈盈笑着，明眸皓齿，巧笑嫣然，藏在记忆深处的那个身影瞬间跃然眼前。

景言抬头望向庭院里那一大一小两道身影，笑容越发柔和。

当年惊鸿一瞥，他为那抹颜色深深着迷，从此朝思暮想，夜不能寐。

魂牵梦萦多年，如今终于得偿所愿。

景太太，余生请多指教。

番　外

做一场美梦

白璐做了一个梦，梦里，她似乎回到了高中的时候，远远地看着景言。他穿着校服，正和朋友一起走在路上，她抱着书，站在教学楼前，两人之间隔着遥远的距离。

没等白璐反应过来，他们就走远消失了。

白璐回忆了一下他的样子，和高中时一模一样，意气风发的十八岁，满身都是少年气，分外白皙干净的脸庞，没有一丝如今成熟男人的影子。

还挺帅的。

白璐心想，像是偶像剧里才会出现的校园男神。

她已经记不清高中时候的事了，但不知为什么突然将面前的他和自己回忆里的他对上，这大概是现实发生过的事情，她曾经在学校里远远地看到景言的样子。

白璐深知这是梦，也预感到自己即将醒来，很快，这一切都将瞬间消失，她的脑中一片空白，随即她睁开了眼。

看清面前的场景，她忍不住愣了。白璐用力地掐了自己的胳膊一把，痛觉清晰地传来。

这应该是在午睡结束后的教室，此时正准备上下午第一节课，学生们睡眼惺忪，萎靡不振地拿着水杯出去接水，说话声闹哄哄的，闷热的午后透着不真实的感觉。

白璐低下头，她缓缓地坐直身体，身上穿着整洁的校服，白皙的手背上还有两道趴着睡觉时留下的红印子。

白璐一把扯开椅子起身，几乎同时，上课铃声响起，旁边的同桌被她扰得抬起了头，睁大眼睛问道："要上课了，你去哪儿？"

白璐已经记不清旁边的人是谁了，她高中三年里换了无数个同桌，最长的几个月，最短的几周，大多毕业后再也没有联系过。

老师的脚步声从前门传来，那是数学老师，她隐约还有几分印象。白璐受刑般地熬完了这节课，铃声一响，她立刻往外奔去。

"哎，白璐，你的数学作业还没交——"

身后数学课代表的声音渐渐变小，白璐已经走到了楼梯口，记忆中，高三的班级在三楼，她拔腿往上，正逢一群人从楼梯上走下来。

景言在最前面，身后跟着秦子然等人，这群男生说说笑笑地从她的身边走过，景言经过白璐跟前时，瞥了她一眼，很快便收回视线，转头和秦子然说着话，神色没有任何变化，好像她只是一个无关紧要的路人甲。

景言不认识她了。

准确地说，景言这个时候还不认识她。

白璐失魂落魄地回到教室，免不得引来了班里同学的关怀，这个时候，她的家里还没破产，成绩好、长相好，钢琴、芭蕾样样精通，她还是那个光芒璀璨的白璐。

这个夏天，高一的白璐和高三的景言是两条并行的平行线，没有任何交点。

白璐没有去打扰他，她开始静下来，享受自己重来一次的生活。

这一年，她的家庭幸福美满，爸爸依然是年轻时的模样，他会问她的学习情况，会在一家四口围坐的餐桌上给她夹菜，会笑着摸她的头，夸“我们女儿真棒”。

白璐每天背着书包去上学，从第一天的不适应到渐渐地充满期待。

她开始关注景言。

早上，她会故意踩着点去学校的便利店买面包和牛奶，她总能在货架前遇到一个熟悉的身影，男生总是一副没睡醒的样子，头发凌乱，校服敞开，像是被迫从被窝里爬起来上学，在迟到的边缘赶上第一节的早读课。

课间，和班里的女同学去洗手间时，她喜欢特意绕到二楼，去高三那边。大课间的休息时分，大部分高三生会来到走廊上透气。

白璐经常会看见景言，他这个时候清醒了很多，但依旧是懒洋洋的，双手揣在兜里，倚在围栏上，漫不经心地听着旁边的人讲话，偶尔会侧过脸来，目光不经意地和白璐的对上。

见他看向这边，班里的女生都会不自觉地低下头，移开眼，羞涩无比，或故意和旁边的人讲话假装自然，只有白璐毫不避讳地迎着他的视线，甚至朝他露出一个笑。

白璐经常会去看景言打球，她发现，这个时候的景言和她高中时听到的传闻里的他判若两人。

以他的家世和长相光环来说，景言在学校算是很低调了。他极少参加公开活动，大部分时候待在高三部，每天踩点上课，准时放学回家，如果不是刻意制造偶遇，很难在其他地方看见他的身影。他只跟身边的那三五个男生朋友来往，从来没有听到他和谁传出绯闻。

景言在学校参加的唯一的公开活动，就是每周不固定的两次和朋友一起打篮球，有时候，他和朋友组队与其他班的同学比赛，有时候是几个人自娱自乐地打半场。可即使这样，每次有他的篮球场上，周围总会围着一圈人，围观的女生居多，大部分人的目光都紧紧地盯着他。

景言球衣背后的数字是七。

他穿着一身白色球衣，在场上运球、奔跑、穿梭，眼神专注，透着狠，嘴角不自觉紧抿，额上的一滴汗滑过笔挺的鼻梁，即便隔着重重人影，侧脸依旧惊艳夺目。

他每次进球，耳边都会响起刺耳的尖叫和欢呼，景言仅仅是随意地抬手擦汗，目光望到哪处，都能引起一阵轰动。

“太帅了，我不行了。”

“男神又一次加深了我对他的崇拜。”

白璐安静地站在一旁，听着旁边几个女生激动地议论，她忍不住垂眸一笑。想到那人私底下的表现，脑海中本能地出现了景言朝她撒娇耍赖的画面，白璐微微失神，放在膝上的手收紧。

她有点儿想他了。

课间操，白璐有点儿低血糖，请假去了医务室，拿了药之后往教室走，这个时候，广播体操已经结束了，正是上课时间，整座校园都静悄悄的。

白璐低着头走在路上，刚才在医务室喝了葡萄糖，但她整个人还是有点儿虚弱无力，提不起精神。

她没有预料到这时候路上会有人，过道转弯时，她没有抬头，等发觉面前落下阴影时，已经来不及了，她的脑袋撞到了对方的胸膛，手里的药哗啦啦地掉到地上，就快摔倒之际，她被人眼疾手快地扶住了身体。

万分熟悉的声音在耳边响起，又带着一丝陌生的疏离：“没事吧？”

白璐抬起头，看到了近在咫尺的景言。

这是这么久以来，她第一次这么近距离地看他。

她的目光忍不住怔住，贪恋似的停留在上面，痴痴地凝视着他的面容。

景言不是第一次看见面前的这个女孩子，在学校的球场和走廊，他似乎见过她不少次，不知道是第几次时，他记住了她。

被人这样毫不掩饰地盯着，要放到往日，景言早就发火了，但此刻不知道怎么回事，或许是她的眼眸生得太好，黑亮清澈，像含了水，又或者是因为她的目光直白，却并不让人反感……景言的耐心破天荒地好，只是再度询问了一句：“你没事吧？”

“啊，没事。”

白璐反应过来，低下头，避开他的视线，蹲下身，吸了吸鼻子，迅速捡着地上四处散落的药。

景言抿了下唇，望着她单薄清瘦的肩背，没多想，蹲了下来帮她一起捡着。

两人的动作很快，短短几秒钟的时间，地上就只剩下最后一盒葡萄糖，景言和白璐同时伸手去拿，她慢了一瞬，手放上去时，正碰上景言白皙瘦长的手指。

手底下是温热细腻的触感，男生骨节的力量透过皮肤清晰传来，让人眷恋依赖。

白璐眼眶一酸，脱口而出：“景言学长，请问你有女朋友吗？”

景言是在课间的时候过来的，这个点，大家都在，教室里闹哄哄的，走廊上也都是三五成群的同学。

他原本就是行走的焦点，破天荒地来到高一教室，更是一路吸引了无数的视线，白璐就是在这样的万众瞩目中，看到景言最后停在了自己的桌前。

四目相对，他原本没有波澜的脸色突然变得有些不自然，他不自觉地轻咳一声，垂下眼，复而抬起，认真地盯着她，极力稳住声音，郑重地道：“白璐，我喜欢你。”

他刚告完白，白璐便醒了。

眼前是熟悉的卧室，恰巧也是午后，白色的窗帘被窗外的微风吹起，缓解了一丝燥热，空气闷闷的，她一转头，发现角落的空调不知何时停止了运转。

白璐回想起梦里的情景，真实得可怕，每一个瞬间都像是她亲身经历过的，她想起景言最后的告白，忍住要捶胸顿足的冲动，恨不得重新闭上眼睛，把这个梦做完。

她不相信这只是一场梦，眼见着，她马上就要和景言谈恋爱了，却在这个重要关头醒了，她不想醒，她想继续在梦里和景言谈恋爱。

白璐直直地躺在床上，不愿动弹，心痛得眼泪都快要掉出来了。

景言推门进来时，看到的就是白璐这副生无可恋的模样，他轻轻一挑眉头，颇为诧异地问道：“宝宝，你怎么了？做噩梦了吗？”

“呜呜呜，老公。”白璐一见到他，现实和梦境的爱意都堆在了一起，她立刻来了精神，爬起来去抱他。

“怎么了？梦很可怕吗？”景言搂着她安慰道，习惯性地温柔地吻她的额头。

白璐闭着眼贪恋着这个熟悉的怀抱，摇了摇头，道：“不是，是个美梦。”

“很美很美的梦。”

白璐想，还是现在比较好，仅仅是分开了一个下午，她就开始想念景言和孩子了。

现在是他们结婚的第十年，未来，还会有更多的十年。